Constancia y otras novelas para vírgenes

$24.95

C

Carlos Fuentes

Constancia y otras
novelas para vírgenes

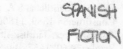

ALFAGUARA

CONSTANCIA Y OTRAS NOVELAS PARA VÍRGENES
D. R. © Carlos Fuentes, 1994

ALFAGUARA

De esta edición:
D. R. © Aguilar, Altea, Taurus, Alfaguara, S. A. de C. V., 2001
Av. Universidad 767, Col. del Valle
México, 03100, D.F. Teléfono 5688 8966
www.alfaguara.com.mx

- Distribuidora y Editora Aguilar, Altea, Taurus, Alfaguara, S.A.
  Calle 80 Núm. 10-23, Santafé de Bogotá, Colombia.
- Santillana S.A.
  Torrelaguna 60-28043, Madrid, España.
- Santillana S.A.
  Av. San Felipe 731, Lima, Perú.
- Editorial Santillana S. A.
  Av. Rómulo Gallegos, Edif. Zulia 1er. piso
  Boleita Nte., 1071, Caracas, Venezuela.
- Editorial Santillana Inc.
  P.O. Box 19-5462 Hato Rey, 00919, San Juan, Puerto Rico.
- Santillana Publishing Company Inc.
  2105 NW 86 th Avenue, 33122, Miami, Fl., E.U.A.
- Ediciones Santillana S.A. (ROU)
  Constitución 1889, 11800, Montevideo, Uruguay.
- Aguilar, Altea, Taurus, Alfaguara, S.A.
  Beazley 3860, 1437, Buenos Aires, Argentina.
- Aguilar Chilena de Ediciones Ltda.
  Dr. Aníbal Ariztía 1444, Providencia, Santiago de Chile.
- Santillana de Costa Rica, S.A.
  La Uruca, 100 mts. Oeste de Migración y Extranjería, San José,
  Costa Rica.

Primera edición: octubre de 2001

Diseño de portada: Leonel Sagahón

ISBN: 968-19-0872-4

Impreso en México

Índice

Constancia

Séllame con tu mirada
Llévame dondequiera que estés...
Protégeme con tu mirada.
Llévame como una reliquia de
la mansión del dolor...
Llévame como un juguete, como un
ladrillo, para que nuestros hijos no
se olviden de regresar.

Mahmud Darvish, citado por Edward Said
en *Reflexiones sobre el exilio*

1

El viejo actor ruso monsieur Plotnikov, me visitó el día mismo de su muerte. Me dijo que pasarían los años y que yo vendría a visitarle a él el día de mi muerte.

No entendí muy bien sus palabras. El calor de Savannah en agosto es comparable a una siesta intermitente interrumpida por sobresaltos indeseados: uno cree que abrió los ojos y en realidad sólo introdujo un sueño dentro del otro. Inversamente, una realidad se acopla a otra, deformándola al grado de que parece un sueño. Pero es sólo esto, la realidad sometida a una temperatura de 101 grados Fahrenheit. Es *nada menos* que esto, sin embargo: mis sueños pesados en las tardes de verano se parecen como gemelos a la ciudad de Savannah, que es una ciudad dentro de otra, dentro de...

Esta sensación de estar capturado en un dédalo urbano viene del trazo misterioso que dio a Savannah tantas plazas como estrellas tiene el firmamento, o algo por el estilo. Cuadriculada como un tablero de ajedrez, mi ciudad sureña rompe su monotonía con una plaza tras otra, plazas rectangulares de las que salen cuatro, seis, ocho calles que conducen a tres, cuatro, cinco, plazas de las cuales, en suma, se irradian doce, catorce calles que a su vez conducen a un número infinito de plazas.

El misterio de Savannah, de este modo, es su transparente sencillez geométrica. Su laberinto es la línea recta. De esta claridad nace, sin embargo, la sensación más agobiante de pérdida. El orden es la antesala del horror y cuando mi esposa, española, revisa un viejo álbum de Goya y se detiene en el más célebre grabado de los *Caprichos*, yo no sé si debo perturbar su fascinación, comentando:

—La razón que nunca duerme produce monstruos.

La realidad inmediata es sólo esto: el recurso único (el mío) de sentarme en el porche de mi casa, en una mecedora, con un abanico redondo, tratando de mirar hasta el río verde, lento, fraudulento y, no logrando divisarlo, contentándome con una justificación: estoy al aire libre y por lo tanto debo sentir fresco.

Mi mujer, más sabia que yo, entiende que las viejas casas del Sur fueron hechas para combatir esta temperatura y prefiere cerrar los batientes, desnudarse y pasar las horas de la tarde entre sábanas frescas y bajo un ventilador silencioso. Es algo que acostumbraba desde niña, cuando vivía en Sevilla. Algo, sin embargo, nos une y es que la refrigeración nos produce catarros y carrasperas, de manera que, de común acuerdo, hemos proscrito esos aparatos de aire acondicionado que como barros faciales, o muñones, se asoman por una o dos ventanas de cada casa de la ciudad.

Son feos, en primer lugar, porque afean. Las construcciones domésticas de Savannah pertenecen al periodo de fines del siglo XVIII al tercer cuarto del XIX, o sea la etapa entre la independencia de la

Unión y su desmembramiento en la [...]
cuando nuestro orgullo fue más fuer[...]
sentido de la realidad. Los nobles edi[...]
tra ciudad son el símbolo de dos comercios, uno [...]
moso y el otro infame. Algodón y esclavos; negros
importados, blancas fibras exportadas. Imagino,
viejo sureño, la ironía cromática de este trueque.
Mandábamos mensajes frescos y etéreos como nubes
al mundo, y a cambio recibíamos carne quemada por
las brasas del infierno. La ironía, sin embargo, es preferible a la culpa, o por lo menos yo prefiero culti-
varla, sobre todo ahora que no queda nada de
aquello por lo cual tan noble y estúpidamente com-
batieron mis antepasados.

Sobreviven algunas estatuas, es cierto, pero
frente al río se levanta un Hyatt-Regency y a las espaldas de mi casa en Drayton Street un De Soto
Hilton me confirma que los *carpetbaggers* del Norte, los mercenarios que se aprovecharon de nuestra
derrota para anexarnos a su comercio, a sus valores,
a su vulgaridad, siguen imperando.

Nadie escapa a estos imperativos mercantiles,
ni yo mismo que tanta conciencia cultivo de mi re-
gión y su historia. Viajo todas las semanas a Atlanta para atender a mi clientela médica y desde el
avión veo que no queda nada de la capital de Georgia, incendiada por Sherman en 1864. Rascacielos,
supermercados, periféricos urbanos, ascesores como
jaulas de vidrio subiendo, hiedra quebradiza, por la
piel helada de los edificios; magnolias de plástico;
derrotas con sabor a helado de fresa; la historia como una miniserie de televisión. En Atlanta paso los
martes, miércoles y jueves y el viernes regreso a dis-

ιtar el fin de semana en mi hogar. Es mi refugio, mi asilo, sí. Es mi morada.

Regreso a ella y siento que nos queda una ciudad que construimos nosotros mismos (a pesar de las incursiones comerciales que he dicho) y en la que recibimos, para hacerla con nosotros, a los refugiados a su pesar, los negros que no huían libremente (si así puede hablarse de un refugiado) de África, sino que eran arrastrados, encadenados, fuera de su continente.

A veces me pregunto, meciéndome mientras intento derrotar el calor con la imaginación del río lento, volando sobre Atlanta, tratando de distinguir un vestigio incendiado del pasado, a veces me pregunto, viejo y soñoliento, si hemos terminado de pagar esa culpa. ¿Cómo podemos finiquitarla? O, más bien, ¿debemos aprender a vivir con ella para siempre, puesto que de ello depende nuestra salud? ¿Cuál es, me pregunto, el tiempo de vigilia que nos impone la violencia histórica? ¿Cuándo nos es permitido reposar de nuevo? Miro rara vez a los negros de Savannah; sólo les hablo lo indispensable. Pero no dejo de preguntarme, como resumen de mi historia, ¿hasta dónde puede, o debe, llegar mi responsabilidad personal por las injusticias que yo no cometí?

2

Digo que mecerme al aire libre es mi justificación para sentirme fresco. Sé que me miento a mí mismo. Es apenas una manera de autosugestión. Pero quien ha habitado temperaturas extremas en generaciones anteriores al clima artificial, sabe perfectamente que el calor y el frío son, antes que nada, estados de ánimo que empiezan por combatirse o admitirse, igual que el sexo, la literatura o el poder, en el centro mismo de su existencia, que es la mente. Y si la cabeza no nos ayuda, bebamos café caliente en climas calientes. Las temperaturas de adentro y de afuera se equilibran entonces; pero en el calor, el hielo las desequilibra y a cambio de un minuto de alivio sufrimos horas de incomodidad. ¿Será cierto lo mismo a la inversa, en climas fríos? ¿Es bueno comer helados en los inviernos rusos? Debo preguntárselo, cuando lo encuentre, al señor Plotnikov.

El lector de estas notas apresuradas que reúno con el sentimiento confuso de que si no lo hago ahora pronto será demasiado tarde, debe entender que cuando hablo de ver o visitar al señor Plotnikov, en realidad quiero darle categoría formal y sentido de cortesía a lo que no pasa de ser una serie de encuentros casuales.

A veces hay un elemento de sorpresa en ellos. Una vez, en una galería comercial, me detuve a sacarme unas fotos de credencial en un automatón. La cortina estaba cerrada y esperé largamente. Unos viejos botines negros atrajeron mi curiosidad; "dos botines antiguos". Cuando la cortina se corrió, apareció el señor Plotnikov, me miró y me dijo:

—Nos obligan a desempeñar papeles, Gospodin Hull. Mire nada más, un actor obligado a retratarse para sacar pasaporte, ¿qué le parece a usted? ¿No quiere esperar conmigo a que las cuatro fotos salgan por esa ranura? —me dijo tomándome el brazo con su mano enguantada—. ¿Quién cree usted que saldrá fotografiado? ¿El actor? ¿El hombre privado? ¿El ciudadano ruso? ¿El aprendiz de escenógrafo? ¿El refugiado en América? ¿Quién? —rió y yo me alejé un tanto perturbado, sonriente, como se le sonríe a un loco para tranquilizarlo, pues debo decir que el anciano se notaba perturbado también, aunque serenamente.

Luego me pregunté si debí ceder a mi curiosidad y esperar que aparecieran las fotografías del señor Plotnikov. Reí; a veces hacemos caras de comicidad involuntaria frente a esas cámaras ocultas, cegantes, agresivas. Pero su pregunta me persiguió: ¿quién, de todas las personalidades que somos cada uno, es fotografiado en un momento dado?

Una vez lo encontré en el cementerio donde a veces voy a visitar a mis antepasados. Vestido como siempre de negro, caminaba muy levemente sobre la tierra roja. Le pregunté si tenía deudos aquí. Se rió, murmuró, sin mirarme, que nadie piensa en los muertos de hace cincuenta años, no, ni veinte, ni diez años dura la memoria de un muerto... Se fue caminando lentamente. No me dejó decirle que yo era la prueba de lo contrario. Visito y recuerdo a dos siglos de muertos.

En otros veranos, he vuelto a encontrarlo en el *shopping-mall* junto al Hyatt-Regency, donde su figura de luto antiguo más contrasta con las luces neón, los juegos electrónicos, los anuncios de los cines. Lo vi muy cansado y lo tomé del brazo; la modernidad de la galería, el calor de afuera, el aire artificialmente congelado de adentro, parecían agobiarlo. Fue nuestra única conversación sentados. Me platicó de su origen ruso, de su vida como actor y escenógrafo, de su incapacidad para ser varias cosas a un tiempo, por eso salió de Rusia, no lo dejaban ser todo siendo él, querían que separara su vida, aquí el actor, aquí el ciudadano, aquí, muy oculto, el hombre sensual, el padre, el memorioso... Dijo esa vez, comiendo incongruentemente un helado de pistache, que a pesar de todo, el asilo es pasajero, se regresa siempre al hogar, a pesar de lo que dicen las consejas: Recuerde esto, Gospodin Hull, el origen nos espera siempre.

Jugueteaba con una tira de fotos para credencial, húmedas aún, que él agitaba un poco a fin de secarlas. Le dije con explicable torpeza que sin duda él era bienvenido en los Estados Unidos. Me replicó que estaba cansado, muy cansado.

Le recordé que era doctor; si podía ayudarlo, él no debía dudar en... Evité mirar sus fotografías cuando al cabo las puso sobre la mesa. Sólo me di cuenta, de reojo, que no eran fotos suyas, sino de alguien —vi borrosamente— con el pelo oscuro y largo. ¿Hombre o mujer? Era la época en que no se podía averiguar. Razón de más para evitar una indiscreción.

Meneó la cabeza con una compasión que yo le ofrecía y él no sólo rechazaba: me la regalaba a su vez. Dijo que no, el problema no era de ésos que se curan con doctores. Sonrió muy amablemente.

—Comprendo —le dije—, la lejanía, el exilio. Yo no podría vivir lejos de los Estados Unidos. Más precisamente, lejos del Sur. Estudié de joven en España y amo ese país. Pero sólo puedo vivir en el mío.

—Ah —me miró el señor Plotnikov—. Y viviendo en su país, ¿mira usted hacia atrás?

Le contesté que creía tener un razonable sentido de la tradición. Me miró con humor para decirme que la historia norteamericana le parecía demasiado selectiva, era la historia del éxito blanco, pero no de las otras realidades, el pasado indio, por ejemplo, o negro, o hispánico... Todo eso se quedaba afuera.

—Yo no soy un chovinista —le dije, un tanto defensivamente, al viejo ruso—. Creo que la amnesia se paga. Pero por lo menos, nuestra sociedad ha sido un crisol. Hemos admitido a más inmigrantes que cualquier nación en la historia.

Negó con la cabeza, amablemente, indicándome que sus observaciones no eran un reproche.

—No, Gospodin Hull, yo mismo soy beneficiario de esa generosidad; ¡cómo voy a criticarla!, pero yo hablo —lo silenció por un instante la cucharada de helado de pistache—, yo hablo de admitir a algo más que el inmigrante físico, hablo de admitir su memoria, su recuerdo... e incluso su deseo de regresar un día a su patria.

—¿Por qué no? Así es.

—Lo que usted desconoce es que es muy difícil renunciar a todo, contemplar la pérdida de todo lo que somos, no sólo nuestras posesiones sino nuestras facultades físicas e intelectuales, dejarlo todo abandonado como una maleta y empezar de nuevo.

—Yo espero que quienes vengan a mi país sientan que queremos darles, a nuestra manera, fuerzas para empezar de nuevo.

—¿Y para obtener un poco de gracia también?

—¿Perdón, señor Plotnikov?

—Sí, no hablo de empezar de vuelta, sino de merecer un aplazamiento, ¿me entiende usted?, hablo de recibir un día, de regalo, una hora más de vida, si es preciso: ¿eso no lo merecemos?

—Claro que sí —afirmé con vigor—, claro que sí.

—Ah, qué bueno —el señor Plotnikov se limpió los labios con una servilleta de papel—. Sí, qué bueno. Sabe usted, sólo se vive, a partir de cierto momento, de la vida de los demás, cuando la nuestra se ha agotado.

Se guardó las fotos en la bolsa de la chaqueta.

No será la primera ni la última vez, a lo largo de tantos años, cuando la nieve sorpresiva cubre la tierra roja del camposanto, o cuando las primaveras relampagueantes convierten los senderos en lodo, en que yo me encuentro a mi vecino, el actor Plotnikov, caminando por los senderos del cementerio, repitiendo una como letanía de nombres que a veces sorprendo parcialmente cuando él pasa cerca de mí... Dimitrovitch Ossip Emiliovich Isaac Emmanuelovich Mijail Afanasievich Serge Alexandrovich Kasimir Serevinovich Vesevolod Emilievich Vladimir Vladimiro...

3

Ahora es agosto y el señor Plotnikov (monsieur Plotnikov, como a veces le digo no sé si por respeto, sentido de la diferencia o mera afectación) viene (recuerdo: es un encuentro casual) a anunciarme su muerte, pero ni el calor del verano afuera ni el del infierno que según la leyenda popular aguarda a los cómicos a los que secularmente les fue negado el entierro en sagrado, nada de esto, anoto, sofoca al señor blanco como una hostia transparente, blanca piel, pelo blanco, labios blancos, ojos palidísimos, pero todo él vestido de negro, a la usanza de la vuelta del siglo, traje negro de tres piezas, un gabán ruso muy grande para el actor, como si otro comediante se lo hubiera prestado, con la cola arrastrada entre el polvo, las corcholatas de Coca Cola y las envolturas de barras de chocolate Mars. Todo ello, él lo logra dignificar y, haciendo una concesión única al clima, lleva abierto un parasol, negro también, y se mueve con un paso lento y polvoso: observo sus zapatillas de charol, coquetas, con un moño marrón amarrado a las puntas. Este detalle logra darle al señor Plotnikov un aire de *ballerina* perversa.

—Gospodin Hull —me llama, inclinando el parasol en mi dirección como un torero se quita la montera para saludar, dedicando el acto mortal que seguirá al acto de cortesía—. Gospodin Hull, he venido a despedirme.

—Ah, monsieur Plotnikov —le digo medio adormilado—, ¿se va usted de viaje?

—Usted siempre tan bromista —meneó la cabeza con desaprobación—. Nunca entenderé por qué los norteamericanos se la pasan haciendo bromas. Eso sería muy mal visto en Petersburgo, o en París.

—Perdónenos, señor. Atribuya usted todos nuestros defectos a que somos un país de pioneros.

—Bah, Rusia también, pero no nos la pasamos riéndonos. Bah, parecen ustedes hienas.

Decidí no contestar a esta última alusión. El señor Plotnikov cerró de un golpe su parasol, muy teatralmente, para que el sol de las dos de la tarde lo iluminara a plomo, acentuando las cavidades de su calavera fina, transparente, apenas cubierta por la piel en plena retirada para revelar, al fin, delgadísimo sobre, el contenido de la carta.

—No, Gospodin Hull, he venido a despedirme porque me voy a morir y me parece una cortesía elemental decirle adiós a usted, que ha sido un vecino, a pesar de todo, cortés y atento.

—Lamento que viviendo el uno frente al otro, nunca hayamos...

Me interrumpió sin sonreír:

—Eso es lo que le agradezco. Nunca me impuso usted fórmulas indeseadas de vecindad.

—Pues gracias a usted, entonces, señor Plotnikov, pero estoy seguro de que usted también, como dijo otro humorista americano más célebre que yo, exagera la noticia de su muerte.

—Usted no podrá constatarlo nunca, gospodin Hull, porque mi condición es la siguiente...

Dejé de abanicarme y moverme. No sabía si reír, lo cual era mi inclinación, o si, más bien, debía someterme a una corriente más profunda que me decía, a la vista de este hombre tan protegido por sus ropas pero tan íntimamente desguarecido bajo el sol que no le daba más sombra que la de las cuencas de los ojos y los surcos de la edad, que debía tomar muy en serio sus palabras.

—¿Sí, señor?

—Gospodin Hull: usted sólo vendrá a visitarme el día de su propia muerte, para avisármela, como yo lo hago hoy con la mía. Ésa es mi condición.

—Pero usted estará muerto entonces —empecé a decir lógica, casi alegremente, aunque perdiendo en seguida mi ímpetu... quiero decir, el día en que yo me muera, usted ya no estará vivo...

—No esté tan seguro de ello —ahora abrió, con una velocidad nerviosa, el parasol y se protegió con él— y respete mi última voluntad. Por favor. Estoy muy cansado.

Dijo esto y muchos de nuestros encuentros arbitrarios en la esquina de Drayton y Wright Square, en el cementerio o en la galería, regresaron a mi memoria. Nunca hablamos mucho (salvo la tarde del helado de pistache), pero éramos vecinos y nos regalábamos, sin invitarnos nunca a una visita formal, retazos de información, como las piezas de un rompecabezas. ¿Qué sabía, finalmente, el día en que me anunciaba su muerte de manera tan extraña: qué sabía de él? Dos o tres vaguedades: fue actor de teatro en Rusia, aunque su afición era ser escenógrafo, dejó de actuar, era la época del terror estalinista, la vida era difícil para todos, lo mismo para los que se sometieron como para los que resistieron la locura del poder personal posando como poder colectivo, ¿quién no sufrió?, los verdugos también, dijo un día el señor Plotnikov, ellos también, suspiró y su suspiro era el de un bosque talado. Salió de Rusia y encontró asilo en los Estados Unidos, que a tantos refugiados de la Europa convulsionada por las ideologías se lo dio en aquellos años generosos, cuando América era América, sonrío para mí, recordando algunos judíos, algunos españoles, que no pudieron franquear las puertas de nuestro refugio democrático. Pero qué se le va a hacer; recibimos a tantos más, alemanes, polacos, rusos, checos, franceses... La política es el arte de los límites. El arte es el límite de la política.

—Respete mi última voluntad. No venga a mi velorio esta noche, ni acompañe mi procesión fúnebre mañana. No. Visíteme en mi casa el día de su muerte, gospodin Hull. Nuestra salud depende de ello. Por favor. Estoy muy cansado.

Qué iba a decirle, viéndolo allí en ese escenario callejero en el que los signos de la basura se empeñaban en distraernos de los signos de la nobleza colonial de Savannah; qué iba a decirle, ¿que el día de su entierro yo iba a estar en Atlanta atendiendo a pacientes menos lúcidos, más impacientes que él?; qué iba a decirle, a fin de respetar algo que, lo supe, lo aprecié, lo agradecí, era como su última representación, el acto final de una carrera brutalmente interrumpida —deduje— por la adversidad política y nunca reanudada fuera de Rusia. Necesitaba —me explicó un día, o yo lo imaginé o lo soñé, la verdad ya no recuerdo— la lengua rusa, el aplauso en ruso, leer las críticas en ruso, pero necesitaba sobre todo el ensayo del corazón ruso para presentarse en público, actuando, no podía comunicarse como actor fuera de la lengua, el espacio, el aplauso, el tiempo, el ensayo, la intención rusos, ¿lo entendía yo en mi tierra de sincretismos salvajes, de pastiches políticos y crisoles migratorios y mapas pegados con goma de mascar, lo entendía acaso?

Qué iba a decirle, repito finalmente, sino sí, señor Plotnikov, estoy de acuerdo, haré lo que usted me dice.

—Muy bien. Se lo agradezco. Estoy demasiado cansado.

Inclinó, con estas palabras, la cabeza, y se fue caminando muy derecho bajo ese sol de fundiciones, hasta su casa vecina a la nuestra, cerca de Wright Square.

4

Entré, a pesar mío, a mi casa. Quería comunicarle lo ocurrido a mi esposa. Lo dicho por monsieur Plotnikov me incomodó, aún más que el hecho insólito de que sus palabras me impulsaran a interrumpir la siesta de Constancia. Pasé por encima de esta prohibición tácita, tal era el remolino de malestar provocado en mi ánimo por el vecino ruso. Pero mi sorpresa aumentó cuando me di cuenta de que Constancia no estaba en su cama y que nadie había dormido la siesta en ella. Los batientes estaban cerrados, pero eso era normal. Y normal, también, hubiera sido que Constancia, obligada a salir de la casa —la busqué en los tres pisos y hasta en el sótano abandonado— tratase de anunciarme su salida, me viese dormido en la mecedora y, con una sonrisa cariñosa, saliese sin atreverse a molestarme. Entonces bastaría una nota, tres palabras garabateadas para decirme que...

—No te preocupes, Whitby. Vuelvo en seguida.

Y al regresar, ¿qué pretexto me daría?

—No sé. Decidí perderme en las plazas. Es lo más bello y misterioso de la ciudad. Tantas plazas que se engendran unas a otras, como una muñeca rusa.

Y otras veces:

—Recuerda, Whitby, tu mujer es andaluza y las andaluzas no nos resignamos fácilmente a la edad, sino que la vencemos. A ver, ¿quién baila mejor por peteneras que una vieja, lo has notado? —dijo, muerta de la risa, imitando a una bailaora sesentona.

Te imagino recostada, desnuda, en la penumbra, diciéndome estas cosas.

—A veces, cuando hay una canícula como ésta, ¿sabes, amor?, salgo a buscar agua, sombra, plaza, laberinto, ay, si tú supieras lo que es una niñez en Sevilla, Whitby, otra ciudad de plazas y laberintos y agua y sombra... Te digo que salgo a buscar mi pasado en un lugar diferente, ¿te parece una locura?

—No has querido nunca hacerte de amigos aquí, ni siquiera has aprendido el inglés... Hasta mi nombre te cuesta trabajo —sonreí.

Güitbi Joll —sonrió a su vez, y luego me dijo—: No me quejo de tu Savannah, aquí hemos hecho nuestra vida, pero déjame mi Sevilla, al menos en la imaginación, mi amor, y piensa: qué bueno que mi Constancia sabe encontrar de nuevo su luz y su agua aquí en mi propio Sur norteamericano.

Reía a menudo al decir esto e imaginar, alegremente, que el Sur con sus nombres llenos de vocales —Virginia, Georgia, las Carolinas— es la Andalucía de América. Y España, le contestaba yo, viejo lector de Coustine y de Gautier, es la Rusia del Occidente, como Rusia es la España del Oriente. Reía, digo, y comentaba con Constancia que sólo Rusia y España han tenido la ocurrencia de modificar la anchura de sus vías de ferrocarril para impedir una invasión extranjera, es decir, la agresión de otros europeos. ¡Qué paranoia, río con asombro afectado, qué amor de la barrera, llámese estepa o montaña: ser los otros, rusos y españoles, inasimilables a la normalidad occidental! En fin, me defiendo ante Constancia, la normalidad quizás es la mediocridad.

Claro está, pienso en nuestro vecino, el actor ruso, al decir estas cosas. Con mis entrenados dedos de bibliófilo yo suelo recorrer los lomos oscuros y los filos dorados y polvosos de mi biblioteca, el lugar más fresco y oscuro de la casa de Drayton Street, y esa agilidad de mi mano, gemela ejemplar de la velocidad de mi mente sexagenaria, es para mí un motivo de secreto orgullo. Yo era —yo soy— un caballero letrado, parte de una herencia que se mantiene mal en los Estados Unidos, pero que se mantiene mejor en el Sur, la tierra de los William Faulkner, los Walker Percy, los Robert Penn Warren y sus Dulcineas con pluma, las Carson MacCullers, Eudora Weltys y Shirley Ann Graus. Pienso a menudo que aun los autoexiliados del Sur —trátese de gnomos diabólicamente autodestructivos como Truman Capote o de gigantes angustiosamente creativos como William Styron— infectan de indeseada aristocracia literaria a un país que adora cuanto comprueba que la Declaración de Independencia tiene razón, que todos los hombres son creados iguales y que esta igualdad (propuesta por un grupo de aristócratas excepcionalmente letrados, Hamilton, Jefferson, Jay, Adams: la juventud dorada de las colonias) significa el triunfo del más bajo común denominador. Elegimos presidente a un retrasado mental como Reagan para probar que todos los hombres son iguales. Preferimos reconocernos en un ignorante que habla como nosotros, viste como nosotros, hace nuestras bromas, padece de nuestras amnesias, prejuicios, obsesiones y distracciones, justificando nuestra vulgaridad mental: ¡qué consuelo! Un nuevo Roosevelt, un nuevo Kennedy, nos obligan a admirarlos por lo que nosotros *no somos*, y ése es un incómodo desconsuelo. Por todos estos motivos, yo soy un norteamericano bien tranquilo que se atiene a su biblioteca, está a punto de retirarse como médico, no necesita de muchos amigos, ha escogido ejercer la profesión en una ciudad moderna e impersonal donde todo cierra a las cinco, los negros se libran al enervamiento y a la violencia nocturna, y los blancos se encierran en sus mansiones rodeadas de perros salvajes y rejas electrificadas. Y yo paso tres noches a la semana en un cuarto de hospital para operar del corazón temprano los miércoles y jueves. Es imposible, en nuestro tiempo, ser cirujano sin el apoyo de un gran centro médico y las facilidades que ofrece.

Sí, por todo esto yo soy un viejo norteamericano bien tranquilo que obviamente vota por los demócratas y vive en una ciudad secreta donde no ve a nadie, está casado con una andaluza, es advertido mortalmente por un ruso y entra a su biblioteca a confirmar, en la penumbra bibliográfica, la excentricidad hispanorrusa del Sur norteamericano: los países donde las trochas de los trenes dejan de ser normales.

—Sabes, Constancia —le digo apelando a su maravilloso sentido de la cultura popular, mágica y mítica—, ¿sabes que el tío de Franz Kafka era director de los ferrocarriles nacionales de España en 1909? Era un señor Levy, hermano de la madre de

Franz que, conocedor de la melancolía de su sobrino en el negocio de seguros de Praga, lo invitó a viajar a Madrid y trabajar en los ferrocarriles españoles. ¿Qué piensas, Constancia, de un señor que se imaginó despertando un día convertido en insecto, trabajando para los ferrocarriles españoles? ¿Hubiera perdido algo la literatura, o habrían ganado algo los trenes?

—Los trenes habrían llegado a tiempo —imagina Constancia—, pero sin pasajeros.

Ella nunca había leído a Kafka, ni había leído nada. Pero sabía imaginar, y sabía que imaginando se conoce. Es parte de un país donde el pueblo sabe siempre más que la élite, igual que en Italia, México, Brasil o Rusia. En todas partes, en realidad, el pueblo es mejor que las élites, salvo en los Estados Unidos, donde Faulkner o Lowell o Adams o Didion son superiores a su pueblo nómada, grosero, atarantado de televisión y cerveza, incapaz de generar una cocina, dependiente de la minoría negra para bailar y cantar, dependiente de su élite para hablar más allá del gruñido. Todo lo contrario, digo desde el Sur y casado con Constancia, todo lo contrario, de Andalucía, donde la cultura está en la cabeza y las manos del pueblo.

Constancia y yo hemos vivido casados cuarenta años y debo confesar cuanto antes que el secreto de nuestra supervivencia en una sociedad donde siete de cada diez matrimonios terminan en divorcio, es que nunca nos aferramos a una sola posición mental en nuestro diario trajín matrimonial. Estamos siempre dispuestos a explorar el repertorio de posibilidades de cada una de nuestras ideas, sugestiones o preferencias. De esta manera, nadie se impone a nadie ni guarda rencores disolventes; ella no lee porque ya sabe, yo leo porque todavía no sé y nos encontramos al parejo en una pregunta que yo le hago desde la literatura y que ella contesta desde la gracia. Los trenes habrían llegado a tiempo, pero sin pasajeros.

Por ejemplo, cuando ella regresa hacia las seis de la tarde a la casa de la calle Drayton, yo lo primero que noto —viejo lector de novelas policiales— es que las puntas de los zapatos de Constancia están cubiertas de polvo. Y lo segundo que noto, en la mejor tradición sherlockiana, es que la tierra roja —apenas una finísima película— que cubre las puntas viene de un lugar que conozco de sobra, visitándolo porque allí están enterrados mis antepasados gloriosos, rondándolo porque un día Constancia y yo vamos a dormir juntos en esa tierra colorada de los légamos del Atlántico: mi tierra, pero mirando hacia la suya, Georgia en el paralelo de Andalucía. Y mi Georgia, pienso, recordando al viejo asilado ruso, en el paralelo de su Georgia.

Y lo tercero que noto es que Constancia nota que yo noto, lo cual, dicho sea de paso, me obliga a notar que, notándolo todo, ella no puede dejar nada al azar. Quiso, en otras palabras, que yo notara lo que noto, sabiendo que ella lo sabe.

5

No obstante, algo escapa a mi inteligencia este atardecer de agosto en que el señor Plotnikov me ha anunciado su muerte y me ha pedido que yo la corresponda visitándolo el día de la mía. Y lo que se me escapa es lo esencial: ¿qué me quiere comunicar Constancia con todos estos movimientos insólitos en un día tan particular? Esto, no el color de la tierra en las suelas de los zapatos, es el misterio. La miro a ella detenida allí, a los sesenta y un años una andaluza protegida hasta la última sombra de los rayos del sol, Constancia color de azucena, Constancia de estatura mediana y pierna corta, talle aún estrecho pero tobillo grueso, amplio busto y cuello largo: ojos dormidos, ojerosos, un lunar en la boca y el pelo entrecano restirado, desde siempre, en el chongo. No usa peinetas, aunque sí unas horquillas plateadas, nada usuales, puesto que tienen forma de llaves, con las que se sostiene el pelo.

Constancia, en esta hora del atardecer, está dándole la espalda a la ventana y la ventana, como todos los espacios de la biblioteca, está rodeada de libros, encima, a los lados, debajo del espacio abierto en la esquina de la casa con vista a la otra esquina: la de la calle Drayton y la plaza Wright, donde vive monsieur Plotnikov.

Bibliófilo, lo he dicho, no sólo busco las pastas más finas, sino que mando encuadernar mis hallazgos: los lomos dorados son como una aureola en torno al rostro blanco de Constancia cuando súbitamente, detrás de ella, se iluminan, de un golpe, todas las ventanas, hasta ese instante oscurecidas, de la casa del señor Plotnikov.

Constancia no ha volteado la cabeza, como si adivinase en mi asombro lo que sucede.

—Creo que ha ocurrido algo en la casa del señor Plotnikov —digo, asumiendo el tono de la normalidad.

—No —contesta Constancia con una mirada que me hiela el cuerpo—, algo ha ocurrido en la casa de Whitby y Constancia.

No sé por qué esas palabras dichas por mi mujer y seguidas por la fuga de Constancia fuera de la biblioteca, escaleras arriba, hacia las recámaras, perseguida por mí que ya no puedo correr con tanta ligereza, me enferman y me envejecen. Algo en mi cuerpo me pide parar, ir despacio, recriminándole a Constancia que me obligue a correr así escaleras arriba, comprobando mi decadencia física, pero no puedo detenerme; la velocidad de ella, su premura angustiosa, son mi mejor acicate: Constancia entra a su recámara, quiere cerrar la puerta y echarle llave, desiste de su empeño y sólo logra hincarse en el reclinatorio español con el que llegó a nuestra casa hace cuarenta años, cuando yo terminé mis estudios de médico posgraduado en Sevilla y regresé a mi tierra de Georgia con una joven y hermosa novia andaluza.

Se hincó ante la imagen ampona, triangular, albeante —oro blanco, tules y perla barroca— de Nuestra Señora de la Esperanza, la Virgen de la Macarena; se hincó en el terciopelo gastado, unió las manos, cerró los ojos, yo grité ¡Constancia!, corrí hasta ella en el momento en que su cabeza se venció, cayendo inánime sobre el nacimiento opulento de sus pechos, la detuve, tomé su pulso, busqué su mirada ausente. Estábamos en la recámara oscura; sólo una veladora eterna a la virgen brillaba frente al rostro palidísimo de Constancia y detrás de ella todas las luces de la casa del actor ruso se apagaron, como se habían prendido, de un golpe.

Constancia apretó mi mano, entreabrió los ojos, trató de decir en silencio *mi amor, mi amor.* Pero yo sabía, más allá de cualquier duda, que durante unos segundos, entre el instante en que se hincó y el instante en que revivió en mis brazos, mi mujer había estado, técnicamente, muerta.

6

Ella ha dormido largamente. Su palidez helada como un cielo de metal me ha mantenido junto al lecho de Constancia toda esa noche y el día entero. Es lunes y he olvidado llamar a mi consultorio en Atlanta y pedirle a mi secretaria que cancele las citas. El teléfono repiquetea a cada momento. El malestar de Constancia convierte mi promesa en algo más que un deber, en una fatalidad extraña que no puedo dejar de conectar con aquella obligación. Olvido la mía.

Velo junto a mi mujer y sólo puedo pensar que se enfermó al encenderse todas las luces de la casa del señor Plotnikov. ¿Las luces y el malestar coincidieron también con la muerte del actor?

Me digo que ésta es una mera suposición; yo estoy deduciendo, me advierte una lógica elemental, que el actor ruso murió sólo porque él me lo anunció primero, en seguida porque esos signos —luces prendidas, luces apagadas, malestar de Constancia— se impusieron en mi ánimo con un valor simbólico. De allí —confusión de causa y efecto— concluí que el mal de Constancia tenía que ver con la supuesta muerte de monsieur Plotnikov. Sonreí, suspiré, y me di cuenta de otras cosas que mis días de ocio profesional, lentos y despreocupados como el flujo del río hacia el océano, habían quizá disipado.

La primera es que yo siempre encontré solo, a lo largo de los años, a monsieur Plotnikov: en la calle, en las plazas de Savannah, en el panteón de tierra roja, algunas veces (excéntricas, extravagantes veces) en una galería comercial junto al Hyatt-Regency que huele a cacahuate, pizza recalentada, palomitas de maíz y zapatos tenis.

Orden, orden... aunque sea la antesala del horror:

La segunda cosa es que jamás encontré al señor Plotnikov en un interior, pues el *shopping-mall* es un falso interior (y también un falso exterior): es una calle de vidrio. No conocía su casa, vecina a la nuestra, y él nunca vino a la mía.

Pero el tercer hecho es que, por motivos perfectamente normales, tan normales como la circunstancia de que Constancia jamás me había acompañado a una operación en Atlanta y yo jamás la había acompañado a un salón de belleza, los dos nunca habíamos coincidido con Plotnikov, ni adentro ni afuera de muro alguno.

Y el hecho final, el más difícil de conciliar con los demás, era que Constancia estuvo muerta en mis brazos por unos instantes y que era este hecho lo que me obligaba a interrogarme: ¿murió el señor Plotnikov, tal y como me lo anunció, y si así fue, coincidió su muerte con el juego de luces en su casa y con la muerte pasajera de Constancia?; ¿por qué sólo vi en exteriores a nuestro vecino y por qué nunca lo encontré con mi esposa? Todas estas preguntas, debo admitirlo con egoísmo sentimental, nunca me habían quitado el sueño y ahora sólo me interesaban en función del melancólico terror que sentí al abrazar a Constancia sabiendo, *a ciencia cierta*, que Constancia estaba muerta.

Ahora no: vivía, regresaba poco a poco a mí, así, a nuestra vida. El teléfono sonaba sin cesar.

7

Me ocupé de ella durante varios días. Mandé suspender mis consultas y mis operaciones en Atlanta. No era mi costumbre. Desde que nos casamos, Constancia me dijo que sólo en caso extremo debía cuidarla profesionalmente. Era preferible que nunca la viera como paciente. Ella obedecería a cualquier doctor que le ordenara desvestirse, abrir las piernas, ponerse en cuatro patas. Pero sólo obedecería a un solo amante que le ordenase lo mismo: ese hombre era yo, su marido, no su médico. Y como a mí lo que me enloqueció desde un principio era esa pasión de la obediencia en Constancia, como si mis órdenes sólo fuesen su propio deseo, salvajemente querido por ella y anticipado por mí, seguí con alegría, con hambre, su decisión.

En cuarenta años de vida en común, sin embargo, Constancia nunca tuvo que ver a un médico. Sólo sufrió malestares domésticos: catarros, indigestiones, insomnios ligeros, hemorragias nasales... Mi emoción fue muy grande, pues, al tenerla por primera vez entre mis manos (quiero decir, a mi cuidado): mi paciente.

Esperaba que recobrase su lucidez y su fuerza —pasó varios días en situación de penumbra, entre el trance, la oración y la risa repentina— para que, juntos otra vez, como siempre unidos, observásemos lo ocurrido de acuerdo con nuestras reglas no escritas: todo es un repertorio de posibilidades; considerémoslas todas, una por una, sin darle la razón, prematura, a ninguna. Pero durante estos primeros días de su convalecencia —¿cómo llamarla, si no?— Constancia no era una mujer, sino un pájaro, un ave de movimientos nerviosos, incapaz de darle a su cuello los giros sutiles de la humanidad, sino un temblor recortado, ornitológico, propio de un ser plumado que no mira hacia adelante, convergente, sino a los lados, comprobando con el ojo izquierdo, velozmente desplazado, la verdad sospechosa que el ojo derecho acaba de comunicarle. Como una avestruz, como un águila, ¿como un...?

¿Qué cosas miraba así, durante esos días que sucedieron a una serie incierta de probabilidades —¿murió el actor?, ¿las luces lo anunciaron?— y una certeza creciente: la coincidencia de estos fenómenos con la muerte pasajera de Constancia? Yo le tomaba el pulso, le acercaba el estetoscopio al pecho, le abría desmesuradamente los párpados (¿águila, avestruz, o...?). Ella miraba con sus movimientos de pájaro hacia la ventana que a su vez miraba hacia la casa, silenciosa y apagada, de monsieur Plotnikov. Miraba a la figura de la Virgen de la Macarena, inmóvil y dolorosa en su parálisis triangular. Miraba la luz fluctuante de la veladora. No me miraba a mí. Yo miraba su cuerpo yacente, cubierto por un camisón abierto para mostrar los pechos de una mujer de sesenta y un años, pero sin hijos, tetas voluptuosas aún, regalo de mis sentidos, esferas preferidas de mi tacto, de mi lengua y sobre todo de mi voluntad de peso, de realidad grávida. Dicen que los norteamericanos le damos sexualidad excesiva a los pechos, como los sudamericanos se la dan a las nalgas. Sólo que en mi caso, como jamás la vi preñada, en sus senos abundantes concentré la sensación de gravidez que, junto a la etérea (rostro, mirada) todo hombre gusta de contrastar en una mujer: tierra y aire. Pero Constancia siempre me dijo: Yo soy agua, yo soy surtidor. Era andaluza. Y Andalucía es tierra de árabes que llegaron del desierto y encontraron el refugio del agua. Granada...

No podía separarme de ella. No podía abandonarla. En otras circunstancias, hubiese pedido auxilio clínico, enfermeras, una ambulancia. Sabía que esto no era posible. Si el fenómeno se repitiese, yo, sólo yo, quería ser su testigo, nadie más tenía ese derecho, nadie más —de la misma manera que sólo para mí Constancia podía ponerse eróticamente en cuatro patas, aunque también lo hiciese un día para un médico que se disponía a introducirle una mano enguantada por el culo en busca de las pruebas del cáncer—. Ahora yo era el amante y yo era el médico también. Éste era mi caso. Ella no podía pertenecerle a un hospital impersonal. Constancia no iba a ser admitida en ninguna parte; la veía allí, a lo largo del tiempo errante, yacente ella, azucena pálida, ojeras y lunar, pelo suelto —guardé las horquillas de plata en la bolsa de mi chaqueta— y me decía que era yo quien debía ser admitido por ella, con ella, en ella. Pero su mirada —prosigo— no era todavía para mí; era para virgen, veladora, ventana.

Puesto que no podía abandonarla, no podía atar uno de los cabos más importantes. La impresión terrible de tenerla muerta en mis brazos, por unos segundos, desplazaba la otra pregunta: ¿había muerto o no el señor Plotnikov? No volví a notar trajín alguno en su casa, pero eso no era de extrañar. Yo nunca había notado nada relacionado con esa casa inmóvil, salvo esa noche de las luces encendidas y apagadas, todas y de un solo golpe cada vez. Normalmente, nada emanaba de la casa en la contraesquina de la nuestra. Era una casa deshabitada en apariencia. El periódico seguía llegando puntualmente a mi casa, pero en él no encontré referencia alguna a la muerte de Plotnikov. Sin duda, tal fue su voluntad. Y si murió, ¿quién lo velaría? Imaginé que el actor ruso tendría cerca de él un icono de la virgen, recamado de platas labradas en el que la realidad del metal era más fuerte que la desvanecida, lejana figura de la virgen sonriente, ocre pálido, con el niño en brazos, ambos mirando a su devoto anciano desde el trasfondo eterno de la religión ortodoxa, que se rehúsa a rebajarse y pisar tierra. ¿Quién lo enterraría?

Miré velozmente, cerca de mí, a nuestra virgen vecina, la *madonna* andaluza, virgen de toreros, procesiones, burlas, blasfemias atroces, bailes gitanos y cuerpos ardientes. La virgen rusa decía nunca, en ningún lado; la virgen andaluza gritaba aquí, ahora. Constancia siempre lo dijo: Andalucía, agua, surtidor y espejo. Alhambra...

Sabía hablar bonito, bien, con pasión, con gracia, con ternura, y ahora, en su trance, yo echaba de menos nuestra conversación e imaginaba cosas por mi cuenta. Me hubiera salvado de muchos pensamientos, aligerándolos, arrojándolos a volar como pajarillos, posibilidades apenas, nunca certezas que nos aprisionan. Pues el pensamiento que durante estas largas vigilias se imponía con una fuerza atroz, una y otra vez, a pesar de mis rechazos conscientes e inconscientes, era éste:

—Constancia, dime, por favor, ¿cuántas veces has muerto antes?

8

(Hablo como si despertase de una catástrofe. No es cierto. Constancia y yo estamos vivos, el calor es intenso, amodorra, yo tengo sesenta y nueve años, Constancia sesenta y uno, ahora los dos estamos encerrados en un cuarto celoso. Ella sabe defenderse mejor que yo de la canícula. ¿Sirve para combatir el calor un piso regado de virutas de madera, como las que ahora rodean la cama y el prie-dieu de Constancia?)

Yo no sé si cuanto me dice sin mirarme, como si yo no estuviese presente, durante la larga semana de su recuperación, es una respuesta a mi silenciosa pregunta:

—Constancia, dime, ¿cuántas veces has muerto...?

No lo sé, repito, porque ni siquiera sé si me está hablando a mí. Dice (no me dice: dice) que sólo repite sueños y oraciones. De esto no cabe la menor duda. Lo anuncia:

—Anoche soñé que..., o a veces, mejor aún:
—Estoy soñando que..., aunque otras veces, para mi desconcierto, anuncia: —Voy a soñar que...

Ella soñó que: Era un maniquí en un aparador. Dos muchachos traviesos, quizá dos jóvenes estudiantes, la roban de la vitrina y la llevan a vivir a su estudio. Dan cenas en su honor. Nadie sabe si ella, Constancia, está viva o muerta, ni los burlados ni los burladores. Los estudiantes se enamoran de ella, se disputan por ella, pero al cabo la destruyen: o quizás (el sueño es ambiguo) la abandonan para salvar su amistad masculina. Pero ella triunfa, madre Ana madre mía (dice por primera vez este nombre delirando) y se impone a estos pobres amores impuros, madre mía, recorridos por la vanidad sexual masculina, que es la peor de todas porque todo se lo perdona a sí misma pero no le perdona nada a una mujer, nada, madre, pero ella se impone, ella reaparece y los mira a ellos como si ellos fueran los muñecos de palo, ella está viva; ella está en su lugar: *Bendita eres entre todas las mujeres... ¿me oyes, madre?*

Ella sueña que: Ha encarnado en una muchacha lejana, morena, ignorante, casi muda, enmudecida por siglos de esclavitud, miseria, abuso, rapiña, violaciones, desprecio, falta de caridad, oh madre mía, todo lo que tú y yo le damos al mundo no lo tiene ni espera tenerlo esta muchacha oscura en una tierra lejana: sólo tiene las huellas de su llanto inscritas, como cicatrices, en su cara: *Llena eres de gracia, el Señor es contigo... mira mis piernas abiertas al sol.*

Ella sueña que: Está pariendo sin permiso, sabiendo que una virgen sólo da a luz una vez, sin pecado, pero no dos, ni tres, como una perra, pero ella da a luz de nuevo porque le mataron a su hijo, no lo dejaron al pobrecito cumplir su vida, y ahora ella lo quiere tener en secreto, rodeada de mujeres secre-

tas como ella, y agradece a los carpinteros, los albañiles, los arquitectos, que le hayan construido este
lugar oculto, para tener a su hijo allí y esta vez pro-
tegerlo de la muerte: *Ruega Señora por nosotros los*
pecadores... el día de nuestra muerte...

Ella sueña que: Cruza un puente en Semana
Santa y se refleja en el río... Que la plaza de toros está vacía porque los monosabios barren la sangre de
la bestia, para que la bestia no regrese a su queren-
cia... Que un brillo sangriento la persigue hasta el
fondo del sepulcro donde se ha escondido, sin cabeza, el que los vio y los pintó, a ella y a su amante...
Que... Despierta Constancia, dando un grito y murmurando, febrilmente:

—*Bendito sea el fruto de tu vientre...*

Me mira azorada, sin reconocerme, preguntándome:

—¿Por qué me abandonaste?, ¿por qué te fuiste
sin mí?, ¿por qué me obligas a seguirte?, ¿por qué...?

Yo la arrullo, tomo su cabeza entre mis manos,
le aseguro:

—No te he abandonado, Constancia, aquí estoy, no te obligo a nada.

9

Cuando Constancia, a las dos semanas de estos hechos, sintió la fuerza suficiente para sentarse en la
cama, parapetada en sus almohadones, recobró poco a poco el sentimiento de mi presencia.

Yo no quería apartarme de su mano, que tuve
tomada entre la mía durante todo ese tiempo, así

para confirmarle mi cariño, como para percibir cualquier síntoma de aquello que me aterraba.

Insensiblemente, nos dimos a conversar sobre nuestro ya largo matrimonio y, sin quererlo, de los momentos que pudieron ponerlo en peligro. Recordamos juntos, por ejemplo, el primer momento en que uno u otro y, más tarde, los dos juntos, nos dimos cuenta de que ya no éramos jóvenes. Ella primero mal interpretó una sugerencia mía, puramente profesional, sobre sus menstruaciones. Puesto que la fertilidad nos fue negada, pensé que ella podía evitarse —y, francamente, evitarme— las molestias mensuales mediante una simplicísima operación. Un excelente doctor, conocido mío, en Atlanta, lo haría con discreción...

Constancia me paró en seco, con un enojo apenas disimulado. De manera que así la veía, como una vieja menopáusica, estéril, como una... Gritó, corrió a encerrarse a su recámara, no me dejó entrar y permaneció allí, sin comer, sin beber, más de veinticuatro horas. Días más tarde la compensé, si así puede decirse, renunciando a los cigarrillos que hasta entonces habían sido el placer de las horas de trabajo tediosas, de los momentos de pensamiento arduo, y de la sensualidad de la sobremesa... Le dije a Constancia que un ligero rumor cardiaco me llevaba a esta decisión. Acumulé, poco a poco, mis propias disciplinas, sin exigirle nunca más nada a ella. Dejé de beber, abandoné las pistas de tenis y squash, a sabiendas de que estos deportes le hacían mucho bien a mi circulación; para Constancia el deporte era un asunto de jóvenes y un peligro para los viejos. Y no me atreví, por lo mismo, a proponer un programa de jogging (varios conocidos, además, murieron con los Adidas puestos en medio de estos esfuerzos fuera de tiempo).

De esta manera, yo le indicaba a Constancia que la vejez es una serie de renuncias a lo que amamos de jóvenes. Yo quise dar el ejemplo y, dándolo, me di cuenta de que Constancia no sólo no me emulaba sino que ella no renunciaba, en cambio, a nada. Era la misma de siempre, o más bien dicho, hacía siempre la misma vida. Atendía la casa, se quejaba de la falta de servidumbre en los Estados Unidos pero no hacía ningún esfuerzo real por encontrar ayuda doméstica, no veía a nadie más que a mí, para qué si no hablaba inglés (y no quiso aprenderlo nunca), picaba los botones del aparato de televisión, sin detenerse demasiado en ningún programa, iba a misa, rezaba mucho de noche, luego se entregaba a un placer sexual casi indecente, si no lo hubiesen precedido horas enteras de oración, hincada allí frente a la veladora y la imagen de la Macarena... Rompía demasiadas reglas, sólo para convertir las excepciones en rutinas. Me enervaba a veces, me obligaba a preguntarme: ¿Por qué no toma una criada y deja de quejarse? Para mí, sin embargo, los problemas domésticos se aplazan porque me quitan tiempo de lectura y en la lectura todo se resuelve y es llevado a un plano superior de la existencia, más allá de las rutinas estúpidas.

—Hay una biblioteca entera, ¿sabes? —le dije un día—, te aseguro que es una biblioteca de primer orden, sumamente selecta, hay cosas interesantes allí, incluso para una mujer ignorante, ¿no piensas nunca asomarte a mi biblioteca y leer un libro, Constancia? ¿Crees que a la larga voy a bastarme con tu domesticidad de día y tu pasión de noche; cuando nos hagamos viejos, de qué vamos a hablar tú y yo?

Gritó, subió corriendo a la recámara, su encierro se repitió y ahora, veinte o treinta años después de mi afrenta, aquí estamos los dos tomados de la mano, viejos los dos y hablando, no de libros, sino de nuestra vida en común.

Esta certeza del amor, de nuestro amor, ¿no pudo ser, sin embargo, una afrenta también, tanto como sugerirle que anticipara su menopausia o colmara un poquitín las lagunas de su vasta ignorancia andaluza? Digo que no estaba dispuesta a dar nada a cambio de mi disciplina creciente, y en esta disparidad yo vi un reflejo profundo de nuestras religiones: la disciplina (la mía) a cambio de nada (ella). Y sin embargo, sin necesidad de cruzar palabras, ella actuaba como si yo debiera agradecerle su gratuidad inmensa, su disponibilidad sin precio. Esto exasperaba mis genes calvinistas; admitía, al mismo tiempo, que ser de esta manera era el encanto de mi mujer. Su biblioteca era su oración, o un canto excepcional, o un peligro inesperado.

La vi de lejos una tarde, sentada en una banca frente al río en Emmet Park. Yo salía del hotel donde compré un paquete de cigarrillos y me dirigía por River Street de regreso a la casa. La vi sentada en la banca frente al río y me dije qué gusto, la voy a sorprender. Entonces un negro joven, un hombre de treinta años, fuerte y flexible en su paso, se sentó al lado de Constancia. Ella miraba al río. Él se miraba con una atención extraña las puntas de los zapatos de lona. Me acerqué un poco más, acariciando el celofán de mi cajetilla. Ellos no me vieron. El negro le hablaba a mi mujer. Ella miraba al río. Yo me dije en voz baja con la esperanza de que ella me escuchase a lo lejos:

—No le demuestres miedo. Por lo que más quieras. Si siente que tienes miedo, puede agredirte. No les gusta saberse temidos.

Ahora el negro estaba volteado descaradamente hacia Constancia, hablándole. Yo iba a adelantarme. Noté entonces que ella también le hablaba, sin mirarlo. Él le tomó la mano a mi mujer. Ella no la retiró. No demostró miedo. Tampoco familiaridad. Está bien, me dije, no corre peligro. Iba a acercarme normalmente, le daría un beso en la mejilla a Constancia, regresaríamos juntos por Lincoln Street a nuestra casa. Entonces otro negro se acercó a la banca, un hombre más joven, e hizo un gesto de solicitud al otro negro. Éste se enfadó, se puso de pie, los dos se enfrentaron sin palabras, silbando solamente, eso me llamó la atención, silbando como serpientes, dos serpientes negras mirándose con furia, con ojos colorados. Jamás he visto tanta cólera concentrada en dos seres humanos, temblando los dos sin tocarse, mirándose, cercanísimos los dos cuerpos.

Constancia se levantó de la banca y caminó por Factor's Walk, lejos de donde yo observaba la escena. Decidí verla alejarse mientras los dos negros se encaraban con esa tensión indómita pero, hasta donde pude ver, sin consecuencias violentas. Cuando Constancia desapareció de mi vista, perdí interés y regresé a casa. Ella llegó minutos más tarde. Preferí no hablar del asunto. Se acaba por pedir explicaciones, y los matrimonios se dañan cuando los esposos se tienen que justificar. Quien se excusa se acusa. El mejor trato era mi silencio simpatizando con el suyo.

Ahora, durante esta tarde de un agosto moribundo, cuando las tijeras del otoño empiezan a recortar lejana, misteriosamente el aire pesado del verano, cuando no vale la pena recordar un incidente remoto en el parque, estoy a punto de entender con ella que un amor dotado de certeza total no es un verdadero amor; se parece demasiado a un seguro de vida, o peor aún, a un certificado de buena conducta. La indiferencia suele ser el premio de esta aplicación. Quizá, por ello, agradezco los momentos de conflicto que Constancia y yo tuvimos en el pasado, significa que pusimos a prueba nuestro matrimonio, no lo condenamos a la indiferencia de la seguridad plena. Cómo iba a ser así, si aquello mismo que a mí me era indiferente —tener un hijo— para ella fue siempre, durante los primeros veinte años de nuestra vida en común, el principal motivo de frustración y de rija, nacido siempre de ella: no te importa tener un hijo, ¿verdad?, no, me importa tenerte a ti, pues a mí me importa tener un hijo, yo necesito un hijo, no lo puedo tener, tú que eres médico lo sabes perfectamente, no puedo, no puedo, y a ti no te importa, o te importa tanto que finges esta indiferencia atroz que me duele tanto, Whitby, me duele...

10

Atenido a los signos biológicos más evidentes, yo me resigné a que no tendríamos hijos. Ella sufría

mucho pero se negaba a someterse a prueba alguna. Yo la invitaba a ver un doctor y saber a ciencia
cierta qué ocurría. No podíamos seguir culpándo-
nos. Pero su testaruda decisión de no dejarse nunca ver por un médico podía más que frustración,
angustia o sufrimiento alguno. Éste es un ejemplo
perfecto del hermetismo de nuestro matrimonio,
que no evitaba los problemas, por así decirlo, in-
tramuros, pero evadía celosamente el contacto con
el exterior —relaciones sociales, médicos, compras, visitas, viajes—. Podíamos, en cambio, explorar, casi siempre con humor, otras posibilidades,
como la adopción (pero no sería de nuestra sangre,
Whitby, tiene que ser de nuestra sangre) o la inse-
minación artificial de otra madre (¿pero qué tal si
se encariña con el niño y después se niega a entre-
gárnoslo?) (a menos que escojamos a una mujer
pobre para que en caso de disputa el tribunal nos
entregue el niño a nosotros que podemos asegurar-
le un futuro...).

—Los niños no necesitan dinero para tener un
futuro.

—Constancia, eres tu peor enemiga, eres la abo-
gada del diablo. ¡Piensas como una gitanilla! —rió
entonces.

—Bendita la Virgen que no necesitó fornicar
ni parir: como una luz que pasa por un cristal, así
pasó el Espíritu Santo por su sexo.

Le beso una oreja y le pregunto, riendo, si prefiere eso a lo que ella y yo hacemos. Me contesta en
seguida, sin pensarlo, que no, abrazándome la nuca
y acariciándomela con sus dedos largos, lo más largo de su cuerpo.

—No pienses más en tener hijos y (caigo en una típica broma, de ésas que me recrimina el señor Plotnikov) piensa que quizás Herodes tuvo razón cuando mandó matar a todos los niños de Israel.

Entonces ella se suelta de mi brazo, grita, corre a encerrarse en su recámara durante un día entero en ayunas y luego regresa, contrita, pero yo no estoy dispuesto a ceder mi autoridad, mucho menos mi autoridad literaria.

—Está bien. ¿Por dónde empiezo a leer tu famosa biblioteca?

—Puedes comenzar por el principio, que es la Biblia.

—Nada. Eso sólo los protestantes lo leen.

—¿Y los católicos?

—Lo sabemos todo, josú. Sabemos todito sobre la Santísima Virgen y ustedes, pues nada.

—Muy bien, Constancia —reía yo entonces—, muy bien dicho, mi amor. Míranos como los herejes que somos.

—Vamos, Whitby, que sólo me falta que me pongas a leer el diccionario de la A a la Z, o una pemez así de gorda.

—Bueno, ¿qué prefieres?

—Quizás, leer todas las historias de mujeres desgraciadas.

—No acabarías nunca. Y tendrías que empezar, nuevamente, con Eva.

—Entonces quiero leerlo todo sobre un hijo desgraciado, un muchacho triste.

Así inició su lectura de Kafka y a ella se dedicó con ahínco, repasando los libros una y otra vez, viajando de la biografía a la ficción y encontrando, al cabo, que no había más biografía que la ficción; aceptando, pues, a Kafka como Kafka quería ser aceptado, como un hombre sin más vida que la literatura. Dijo medio en broma (no sé) que le hubiera gustado que así fuese su hijo, como ese muchacho flaco y enfermo con orejas de murciélago, ése... Que pudo haberse ido a trabajar a los ferrocarriles nacionales de España.

—Un niño, por favor, aunque sea triste...

—Huyamos a Egipto, Constancia, para que no lo mate Herodes...

Entonces corría a encerrarse, y esta tarde de agosto, tomado de su mano, puedo al fin acomodarme a esta interrogante: ¿había muerto Constancia cada vez que huía de mí y se encerraba un día entero en su recámara, antes de bajar, renovada, radiante, a conciliarse, jugar y adelantar nuestro amor que se hubiera muerto de pura perfección, de pura lejanía, de pura sospecha, de pura incomprensión (—Vieja. —Ignorante. —Seca) a no ser por estos incidentes? Quizá nuestros pleitos eran algo más que broncas domésticas; eran algo así como los sacrificios personales que mi deliciosa mujer española hacía en el altar de nuestro amor doméstico y solitario en una ciudad fantasmal —la más fantasmal— del sur de los Estados Unidos. ¿Moría Constancia para mí y no otra cosa requería nuestro amor tan duradero, aquí y ahora, sino este morir sin fin?

11

Constancia no viaja a ninguna parte. Nos casamos en Sevilla en 1946. Yo tenía que regresar a pasar exámenes en Atlanta. Me pidió que me adelantara y pusiera la casa. Ella me seguiría. Tenía que arreglar papeles, despedirse de parientes y amigos en los cuatro rincones de la Península y recoger muebles que había abandonado con tías, primas, qué sé yo. Encontré la casa en Savannah y allí la esperé; mirando al mar que me la debía traer: sólo yo recuerdo, en todo el mundo, a esa muchacha andaluza, tan fresca y graciosa, tan amorosa y salvaje, que olía, como su tierra, a toronjil, lirio y verbena, y que tomaba el sol en las plazas de Sevilla como un desafío a la muerte, porque Constancia era, como las estrellas, enemiga del día y era en la cama y en la oscuridad —nocturna o procurada— donde sus jugos fluían y sus juegos enloquecían.

Llegó a Savannah en un carguero hace cuarenta años y desde entonces no se ha movido de esta ciudad. Sólo trajo con ella el *prie-dieu* y la Macarena, ni un solo mueble más, ni una foto, ni un solo libro, aunque en su baúl venían vestidos oscuros y muchas estampas y rezos a la virgen María. Ahora lee a Kafka, tardíamente —su niño enfermo, su hijo triste, como lo llama—. Imagina trenes que llegan a tiempo pero sin pasajeros. Monsieur Plotnikov, en cambio, no cesaba de moverse. Me doy cuenta de que nunca lo he visto más que en movimiento, saliendo apresurado de una cabina de fotografías automáticas, caminando con una lentitud casi etérea por las veredas rojas del cementerio, mirando nerviosamente, como en fuga, hacia los aparadores de la galería comercial del Hyatt-Regency, como miedoso: caminando por las calles vecinas que unen nuestras casas, caminando. Seguramente interpretaba un papel, como me lo dijo un día, antes de anunciarme su muerte. Más bien: interpretaba demasiados papeles, el mundo le exigía —me dijo o me dio a entender, ya no recuerdo— ser demasiadas personas. Estaba cansado, dijo antes de desaparecer. Imaginé sus zapatos gastados de tanto caminar por las calles y galerías de Savannah, sus botines gastados, cubiertos por el polvo del cementerio.

Le pregunté una vez si no debía reanudar su carrera de actor en los Estados Unidos, como lo hicieron tantos exiliados. El señor Plotnikov se sacudió visiblemente. ¿No los había visto yo en la televisión, a altas horas de la noche? ¿A quiénes?, pregunté a mi vez, sorprendido e incapaz de explicar que yo sólo veía en la televisión películas en cassette, escogidas por mí para vencer la selección y las interrupciones comerciales, pero mi vecino no me dio tiempo:

—¿No los ha visto usted, a los más grandes intérpretes de Piscator en Berlín y de Meyerhold en Moscú, reducidos a papelitos de meseros, conserjes de hotel, tenderos rusos y médicos bonachones? Gospodin Hull, le estoy hablando de actores como Curt Bois, que conmovió a Alemania en *El último emperador*; una puesta en escena de Piscator en la que un gigantesco obturador regía la acción permitiendo agrandar, achicar o encuadrar la acción del drama, un drama rodeado de escenas filmadas por el director especialmente, entre ellas una borrasca en alta mar, un mar gigantesco, partiéndose en olas, invadiendo la escena, el teatro, y el actor allí, como la clave, la referencia de esta gigantesca apertura del teatro al mundo. Curt Bois, Alexander Cranach, Albert Basserman, Vladimir Sokoloff, ¿le dicen algo esos nombres, mi querido doctor? Pues fueron los más grandes, los renovadores de la actuación en Europa. No tenían derecho a hacerse viejos en una pantallita entre dos anuncios de cerveza.

—Tenían derecho a sobrevivir en el exilio.

—No, gospodin doctor. Sólo tenían derecho a morir, ejecutados como Meyerhold o Babel, en un campo de concentración como Mandelstam, suicidados como Essenin y Maiakovski, muertos de desesperación como Blok, o silenciados para siempre como Ajmátova.

—Si hubieran esperado, los habrían rehabilitado.

—Un muerto no es rehabilitable. A un muerto sólo se le puede hacer gracia de una vida que ya no es suya. Un muerto vive de la caridad del recuerdo. Un muerto se rehabilita a sí mismo, doctor, toma la vida de donde puede...

—Bueno, me da usted la razón. Puede tomarla de una vieja película que pasa por la televisión a las dos de la mañana.

—No, mejor no verse más, no verse empequeñecido. Por eso quise abandonar la actuación y entregarme a la escenografía, que era por definición algo esencial aunque pasajero. Era la inteligencia del instante, gospodin Hull, veloz como las iluminaciones inventadas por Meyerhold, luces móviles, ahora aquí, en seguida allá, desplazando la acción, enseñándonos con cuánta velocidad se mueve el mundo, cómo precisamos abandonar un poco de nosotros mismos y entregarnos a la diversidad y velocidad del mundo; ah, haber trabajado con Meyerhold, doctor Hull, con esa inteligencia superior que nos ponía a todos en contacto con un mundo mejor; ¿por eso lo asesinaron?, dígamelo usted que es doctor, ¿por eso silenciaron, mataron, censuraron y arrojaron a la muerte a los mejores?, ¿porque nosotros sí sabíamos cómo lograr lo que ellos sólo querían proclamar, porque si lo lográbamos nosotros ya no tenían ellos nada que prometer? Cómo se agota la política, cómo se renueva el arte; eso no lo sabían ellos. O quizá lo sabían y lo temían. Por eso quise dejar de actuar y hacerme escenógrafo. No quise que sobrevivieran mi cara o mi voz. Quise, señor Hull, que mis obras sirvieran un instante y desaparecieran en seguida, quedando sólo *un recuerdo*. Pero qué importa, alguien dijo que ser actor es sólo esculpir en la nieve.

Aliviado de que Constancia se sintiera mejor, conmovido por el recuerdo de mis pláticas con el actor ruso, me desplomé en la poltrona de la estancia y empecé a ver películas viejas. Cuando la biblioteca me cansa, acudo al relajamiento nostálgico del cine. Introduje en el VCR la cassette de una película escogida sin duda por referencia inconsciente a la escena rusa. Era *Anna Karenina* con Vivien Leigh. Por un descuido mío o por una idiosincrasia del aparato, la película comenzó a correr de atrás hacia adelante. Lo primero que vi fue la palabra FIN, luego una pantalla llena de humo, en seguida la carrera de un tren (puntual, sin pasajeros), luego la actriz renaciendo del humo y las ruedas del tren, milagrosamente restituida al andén donde su rostro inolvidable, melancólico, desengañado aunque puro como sus ojos con luz de vino, le dice adiós al mundo y Vivien Leigh interpretando a Anna Karenina camina rápidamente hacia atrás. Yo detengo, fascinado, el aparato y la imagen se fija eternamente en el rostro de la actriz muerta. Miro con asombro y miedo mis dedos que tienen el poder de detener la vida, apresurarla hacia adelante, retraerla hacia el origen, darle a estas imágenes un suplemento de vida, una energía que aunque no le devuelve la vida a Vivien Leigh, la magnolia muerta para siempre, sí se la devuelve a esas imágenes de su tristeza y de su juventud parejas. Le doy la vida cada vez que aprieto el botón. Está muerta Vivien Leigh; Vivien Leigh vive. Muere y vive interpretando el papel de una mujer rusa del siglo pasado. La película es una ilustración de la novela. La novela vive cada vez que es leída. La novela tiene el pasado de sus lectores muertos, el presente de sus lectores vivos y el futuro de sus lectores por venir. Pero en la novela nadie interpreta el papel de Anna Karenina. Cuando muere Anna Karenina en la estación de Moscú no muere la actriz que la interpreta. La actriz muere después de la interpretación. La interpretación de la muerte sobrevive a la actriz. El hielo del cual habla el actor Plotnikov se convierte en el mármol del arquitecto Plotnikov.

Recuerdo mis conversaciones peripatéticas con el señor Plotnikov y me pregunto si tenía razón al preferir el continente teatral —la escenografía— al contenido —la acción, el movimiento, las palabras, los rostros—. Al apagar el aparato de televisión, esta noche, rechazo mi propio pensamiento, me digo que distinciones como las que acabo de formular —forma, contenido; vaso, agua; morada, moradores; posada, huéspedes— son las que destruyeron a mi vecino exiliado y a su generación de artistas. Mejor guardar la casetera con *Anna Karenina* para otra ocasión, reflexionando que lo que es forma desde cierta perspectiva, es contenido desde otra, y viceversa. Nada de esto, lo admito, suple o apacigua la dolorosa exclamación del viejo actor, un día, en el incongruente escenario del centro comercial vecino al Hyatt-Regency:

—¿Qué mal hacían, gospodin Hull? ¿A quién le hacían daño, dígame usted? ¡Nunca ha habido una pléyade como ésa! ¡Qué gran fuerza para un país! Tener poetas como Blok, Essenin, Maiakovski, Mandelstam y Ajmátova al mismo tiempo; tener cineastas como Eisenstein, Pudovkin, Dovjenko y Dziga, mi amigo Dziga Vertov, Dziga Vertov, Dziga Kaufmann, el kinok, doctor Hull, el loco del cine, ¡tan simpático!; y novelistas como Babel y Jlebnikov y Biely; y autores teatrales como Bulgakov, y mis maestros, los creadores de todas las formas nuevas, mi amigo Rodchenko rompiendo la luz, mi amigo Malevitch investigando el límite de los colores, mi amigo Tatlin invitándonos a construir las formas paralelas del mundo, no la imitación del mundo, sino el mundo que cada uno puede aportar, único, irrepetible, al mundo; todos ellos, gospodin Hull, agradeciéndole al mundo por estar en el mundo con una nueva aportación, un regalo para el mundo. ¿Qué mal hacían? ¡Qué fuerte hubiera sido mi patria con todos esos talentos! ¿Qué locura decidió que debían ser sacrificados? Me morí a tiempo, señor doctor. Meyerhold era el más grande genio teatral. Era mi maestro. Creaba maravillas, pero no estaba de acuerdo con una teoría que consideraba estéril, vil producto de tres factores: la falta de imaginación burocrática, el deseo de hacer coincidir la teoría política con la práctica artística, y el temor de que las excepciones le restaran un ápice de poder al poder. ¿Era ésta razón para arrestarlo, conducirlo a una cárcel de Moscú y fusilarlo allí, el dos de febrero de 1940, sin que mediara juicio? El dos de febrero de 1940, una fecha inolvidable para mí, señor doctor Hull, yo le pregunto de nuevo: ¿era ésta razón para matar a Meyerhold, por no aceptar una teoría del arte que a él le impedía crear? Quizá sí, quizá Meyerhold era más peligroso de lo que él mismo o sus verdugos suponían. Sólo así se explica, gospodin Hull, que la mujer, la amante de Meyerhold fuese encontrada en el apartamento de la pareja el día que Meyerhold fue arrestado: mutilada, acuchillada. Cuánta sevicia, cuánto dolor. Y cuánto miedo. Una mujer asesinada a cuchilladas sólo para aumentar la pena de su hombre.

Permaneció en silencio un rato, antes de decirme con la voz más calmada del mundo:

—¿Por qué, doctor Hull, por qué, por qué tanto dolor inútil?; dígamelo usted que es médico.

12

Si Constancia había muerto un poco como consecuencia de cada una de nuestras riñas conyugales, también era cierto que siempre se recuperaba fácilmente y que nuestro amor había crecido cada vez. Discutíamos lo que no nos obligaba a justificarnos; respetábamos la intimidad recíproca que la exigencia de justificación hubiese quebrantado. Ella se recuperaba siempre.

Pero en esta ocasión, la recuperación de mi mujer tardaba demasiado. Llegó septiembre y la enferma no se levantaba del lecho. La situación se volvía difícil. No me atrevía, por todas las razones que llevo dichas, a entregarla al cuidado de un hospital. La calma perfectamente mortal de un verano en Savannah aumentaba mi desidia al respecto. Apenas pasó el primer lunes de septiembre, el Día del Trabajo en los Estados Unidos (donde no se celebra, como en el resto del mundo, el primero de mayo, la jornada de los obreros mártires de Chicago: en los Estados Unidos no hay días infelices, no se celebra la muerte, no se recuerda la violencia), un ronroneo de actividad regresó a la ciudad y mi ánimo se renovó peligrosamente. Tenía que hacer algo. Esta pasividad quizá sólo prolongaba el mal de Constancia, empezando a poner a prueba mi propia salud.

Dejarla sola era exactamente eso: un abandono. Quiero decir que así lo sentiría ella y así me lo decían sus ojos tristes y cada día más ojerosos cuando me ausentaba unos minutos o media hora, para ir al baño, para preparar cualquier cosa, un cereal con leche fría, unas tostadas con jalea... La noche en que me permití el lujo de poner en la televisión la *Anna Karenina* de Julien Duvivier, me quedé dormido un instante y desperté con sobresalto para encontrar el rostro de Constancia superpuesto al de la actriz británica en la pantalla. Grité sofocadamente. El aparato chisporroteó y se apagó, pero yo estaba seguro de que Constancia estaba en la sala, había bajado de la recámara, su rostro en la pantalla era un reflejo real, no mi imaginación jugándome bromas. Busqué en la oscuridad a mi mujer, temeroso de un desmayo suyo: Constancia no hablaba. La toqué. Huyó de mi tacto siendo yo el que la buscaba; pero ella me tocó a mí, repetidas veces, de una manera indeseada, vulgar, casi, diría, procaz. Ella me tocaba, yo a ella no, como si ella pudiese oírme sin verme. Escuché un aleteo leve y cuando las luces se encendieron, subí a la recámara y la encontré hincada frente a la imagen ampona de la Virgen. Me acerqué a ella por atrás. La abracé. Besé su nuca, sus orejas. Las orejas le temblaban nerviosamente, como si poseyesen un ánimo propio, lejano... Al hincarme a su lado, mis rodillas se ensuciaron de viruta.

Nos traían puntualmente la leche y el periódico, el correo seguía llegando, nadie me llamaba de Atlanta, todo marchaba sin sobresaltos pero nos faltaban verdes en la dieta, la pasta de dientes se acabó, los jabones se iban reduciendo a su mínima expresión...

Dormía a horas imprevistas. Es cuando, antes de dormir, decía: —Voy a soñar que... o, al despertar, anunciaba:

—Soñé que...

Yo quería sorprenderla en el acto de decir: —Estoy soñando que... para ausentarme y hacerla creer que mi ausencia era sólo parte de su sueño. Ahora yo ya entendía que su sueño, junto con su piedad y su sexo (la oración y el amor), era la verdadera literatura de Constancia, quien aparte de esa vasta novela onírica, erótica y sagrada, que ella misma soñaba, nada necesitaba en su vida salvo la leyenda del hijo sin ventura que una mañana, tristeza de tristezas, compasión de compasiones, podía despertar convertido en insecto.

—Estoy soñando que... el insecto pide piedad, y nadie se la da, sólo yo, sólo yo me acerco y lo...

Ésta fue mi justificación para huir; mi pie teatral para abandonarla, oyéndole decir que *estaba* soñando; descender a la sala de entrada, abrir la puerta de caoba y cristales biselados y cortinillas de algodón, temer el crujido de mis pies sobre la madera del porche, cruzar la calle Drayton, llegar a la esquina con la plaza Wright, subir los peldaños de piedra de la casa donde habitaba monsieur Plotnikov, tropezar con las botellas de leche acumuladas frente a la puerta, botellas cuajadas, de líquido amarillento ya, con una capa verdosa, los periódicos arrojados con descuido, aunque cuidadosamente doblados dentro de su fajilla, los grandes caracteres cirílicos visibles...

(No entiendo por qué los lecheros insisten en cumplir tan fatal, tan mecánicamente, su función, aunque vean que la leche ya se cuajó. El distribuidor de periódicos —lo he visto— es un chico que pasa en bicicleta y arroja con pericia el diario hacia el porche. Su descuido veloz es exculpable. En cambio, el lechero le está anunciando al mundo que la casa está deshabitada.. Que cualquiera puede entrar a saquearla. Los lecheros son cómplices siempre: del adulterio, del robo.)

Tomé con temor la manija de cobre. Abrí. Nadie había echado llave a la casa del señor Plotnikov. Entré a un salón de distribución común y corriente, nada distinto del nuestro: un paragüero, un espejo, la escalera cerca de la puerta, empinada, invitando a subir. Era una casa del llamado estilo Federal, simétrica en su distribución aunque secreta en sus detalles: un inesperado ventanal antiguo sobre un jardín tropical impenetrable, de bambúes y helechos; una ventana salidiza apartada como una isla misteriosa del resto del continente; los enyesados de águilas, escudos, banderas vencidas y tambores en descanso. Y a cada lado del vestíbulo estrecho, un salón, un comedor...

Pasé al comedor ruso, con muebles tan pesados como el soberbio samovar instalado en el centro de la mesa de patas gruesas y blancos manteles; platos con motivos e ilustraciones populares rusas y en los muros no los iconos que mi imaginación había anticipado, sino dos cuadros de ese academismo ruso que complació por igual a la nobleza zarista y a los comisarios soviéticos. El primero reproducía una escena sumamente externa, una troica, una familia que sale de excursión, mucha alegría, abrigos, pieles, gorros, cobertores, la nevisca, la estepa, los abedules, el horizonte inmenso... El otro cuadro, totalmente interno, era una recámara apenas iluminada, una cama de agonía, donde yacía muerta una mujer joven. A su lado, de pie, un doctor, maletín en el suelo, tomando el pulso final de la muerta. La postura obligaba a alargar el brazo pálido para que el doctor tomara la mano de finísimos, largos dedos. En una película (por ejemplo, *Anna Karenina* con un final distinto) el doctor habría agitado la cabeza con pesadumbre. Aquí, el comentario dramático quedaba a cargo de una babushka que, sentada en primer plano en un sillón de orejeras, consuela a un niño en camisón que mira con ojos angelicales hacia el infinito encerrado en esta recámara.

El otro salón era la recepción y su carácter era notoriamente español. Había un piano con un mantón de Manila arrojado encima. Los muebles eran moriscos y los cuadros, a lo Romero de Torres, *presentaban* toreros y gitanas; claveles y capas de raso rojo. Encima del mantón había una serie de fotografías enmarcadas en plata. No conocía a los representados en ellas; ninguna foto, me dije al observarlas, data de una fecha posterior a la Guerra Civil española. Había uniformes del ejército imperial ruso y otros de los tercios de Marruecos. Las mujeres, vestidas siempre de blanco, pertenecían a una generación capturada entre las virtudes del fin de siglo y los inevitables (y aguardados) pecados del siglo nuevo; se resistían a abandonar sus polisones, camafeos y peinados altos, como monsieur Plotnikov se aferraba a sus ropas de corte antiguo.

Las bailarinas eran la excepción: había allí dos o tres retratos de una mujer maravillosamente hermosa, toda ella una ilusión de piernas largas, talle estrecho, tules vaporosos, brazos limpios, cuello de cisne, maquillaje descarado y brillantes negros en el pelo negro también, corto: la figura inclinada con pasión y gracia hacia la tierra, inclinada para dar vida o perderla: quién sabe. No pude identificar al señor Plotnikov en estas fotos; quién sabe, quién sabe. No había fotos del señor actuando tal o cual rol. Entendí desde luego el motivo. Él quería una vida completa, no parcelada, me dijo. La historia quería dividirlo; él se resistió. Ninguna foto del hombre en

El tío Vania o *La gaviota* (¿tenía por fortuna el humor autocrítico para representar a Konstantin Treplev?).

Escuché en la sala el batir invisible de alas y mi atención se fijó en una foto: el señor Plotnikov de pie, en la misma pose, casi, de bailarina, pero inclinado esta vez —el pelo gris, la juventud perdida ya— sobre Constancia vestida de blanco, mi mujer a los quince o dieciséis años, luminosa, con un niño sostenido en el regazo, un niño difícil de definir, borroso porque se movió en el instante de ser tomada la foto, pero borroso también, me sospecho, por su tierna edad indefinida, sin facciones, un niño de un año o quince meses.

Los tres, me repito, los tres, me repito cuando corro escaleras arriba, como Constancia cuando se enoja conmigo.

Digo que "corro". No es cierto. A medida que penetro la casa decimonónica de monsieur Plotnikov, un sopor, una lentitud inusitados se apropian de mi cuerpo y de mi espíritu: los separa. El cuerpo parece irse de un lado y el alma de otro, un humor extraño asciende conmigo por las escaleras, como si los vapores acumulados de las dos piezas, el comedor ruso y la sala española, se uniesen en una especie de miasma ligero aunque asfixiante, aumentado por el constante rumor de alas rasgando los techos de la casa. Subo por esta escalera a una altura superior a la que indica el paso de un piso a otro, subo a otro clima, lo sé, a otra altitud geográfica, a un frío repentino, a un hambre de oxígeno que me llena de una falsa euforia aunque yo ya sé que es el preludio de algo atroz.

13

Necesitaba un descanso. Anuncié en mi consultorio y en el hospital que me tomaría una larga vacación. Nadie se atrevió a decirme que podía haberme retirado desde hace algunos años; pero sabía lo que todos pensaban: un hombre tan retirado ya, tan solitario, casado con una mujer tan poco sociable, necesita su profesión para sentirse vivo. Retirarlo sería una redundancia. Además es un excelente cirujano.

Yo me miro durante estos días al espejo mientras me rasuro cada mañana, dándome cuenta de que antes no lo hacía; me rasuraba mecánicamente, sin verme a mí mismo. Ahora me veo porque me siento abandonado y temo que mi abandono sea el castigo de Constancia por haberla dejado sola atreviéndome a violar el secreto de su amigo, el señor Plotnikov, amigo de Constancia desde antes de que yo conociera a mi mujer, si la foto del salón español no mentía.

Miraba al viejo en el espejo que finalmente se miraba a sí mismo como era visto por los demás. Era yo.

Cuánto tiempo disimulamos el arribo de la vejez, aplazando lo que no sólo es inevitable sino patente; con cuánta hipocresía negamos lo que los demás saben ver: esos párpados desguarnecidos para siempre, los hilos de sangre irritada en los ojos, el pelo ralo y suciamente gris que ya ni siquiera puede disimular alopecias más o menos viriles; el rictus involuntario de disgusto para con uno mismo; ¿qué pasó con mi cuello flojo, mis pómulos reticulados, mi nariz que antes no colgaba así? ¿Fui alguna vez un niño?

¿Fui alguna vez el doctor Whitby Hull, natural de Atlanta, Georgia, estudiante de medicina en Emory, combatiente de las invasiones de Sicilia y la bota italiana, estudiante de la universidad de Sevilla gracias a los beneficios del *G. I. Bill of Rights* para los soldados norteamericanos que interrumpieron sus estudios para combatir, casado con española, arraigado de vuelta en Savannah, mirando al Atlántico, cirujano, hombre de letras, hombre apasionado, hombre secreto, hombre culpable? Hombre viejo. Hombre intermediario de misterios que ignoraba, mirando al océano desde esta orilla a través de un espejo de lavabo que le repite: *hombre viejo*; tratando de mirar más allá del agua del espejo a la otra orilla, con una navaja en la mano.

¿Fui alguna vez un joven médico sureño estudiando su posgrado en Sevilla? Un joven de veintiocho años, el pelo negro, la quijada firme, tostado y endurecido por la campaña de Italia, pero demostrando su origen (su debilidad, quizás) en el traje seersucker de fina raya azul, deformado, abultado por las bolsas llenas de lo que, juzgaba, un buen americano llevaba a Europa en la posguerra: dulces, chocolates, cigarrillos. Terminaba por comerlos y fumarlos yo mismo. Las miradas andaluzas me vedaban ofrecerlos.

Allí quería regresar, me dije viéndome viejo pero imaginándome joven, mientras me rasuraba frente a mi espejo. Allí tenía que estar la clave, si no del misterio, al menos de mi vida con Constancia, en su origen mismo, apenas terminada la guerra.

Sureño, lector de Washington Irving y los *Cuentos de la Alhambra*, decidí ir a Andalucía. Allí conocí a Constancia cuando ella tenía veinte años y yo veintinueve o treinta. Allí nos enamoramos. ¿Qué hacía ella? Nada. Servía mesas en un café. No tenía familia. Todos murieron en la guerra, las guerras. Ella vivía sola. Cuidaba su piso. Iba mucho a misa. Era una casualidad que la encontrara sentada en el centro de la plazoleta del Salvador, tomando el sol, de cara al sol, con las piernas extendidas sobre las baldosas calientes, sin mirarme. ¿Por qué me sentí tan atraído hacia esa figura singular? ¿Era un símbolo de la juventud andaluza, de la mujer sentada en la calle, dándole la mirada cerrada al sol, las manos abiertas apoyadas contra el suelo ardiente del verano, invitándome con los ojos cerrados a sentarme junto a ella?

Vivía sola. Cuidaba su piso. Iba mucho a misa. Nadie sabía hacer el amor como ella. Servía mesas en un café del barrio de la Santa Cruz. Pero eso, ya lo dije. Era mi Galatea andaluza, yo la iba a formar, excitadamente, sintiéndome el intermediario de la civilización, el portador de valores espirituales que no se reñían con la prosperidad, con la relación práctica que merecen las cosas. Yo el hombre seguro de sí mismo, de su país, su tradición, su lengua, y que por eso podía tomar a esta muchacha casi iletrada, que no hablaba inglés: por una vez —lancé una sonrisa en dirección del fantasma de Henry James— el norteamericano sería el Pigmalión de la europea, recogida a orillas del Guadalquivir en la tierra más antigua de Europa: Andalucía, Tartessos de griegos y fenicios. Andalucía era castiza porque era mestiza: tierra conquistada, tierra raptada. Regresamos juntos y yo abrí mi consulta en Atlanta y mi casa en Savannah. Lo demás es sabido.

Sólo ahora, volando en clase preferente de Atlanta a Madrid, rodeado del terror aséptico de los aviones, el olorcillo universal de aire petrificado y plástico inflamable y cocina pasada por horno de microondas, me atrevo a mirar desde la altura de treinta mil pies a la tierra fugitiva primero, al mar perpetuo en seguida, y contemplar con una semblanza de razón, con un esfuerzo lúcido de la memoria, la escena que me aguardaba al llegar al vestíbulo superior de la casa de monsieur Plotnikov. Un estrecho ventanal da a la calle. El resto de los muros está empapelado de un solo color ocre pálido enmarcado con hilo de plata; la ventana arroja su luz poniente contra una sola puerta (acerco mi rostro ardiente a la fría ventanilla del avión): una sola ventana al fondo del vestíbulo. Doy gracias; me sirven un bloody mary que no pedí; doy gracias imbécilmente, separando la mejilla de la ventana; no tengo que escoger, como diciendo, no tengo que sufrir.

Hay una sola puerta iluminada (miro hacia la puerta de los pilotos que se cierra y abre incesantemente, no está bien cerrada, se cierra y luego se abre sobre el espacio infinito) y a ella me dirijo. Tuve entonces (ahora cierro los ojos para no ver lo que ven los pilotos) una súbita conciencia de la extrañeza de la vida que Constancia y yo vivimos durante cuarenta años, una vida tan normal, sin sobresaltos reales (tan normal como llegar al aeropuerto de Atlanta y tomar un Jumbo jet a Madrid). Lo extraño es eso, la normalidad de mi consultorio y de mis operaciones, mi habilidad para manejar los instrumentos quirúrgicos y la compensación de mis horas de trabajo leyendo en casa o, antes de renunciar a ello, jugando tenis y squash con hombres desconocidos que me aceptan porque soy lo que parezco ser.

No sé si lo más extraño de mi vida es ir volando hoy sobre el Atlántico hacia Madrid, sujeto de una magia desencantada, o ser un solitario médico sureño, jamás acompañado de su esposa que saben ustedes, no habla inglés, es una española muy católica, muy retraída, no tenemos hijos, no ve a los vecinos, pero se da enteramente a mí, me halaga sin límite en mi vanidad de hombre, pero también de norteamericano (lo admito ahora volando con las alas de la tecnología domesticada) que se hace cargo de una persona desvalida, y también de un sureño (me dice mi elocuencia silenciosa y hermética, encendida por la mezcla de vodka y jugo de tomate) que tiene en casa a una esclava (y el rumor de las alas del avión se parece al de las alas invisibles en la casa fúnebre de Plotnikov).

Todas estas extrañezas se convirtieron en la rutina de mi vida y sólo vuelven a ser extrañas ahora que reúno los hilos de mi presencia actual en la cabina de un jet con el recuerdo reciente de mi presencia igualmente actual en el descanso de la escalera de nuestro vecino, la mañana en que me acerqué a la única puerta del segundo piso de la casa de la plaza Wright y la abrí, habiendo dejado en casa a mi esclava Constancia, mi esclava andaluza, ¿a cambio de qué?

A cambio de mi vida, porque sin Constancia yo estaba muerto.

14

Abro la puerta del silencio.

Abro la puerta al silencio.

Es un silencio tan absoluto que, en el instante de abrir la puerta, mi acto parece suspender todos los rumores del mundo.

Cesan de batir las alas.

Ya no hay ruido: no lo habrá nunca más, parece decirme el vacío gris —luminosamente gris— que me recibe.

El piso de la recámara es de tierra. Tierra negra, légamo, tierra del río.

En el centro del piso de tierra se levanta el féretro, plantado sobre un círculo de tierra roja.

Sé que es un féretro porque tiene la forma de tal y la capacidad para recibir un cuerpo humano, pero su construcción barroca revela un singular arte de la carpintería; la tumba de madera labrada está construida para capturar y desbaratar en seguida la luz perlada de este recinto; no hay un solo plano del túmulo que no esté cortado, inclinado, opuesto al plano siguiente, todas las superficies infinitas quebrando la luz como si quisieran arribar a un punto misterioso, el límite de la luz o de la muerte, no sé, expresados en un punto supremo que los contiene y niega a todos. Un lugar impresionante y que ni siquiera hoy, volando a treinta mil pies sobre el Atlántico, sé describir más allá de esta imagen.

Sólo hay algo reconocible, algo indudable:

En la tapa de la tumba está esculpida, como en las necrópolis reales y en las catedrales de España, la figura yacente de una mujer, el perfil más dulce, los párpados más largos, el ceño más triste; las manos de la piedad se cruzan sobre sus pechos; viste cofia y manto: la iconografía popular me obliga a imaginar los colores blanco y azul, pero aquí todo es madera labrada y muro enjalbegado, tierra negra y tierra roja. No hay iconos; tampoco hay vírgenes amponas, ni crucifijos, ni nada: sólo mis pies cubiertos de polvo rojo, que yo miro estúpidamente.

Reacciono. Trato de levantar la tapa del sepulcro. No lo logro. Recorro con mis dedos ávidos las cornisas del atroz monumento, palpando sin quererlo los pies de la mujer, sus hombros, sus facciones heladas, los costados del túmulo, los planos de madera quebrados para romper la luz misma, y en cada plano así quebrado está inscrito un nombre, un apellido, unidos por un patronímico ruso, los nombres que escuché un día al señor Plotnikov murmurar como en una letanía en el panteón de tierra roja, nombres que ahora empiezo a ubicar, nombres de gente muerta, ejecutada, suicidada, encarcelada, silenciada, ¿en nombre de qué?, ¿para qué?, decía el viejo actor. Un enorme desaliento está a punto de apoderarse de mí leyendo los nombres de ese túmulo Mandelstam Essenin Maiakovski Jlebnikov Bulgakov Eisenstein Meyerhold Blok Malevitch Tatlin Rodchenko Biely Babel, exiliados o muertos o sobrevivientes o exiliados, no lo sé: sólo contemplo este hecho tan normal, tan tradicional como ir al cementerio a leer los nombres de nuestros antepasados, tan excepcional sin embargo cuando lo encontramos en el muro de mármol de Vietnam o en la entrada de Auschwitz. Contemplo los nombres hasta encontrar yo mismo la mínima cerradura, el ojo que espera una llave para abrir la tapa de la tumba en la casa del señor Plotnikov. Veo la forma del ojo de la cerradura y recuerdo algo que he visto toda mi vida, toda mi vida con Constancia, Constancia y su sueño enfermo: las horquillas en forma de llavecitas, los pasadores que me guardé en la bolsa de la chaqueta en la noche en que Constancia se me murió entre los brazos y yo le arranqué las horquillas para que no se le perdieran al caer, al cargarla a su recámara, al soltarle el pelo...

La horquilla en forma de llavecita entró perfectamente en la cerradura. Algo rechinó. La tapa con el cuerpo esculpido, yacente, labrado en plata, se desplazó apenas. Me puse de pie. Levanté la tapa. Monsieur Plotnikov, ahora vestido todo de blanco, yacía adentro del mausoleo de madera. Abrazaba el esqueleto de un niño que no podía tener más de dos años de edad.

Cerré rápidamente la tapa y salí fuera del lugar, sintiendo todo el peso de mis sesenta y nueve años acumulados en mis rodillas, mis hombros, las puntas de mis zapatos enrojecidos por otra tierra, no la mía, no la nuestra; quería regresar cuanto antes al lado de Constancia, sabiendo ya, en el secreto más doloroso de mi corazón, que Constancia, mi amada Constancia, mi compañera, mi pequeña, sensual, piadosa españolita, mi mujer, no iba a estar allí cuando yo regresara. La advertencia de monsieur Plotnikov me partía la cabeza como una migraña:

—Gospodin Hull, usted sólo vendrá a visitarme el día de su propia muerte, para avisármela, como yo lo hago hoy con la mía. Ésa es mi condición. Recuerde. Nuestra salud depende de ello.

Sin Constancia yo estaba muerto.

15

Pasaron dos, tres días y ella no regresó a nuestro hogar.

No quise regresar a casa del señor Plotnikov. Temí encontrar a Constancia abrazada al viejo ruso y al esqueleto del niño (¿la niña?): la imagen me era insoportable; era un misterio más, no una solución racional. No quería otro misterio. Sabía que cualquier intento de explicar lo sucedido se convertiría, a su vez, en nuevo enigma. Como los nombres obsesivos de los artistas rusos de la generación de Plotnikov. El enigma engendra otro enigma. En esto se parecen el arte y la muerte.

Me miraba al espejo. Me recriminaba: abandoné a Constancia, pero también visité al señor Plotnikov —violé su tumba— un día que no era el que él me indicó, el día de mi propia muerte. Pero yo seguía vivo, a pesar de la desaparición de Constancia, mirándome al espejo con el rostro enjabonado. Yo —escribí mi nombre con espuma de afeitar sobre el espejo, Whitby Hull— no estaba muerto, ni me habían matado la muerte de mi viejo vecino, ni mi visita prohibida a su tumba singular, ni la fuga de Constancia. ¿Cuál sería, entonces, mi castigo? ¿Cuándo, en dónde me sorprendería mi culpa? Ahora espiaba a los negros de Savannah, que antes no me hacían voltear la cara, desde mi ventana.

Eran mi culpa, allí estaban, no donde debían estar, del otro lado del océano, en otro continente, en su tierra secular, y la culpa era mía. Buscaba en vano los rostros de los dos negros que un día se acercaron en el parque a Constancia, le hablaron, la tocaron, parecieron disputarse por ella. Buscaba en vano el rostro de mi juventud en un espejo de baño o en la ventanilla rasguñada de un avión.

Regresé viejo a donde fui joven y quizá debía esperar que los signos de la historia que estoy recordando se manifestasen con espontaneidad. Me encojo de hombros. ¿Acaso puedo encontrar algo más extraño que cuanto he vivido, sin saberlo, reduciendo a normalidad secretamente entrañable, socialmente tediosa e inaceptable, todas mis costumbres?

Me encojo de hombros. No es posible que un norteamericano deje en paz el misterio ajeno, menos aún si siente que se ha convertido en misterio propio; necesitamos hacer algo, la inactividad nos mata, y lo que yo hice fue visitar los archivos municipales de Sevilla para inquirir sobre Constancia y averiguar lo que ya sabía: existía un acta matrimonial, la nuestra, cuya copia yo llevaba siempre conmigo y que conocía de memoria, mis generales de un lado, mi fecha de nacimiento, mis padres, mi profesión, mi lugar de residencia y en la siguiente columna los datos de ella, Constancia Bautista, soltera, alrededor de veinte años, padres desconocidos, créese natural de Sevilla.

Pero esta vez, frente al libro de actas que mis ojos miran, al cotejar mi copia con el original del municipio sevillano, encontré que mis generales eran los mismos, pero no los de Constancia.

Encontré que mientras mis datos seguían allí, habían desaparecido los de la mujer con la que me casé, a no dudarlo, un 15 de agosto de 1946. Mi nombre, mis fechas, mi genealogía, aparecían ahora huérfanos, sin la compañía, ésa sí desde siempre capturada en la orfandad, de mi Constancia. Frente a mi columna escrita, había una columna vacía.

Experimenté un desvanecimiento interno, que no tocaba mis facultades motoras ni mi integridad exterior: se trataba de un desmayo íntimo que, nuevamente, sólo una acción podía salvar. Estaba oponiendo, me daba cuenta, la acción a la pasividad, constantemente: mi regla a la de Constancia, mi constancia a la suya (sonreí un poco) (y empecé a decir, sin desearlo: ellos, ya no ella, sino ellos, los tres). Oponía el hacer al yacer y ello me hacía sentirme, a un tiempo, justo y culpable: justo porque hacía cosas, culpable porque no dejaba esas mismas cosas en paz. Si la columna de información sobre mi esposa que yo había guardado conmigo durante cuarenta años era falsa y ésta, el original inscrito en los libros del ayuntamiento sevillano, era cierta, ¿quién efectuó el cambio criminal: ella, quién más, otra vez, o ellos, finalmente? ¿Contra quiénes combatían mis enemigos? ¿Quiénes, por Dios, me engañaban así? Mi confusión me impedía ver claro: nadie había cambiado los datos; sencillamente, ahora no aparecían los de Constancia: el original del archivo de Sevilla era *la nada*. Cerré rápidamente el libro de registros y le di gracias al oficinista que me auxilió, sin darse cuenta de nada.

No soy un hombre que se resigne al enigma. Todo debe tener una explicación, dice el científico en mí; todo debe tener una imaginación, dice el hombre de letras frustrado que soy. Me consuelo a mí mismo pensando que una y otra actitudes se complementan, no se excluyen. Sevilla es ciudad de archivos. Como un sabueso, decidí exprimir hasta el último recurso, dejar secos todos los papeles (como un sabueso; pero eran las alas de un ave de presa las que removían constantemente el aire cerca de mi cabeza, inquietándola).

Ah, el mundo estaba tan revuelto, iba diciendo el joven archivista sevillano, sólo poco a poco se han ido reconstituyendo los hechos, tantas muertes, suspiró guiándome por los laberintos de cartones amarrados con cintas desleídas, bajo la luz desgranada de las altas celosías eclesiásticas, tantas muertes, bombas, asesinatos, que sé yo. Regrese mañana.

Quiero darme prisa. A pesar de las apariencias, la historia no es tan rara y mis horas sevillanas se prolongan demasiado. El adagio atribuye a Nápoles la visión final seguida de la muerte. Yo lo atribuiría a Sevilla, pero con una variante: Ver Sevilla y no moverse más. Algo me urge poner término a lo que puedo o quiero saber. El archivista joven —muy orgulloso de su función, muy contento de servir a un visitante, a un extranjero, a un americano, dijo— me mostró unos papeles en sobre sellado y me dijo que hablara con el procurador X, a quien debía pedírsele autorización para abrirlos. Me mostré irritado con la complicación burocrática. El archivista dejó de ser amable, se retrajo a una extraordinaria frialdad oficial:

—Estoy yendo muy lejos de todas maneras. Vea al señor procurador mañana. Él tendrá las piezas en sus manos.

Así lo hice. El procurador caviló y dijo lo mismo que el joven archivista:

—¡Hace tanto tiempo de todo esto! Pero yo pienso, doctor Hull, que la mejor manera de cerrar las heridas es hablar de las causas. No todos piensan como yo; otros creen que si no se menciona el horror, no volverá a perturbarnos.

Lo miré sentado en su oficina de techos altos y muros grises, atravesado por luces de convento y tribunal, alto y gris él mismo, con un bigotillo que sólo los españoles saben cultivar: dos líneas entrecanas, delgadas, exactamente encima del labio superior, raudas como dos trenes que jamás se cruzan. Pensé en Constancia y su cuento fantástico: los trenes llegan puntualmente, pero sin pasajeros. Miré al perro del funcionario, recostado a sus pies; un mastín espléndido, gris sin mancha alguna, al que su amo le acariciaba de tarde en tarde el cogote y le ofrecía con el puño entreabierto algo de comer, no sé qué era.

El funcionario me miró con la tristeza del hidalgo obligado a salvar su honor, más que el ajeno. Me hizo, al menos, la caridad de ser preciso.

—Las personas que le interesan a usted, doctor Hull, llegaron de Rusia a España en 1929, huyendo de la situación política allá, y trataron de salir de España a América en 1939, huyendo de la guerra nuestra. Desgraciadamente, fueron detenidas en el puerto de Cádiz por fuerzas nacionales que leyeron en los pasaportes el origen ruso y, por lo visto, lo asociaron con ciertas inclinaciones políticas. Las tres personas —el hombre, su esposa y el niño de diecisiete meses— fueron asesinadas en la calle por

estas fuerzas que menciono. Fue una ironía de la
guerra.

—Están muertos —dije estúpidamente.

—Sí. Desde hace cuarenta y nueve años —dijo
el funcionario, dándose cuenta de que ambos decíamos lo obvio. Sacudió la cabeza, parecía un hombre
inteligente, y añadió—: Recuerdo a mi propia familia, doctor Hull. Estas cosas dividen cruelmente, gol-
pean a los inocentes y ciegan a los culpables.

—¿Se sabe al menos dónde están enterrados?

El procurador negó con la cabeza.

—La guerra fue algo terrible, piense usted que
sólo en Badajoz dos mil inocentes fueron asesinados
en masa en la plaza de toros. Yo vi demasiados asesinados al azar doctor Hull, con un pistoletazo entre los ojos. Era la firma de ciertos grupos. ¿Sabe
usted de la muerte del escritor alemán Walter Benjamin? Murió por equivocación, por desidia burocrática y por terror en la frontera con Francia. Es
sólo un ejemplo, ilustre, entre mil ejemplos anóni-
mos. Doctor Hull, lo más trágico fue que tantas vidas se truncaron por error, por accidente, por…

Se interrumpió a sí mismo porque no quería in-
currir ni en la emoción ni en la anécdota personal.

—De la pareja y el niño se sabe sólo porque sus
señas de identidad quedaron en manos del partido
triunfante. Por eso puedo darle hoy estas noticias.
Hay que entenderlas, le digo, con un poco de ironía. Mire usted esto: esa familia que le interesa a usted había ordenado que se le enviaran a América sus
baúles, sus muebles y otros efectos personales. Pues
todas esas cosas se fueron de esta vieja tierra andaluza, doctor, a la nueva tierra americana. Aquí están

los documentos. Los efectos llegaron, pero sus dueños no. Lamento de verdad que sean noticias tan tristes... y tan viejas.

—No importa —dije—. Le agradezco todo. Me doy cuenta del esfuerzo que...

Me detuvo con un gesto de la mano, incorporándose.

—Doctor Hull, tanta gente quiso salvarse a tiempo, huir a América... Algunos lo lograron, otros no —volvió a encogerse de hombros—. Qué lástima que sus amigos no lo lograron. Se lo digo de verdad.

Tembló de frío; y noté que el perro sin mácula temblaba al mismo tiempo que su amo:

—Ahora es otra época, por fortuna, y aquí estamos para servir a nuestros huéspedes.

—¿A dónde llegaron los muebles? —pregunté un poco intempestivamente.

—¿Perdón?

—Los muebles de esa familia. ¿Adónde dicen los documentos...?

—Al puerto de Savannah, doctor.

16

Tengo que saber. Soy insaciable. Le doy crédito a todas las pruebas. Rondo las calles de Sevilla. Regreso a los lugares que frecuenté con ella. El café donde se ganaba la vida sirviendo mesas. La plaza donde la conocí, tomando el sol, sentada sobre las baldosas, con las piernas alargadas y desnudas. Su casa de la calle de Pajaritos donde tenía su cuartito y donde hicimos el amor por primera vez. La iglesia de San Salvador, adonde iba con tanta frecuencia. No la encontré a ella de nuevo, como secretamente esperaba. Había una nueva vida en esos lugares. En el patio de la casa de Constancia, una mujer de cierta edad se paseaba entre los naranjos vestida con un traje de novia antiguo. No volteó a mirarme. En la iglesia que frecuentaba Constancia, otra mujer atendía en un rincón oscuro un nido de gorriones, llorando sobre ellos con extrañeza. Y en el café donde servía Constancia, una gitanilla descalza intentaba bailar, la corrían, ella insistía en su libertad para bailar, la arrojaban fuera, pasaba rozándome la muchachilla, mirándome con tristeza, gritándoles con su peculiar acento a los mozos de saco blanco y corbata negra de paloma que la expulsaban del café, que no la persiguieran, que la dejaran bailar un poco más, que le dieran gracia, repetía con una voz estridente y desesperada, que le dieran gracia, un poquito de gracia, nada más…

Me senté a tomar un café en la tarde otoñal, en la esquina animada de Gallegos y Jovellanos donde arranca el bullicio sevillano de la calle de Sierpes. Ella se topó conmigo; no me reconoció. Cómo me iba a reconocer en este viejo gris, sin residuo alguno del muchacho americano con las bolsas llenas de cigarrillos y caramelos. Sigo usando el uniforme de verano de los norteamericanos, jóvenes y viejos: el *seersucker suit*, esponjoso y absorbente del sudor, rayas azules muy finas sobre fondo azul pálido. Pero ahora las bolsas están vacías. Quisiera imitar la elegancia del funcionario español con su perro, su frío, sus bigotes equidistantes. Siento calor, me rasuro cada mañana y no tengo animales domésticos; ella nunca quiso animales en la casa. Tengo sesenta y nueve años y la cabeza llena de enigmas sin resolver, de cabos que no atan. Si el actor Plotnikov murió en 1939, ¿cómo pudo saber que su maestro, Meyerhold, fue asesinado en 1940 en los separos de la policía moscovita? ¿Qué edad tenía Constancia al casarse con él, si es que se casó; al tener un hijo con él, si es que el esqueleto que yo vi era el del hijo de ambos y ese niño era el que aparecía en la foto encima del piano con el mantón? ¿Quién era Constancia, hija, madre, esposa, fugitiva? ¿Debí añadir: niña-madre, niña-esposa, niña-fugitiva? La muchacha que yo conocí a los veinte años envejeció normalmente conmigo. Quizás el ritmo de su juventud era distinto antes de conocerme; quizá yo le di lo que llamamos "normalidad"; quizás ahora la perdió de nuevo, volvió a otro ritmo temporal que yo desconocía. No sé. Las bolsas de mi saco de verano están vacías, mis cejas están blancas, a las seis de la tarde mi barbilla está llena de cerdas grises. Lector de novelas policiales, mi lógica me ilumina. ¿Por qué dijo Plotnikov, al hablar del fusilamiento de Meyerhold, "Me morí a tiempo, señor doctor"… como si su muerte hubiera precedido la del gran director teatral? ¿Cuándo murió Plotnikov; cuándo, Constancia; cuándo, el niño?

17

Regresé a los Estados Unidos transido, más que por la tristeza, por el dolor de un peso creciente. La referencia del procurador español a Walter Benjamin me llevó a buscar, en la librería Vértice de Sevilla, un tomo de sus ensayos. La portada era llamativa: una reproducción de la pintura *Angelus Novus* de Paul Klee. Ahora, en el avión que volaba sobre el Atlántico, leí con emoción y asombro estas palabras de Walter Benjamin describiendo la pintura de Paul Klee, el Ángel:

Da la cara al pasado. Donde nosotros vemos una cadena de eventos, él contempla la catástrofe única que acumula ruina sobre ruina y luego las arroja a sus pies. El ángel quisiera permanecer, despertar a los muertos y devolverle la unidad a lo que ha sido roto. Pero una tormenta sopla desde el Paraíso; azota las alas del ángel con una violencia tal que ya no puede cerrar sus alas. La tormenta, irresistiblemente, lo arroja hacia el futuro al cual él le da la espalda, en tanto que las ruinas apiladas frente a él crecen hacia el cielo. La tormenta es lo que nosotros llamamos el progreso.

Traté de imaginar la muerte del hombre que escribió estas líneas que yo leía, ahora, volando en un Jumbo 747 entre Madrid y Atlanta. El 26 de septiembre de 1940, un triste grupo llegó al puesto fronterizo de Port Bou, la entrada a España desde la Francia derrotada por los nazis. Entre ese grupo de fugitivos y apátridas ansiosos de refugio, iba un hombre miope, con el pelo revuelto y un bigote a lo Groucho Marx. Habían caminado por las montañas y a lo largo de viñedos de tierra negra. Pero el hombre miope no soltaba la maleta negra llena de sus manuscritos finales. Con la mano libre se acomodaba los gruesos espejuelos con aro metálico, hirientes, a caballo sobre la nariz larga y fina. Le presentaron los documentos al jefe de policía franquista en Port Bou, quien los rechazó: España no permitía la entrada de refugiados de nacionalidad indeterminada. Les dijo:

—Regresen a su lugar de origen. De lo contrario, mañana mismo los conduciremos al campo de concentración de Figueras y allí serán entregados a las autoridades alemanas.

El hombre con los espejuelos cegados por la angustia más que por el calor abrazó su maleta negra y miró sus zapatos cubiertos de polvo negro. Sus manuscritos no debían caer en manos de la Gestapo. Mirando hacia el Mediterráneo, acompañado de tres mujeres que lloraban junto a él, desesperadas, tres mujeres judías (como él), parte del grupo que venía huyendo de Alemania, de la Europa central devorada por la indiferencia y la negación y las utopías de los fuertes, Walter Benjamin pensó en el Atlántico que quería cruzar rumbo a América y acaso imaginó este Mediterráneo que miraba por última vez como el pasado arruinado, incapaz de restaurar su unidad original. Su patria primera, su hogar del alba. Quiso voltearse hacia el Atlántico que yo, el americano Whitby Hull, cruzo ahora con alas heladas aunque libres e imagino al ángel Benjamin con sus alas inmóviles, mirando la acumulación de ruinas de la historia y sin embargo, agradeciendo su visión final: la ruina revela la verdad porque es lo que queda; la ruina es la permanencia de la historia.

Vuelo sobre el Atlántico y dejo de quebrarme la cabeza reconstruyendo cronologías, atando cabos, resolviendo misterios. ¿No he aprendido nada, entonces? Estamos rodeados del enigma y lo poco que entendemos racionalmente es la excepción a un mundo enigmático. La razón es la excepción, no la regla. El enigma nos nutre, nos sostiene, porque nos asombra; y el asombro —*maravillarse*— es el mar que rodea la isla de la lógica, o algo por el estilo, me digo sentado en el aire a treinta mil pies de altura. Recuerdo a Vivien Leigh en *Anna Karenina*; recuerdo el recuerdo de una puesta en escena de *El último emperador* por Piscator en Berlín, evocada por mi vecino el actor, y entiendo por qué motivo el arte es el símbolo más preciso (y precioso) de la vida. El arte propone un enigma, pero la solución del enigma es otro enigma.

Me digo algo más. Y es que cuanto ha ocurrido en ese mar que rodea mi islita racional es lo más común, lo menos excepcional: el hombre hace sufrir al hombre. La felicidad y el éxito son tan excepcionales como la lógica; la experiencia más generalizada del hombre es la derrota y el sufrimiento. No podemos seguir separados de esto, nosotros, los norteamericanos convencidos de que tenemos derecho a la felicidad. No podemos. El destino de Walter Benjamin o el de Vsevelod Meyerhold no son excepcionales. El mío —protegido, razonablemente feliz— y el de mis vecinos, sí que lo es.

Quizá por ello, ellos se acercaron a mí. Lanzo una carcajada en pleno vuelo, rompiendo un silencio superior al batir de las alas del nuevo ángel tecnológico: me vieron tan saludable, tan bueno, que me escogieron para vivir cuarenta y un años más allá de su muerte, muerto el niño cuidado por el padre que recibía la vida de la mujer que la recibía de

mí, de mí, de mí… Y ahora, concluí provisional-
mente, el padre se ha agotado al fin y ella se ha ido
a reunir con ellos, a cuidar a la familia… Provisio-
nalmente, dije. ¿Qué enigma novedoso encierra esta solución pasajera?

Vuelo sobre el Atlántico y trato con un esfuerzo que jamás he experimentado antes de imaginar a
Walter Benjamin mirando las ruinas del Mediterráneo mientras me ofrecen una bolsita de cacahuates,
un bloody mary, una servilleta perfumada para re-
frescarme, luego una servilleta caliente que me pongo sobre la cara para evitar los requerimientos
constantes de las azafatas e imaginar, en cambio, no
una ruina sino un flujo sin fin, un río pardo cruzando del Viejo al Nuevo Mundo, una corriente de
emigrados, perseguidos, refugiados, entre los cuales
destaco a un hombre, una mujer y un niño que creo
reconocer, por un instante, antes de que la marcha
de los fugitivos los ahogue: la fuga de Palestina a
Egipto, la fuga de las juderías de España a los gue-
tos del Báltico, la fuga de Rusia a Alemania a España a América, los judíos arrojados a Palestina, los
palestinos arrojados fuera de Israel, fuga perpetua,
polifonía del dolor, babel del llanto, interminable,
interminable: éstas eran las voces, los cánticos de las
ruinas, la gran salmodia del refugio, para evitar la
muerte en la hoguera de Sevilla, en la tundra de
Murmansk, en el horno de Bergen-Belsen… Éste
era el gran flujo fantasmal de la historia, contempla-
do por el ángel como una catástrofe única.

—Aquí tiene sus audífonos, señor. Música clá-
sica en el canal dos, jazz en el tres, chistes en el cuatro, música tropical en el cinco, la banda sonora de

la película, en inglés en el diez y en español, si prefiere, en el once…

Enchufo el aparato y hago girar la selección de canales. Me detiene una voz grave que habla en alemán, diciendo:

"El ángel da la cara al pasado… Contempla la catástrofe única… Una tormenta sopla desde el paraíso…"

Abro los ojos. Miro las alas del avión. Miro las nubes perfectamente plácidas a nuestros pies. Quiero voltear la cabeza y mirar hacia atrás. Allí veo a ese hombrecillo con los espejuelos, el bigote, los zapatos de tierra negra y la maleta de manuscritos negros, mirando hacia el mar del origen desde la tierra de la expulsión judía de 1492, el año mismo del descubrimiento de la América a la cual regreso solo y por el canal de mi preferencia me llega una voz que reconozco por mis lecturas, es la voz de las cartas escritas por los judíos expulsados de España pero también es la voz de Constancia mi amada, y yo quisiera, apasionadamente, que desde esta altura de mi ángel de plata, insensible y ciego al pasado como al futuro, Walter Benjamin escuchase esta carta dicha por mi mujer perdida, oyéndola en el momento de ingerir la dosis de morfina y dormirse para siempre, huérfano de la historia, refugiado del progreso, fugitivo del dolor, en un pequeño cuarto de hotel de Port Bou:

Séllame con tu mirada

Llévame donde quiera que estés.

Protégeme con tu mirada

Llévame como una reliquia

Llévame como un juguete, como un ladrillo.

Cuando Walter Benjamin fue encontrado muerto en su habitación el 26 de septiembre de 1940, su fuga había terminado. Pero sus papeles desaparecieron. Su cuerpo también: nadie sabe dónde está enterrado. En cambio, las autoridades franquistas se sintieron amenazadas por el incidente y dejaron entrar a España a las tres mujeres judías que lloraron junto al lecho del escritor, judío como ellas.

18

¿Cuántos más lograron escapar a la muerte? Me imagino que habrían hecho cualquier cosa para salvarse, incluyendo el suicidio. Cualquier cosa para llegar a la otra orilla. Perdóname, Constancia, por haberme tardado tanto en traerte a América… Repetí esto varias veces, tratando de dormir (a pesar de los ofrecimientos de las azafatas); pero mi sueño era una serie de imágenes de muerte brutal, de fuga y de prolongación morbosa de la voluntad de vivir.

Éstas eran mis pesadillas. Me rescataba de ellas la idea de que mi casa me esperaba, al fin y al cabo, como un remanso, y que mi viaje a España lo había exorcizado todo. Pensaba en Constancia y le daba las gracias; quizás ella había asumido todas las pesadillas del mundo a fin de que yo no las sufriera. Al menos, quise pensar esto. Quería estar seguro de que a mi regreso a casa ella ya no estaría allí. Y me juré a mí mismo, viendo acercarse la costa norteamericana, que nunca más visitaría la casa de Plotnikov en la plaza Wright; nunca sucumbiría a la curiosidad de saber quiénes dormían allí. De eso dependía mi salud.

Cuando regresé a Savannah, era ya el tiempo del otoño feneciente, pero en el Sur un tibio verano indio persistía, dorándolo todo con una suavidad bien lejana a los colores que cicatrizaban en mi mente: sangre, pólvora y plata; iconos dorados, vírgenes gitanas, alas de metal; zapatos rojos, maletas negras.

Me esperaba el dédalo de Savannah, una imagen gemela aunque enemiga de Sevilla, dos ciudades-laberinto, depositarias de las paradojas y enigmas de dos mundos, uno llamado Nuevo, el otro Viejo. Me pregunté, en el taxi que me llevaba a casa, qué era más viejo, qué era más nuevo, y la síntesis de las imágenes que me perseguían ganaba una voz fugaz sólo para decirme, suspendida en el mar, entre los dos mundos,

Séllame con tu mirada

Llévame dondequiera que estés...

Cuando el taxi se detuvo frente a mi casa, respiré profundamente, saqué la llave y di voluntariamente la espalda a la casa de la esquina de la calle Drayton y la plaza Wright. Por el rabo de los ojos vi la acumulación —inexplicable— de periódicos y botellas de leche frente a la puerta empecinada de la morada de monsieur Plotnikov.

En cambio, el porche de mi casa estaba limpio de botellas o de papeles. Mi corazón dio un salto: Constancia había regresado, me esperaba... No tuve que abrir la puerta. Al tratar de introducir la llave (pensando, qué remedio, en la horquilla de Constancia) la puerta, empujada por mí, se abrió sola y todos mis fantasmas reencarnaron de un golpe. Pero ya no pude, por algún motivo, pensar más en Constancia sola. En cambio pensé: Aquí me esperan ellos, invitándome a unirme a ellos. Constancia nunca sola:

—Visíteme, gospodin Hull, el día de su propia muerte. Ésa es mi condición. Nuestra salud depende de ello.

Acepté en ese instante que éste —el día de mi regreso al hogar— era el día de mi muerte. Me di cuenta, con un sentimiento de vértigo, de que todos los aparecidos (¿cómo llamarlos?) de esta historia reclamaban solamente un aplazamiento, la gracia de unos días más de vida: en Port Bou, en Moscú, en Sevilla, en Savannah: ¿Por qué iba a ser yo la excepción? ¿Carecía yo sólo de la humildad necesaria para hincarme —frente al Mediterráneo o el Atlántico, en las dos orillas— y pedir: —Por favor, un día más de vida? Por favor...

Sólo que un ruido terrible me devolvió a la vida; un ruido perfectamente identificable de cacerolas caídas, vidrio roto, confusión... Entré con rapidez a la casa, dejando afuera las maletas. El ruido venía del sótano de la casa. Constancia, tuve que pensar de nuevo en Constancia: todo fue una pesadilla, mi amor, has regresado, estamos juntos de vuelta, todo ha sido coincidencia, falsa premisa, suposición engañosa, Constancia... lo único duradero es nuestro amor. Pero tú quieres arrastrarme contigo.

Bajé apresuradamente por las escalerillas de madera al sótano. Olía a humo, a leche hervida y derramada, a viruta y a cosas picantes. Me protegí la mirada con una mano abierta, la nariz con el pañuelo. Ellos estaban acurrucados en un rincón, protegiéndose entre sí, abrazados los tres, guarecidos por las pilas de papel periódico acumulado durante un mes de ausencia.

El hombre moreno, joven, bigotón, con el pelo cerdoso y revuelto, los ojos de mapache, a la vez inocentes y sospechosos, la camisa y el pantalón azules, las botas viejas, abrazado a la mujer con cara de venadillo, el pelo restirado, en chongo, la barriga grande y la ropa floja, esperando al siguiente niño, porque abrazaba a uno de quince o veinte meses, moreno y sonriente, con una gran risa blanca en medio del oscuro terror de sus padres,

señor, por favor no nos delates,

señor, vimos esta casa abandonada, nadie entraba, nadie salía,

señor, por el amor de Dios, no nos delates, no nos regreses al Salvador, nos han matado a todos, sólo quedamos nosotros, sólo nosotros tres cruzamos el río Lempa,

señor, los demás cayeron muertos, vieras cómo llovieron las balas sobre el río esa noche, las luces, los aviones, las balas, para que no quedara nadie vivo en nuestro pueblo, ningún testigo, ninguna voz, para que nadie pudiera huir siquiera, la muerte a fuerzas,

señor, pero nosotros nos salvamos de milagro, sólo quedamos nosotros vivos de ese pueblo, deja que nazca nuestro hijo, un día queremos regresar, pero antes hay que vivir, antes hay que nacer para regresar un día, ahora no se puede vivir en nuestra patria, señor, no nos denuncies, mira ve, todas estas semanas no he estado ocioso,

señor, mira ve, aquí mismo, encontré tus cosas de carpintería, yo era carpintero en mi pueblo, he estado reparando cosas en tu casa, había muchos sillones con las patas rotas, muchas mesas que crujían caray pues como cajones de muerto, caray,

señor, las he estado arreglando, verás, hasta te hice una nueva mesa con cuatro sillas como las hacemos en mi tierra, muy bonitas, espero que te gusten,

señor, verás, mi mujer y el tierno no han bebido tu leche en vano, yo no he comido tu pan sin pagártelo,

señor, si supieras, lo matan a uno para purito escarmiento, dicen, no se sabe cuándo nos van a matar, matan niños, matan mujeres, y viejos también, no nos queda nadie, sólo nosotros: no nos mandes de regreso, por el amor de Dios, por lo que más quieras, sálvanos,

señor...

No sé por qué me detuve un instante indeciso y turbado, pensando confusamente que yo no era más que un intermediario de todas estas historias, un puente entre un dolor y otro, entre una esperanza y la siguiente, entre dos lenguas, dos memorias, dos edades y dos muertes, y si por un momento este hecho subyacente —mi función intermediaria— me ofendió, ahora no, ahora acepté ser esto y serlo con alegría, con honor, ser el intermediario entre realidades que yo no poseía, ni siquiera dominaba, pero que se presentaban ante mí y me decían: nada nos debes, salvo el hecho de que tú sigues vivo y no puedes abandonarnos al exilio, a la muerte y al olvido. Danos un poco más de vida, aunque tú sólo la llames recuerdo, qué te cuesta.

Vi a la pareja fugitiva y a su hijo primogénito y quisiera haberle dicho entonces a Constancia, no importa, de verdad que no me importa que me hayas usado así, estoy contento de saber que cada día tomabas un poco de mi vida para ti y te alcanzaba para cruzar la calle y llevársela al señor Plotnikov. Siento mucho que no haya alcanzado para el niño. O quizás él llegó muerto ya, en un cajoncito pequeño entre los cajones grandes con pianos y cuadros, samovares y túmulos, que ustedes mandaron desde España, antes de que los mataran... Imagino, cerca de la pareja de salvadoreños y su niño, las ventanas salidizas del puerto de Cádiz, las viejas escondidas tras de los visillos, mirando en secreto la salida a América de los barcos, los marineros, los fugitivos, los muertos. Imagino el balcón de vidrio de Cádiz una tarde ensangrentada, cuando el viento de Levante agita los pinos de talle desnudo y copas frondosas y parte un barco lleno de los muebles, los mantones, las fotografías, los cuadros y los iconos de una familia rusa, parte con un hombre y un niño muertos escondidos entre sus posesiones que llegan a Savannah y se instalan de noche en la casa de enfrente mientras una muchacha yace entre los girasoles quemados del fin del verano y el aire levantino agita su cabellera negra y la voz del padre, del amante, del esposo, del hijo, le dicen, quédate allá, revive allá, déjanos muertos y sigue viviendo tú, Constancia, en nombre nuestro, no te des por vencida, que no te derrote la violencia impune de la historia, sobrevive, Constancia no te dejes desterrar, sirve de dique a la marea fugitiva, al menos tú, sálvate, hijita, madre, hermana nuestra, no te sumes a la corriente del exilio, por lo menos tú, quédate allá, crece allá, sirve de signo: ellos estuvieron aquí. Protégenos con tu recuerdo, séllanos con tu mirada... Recuerdo, mirando a los nuevos refugiados de una tierra cercana a la mía, mis viejas conversaciones con monsieur Plotnikov e imagino a Constancia asesinada entre girasoles muertos y esteros inmóviles, a las puertas de Cádiz, respondiendo, llévame dondequiera que estés, llévame como una reliquia de la mansión del dolor, llévame como un juguete, como un ladrillo... Implorando.

Imagino, sólo imagino; no sé nada, aunque sí siento, hasta las lágrimas, el dolor de las separaciones, la lejanía de los seres que adoramos. Pero desde ahora los imagino solamente —a Constancia, a Plotnikov, al niño muerto—, porque los veo al fin como parte de algo más grande que yo no comprendía. ¿Cuándo tiempo estuviste, Constancia, llevándoles vida —mi vida— a tus muertos? No importa. Yo estoy vivo ahora. Quizá tú no moriste en Cádiz al terminar la Guerra Civil —ah, dijo el joven archivista sevillano, el mundo estaba tan revuelto, sólo poco a poco se han ido reconstituyendo los hechos, tantas muertes, ¿tantas supervivencias también, tantas resurrecciones, tantos muertos oficiales que quizá sólo fueron fugitivos secretos?— y sólo esperaste, con paciencia, a que yo, o alguien parecido a mí, llegara y te trajera a América, cerca de lo que realmente te interesaba: ellos, que ya estaban aquí.

¿Cuánto tiempo estuviste, Constancia, llevándoles vida —mi vida— a tus muertos? No importa. Yo estoy vivo ahora. Tú estás donde quieres estar. Dales consuelo a tus muertos. Sólo te tienen a ti. Me detuve y pensé esto antes de hacer lo que tenía que hacer, que fue caminar hacia ellos, lentamente, hacia ellos, lentamente hacia el hombre, la mujer y el niño, rodeados de sus bultos mal liados y de mis periódicos viejos, las virutas en el suelo, el serrucho y el martillo, las tablas cruzadas, las estampas de la virgen pegadas ya a las paredes: mi casa, habitada siempre, habitada de nuevo.

Todas las noches, las luces de la casa del señor Plotnikov se prenden. Les doy resueltamente la espalda. El resplandor entra por mis ventanas e ilumina los lomos dorados de mis libros. Trato de cerrar los ojos. Pero la convocatoria es perpetua: me llaman. Más tarde, las luces se apagan. Yo sólo iré a reunirme con Constancia el día de mi muerte. Antes no. El viejo actor me lo advirtió: —Vendrá usted a visitarme, gospodin Hull, el día de su muerte. Lo esperamos. Nuestra salud depende de ello. No olvide.

Ahora me dirijo a la familia que me pidió asilo, llego hasta ellos y los abrazo muy fuerte, no se preocupen, quédense, vamos a hacer trabajos de carpintería juntos, no es malo para un viejo cirujano retirado, tengo cierta habilidad manual, quédense, pero tomen estos lápices, papel, plumas, por si los pescan, recuerden que éstas son cosas no confiscables, para que se comuniquen conmigo si los encarcelan, para que reclamen ayuda legal, lápices, papel, plumas, tráiganlos siempre con ustedes, ¿qué más saben hacer?, ¿alfarería?, ah, la tierra aquí es buena para eso, vamos a comprar un torno, ustedes me enseñarán, haremos platos, vasijas, floreros (toronjil, verbena…), mis manos no estarán ociosas, la alfarería es un trabajo sensual, mis manos están ávidas de tacto, no se preocupen, quédense, aún no, no se vayan, abrácenme, todavía tenemos mucho que hacer.

Julio 6, 1987
Trinity College
Cambridge

La desdichada

A los amigos de la mesa sabatina,
Max Aub, Alí Chumacero, Joaquín
Díez-Canedo,
Jaime García Terrés, Bernardo Giner
de los Ríos,
Jorge González Durán, Hugo Latorre Cabal,
José Luis Martínez, Abel Quezada y,
sobre todo, José Alvarado,
que me dio a entender esta historia.

TOÑO

…en aquellos años estudiábamos en la Escuela Nacional Preparatoria donde Orozco y Rivera habían pintado sus frescos y frecuentábamos un café de chinos en la esquina de San Ildefonso y República de Argentina, sopeábamos el pan dulce en el café con leche y discutíamos los libros que comprábamos en la librería de Porrúa Hermanos si teníamos dinero o en las librerías de viejo de República de Cuba si nos faltaba: queríamos ser escritores, querían que fuésemos abogados y políticos, éramos unos simples autodidactas librados a la imaginación de una ciudad que por alta que fuese daba la sensación secreta de estar enterrada aunque entonces tenía color de mármol y volcán quemado y sonaba campanadas de plata y olía a piña y cilantro y el aire era tan…

BERNARDO

Hoy vi por primera vez a La Desdichada. Toño y yo hemos tomado juntos un piso estrecho, el equivalente local de un ático de la bohemia parisina, en la calle de Tacuba cerca de la escuela de San Ildefonso. La ventaja es que es una calle comercial. No nos gusta salir de compras, pero dos estudiantes solteros tienen que arreglárselas sin admitir que les hace falta una madre suplente. Alternábamos los deberes domésticos; éramos provincianos y no teníamos mujeres, madres, hermanas, novias o nodrizas que nos atendiesen.

Tacuba fue una calle pintoresca durante el virreinato. Hoy el comercialismo más atroz se ha adueñado de ella. Yo vengo de Guadalajara, una ciudad pura aún, y lo noto. Toño es de Monterrey y comparativamente todo le parece aquí románticamente bello y castizo, aunque no haya planta baja de esta calle que no esté apropiada por un mueblero, una funeraria, una sastrería, una tlapalería. Hay que levantar la mirada —le digo a Toño con la suya ensimismada bajo un par de cejas espesas como azotadores— para imaginar la nobleza de esta calle, sus proporciones serenas, sus fachadas de tezontle rojo, sus escudos de piedra blanca inscrita con los nombres de familias desaparecidas, sus nichos reservados al refugio de santos y palomas. Toño sonríe y me dice que soy un romántico; espero que el arte, la belleza y hasta el bien desciendan de la altura espiritual. Soy un cristiano secular que ha sustituido al Arte con A mayúscula por Dios con d minúscula. Toño dice que la poesía está en las vitrinas de las zapaterías. Yo lo miro con reproche. ¿Quién no ha leído a Neruda por estos años y repite su credo de la poética de las cosas inmediatas, las calles de la ciudad, los espectros de las vitrinas? Yo prefiero mirar hacia los balcones de fierro y sus batientes astillados.

Se cerró rápidamente la ventana que yo miraba distraído y al descender mis ojos se vieron a sí mismos en la vitrina de una tienda. Mis ojos como un cuerpo aparte del mío —mi lazarillo, mi perro cuerpo— se arrojaron al agua de vidrio y nadando allí encontraron lo que la vitrina ocultaba: mostraba. Era una mujer vestida de novia. Pero si otros maniquíes en esta calle por la que Toño y yo pasábamos día tras días, sin fijarnos en nada, acostumbrados a lo pluralmente feo y a lo singularmente hermoso de nuestra ciudad, eran olvidables por su afán de estar a la moda, esta mujer llamó mi atención porque su vestido era antiguo, abotonado a todo lo alto de la garganta.

Esto pasó hace mucho tiempo y ya nadie recuerda la moda de las mujeres de aquella época. Todas ellas serían viejas mañana. La Desdichada no: la suntosidad de sus nupcias era eterna, el vuelo de su cola espléndidamente elegante. El velo que cubría sus facciones revelaba la perfección del rostro pálido, bañado por gasas. Las zapatillas de raso, sin tacón, daban ya los pasos de una muchacha altiva, pero al mismo tiempo recoleta. Gallardía y obediencia. De entre las faldas inmóviles salió, escurriéndose en zigzags temblorosos, una lagartija plateada e inconsistente. Buscó la zona del sol en el aparador y allí se detuvo, como un turista satisfecho.

TOÑO

Vine a ver a la muñeca vestida de novia porque Bernardo insistió. Dijo que era un espectáculo inusitado en medio de lo que él llama la vulgaridad apeñuscada de Tacuba. Él busca oasis en la ciudad. Yo renuncié a ellos hace tiempo. Si uno quiere remansos rurales en México, sobran en Michoacán o Veracruz. La ciudad debe ser lo que es: cemento, gasolina y luz artificial. Yo no esperaba encontrar en una vitrina a la novia de Bernardo y así sucedió: ni la encontré, ni sufrí por este motivo decepción alguna.

Nuestro apartamento es muy reducido, apenas una sala de estar donde duerme Bernardo y un tapanco adonde subo yo de noche. En la sala hay un catre que de día sirve de diván. En el tapanco, una cama de baldaquín y postes de metal que me regaló mi madre. La cocina y el baño son la misma pieza, al fondo de la estancia y detrás de una cortina de cuentas, como en las películas de los mares del Sur. (Íbamos dos o tres veces al mes al cine Iris: vimos juntos *Lluvia* de Somerset Maugham con Joan Crawford y *Mares de China* con Jean Harlow; de allí ciertas imágenes que compartimos.) Cuando Bernardo me platicó de la muñeca en la vitrina de Tacuba tuve la peregrina idea de que él quería traer al apartamento a La Desdichada como la bautizó (y yo, dejándome sugestionar, también la empecé a llamar así, aun antes de verla, sin comprobar primero su existencia).

Quería decorar un poco nuestra pobre casa.

Bernardo leía y traducía en aquellos momentos a Nerval. La secuela de imágenes de *El desdichado* ocupaba el centro de su imaginación: viudo, un laúd constelado, una estrella muerta, una torre incendiada; el negro sol de la melancolía. Leyendo y traduciendo durante nuestros momentos de libertad estudiantil (noches largas, madrugadas insólitas) él me decía que del mismo modo que una constelación de estrellas llega a formar una figura de escorpión o acuario, así un ramillete de sílabas buscan formar una palabra y la palabra (dice) busca afanosa sus palabras afines (amigas o enemigas) hasta formar una imagen. La imagen atraviesa el mundo entero para darle un abrazo reconciliado a su imagen hermana, largo tiempo perdida u hostil. Así nace la metáfora, dice él.

Lo recuerdo a los diecinueve años, puro y frágil con su pequeño cuerpo de mexicano noble, delgado, criollo, hijo de siglos de menudez corpórea, pero con una cabeza fuerte y dura como un casco de león, la melena de pelo negro y ondulado y la mirada inolvidable: azul hasta insultar al cielo, débil como la cuna de un niño y poderosa como una patada española en el fondo del océano más silencioso. Una cabeza de león, digo, sobre un cuerpo de venado: una bestia mitológica, sí: el poeta adolescente, el artista que nace.

Lo veo como él mismo quizá no se puede ver y por eso entiendo la súplica de su mirada. El poema de Nerval es, literalmente, el aire de una estatua. No el que la rodea, sino la estatua misma hecha del puro aire de la voz que recita el poema. Cuando me pide que vaya a ver el maniquí, yo sé que en realidad me está pidiendo: Toño, regálame una estatua. No podemos comprar una de verdad. Puede que te guste el maniquí de la tienda de modas. No puedes dejar de fijarte en ella: está vestida de novia. No puedes evitarla. Tiene la mirada más triste del mundo. Como si algo terrible le hubiera ocurrido, hace mucho tiempo.

Primero no pude reconocerla entre todos los muñecos desnudos. Nadie en la vitrina tenía puesta prenda alguna. Me dije: puede que éste sea el día en que mudan de ropa. Igual que los cuerpos en la vida, un maniquí sin ropa deja de tener personalidad. Es un pedazo de carne, quiero decir, de madera. Mujeres de cabeza pintada con ondas marcel, hombres con bigotillos pintados y largas patillas. Los ojos fijos, las pestañas irisadas, las mejillas laqueadas como jícaras: caras como biombos. Debajo de los rostros de ojos abiertos para siempre se hallaban los cuerpos de palo, barnizados, uniformes, sin sexo, sin vello, sin ombligo. No eran diferentes, aunque no derramasen sangre, de los retazos de una carnicería. Sí, eran pedazos de carne.

Luego discerní más, escudriñando la vitrina indicada por mi amigo. Sólo una figura de mujer tenía una cabellera real, no pintada sobre madera, sino una peluca negra, un tanto apelmazada pero alta y antigua, con rizos. Decidí que ésa era ella. Y además, la mirada no podía ser más triste.

BERNARDO

Cuando Toño entró con La Desdichada en sus brazos, no pensé en darle las gracias. Esa mujer de palo se abrazaba al cuerpo de mi amigo como dicen que el Cristo de Velázquez cuelga de su cruz: con demasiada comodidad. Un brazo de Toño, que es un hombre del Norte, alto y fortachón, basta para mantener en vilo a la mujer. Las nalgas de La Desdichada reposaban sobre una mano de Toño, quien con la otra le abrazaba el talle. Las piernas colgaban con relajamiento y la cabeza de la muchacha de ojos abiertos descansaba en el hombro de mi amigo, despeinándose.

Él entró con su trofeo y yo quise mostrarme no enfadado sino displicente. ¿Quién le pidió que la trajera a casa? Yo sólo le pedí que fuera a verla en la vitrina.

—Ponla donde gustes.

Él la puso de pie, dándonos la espalda, dándonos a entender que ahora ella era nuestra estatua, nuestra Venus Calipigea de nalgas hermosas. Las estatuas son puestas de pie, como los árboles (¿como los caballos que duermen de pie?). Se veía indecente. Un maniquí desnudo.

—Hay que conseguirle un vestido.

TOÑO

El marchante de la calle de Tacuba ya había vendido el vestido de novia. Bernardo no me quiere creer. ¿Qué te imaginas, le digo, que la muñeca iba a estar esperándonos en ese aparador para siempre, vestida de novia? La función de un maniquí es mostrar la ropa al transeúnte para que éste compre la ropa, precisamente la ropa, no el maniquí. ¡Nadie compra un maniquí! Fue una casualidad que pasaras por allí y la vieras vestida de novia. Hace un mes quizás estaba luciendo un traje de baño y tú no te diste cuenta. Además, a nadie le interesa la mona. Lo que interesa es el traje y ése ya se vendió. La muñeca es

de palo, nadie la quiere, mira, es lo que en las clases de derecho llaman una cosa fungible, lo mismo
sirve para un descosido que para un remendado, lo
mismo puedes usarla que no usarla... Además, mira, le falta un dedo, el anular de la mano izquierda.
Si estuvo casada, ya no lo está.

Él la quiere ver otra vez de novia y, si no, al menos la quiere ver vestida. Le molesta (le atrae) la
desnudez de La Desdichada. Él mismo la ha sentado a la cabeza de nuestra pobre mesa de estudiantes
"de escasos recursos", como se dice eufemísticamen-
te en la ciudad de México y en el año de 1936.

Yo la miro de reojo, le echo encima una bata
china que un tío mío, viejo pederasta regiomonta-
no, me regaló a los quince años, con estas palabras
premonitorias:

—Hay ropa que igual nos va a unas y a otras.
Todas somos coquetas.

Cubierta por una aurora de dragones parolíti-
cos —oros, escarlatas y negros— La Desdichada
entrecerró los ojos y bajó los párpados una fracción
de centímetro. Yo miré a Bernardo. El no la miraba
a ella, vestida de nuevo.

BERNARDO

Lo que más he querido de este lugar abandonado y
pobre donde vivimos es el patio. Toda vecindad ca-
pitalina tiene su lavadero, pero esta casa nuestra tiene una fuente. Se penetra desde el ruido de la calle
de Tacuba, por un puesto de tabaco y refrescos, a un
estrecho callejón húmedo y sombrío y luego el

mundo estalla en sol y geranios y en el centro del patio está la fuente. El rumor queda muy lejos. Un silencio de agua se impone.

No sé por qué, pero todas las mujeres de nuestra casa se han puesto de acuerdo en lavar la ropa en otra parte, en otros lavaderos, en las fuentes públicas, quizás, o en los canales que van quedando, última prueba de la ciudad lacustre que fue México. Ahora las lagunas se están secando poco a poco, condenándonos a la muerte por polvo. Hay un ir y venir de canastones colmados de ropa sucia y ropa limpia, que las mujeres más fuertes aunque menos hábiles abrazan con esfuerzo, pero que las más atávicas llevan sobre las cabezas, erguidas.

Las anchas ruedas de paja tejida, el colorido añil, blanco, siena: es fácil tropezar contra una mujer erguida que ni siquiera mira alrededor, hacer que caiga la canasta, excusarse, sustraer una blusa, un camisón, lo que sea, perdón, perdón…

Amé tanto ese patio de nuestra casa de estudiantes, esa gracia mediadora entre el ruido de la calle y el abandono del apartamento. Lo amé tanto como amaría más tarde al palacio supremo: la Alhambra, que es un palacio de agua donde el agua, naturalmente, se ha disfrazado de azulejo. No había estado entonces en la Alhambra, pero nuestro pobre patio, en mi memoria conmovida, posee los mismos encantos. Sólo que en la Alhambra no hay una sola fuente que se haya secado de un día para otro, revelando un fondo de renacuajos azorados, grises, por primera vez atentos en mirar desde allá abajo a quienes se asoman a la profunda fuente y los miran allí, condenados, sin agua.

TOÑO

Me preguntó por qué le faltaba el dedo. Le dije que no sabía. Insistió, como si La Desdichada anduviera mocha por mi culpa, por un descuido mío al traerla a casa, caray, sólo le faltó acusarme de haberla mutilado a propósito.

—Ten más cuidado con ella, por favor.

BERNARDO

No van a durar demasiado sin agua esos sapos que se han apropiado de la hermosa fuente del patio. Una gran tormenta se avecina. Al subir por las escaleras de piedra a nuestro apartamento, se ven por encima de los techos planos y bajos las montañas que en el verano dan un paso hacia adelante. Esos gigantes del valle de México —volcanes, basalto y fuego— arrastran consigo en esta época una corte de agua. Es como si despertaran de la larga sequía del altiplano como de un sueño cristalino y sediento, exigiendo de beber. Los gigantes tienen sed y generan su propia lluvia. Las nubes que durante toda la mañana asoleada se han ido acumulando, blancas y esponjadas, se detienen repentinamente azoradas de su gravidez gris. El cielo del verano da a luz cada tarde su tormenta puntual, abundante, pasajera y entra en conflicto con toda la luz acumulada del día que muere y del amanecer siguiente.

Llueve la tarde entera. Desciendo del apartamento al patio. ¿Por qué no se llena de agua la fuente? ¿Por qué me miran con esa angustia los sapos secos, arrugados, protegidos por los aleros de piedra de la vieja fuente colonial?

TOÑO

Hoy son espacios espectrales: desiertos nacidos de nuestra prisa. Yo me niego al olvido. Bernardo me entenderá si le digo que esos solares abandonados de la ciudad fueron un día los palacios de nuestro placer. Olvidarlos es olvidar lo que fuimos y lo que tuvimos también: un poco de alegría, una vez, cuando éramos jóvenes y mereciéndola no la sabíamos conquistar.

Él se ríe de mí; dice que poseo la poesía de los bajos fondos. Bueno: que alguien recoja ese aroma, poético o no, del Waikikí en pleno Paseo de la Reforma, cerca del Caballito, el cabaret de nuestra juventud. Por dentro, el Waikikí era color de humo, aunque afuera parecía una palmera cancerosa, una playa enferma, gris, bajo la lluvia. Jamás un lugar de entretenimiento ha parecido más sombrío, más prohibitivo. Incluso sus anuncios luminosos eran repelentes, cuadrados, ¿recuerdan ustedes? Todo en ellos se establecía en perfecto orden de atracción: el o la cantante a la cabeza del cartel, la orquesta, luego la pareja de baile, en fin, el mago, el payaso, los perros. Era como una lista electoral, o un menú de embajada, casi una esquela fúnebre: aquí yacen un cantante, una orquesta, dos bailarines de salón, un mago...

Las mujeres eran iguales al lugar, como el color del humo adentro del cabaret. Por ellas íbamos allí.

La sociedad cerrada nos negaba el amor. Creíamos que dejando en casa a las novias que no podíamos seducir físicamente sin arruinarlas para el matrimonio, podíamos venir a estudiar leyes a la capital y aquí encontrar, como en las novelas de Balzac o de Octave Feuillet, una amante madura, rica, casada, que nos introdujese, a cambio de nuestro vasallaje viril, a los círculos del poder y la fortuna. Hélas, como diría Rastignac, la Revolución Mexicana aún no se extendía a la libertad sexual. La ciudad era tan pequeña entonces que todo se sabía; los grupos de amistades eran exclusivos y si dentro de ellos sus miembros se amaban los unos a los otros, a nosotros no nos tocaban ni las migajas del banquete.

Pensábamos en nuestras novias de provincia, preservadas como albaricoque, mantenidas en estado de pureza detrás de las rejas y al alcance, apenas, de las serenatas, y nos preguntábamos si en la capital nuestro destino de provincianos sólo se potenciaba de un grado más sórdido: o nos encontrábamos noviecita santa, o nos íbamos a bailar con las fichadoras del Guay. Eran casi todas pequeñas, polveadas, con ojos muy negros y perfumes muy baratos, escaso busto, nalga plana, pierna flaca, cadera ancha. Trompuditas, pelo muy lacio, a veces achinado con tenazas, falda corta, media calada, signos de interrogación untados a las mejillas, uno que otro diente de oro, una que otra picadura de viruela, el tacón pegando contra el piso de baile, el ruido del tacón al salir a bailar y al regresar a las mesas, y entre ambos taconeos el rumor arrastrado de las puntas de los pies en la misa del danzón.

¿Qué les buscábamos, si eran tan feas estas hetairas baratas? ¿Sólo el sexo que tampoco era fantástico?

Buscábamos el baile. Eso es lo que ellas sabían hacer: no vestirse, ni hablar, ni hacer el amor siquiera. Estas changuitas del Guay sabían bailar el danzón. Ése era su chiste: bailar el danzón, que es la ceremonia de la lentitud. Dicen que el mejor danzón se baila sobre el espacio de un timbre postal. El segundo premio es para la pareja que lo baile sobre la dimensión de un ladrillo. Así de pegados los cuerpos, de insensibles los movimientos. Así de sabia la carne vestida, la carne palpitante pero casi inmóvil, entre el remedo del baile y el remedo del sueño.

¿Quién iba a decir que estas muchachas que parecían ganado traían por dentro el genio del danzón, respondiendo así a la flauta y el violín, al piano y el güiro?

Estos tamalitos sensuales surgidos de las barriadas venéreas de una ciudad que ni siquiera usaba el papel de baño o las toallas sanitarias, una ciudad de pañuelos sucios anterior al klínex y el kótex, piénsalo, Bernardo, esta ciudad donde la gente pobre aún se limpiaba con hojas de elote, ¿qué pobre y lacerante poesía sacaba de sus sentimientos fatalmente encarcelados? Porque a este mundo nuestro de la miseria rural trasladada de las haciendas deshechas a la ciudad por hacer, se mudaba también el miedo a hacer ruido, a molestar a los señores y a ser castigados por ellos.

El cabaret era la respuesta. La música del bolero les permitía a estas mujeres redimidas del campo y explotadas de nuevo por la ciudad, expresar sus sentimientos más íntimos, cursis pero ocultos; el danzón les permitía el movimiento inmóvil de sus cuerpos de esclavas: estas mujeres tenían la escandalosa elegancia del ciervo que se atreve a posar, es decir, a llamar la atención.

Bah, vamos al Waikikí, le dije a Bernardo, vamos a acostarnos con dos fichadoras, ¿qué nos queda?, imagínate si quieres que pasaste la noche con Marguerite Gautier o Delphine de Nucingen, pero vamos a robarles lo que nos hace falta para el ajuar de La Desdichada. No podemos tenerla vestida de bata todo el día. Es indecente. ¿Qué dirán nuestros amigos?

TOÑO Y BERNARDO

¿Cómo prefieres morir?

BERNARDO

Mi madre fue viuda de la Revolución. La iconografía popular se ha encargado de divulgar la figura de la soldadera que acompañaba a los combatientes de las batallas. Se la ve en los techos de los trenes o alrededor de los vivacs. Pero las viudas que no se movieron de sus casas eran otra cosa. Como mi madre: mujeres severas y resignadas, vestidas de negro a partir de la fecha de la fatal noticia: Su marido señora cayó con honor en el campo de Torreón o La Bufa o Santa Rosa. Eso, quizás, es ser la viuda de un héroe. Pero ser la viuda de la víctima de un asesinato político, puede opinarse, es otra cosa. ¿En verdad? ¿No es todo soldado que cae la víctima de un crimen político? Más: ¿no es toda muerte un asesinato? Tardamos mucho en acostumbrarnos a la idea de que la persona muerta no fue una persona asesinada, antes de que a Dios se le achacara esa voluntad.

Mi padre murió con Carranza. Es decir, asesinado el Primer Jefe de Tlaxcalantongo, mi padre que era su amigo murió asesinado en una de tantas venganzas contra los partidarios del Presidente. Una guerra no declarada que tuvo lugar ya no en los campos del honor militar, sino en las trastiendas del terror político. Mi madre no se resignó. Tendió el uniforme de mi padre sobre su cama. La túnica con botonaduras de plata. El kepí con dos estrellas. Los pantalones de montar y el grueso cinturón con la funda vacía de la pistola. Las botas al pie de la cama. Éste era su perpetuo tedéum doméstico.

Allí pasaba las horas, iluminada por lámparas votivas de resplandor anaranjado, sacudiendo el polvo de la túnica, dándole lustre a las botas. Como si la gloria y el réquiem de una batalla desaparecida la acompañasen siempre a ella. Como si esta ceremonia de luto y amor fuese la promesa de que el esposo alguna vez (el padre) regresaría.

Pienso en todo esto porque entre Toño y yo hemos reunido el guardarropa de La Desdichada y lo tenemos en exhibición sobre la cama de baldaquín. Una blusa blanca de holanes (de las lavanderas del patio) y una falda corta de satín negro (de las fichadoras del Waikikí). Medias negras (cortesía de una chaparrita llamada Denada dice riendo Toño). Pero, por algún motivo, no obtuvimos zapatos. Y Toño alega que, en realidad, a La Desdichada no le hace falta ropa interior. Esto me hace dudar de sus historias donjuanescas. Quizá no llegó tan lejos como presume con la fichadora del Waikikí. Yo, en cambio, sólo alego que si le vamos a dar trato decente a La Desdichada no podemos privarla de sus pantaletas y su sostén, al menos.

—Pues a ver de dónde los robamos, mano. Yo ya puse de mi parte. Tú ni te esforzaste.

Ella está sentada a la mesa, envuelta en la bata china del tío marica. No mueve los ojos, claro, pero tiene la mirada fija, fija en Toño.

Para disipar esa atención molesta, me apresuro a tomarla de un brazo, levantarla y decirle a Toño que debemos peinarla, vestirla, hacerla sentirse cómoda, ¡pobre Desdichada!, se ve siempre tan lejana y solitaria, intento reír, un poco de atención no le vendría mal, ni un poco de aire tampoco.

Abro la ventana que da sobre el patio, dejando a la muñeca en brazos de Toño. Las ranas croan sin cesar. La tormenta se acumula encima de las montañas. Los ruidos minuciosos de mi ciudad, agudizados por el silencio previo al aguacero, me avasallan. Los afiladores de cuchillos hoy me suenan siniestros, los ropavejeros peor tantito.

Volteo y por un instante no encuentro a La Desdichada: no la veo donde la dejé, donde debería estar, donde yo dispuse que se sentara frente a la mesa. Grito sin querer: "¿Adónde te la llevaste?" Toño aparece solo apartando las cuentas de la cortina del baño. Tiene un arañazo en la cara.

—Nada. Me corté. Ella sale ahora mismo.

BERNARDO Y TOÑO

¿Por qué no nos atrevemos?

...

¿Por qué no nos atrevemos a inventarle una vida? Lo menos que puede hacer un escritor es regalarle a un personaje su destino. No nos cuesta nada hacerlo; nadie nos pedirá cuentas: ¿somos incapaces de darle un destino a La Desdichada? ¿Por qué? ¿Tan desposeída la sentimos? ¿No es posible imaginarle patria, familia, pasado? ¿Qué nos lo impide?

...

Podemos hacerla ama de hogar. Nos tendría bien arreglado el pisito. Haría los mandados. Tendríamos más tiempo para leer y escribir, ver a los amigos. O podemos lanzarla a la prostitución. Ayudaría a llevar los gastos de la casa. Tendríamos más tiempo para leer y escribir. Ver a los amigos y sentirnos muy padrotes. Reímos. ¿Alguien se interesará por ella como puta? Es un desafío a la imaginación, Bernardo. Como las sirenas: ¿por dónde?

Nos reímos.

¿Ser madre?

¿Qué dices?

Que podría ser madre. Ni criada ni puta. Madre, darle un hijo, consagrarla al cuidado de su hijo.

¿Por dónde?

Reímos todavía más.

TOÑO

Hoy tuvo lugar la cena de La Desdichada. La muñeca se quedó vestida con la bata chinesca de mi tío el maricón. Nada le iba mejor, decidimos Bernardo y yo, sobre todo porque ella misma mandó las invitaciones y, como una gran *cocotte* o una excéntrica inglesa en su castillo, podía recibir en bata: ¡por la borda las convenciones!

La Desdichada recibe. De ocho a once. Exige puntualidad. Ella nunca llega tarde, les advertimos a nuestros amigos: puntualidad británica, ¿eh? Y nos sentamos a esperarles, cada uno a un lado de la muñeca, yo a su izquierda, Bernardo a su derecha.

Se me ocurrió que una fiesta disiparía la pequeña nube que ayer noté en nuestras relaciones, cuando me corté al rasurarme mientras ella me miraba, sentada en el excusado, con las piernas cruzadas. Sentada allí, como quien no quiere la cosa, la rodilla protegiendo la rodilla. ¡Bien coqueta! El excusado era solo el lugar más cómodo para sentarla a ver cómo me rasuraba. Me puso nervioso, es todo.

No le expliqué esto a Bernardo. Lo conozco demasiado y quizá no debí llevar la muñeca al baño conmigo. Lo lamento, de veras, y quisiera pedirle perdón sin darle explicaciones. No puedo; no entendería, le gusta verbalizarlo todo, empezando por las emociones. El hecho es que cuando él dio la espalda a la ventana y nos buscó, sin encontrarnos, yo me asomé a la sala y lo vi mirando a la nada. Pensé por un instante que sólo vemos lo que deseamos. Tuve un sentimiento de terror pasajero.

Quise disipar el malentendido con un poco de broma y él estuvo de acuerdo. También esto tenemos en común: el gusto por cierto humor que, sin saberlo entonces, estaba de moda en Europa y se identificaba con los juegos dadaístas. Pero el surrealismo mexicano, claro está, no necesitó nunca de la patente europea; somos surrealistas por vocación, de nacimiento, como lo comprueban todas las bromas a que aquí hemos sometido al cristianismo, trastocando los sacrificios de carne y hostia, disfrazando a las rameras de diosas, moviéndonos a nuestras anchas entre el establo y el burdel, el origen y el calendario, el mito y la historia, el pasado y el futuro, el círculo y la línea, la máscara y el rostro, la corona de espinas y la corona de plumas, la madre y la virgen, la muerte y la risa: llevamos cinco siglos, nos decimos con severo humor Bernardo y yo, jugando charadas con el más exquisito cadáver de todos, Nuestro Señor Jesucristo, en nuestras jaulas de cristal sangriento, ¿cómo no jugar con el pobre cadáver de palo de La Desdichada? ¿Nos atrevemos? ¡Zas! ¿Por qué no?

Ella misma invitó. Recibe La Desdichada, y recibe en bata, como una gran cortesana francesa, como una geisha, como una gran dama inglesa en su castillo, valida del permiso de excentricidad para convertirlo en patente de libertad.

BERNARDO

¿Quién mandó esas flores quemadas una hora antes de la cena?

¿Quién pudo ser?

TOÑO

No vino mucha gente a la cena. Bueno, no *cabe* mucha gente en el apartamento, pero Bernardo y yo quizá pensamos que una fiesta multitudinaria, como se acostumbran en México (hay mucha soledad que salvar: más que en otras partes) le daría un tono orgiástico a la reunión. Secretamente, yo quería ver a La Desdichada perdida en medio de un gentío insatisfecho, acaso soez; abrigaba la fantasía de que sostenida por un motín de cuerpos indiferentes, el de ella dejaría de serlo: zarandeada, manoseada, pasada de mano en mano, bestia de coctel, seguiría siendo una muñeca pero nadie se enteraría: sería igual a todos.

Todos la saludarían, le preguntarían nombre, quehacer, quizá fortuna, y se retirarían, apresurados, a curiosear a la siguiente persona, convencidos de que ella había respondido a sus inquisiciones, ¡qué espiritual, qué ingeniosa!

—Me llamo La Desdichada. Soy maniquí profesional. Pero no me pagan por mi trabajo.

El caso es que solamente tres hombres respondieron a nuestra invitación. Se necesitaba ser *curioso* para aceptar un convite como el nuestro un lunes en la noche, al principiar la semana de clases. No nos sorprendió que dos de los huéspedes fuesen muchachos de familias aristocráticas venidas a menos en estos años de tumulto y confusión. Nada ha durado más de medio siglo en México, salvo la pobreza y los curas. La familia de Bernardo, que tuvo gran poder político en la época del liberalismo, no tiene hoy un ramo de fuerza, y las familias de Ventura del Castillo y de Arturo Ogarrio lo obtuvieron durante la dictadura y ahora lo perdieron también. La violenta historia de México es una gran niveladora. Quien se encuentra en la cima un día amanece al siguiente, no en la sima, sino en el llano: el medio llano de la clase media hecha en gran medida de los desechos empobrecidos de aristocracias pasajeras. A Ventura del Castillo, autoproclamado "nuevo pobre", le interesaba salvarse de la clase media más que de la pobreza. Su manera de hacerlo consistía en ser excéntrico. Era el cómico de la escuela y su aspecto le ayudaba. A los veinte años, era gordo y relamido, con un bigotillo de mosca, cachetes rojos y mirada de carnero amoroso detrás de un perpetuo monóculo. La comicidad le permitía superar toda situación humillante derivada de su descenso social; su exageración personal, en vez de provocar la burla en la escuela, merecía un asombrado respeto; rechazaba el melodrama de las familias caídas; con menos razón aceptaba la idea, todavía en boga, de la "mujer caída" y al entrar al apartamento esto es, sin duda, lo que creyó que le ofrecíamos Bernardo y yo: una Naná en barata, sacada de esos cabarets prostibularios que todos, aristócratas o no, frecuentábamos entonces. Ventura tenía listo su comentario y la presencia de La Desdichada le autorizó a decirlo:

—El melodrama es simplemente la comedia sin humor.

El aspecto un tanto orozquiano (expresionista, se decía entonces) de La Desdichada envuelta en su bata china y con su maquillaje inmóvil no conmovió a nuestro amigo, aunque sí extremó su sentido innato de lo grotesco. A dondequiera que iba, Ventura se convertía en el centro de atracción festivo comiéndose su monóculo a la hora de la cena. Todos sospechábamos que su anteojo era de gelatina; él acompañaba la deglución con sonoridad tan catastrófica que todos acababan por reír, repelidos y amenazados, hasta que el muchacho terminaba la broma enjuagándose la boca con cerveza y comiéndose, a guisa de postre, la sempiterna flor del ojal: una margarita nada más.

El encuentro de Ventura del Castillo con La Desdichada resultó por todo ello una especie de jaque inesperado: le presentábamos a alguien que superaba astronómicamente su propia excentricidad. La miró y sus ojos nos preguntaron: ¿Es una muñeca, o es una espléndida actriz? ¿La Duse de la inmovilidad facial? Bernardo y yo nos miramos. No sabíamos si Ventura iba a ver en nosotros, y no en La Desdichada, a los excéntricos del caso, disputándole a nuestro amigo gordo su ascendencia.

—¡Vaya que sois cachondos! —rió el muchacho, quien afectaba fórmulas verbales madrileñas.

—¡Debe ser una paralítica nada más!

Arturo Ogarrio, en cambio, no veía nada festivo en su propia decadencia. Le dolió la obligación de estudiar con la plebe en la Prepa de San Ildefonso; nunca se resignó a perder la oportunidad de inscribirse, como las dos generaciones precedentes, en la escuela militar de Sandhurst en Inglaterra. Su amargura era lúcida. Miraba con una suerte de claridad envenenada todo lo que ocurría en este mundo de "la realidad".

—Lo que dejamos atrás era una fantasía —me dijo una vez, como si yo fuese el responsable de la Revolución Mexicana y él —nobleza obliga— me tuviese que dar las gracias por abrirle los ojos.

Severamente vestido, todo de gris oscuro, con chaleco, cuello duro y corbata negra, portando el duelo de un tiempo perdido, Arturo Ogarrio vio con claridad lo que ocurrió: ésta era una broma, una muñeca de palo presidía una cena de preparatorianos y un par de amigos con aficiones literarias desafiaba la imaginación de Arturo Ogarrio, nuevo ciudadano de la república de la realidad.

—¿Vas a entrar a nuestro juego? ¿Sí o no? —Sólo esto le pedíamos a nuestro displicente amigo.

Su rostro extremadamente pálido, delgado, sin labios, poseía los ojos brillantes del esteta frustrado porque identifica arte y ocio y, careciendo de éste, no concibe aquél. Rehúsa ser un diletante; quizá nosotros le ofrecíamos sólo eso: un descuido, la excepción estética, sin importancia, a la realidad cotidiana. Estuvo a punto de despreciarnos Lo detuvo algo que yo quise interpretar como su rechazo de las concesiones, paralelo a su desprecio por el diletantismo. No iba a tomar partido: realidad o fantasía. Las iría juzgando a partir de sus propios méritos y en función de las iniciativas de los demás. Se cruzó de brazos y nos miró con una sonrisa severa.

El tercer invitado, Teófilo Sánchez, era el bohemio profesional de la escuela: poeta y pintor, cantante de melodías tradicionales. Seguramente había visto grabados antiguos o películas recientes, o simplemente le habían dicho que el pintor usa chambergo y capa, y el poeta melena larga y corbatón florido.

Excéntricamente, Teófilo prefería usar camisas de ferrocarrilero sin corbata, sacos rabones y cabeza descubierta (en esa época de sombrero riguroso): se mostraba ofensivamente desnudo, el pelo casi al rape, con un corte que entonces se asociaba con las escuelas alemanas o con la clase más baja de reclutas del ejército. Sus facciones descuidadas, semejantes a una masa de centeno antes de entrar al horno, las pasas animadas de su mirada, la abundancia irreflexiva de su lenguaje poético, parecían un comentario a la frase de Ventura que yo celebré hace un momento con una sonrisa agria: el melodrama es la comedia sin humor.

¿Me tocaba esa frase a mí, que escribo ya pequeñas crónicas del *fait-divers* capitalino y su poesía menor, sin duda cursi, del salón de baile popular, la fichadora y el padrote, las parejas de barrio, la traición y los celos, los parques desolados y las noches insomnes? No te olvides de incluir las estatuas clásicas de los jardines y los ídolos olvidados de las pirámides, me corregía y aumentaba, con un humor muy serio, Bernardo. Ventura se reía de Teófilo porque Teófilo quería provocar risa. Arturo miraba a Teófilo como lo que Teófilo era y sería: una curiosidad de joven, una lástima de viejo.

¿Qué iba a hacer el bardo de la bohemia, una vez que tomamos un par de cubas cada uno, sino lanzarse a improvisar algunos versos atroces sobre nuestra castellana, sentada allí sin chistar? Vimos el rictus de desdén de Arturo y Ventura aprovechó un suspiro de Teófilo para reír amablemente y decir que esta *donna immobile* sería el mejor Tancredo de una corrida de toros. Lástima que la mujer, inventora del arte del toreo en Creta (y que ha continuado haciendo las delicias del circo como *ecuyère*) no pueda ya figurar como protagonista en el redondel moderno. El Tancredo —inició su imitación el gordo y rubicundo Ventura, lamiéndose los labios de capullo primero y luego untándose de saliva un dedo y pasándolo histriónicamente por las cejas— es colocado en el centro del ruedo —así— y no se mueve para nada —así— porque en ello le va la vida. Su movimiento futuro depende de su inmovilidad presente —se detuvo paralítico frente a la muñeca rígida— en el momento en que el toril se abre —así— y el toro, así, así, es soltado y busca el movimiento, el toro se mueve imantado por el movimiento ajeno y ahora el Tancredo está allí, sin moverse, y el toro no sabe qué cosa hacer, espera el pretexto del movimiento para imitarlo y atacarlo: Ventura del Castillo inmóvil frente a La Desdichada, sentada entre Bernardo y yo, Arturo de pie mirando con un correcto cinismo la ocurrencia, Teófilo confuso, con el verbo a punto de estallar y el estro a punto de perecer: las manos adelantadas, el gesto y la palabra interrumpidos por el acto inmóvil de Ventura, el Tancredo perfecto, rígido en el centro del redondel, desafiando al toro bravo de la imaginación.

Nuestro amigo se había convertido en la imagen del espejo de la muñeca de palo. Bernardo estaba sentado a la derecha de La Desdichada y yo a la izquierda de la muñeca. Silencio, inmovilidad.

Entonces se escuchó el suspiro y todos volteamos a verla. Su cabeza cayó de lado sobre mi hombro. Bernardo se levantó temblando, la miró acurrucada así, reposando sobre mi hombro —así— y la tomó de los hombros —así, así— la agitó, yo no supe qué hacer, Teófilo dijo alguna babosada y Ventura fue fiel a su juego. El toro embistió y él, ¿cómo iba a moverse?, ¡si no era suicida, caramba!

Yo defendí a La Desdichada, le dije a Bernardo que se calmara.

—¡Le estás haciendo daño, cabrón!

Arturo Ogarrio dejó caer los brazos y dijo vámonos ya, creo que estamos invadiendo la vida privada de esta gente.

—Buenas noches, señora —le dijo a La Desdichada sostenida de un brazo por Bernardo, del otro por mí—. Gracias por su exquisita hospitalidad. Espero corresponderla un día de estos.

TOÑO Y BERNARDO

¿Cómo prefieres morir? ¿Te imaginas crucificado? Dime si te gustaría morir como Él. ¿Te atreverías? ¿Pedirías una muerte como la Suya?

BERNARDO

Miro durante horas a La Desdichada, aprovechando el sueño pesado de Toño después de la cena.

Ella ha vuelto a su lugar a la cabecera de la mesa, con su bata china; yo la estudio en silencio.

Su escultor le dio un rostro de facciones clásicas, nariz recta y ojos separados, menos redondos que los de los maniquíes comunes y corrientes, que parecen caricaturas, sobre todo por la insistencia en pintarles pestañas en abanico. Los ojos negros de La Desdichada, en cambio, poseen languidez: los pár- pados alargados, como de saurio, le dan esa cuali- dad. En cambio la boca de la muñeca, tiesa, chiquitita y pintada en forma de alamar, podría ser la de cualquier mona de aparador. La barbilla vuel- ve a ser diferente, un poquitín prognata, como la de las princesas españolas. También tiene un cuello lar- go, ideal para esos vestidos antiguos abotonados hasta la oreja, como escribió el poeta López Velar- de. La Desdichada tiene, en verdad, un cuello para todas las edades: primero, mostraría su desnudez ju- venil, luego se pondrá bufandas de seda, y final- mente sofocantes de perlas.

Digo "su escultor", a sabiendas de que ese ros- tro no es ni artístico ni humano porque es un mol- de, repetido mil veces y distribuido por todos los comercios del mundo. Dicen que los maniquíes de vitrina son iguales en México y en Japón, en el África negra y en el mundo árabe. El modelo es oc- cidental y todos lo aceptan. Nadie ha visto, en 1936, un maniquí chino o negro. Siempre dentro del modelo clásico, hay diferencias: unas muñecas ríen y otras no. La Desdichada no tiene sonrisa; su cara de palo es un enigma. Pero lo es sólo porque yo he dispuesto que así sea, lo admito. Yo quiero ver lo que veo y lo quiero ver porque leo y traduz- co un poema de Gérard de Nerval en el que la des- dicha y la felicidad son como estatuas fugitivas, palabras cuya perfección significa fijarse en la in- movilidad de la estatua, sabiendo, sin embargo, que semejante parálisis es ya su imperfección: su mal-estar. La Desdichada no es perfecta: le falta un dedo y no sé si se lo mocharon adrede o si fue un accidente. Los maniquíes no se mueven, pero son movidos con descuido.

BERNARDO Y TOÑO

Me lanzó un desafío: ¿a que no te atreves a sacarla a la calle, del brazo? ¿La llevarías a cenar al Sanborn's?, ¡a ver! ¿Expondrías tu prestigio social a que te vieran en un teatro, una iglesia, una recepción, con La Desdichada a tu lado, muda, con la mirada fija, sin sonreír siquiera, qué dirían de ti? ¿Te expondrías al ridículo por ella? Deja que te lo cuente, mi cuate: no harías nada por el estilo. Tú sólo la quieres tener aquí en la casa, para ti solo si lo logras (¿crees que no sé leer tus miradas, tus gestos de impotencia violenta?) o, de perdida, los tres juntos. En cambio yo sí la saco. La voy a sacar a pasear. Tú verás. Apenas se reponga de tus malos tratos, yo la voy a llevar a todos lados, ella es tan viva, digo, parece viva, ya ves, nuestros amigos hasta se confundieron, la saludaron, se despidieron: ¿es sólo un juego?, pues que viva el juego, porque si lo sigue bastante gente, deja de serlo, y entonces, entonces, quién quita y todos la vean como una mujer viva, y entonces, entonces, ¿qué tal si el milagro ocurre y de veras empieza a vivir? Déjame darle esa oportunidad a esta… a nuestra mujer, está bien, nuestra mujer. Yo le voy a dar la oportunidad. Piensa que entonces puede ser sólo mía. ¿Qué tal si llega a tener vida y dice: Te prefiero a ti, porque tú tuviste fe en mí, y el otro no, tú me sacaste y él se avergonzó, tú me llevaste a una fiesta y él le tuvo miedo al ridículo?

TOÑO

Me dijo al oído, con un acento de polvo: ¿Cómo prefieres morir? ¿Te imaginas coronado de espinas? No te tapes los oídos. ¿Quieres poseerme y no eres capaz de pensar en una muerte que me haga adorarte? ¡Pues yo te diré lo que haré contigo, Toño, re-Toño?

BERNARDO

La Desdichada pasó muy mala noche. Se quejó espantosamente. Había que estar muy atento para darse cuenta.

TOÑO

Me veo la cara al espejo, al despertar. Estoy arañado. Corro a mirarla a ella. Pasamos la noche juntos, la exploré con minucia, como a una amante verdadera. No dejé un centímetro de su cuerpo sin observar, sin besar. Sólo al verme herido regreso a mirarla a ella y descubro lo que anoche vi y olvidé. La Desdichada tiene dos surcos invisibles en las mejillas barnizadas. Nada corre por esas heridas repuestas, arregladas sin demasiado arte por el fabricante de muñecas. Pero algo corrió una vez debajo de la pintura.

BERNARDO

Le recordé que yo no le pedí que la comprara o la trajera aquí, sólo le pedí que la mirara, eso fue todo, no fue idea mía traerla aquí, fue de él, pero eso no te da derechos de posesión, yo la vi primero, no sé qué digo, no importa, ella puede preferirme a mí, cuidadito, por qué no había de preferirme a mí, soy más guapo que tú, soy mejor escritor que tú, soy... ¡No me amenaces, cabrón! ¡No me levantes la mano! Yo sé defenderme, no lo olvides, lo sabes muy bien, ¡cabrón! No estoy manco, no soy de palo, no soy...

—Eres un niño, Bernardo. Pero tu puerilidad es parte de tu encanto poético. Cuídate de la senilidad. Pueril y senil al mismo tiempo, eso sí que no. Trata de envejecer bien. A ver si puedes.

—¿Y tú, pendejo?

—Me voy a morir antes que tú. No te preocupes. No te daré el gusto de que veas mi decadencia.

BERNARDO Y TOÑO

Cuando la cargué me dijo secretamente: Vísteme. Piensa en mí, desnuda. Piensa en toda la ropa que he ido dejando abandonada en cada casa donde viví. El mantón aquí, la falda allá, peinetas y alfileres, broches y crinolinas, gorgueras y guantes, zapatillas de raso, trajes de noche de tafeta y lamé, trajes de día de lino y de seda, botas de montar, sombreros de paja y de fieltro, estolas de gato y cinturones de lagarto, lágrimas de perlas y esmeraldas, diamantes engarzados en oro blanco, perfumes de sándalo y la-

vanda, lápiz de cejas, lápiz de labios, traje de bauti-
zo, traje de novia, traje de entierro: serás capaz de
vestirme, mi amor, podrás cubrir mi cuerpo desnudo, astillado, roto: nueve anillos de piedra luna
quiero, Bernardo (me dijo con su voz más secreta);
¿me los traerás?, ¿no me dejarás morir de frío?, ¿serás capaz de robarte estas cosas?, rió de repente, porque no tienes un clavo, ¿verdad?, eres un pobre
poeta, no tienes dónde caerte cadáver, rió mucho y
yo la dejé caer, Toño corrió furioso hacia nosotros,
no tienes remedio, me dijo, eres un torpe, aunque
no sea más que una muñeca, ¿para qué me mandaste que te la trajera si le ibas a dar ese maltrato?, palabra que no tienes remedio, caprichoso, encabronado
siempre, ¡ni quién te entienda! Quiere vestirse con
lujo.

—Pues encuéntrale un millonario que la mantenga
y la lleve a pasearse en yate.

TOÑO

Durante varios días no nos hablamos. Hemos permitido que la tensión de la otra noche se cuaje,
amarga, porque no queremos admitir la palabra: celos. Soy un cobarde. Hay algo más importante que
nuestras pasiones ridículas. Debía tener la entereza
de decirle: Bernardo, es una mujer muy delicada y
no se le puede dar ese trato brusco. He debido cederle mi cama y el temblor de sus manos es atroz.
No puede vivir y dormir de pie, como un caballo.
Rápido. Le he preparado caldo de pollo y arroz
blanco. Me lo agradece con su mirada antigua. De-

berías sentirte avergonzado de tu reacción el día de la fiesta. Tus berrinchitos me parecen ridículos. Ahora nos dejas solos todo el tiempo y a veces no regresas a dormir. Entonces ella y yo escuchamos la música de mariachi que llega de lejos, penetrando por la ventana abierta. No sabemos de dónde vienen esos sones. Pero quizá la actividad más misteriosa de la ciudad de México es tocar la guitarra a solas la noche entera. La Desdichada duerme, duerme a mi lado.

BERNARDO

Mi madre me dijo que excepcionalmente, si necesitaba calor de hogar, podía visitar a su prima española Fernandita que tenía una bonita casa en la Colonia del Valle. Debía de ser discreto, me dijo mi mamá. La prima Fernandita es pequeñita y dulce, pero su marido es un cascarrabias que se cobra en casa las doce horas diarias que pasa frente a su expendio de vinos importados, aceite de oliva y quesos manchegos. La casa huele a eso mismo, pero más limpio: al entrar en ella, hay una sensación de que alguien acaba de pasar agua, jabón y escoba por cada rincón de esa villa mediterránea de estucos color pastel instalada en medio de un jardín de pinares transparentes en el Valle de Anáhuac. Hay un juego de cróquet en la pelusa y mi prima segunda Sonsoles es sorprendida allí a cualquier hora de la tarde, inclinada con el mazo en la mano y mirando de reojo, entre el brazo y la axila que forman una como ojiva para su mirada cabizbaja, al incauto visitante masculino que aparece en medio de la luz contrastada del atardecer. Estoy convencido de que la prima Sonsoles va a acabar con ciática: debe de permanecer en esa pose inclinada horas enteras. Le permite dar las asentaderas a la entrada del jardín y moverlas insinuantemente: brillan mucho y destacan sus formas, enfundadas en un vestido de satén color de rosa muy entallado. Es la moda de los treinta; también la prima Sonsoles vio a Jean Harlow en *Mares de China*.

Necesito un espacio entre Toño y yo y nuestra huésped de palo. De palo, me repito caminando por la nueva avenida Nuevo León hasta casi el potrero que separa a la Colonia Hipódromo de Insurgentes, marchando sobre ese llano de brezos amenazantes hasta encontrar la avenida frondosa y cruzar, desde allí, a la Colonia del Valle: La Desdichada es de palo. No voy a compensar este hecho con una puta del Waikikí, como quisiera o haría, cínicamente, Toño. Pero si ando creyendo que Sonsoles me va a compensar de algo, sé que estoy equivocado. La aburrida muchacha deja de jugar cróquet y me invita a pasar a la sala. Me pregunta si quiero tomar té y yo le digo que sí, divertido por la tarde británica que la prima se ha inventado. Corre salerosa y al rato sale con una bandeja, tetera y tacitas. Qué rapidez. Apenas me dio tiempo de deprimirme con la cursilería a lo Romero de Torres de esta sala seudogitana, llena de mantones de Manila sobre pianos negros, vitrinas con abanicos desplegados, estatuas de madera de Don Quixote y muebles esculpidos con escenas de la caída de Granada. Es difícil sentarse a tomar el té reclinando la cabeza contra un relieve del lloroso Boabdil y su severa madre, mientras la prima Sonsoles se sienta bajo un capitel representando a Isabel la Católica en el campamento de Santa Fe.

—¿Un poco de té, caballero? —me dice la muy sonsa. Digo que sí con mi sonrisa más —pues— *caballerosa*. Me sirve el té. No despide humo. Lo pruebo y lo escupo, sin querer. Es un sidral, un refresco de manzana tibio, inesperado, repugnante. Ella me mira con sus ojos castaños muy redondos, sin decidirse por la risa o la ofensa. No sé qué cosa contestarle. La miro allí con la tetera en la mano, enfundada en su traje de vampiresa de Hollywood, inclinada ahora para mostrar las tetas mientras sirve el té: pecosas, engañosas, polveadísimas tetas de la prima Sonsoles que me mira con su cara interrogante, preguntándome si no voy a jugar con ella. Pero yo sólo miro esa cara sin color, sin seducción, larga y estrecha, esencialmente despintada, monjil, protegida del sol y el aire durante quinientos años —¡desde la toma de Granada!— y ahora aparecida, como un fantasma pálido y conventual, en el siglo del traje de baño, el tennis y la crema solar.

—¿Un poco de té caballero?

Debe tener una casa de muñecas en su recámara. Luego llega la tía Fernandita, qué sorpresa, quédate a cenar, quédate a pasar la noche. Bernardito, Feliciano tuvo que irse a Veracruz a documentar una importación, no regresa hasta el jueves, quédate con nosotras, muchacho, vamos, no faltaba más, es lo que le gustaría a tu madre.

TOÑO

Bernardo no regresa a casa. Pienso en él; no imaginé que su ausencia me preocupase tanto. Me hace falta. Me pregunto por qué, ¿qué cosa nos une? La miro a ella dormida siempre con los ojos abiertos pero lánguidos. No hay otra muñeca igual; ¿quién le habrá dado esa mirada tan particular?

Nuestra vocación literaria, desde niños, sólo mereció desprecio. O desaprobación. O lástima. No sé qué va a escribir él. Ni qué voy a escribir yo. Pero nuestra amistad depende de que los demás digan: están locos; quieren ser escritores. ¿Cómo es posible? En este país abierto ahora a todas las ambiciones, dinero fácil, poder fácil, caminos de ascenso abiertos para todos. Nos une que Lázaro Cárdenas sea presidente y le devuelva un momento de seriedad moral a la política. Sentimos que Cárdenas no le da el valor supremo ni al poder ni al dinero, sino a la justicia y al trabajo. Quiere hacer cosas y cuando veo su rostro indígena en el periódico, siento en él una sola angustia: ¡qué poco tiempo! Luego regresarán los pillos, los arrogantes, los asesinos. Es inevitable. Qué bueno, Bernardo, que nuestra juventud coincidió con el poder de un hombre serio, de un hombre decente. Si el poder puede ser ético, ¿por qué dos jóvenes no hemos de ser escritores si eso es lo que queremos?

(Están locos: oyen música sin instrumentos, música del tiempo, orquestas de la noche. Le doy su caldo a la mujer. Ella lo bebe, muda y agradecida. ¿Cómo puede Bernardo ser tan sensible en todo y tan violento con una mujer inválida que sólo requiere un poco de cuidado, atención, ternura?)

BERNARDO

Me encontré a Arturo Ogarrio en un pasillo de la Preparatoria y me dio las gracias por la cena de la otra noche. Me preguntó si podía acompañarme, ¿adónde iba? Recibí esa mañana, en casa de la tía Fernandita donde me estoy quedando mientras pasa la tormenta con Toño, un cheque de mi madre que vive en Guadalajara.

Voy a gastarlo en libros. Ogarrio me toma del brazo, deteniéndome; me pide que admire un momento la simetría del patio colonial, las arcadas, los soportales del antiguo colegio de San Ildefonso; se queja de los frescos de Orozco, esas caricaturas violentas que rompen la armonía del claustro con su desfile de oligarcas, sus limosneros, su Libertad amarrada, sus prostitutas deformes y su Pancreator bizco. Le pregunto si prefiere el horrendo vitral porfirista de la escalera, un saludo esperanzado al progreso: la salvación por la Industria y el Comercio, a todo color. Me responde que ése no es el problema, el problema es que el edificio representa un acuerdo y el violento fresco de Orozco un desacuerdo. Eso es lo que me gusta a mí, que Orozco no esté de acuerdo, que le diga a los curas y a los políticos y a los ideólogos que las cosas no van a salir bien, lo contrario de Diego Rivera, que se la pasa diciendo que esta vez sí nos va a ir bien. No.

Osamos entrar a la librería de Porrúa Hermanos. Parapetados detrás de sus mostradores de vidrio, los empleados, con los brazos cruzados, impedían el paso del presunto cliente y lector. Sus sacos marrón, sus corbatas negras, sus falsas mangas negras hasta los codos anunciaban un *no pasarán* definitivo.

—Sin duda fue más fácil adquirir esa muñeca de ustedes en una tienda —dijo con tranquilidad Arturo— que adquirir un libro aquí.

Puse mi cheque sobre el mostrador y encima del cheque mi credencial de estudiante. Pedí el *Romancero gitano* de Lorca, el *Sachka Yegulev* de Andreiev, *La rebelión de las masas* de Ortega y la revista *Letras de México*, donde me habían publicado, escondido hasta atrás, un poemita…

—A menos de que, como dice Ventura, ustedes hayan corrido la aventura de robársela…

—Es de carne y hueso. La otra noche no se sentía bien. Es todo. Mira —me precipité— te regalo el libro de Ortega, ¿lo conoces?

No, no se podía, dijo el dependiente. Que cambiara el cheque en un banco y pagara en efectivo; cheques no se admiten aquí, ni endosos, ni nada por el estilo, dijo el empleado de mangas negras y saco café, retirando los libros uno tras otro escrupulosamente: —Sobre todo, jovencito, aquí no se fía.

—Toño andaba buscando la novela de Andreiev desde hace tiempo. Se la quería regalar. Es el retrato de un joven rebelde. Un anarquista, más bien —volví a mirarlo de frente—. Ella es de carne y hueso.

—Ya lo sé —dijo con su seriedad acostumbrada Ogarrio—. Ven conmigo.

TOÑO

Creo que gracias a mis cuidados se siente mejor. Bernardo lleva varias noches ausente y no me ayuda. Paso horas enteras en vela, atento a sus quejas, a sus necesidades. La entiendo: en su estado, merece atenciones de toda clase. Bernardo es el culpable de que se sienta mal: debería estar aquí, ayudándome, en vez de esconderse en la torre de su rencor. Gracias al cielo, ella está mejor. Miro su rostro afilado y dulce.

...

...Siento un vasto sopor matutino, inusitado.

...

Sueño que hablo con ella. Pero ella habla sola. Yo hablo pero ella no me escucha. Le habla por encima de mi cabeza, o a mi lado, a otra persona que está arriba o detrás de mí; yo no la veo. Esto me hace sentirme enfermo de melancolía. Creo en alguien que no existe. Entonces ella me acaricia. Ella sí cree en mí.

...

Me despierta el arañazo en pleno rostro. Me llevo la mano a la mejilla herida, miro la sangre en mis dedos. La veo a ella, despierta, sentada en la cama, inmóvil, mirándome. ¿Sonríe? Tomo con violencia su mano izquierda: le falta el dedo anular.

BERNARDO

Dijo que no anduviera perdiendo el tiempo ni con novias santas ni con putas. ¡Mucho menos con muñecas!, rió, desnudándose.

Lo supe desde que entré al piso de la Plaza Miravalle, lleno de biombos chinos y espejos de marco dorado, divanes mullidos y tapetes persas, oloroso a iglesias perdidas y a ciudades lejanas; nada en la ciudad de México olía como este apartamento donde ella apareció detrás de unas cortinas, idéntica a él pero en mujer, pálida y esbelta, casi sin pechos pero con un vello púbico abundante, como si la profundidad oscura del sexo supliera la llaneza del torso adolescente; almendras y jabones desconocidos. Avanzó con su pelo muy largo, muy suelto, sus ojos adormilados y ojerosos, sus labios pintados muy rojos para disimular la ausencia de carne: la boca eran dos rayas rojas como las de él. Desnuda pero con medias negras que se sostenía, la pobre, con las manos, con dificultades, casi arañándose los muslos.

—Arturo, por favor...

Se parecía a él, como una gemela. Él sonrió y dijo que no, no eran hermanos, pero se buscaron largo tiempo, hasta encontrarse. Esta penumbra era de ella. Él le rogó a su padre: no tires los muebles viejos, lo que no vendas dámelo a mí. Sin los muebles, quizás, el piso no sería lo que yo miraba ahora: una cueva encantada en plena Plaza Miravalle, cerca de la nevería Salamanca, donde íbamos entonces en busca de helados de limón deliciosos...

—Quizá la atrajo todo esto: las cortinas, los tapetes, los muebles...

—La penumbra —dije.

—Sí, la penumbra también. No es fácil convocar esta luz precisa. No es fácil convocar a otra persona que no sólo se te parezca físicamente, sino que desee ser como tú, que desee ser tú. En cambio, yo no quisiera ser como ella. Pero sí quisiera ser ella, ¿me entiendes? Por todo esto nos hemos estado buscando hasta encontrarnos. Por atracción, aunque también por rechazo.

—Arturo, por favor, mis ligas. Me prometiste.

—¡Pobrecita!

Me dijo que ella sólo hacia el amor con otro si él estaba presente, si él participaba. Se fue quitando el saco gris oscuro, la corbata negra, el cuello duro. Dejó caer el botón dorado del cuello dentro de una cajita de laca negra. Ella lo miró fascinada, olvidándose de las ligas. Dejó que las medias le cayeran hasta los tobillos. Luego me miró y se rió.

—Arturo, este muchacho quiere a otra —rió, tomando mi mano en la suya, sudorosa, inesperada mano nerviosa en esa mujer color de luna menguante, portadora sin duda de la enfermedad del siglo romántico: parecía un dibujo tuberculoso por Ruelas y yo pensé en La Desdichada y en una línea del *Romancero* de Lorca que no pude comprar esa mañana, en la que dice de la bailarina andaluza que es una *paralítica de la luna*: —Arturo, míralo, tiene miedo, éste es de los que aman a una sola mujer, ¡los conozco, los conozco!, andan buscando a una sola mujer y eso les da licencia para acostarse con todas, los muy cerdos, porque andan buscando la única. ¡Míralo: es un chico decente!

Se rió mucho. La interrumpió el llanto agudo de un bebé. Lanzó una maldición y corrió con las medias caídas detrás de un biombo. La escuché arrullar al crío. "Pobrecito, pobrecito niño mío, duérmete ya, no les hagas caso...", mientras Arturo Ogarrio se arrojó desnudo, boca abajo, sobre el diván sofocado por cojines de arabescos y almohadones con diseños de Cachemira.

—No debo engañarme. Siempre lo prefirió a él. Desde el principio, esa cabecita recostada contra su hombro, esas miraditas, esas escapadas juntos al baño, ¡la muy puta!

TOÑO

Cuando Bernardo la maltrató, no dijo nada. Pero de noche me recriminó. —Me vas a defender, ¿o no?, ¿me vas a defender...?, preguntó varias veces.

BERNARDO

Mi madre me escribe de Guadalajara sólo para decirme esto: Ha levantado la túnica, el pantalón, el cinturón que estaban sobre la cama. Ha levantado del piso las botas. Lo sacudió todo, le dio lustre a las botas y lo metió todo en un baúl. Ya no hace falta. Ha visto a mi padre. Un ingeniero que tomaba vistas de los eventos políticos y las ceremonias públicas de los últimos años la invitó a ella y a otras familias partidarias de don Venustiano Carranza a ver una película en su casa. Una película muda, por supuesto. Desde los bailes del Centenario hasta el asesinato de don Venustiano y la llegada al poder de esos espantosos tipos de Sonora y Sinaloa. No, eso no importaba. Eso no le interesaba. Pero allí, en una ceremonia en el Congreso, en la calle de Donceles, detrás del señor presidente Carranza, estaba tu padre, Bernardo, hijo mío, tu padre de pie, muy serio, tan guapo, muy formal, protegiendo al señor Presidente, con el mismo uniforme que yo he cuidado tan celosamente, tu padre, hijo mío, moviéndose, acicalándose el bigote, descansando la mano en el cinturón, mirando, mirándome a mí, hijo mío, a mí, Bernardo, me miró a mí. Lo he visto. Puedes regresar.

¿Cómo explicarle a mi madre que yo no puedo compensar la muerte de mi padre con el simulacro móvil del cine, sino que mi manera de mantenerlo vivo es imaginarlo siempre a mi lado, invisible, una voz más que una presencia, contestando a mis consultas, aunque mudo ante todos los actos míos que lo niegan y lo vuelven a asesinar con tanta violencia como las balas? Necesito cerca a un padre que me autorice mis palabras. La voz del padre es el aval secreto de mi propia voz. Pero yo sé que con mis palabras, aunque él las inspire, desautorizo a mi padre, convoco la rebelión y luego trato de imponerle la obediencia a mis propios hijos.

¿Me salva La Desdichada de la obligación de la familia? La muñeca inmóvil podría liberarme de las responsabilidades del sexo, los hijos, el matrimonio, liberándome para la literatura. ¿Puede la literatura ser mi sexo, mi boda y mi descendencia? ¿Puede la literatura suplir a la amistad misma? ¿Odio por esto a Toño, que se da a la vida sin más?

TOÑO

Oigo los pasos de Bernardo en la escalera. Regresa; lo reconozco. ¿Cómo advertirle de lo que ha pasado? Es mi deber. ¿Es mi deber decirle también que ella es peligrosa, al menos a ratos, y que debemos ser precavidos? La cama está orinada. Ella no me reconoce. Se desploma en los rincones, me rechaza. ¿Qué espera de mí esta mujer? ¿Cómo puedo saberlo si su silencio es tan obstinado? Tengo que decírselo a Bernardo: lo he intentado todo. La cama está orinada. Ella no me reconoce, no reconoce a su Toño, mi retoño, como me decía de niño. Se orina en la cama, no me reconoce, hay que preparar papillas, vestirla, desvestirla, lavarla, arroparla de noche, cantarle canciones de cuna... La tomé, la arrullé, ahora me corresponde a mí, niña, ahora eres mía, le dije, a la rorro niña que viene el coco... La arrojo desesperado, lejos de mí. Cae al piso con un ruido espantoso de madera contra madera. Me precipito a recogerla, abrazarla. Por Dios, qué quieres, desdichada de ti, por qué no me dices lo que quieres, por qué no me abrazas, por qué no me dejas abrirte tu bata un poquito, levantarte las faldas, mirar si es cierto lo que yo siento y tú quieres, por qué no me dejas besar tus pezones, muñeca, abrázame, hazme daño a mí, pero no a él, él tiene que hacer cosas, ¿tú entiendes, desdichada?, él tiene que escribir, a él no le puedes hacer daño, a él no lo puedes arañar, o infectar, o hacer dudar, o herir con tu perversidad polimórfica, yo sé tu secreto, muñeca, te gustan todas las formas, muñeca, ésa es tu perversión, y él es puro, él es el poeta joven, y tú y yo hemos tenido el privilegio de conocer su juventud, el nacimiento de su genio, la natividad del poeta.

Mi hermano, mi amigo.

Desde que te conozco me di cuenta de la importancia que tiene fijar una imagen de uno mismo

en el instante en el que la juventud y el talento se re-
conocen: el signo de ese reconocimiento puede ma-
nifestarse como la chispa de un ingenio —y a veces
como la fogata del genio—. Esto se sabrá más tarde
(¿me entiendes, desdichada de ti?). Lo que la imagen
del artista joven (Bernardo, tú que subes por la escalera) nos dice a los demás es que se puede regresar a
ese momento: la imagen reveló una vocación; si ésta
desfallece, la imagen vuelve a animarla. ¿Recuerdas,
Bernardo? Recorté del fotograbado el autorretrato
del joven Durero y te lo puse encajado en una esquina del marco del espejo: a mi amigo, al joven poeta,
al que va a escribir lo que yo nunca podré escribir.
Acaso entendiste. No dijiste nada. Yo, como tú, escribo, pero yo tengo miedo a la capacidad de convocar el mal. Si la creación es absoluta, tiene que
revelar el bien, pero también el mal. Ése debe ser el
precio de la creación: si somos libres, somos libres
para crear y para destruir. Si no queremos hacer responsable a Dios de lo que somos y hacemos, debemos hacernos responsables nosotros mismos, ¿no
crees, Bernardo?, ¿no crees, pobre mujer desdichada?

¿Crees que ella tiene derecho a interponerse entre tú y yo, destruir nuestra amistad, hechizarte, en-
torpecer tu vocación, liberarte para el mal, frustrar
tu romanticismo monogámico, introducirte en su
perversidad hambrienta de formas? No sé qué opi-
nas. Yo la he visto de cerca. Yo he observado sus
cambios de humor, de tiempo, de gusto, de edad; es
tierna un minuto y violenta el que sigue; nace a
ciertas horas, parece moribunda en otros cuadran-
tes; está enamorada de la metamorfosis, no de la
forma inalterable de una estatua o de un poema.

Bernardo, mi amigo, mi poeta: déjala, tu fascinación por ella no es tu salud, tú debes fijar las palabras en una forma que las transmita a los demás: que sean ellos los que vuelvan a darles flujo, inestabilidad, incertidumbre; a ti no se te puede pedir que des primero la forma a las palabras sueltas y usadas y luego seas tú mismo quien las re-anime: ése soy yo, el lector tuyo, no tú, el creador mío.

Ella quiere que creas lo contrario: nada debe fijarse nunca, todo debe fluir siempre, éste es el placer, la libertad, la diversión, el arte, la vida. ¿La has escuchado gemir de noche? ¿Has sentido sus uñas en tu cara? ¿La has visto sentada en el excusado? ¿Has debido limpiar sus porquerías en la cama? ¿La has arrullado alguna vez? ¿Le has preparado sus papillas? ¿Sabes lo que significa vivir todos los días con esta mujer sin voz ni dicha? Perdóname, Bernardo: sabes lo que es abrirle la mano y encontrar anidada allí esa cosa…

A veces me veo detrás de él en el espejo, cuando tenemos prisa y debemos rasurarnos simultáneamente. El espejo es como un abismo. No importa que yo caiga en él. Bernardo, no todo ocurre sólo en la cabeza, como tú a veces piensas.

BERNARDO Y TOÑO

Me dijo al oído, con un aliento de polvo: ¿Cómo prefieres morir? ¿Te imaginas crucificado? ¿Te imaginas coronado de espinas? Dime si te gustaría morir como Él. ¿Te atreverías, miserable? ¿Pedirías una muerte como la suya? ¡No te tapes los oídos, pobre diablo! ¿Tú me quieres poseer y no eres capaz de pensar en una muerte que me haga adorarte? Pues yo te diré lo que haré contigo, Toño, retoñito, muérete de enfermedad, joven o viejo, asesinado como el padre de tu amigo Bernardo, en un accidente callejero, en una riña de cabaret, riñendo por una puta, fusilado, mueras como mueras, retoño, yo te haré exhumar, moleré tu esqueleto hasta convertirlo en arena y lo pondré dentro de un huso horario, a medir el paso de los días: te convertiré en reloj de arena, hijito mío, y te daré vuelta cada media hora, me tendrás ocupada hasta que me muera, poniéndote de cabeza cada treinta minutos, ¿qué te parece mi idea?, ¿te gusta?

BERNARDO

Ya lo sé: regreso a cuidarla. Entro sigilosamente a nuestro apartamento. Abro la puerta con cuidado. Estoy seguro de que aun antes de entrar escucho la voz, muy baja, muy distante, diciendo creo en ti, yo no estoy mal, yo sí creo en ti. Di un portazo y la voz cesó. Detesto escuchar las palabras que no son para mí. ¿Se puede ser poeta así? Yo lo creo profundamente: las palabras que yo debo escuchar no están necesariamente dirigidas a mí, no son sólo mis palabras pero no son nunca las palabras que no debo escuchar. He pensado que el amor es un abismo; el lenguaje también, y la palabra de la confidencia ajena, de la intriga y del secreteo —palabras de comadres, de políticos, de amantes insinceros— no son las mías.

El poeta no es un fisgón; quizás ésa sea la función del novelista; no sé. El poeta no busca; recibe; no mira a través de las cerraduras; cierra los ojos para ver.

Ella dejó de hablar. Entré y encontré a Toño recostado en mi cama, con los brazos cruzados sobre el rostro. Oí el claro *glú-glú del agua embelesada*. Entré despacio al baño, apartando la cortina de cuentas y su rumor asiático.

Allí estaba ella, en el fondo de la tina colmada de agua hirviente, despintada ya, apenas con una insinuación de ceja, de labio, de mirada lánguida, astillándose ya, llena de las ampollas del calor mojado, sumergida en un cristal de muerte, su aparador final, la larga cabellera negra al fin liberada, flotando como algas, limpia al fin, ya no apelmazada, dormida mi mujer en la vitrina de agua donde ya nadie puede verla o admirarla o desearla: imaginarla ya nunca más, desdichada...

Y sin embargo, tuve que sacarla y tomarla una vez más, arrullarla, ahora me tocas a mí, sólo a mí, duérmete mi vida...

¿Qué tal si te hago caso —le digo a Toño— y una tarde llevo a La Desdichada a tomar el té a casa de la tía Fernandita, y la prima Sonsoles nos sirve un té insípido que en realidad es un refresco de manzana, y luego la muy sonsa nos convida a subir a su casa de muñecas, y a quedarnos allí los tres? Entonces qué —le pregunto a Toño— ¿entonces qué? Toma este pañuelo, esta pantaleta, estas medias. Son cosas que estaba reuniendo para ella, por ahí.

TOÑO

A lo largo del velorio, Bernardo no la miró a ella. Sólo me miró a mí. No importa; acepto sus reproches. No me dice nada. Yo no respondo a su pregunta silenciosa. Podría decirle, aunque no sea cierto: Tú sabes por qué: es que se negó a amarme.

Fui a comprar la caja a la funeraria de la esquina.

Vinieron Teófilo Sánchez y Ventura del Castillo. Éste trajo un ramo de nardos olorosos. Arturo Ogarrio llegó con dos cirios altos, los colocó a la cabeza del féretro y los encendió.

Salí a comer una torta a la esquina, desvelado y triste. Bernardo salió detrás de mí. Se detuvo en el patio. Miró al fondo de la fuente seca. Empezó a llover: gotas redondas y calientes el mes de julio en la meseta mexicana. Este trópico encaramado en los cielos. Los gatos de la vecindad se escabulleron por los techos y aleros de la casa.

Cuando regresé corriendo, protegiéndome de la lluvia torrencial con la edición de las *Últimas Noticias de Excélsior*, con las solapas levantadas, sacudiéndome el agua de los hombros y pisando fuerte, la caja de muerto estaba vacía y ninguno de los cuatro —Ventura, Teófilo, Arturo, Bernardo— estaba allí.

Extendí el periódico mojado sobre el diván. No lo había leído. Además, en esta casa se conservan los periódicos a fin de alimentar el calentador del agua. Leí la noticia del 17 de julio de 1936: cuatro generales se levantaron en armas en la Gran Canaria contra la República Española. Francisco Franco voló de la Palma a Tetúan en un avión llamado *Dragone Rapide*.

BERNARDO

I

Meses más tarde la soledad me llevó al Waikikí. Mi tía Fernanda me admitió en su casa. Está bien, lo diré con todas sus letras: mi pobreza era grande pero no tanto como mi desdicha. Iré más lejos. Necesitaba calor de hogar, lo admito, y las evocaciones del solar andaluz de mis antepasados me lo daban, contrarrestando inclusive las coqueterías de esa maja fraudulenta, la prima Sonsoles. En cambio, me era más difícil cada día soportar al tío Feliciano, franquista de hueso colorado, cuyos viajes a Veracruz hubiesen sido mi único consuelo, de no haber sabido que don Feliciano iba al puerto a organizar a los comerciantes españoles en contra de la república roja de Madrid, según solía decir.

Empecé a frecuentar el cabaret, gastando estúpidamente el cheque de mi madre en las fichadoras y el ron. Éste era el mundo de Toño, no el mío; acaso mi impulso inconfesable era encontrarlo allí, hacer las paces, olvidar a La Desdichada, reanudar nuestro cómodo arreglo de vida, que nos permitía compartir gastos que de otra manera ninguno, por sí solo, sabría afrontar.

Hay algo más (debo decirlo también): las visitas al club nocturno me reconciliaban con el misterio de mi ciudad. El Waikikí era un escondrijo público; también un ágora secreta. Desde allí, uno podía sentirse rodeado por el vasto enigma de la ciudad más vieja del Nuevo Mundo, a la que se podía llegar por ferrocarril, avión y carretera, yendo a un hotel, frecuentando restoranes y visitando museos, pero sin verla jamás.

El visitante desprecavido no entiende que la verdadera ciudad de México está ausente. Debe ser imaginada, no puede ser vista directamente. Exige palabras que la animen, como la estatua barroca demanda el desplazamiento para ser vista, como el poema nos pone por condición: dime. Sílabas, palabras, imágenes, metáforas: la lírica sólo está completa cuando va más allá de la metáfora para llegar a la epifanía. La corona intangible de esta red de encuentros está al fin, dicha: la epifanía es dichosa porque el poema ya está escrito pero no se puede ver; se dice (seduce).

Debe haber un lugar para el encuentro final del poeta y su lector: un puerto de arranque.

Veo a mi ciudad como este poema de arquitectura invisible, satisfactoriamente concluido sólo para reiniciarse perpetuamente. La conclusión es la condición del reinicio. Y comenzar de nuevo es dirigirse a la epifanía por venir: evoco nombres y lugares, Argentina y Donceles, Reforma y Madero, Santa Veracruz y San Hipólito, pirul y ahuehuete, alcatraz, un esqueleto en bicicleta y una avispa taladrando mi frente, Orozco y Tolsá, librería de Porrúa Hermanos y café Tacuba, cine Iris, piedra de sol y sol de piedra, zarzuelas del teatro Arbeu, ahuautles y huitlacoche, piña y cilantro, jícama y nopales con queso fresco; Desierto de los Leones, Ajusco y colonia Roma, muéganos y chilindrinas, nevería de Salamanca, Waikikí y Río Rosa, tiempo de aguas y tiempo de secas: México, D.F. En el misterio renovado de la ciudad, a partir de cualquiera de sus calles, comiendo un antojito, entrando a un cine, podría encontrar de nuevo a mi querido amigo Toño y decirle ya estuvo bien, ya estuvo suave, chócala, mano, cuates otra vez, hermanos siempre, ándale Toñito...

Solté a la mujer que me frotaba las rodillas y puse el vaso sobre la mesa. El tumulto cómico en medio de la pista levantada del cabaret, el súbito paso doble, el aire de fiesta taurina, el juego de luces calientes, rojas, azules, y la figura inconfundible de Teófilo Sánchez, su saco rabón, sus botas mineras, su pelo de recluta (rapado con jícara) bailando la música del coso con la mujer vestida de novia, zarandeada, levantada en vilo, con los brazos del poeta popular mostrándola en todo lo alto al respetable, enseñándola a la afición como una presa de la montería, oreja y rabo, la res más ligera, tiesa y despintada, otra vez sobre el tablado, ahora girando, el brazo rígido levantado como para un cante de serpientes alucinadas, girando en círculos, el crescendo del paso doble, Teófilo Sánchez arrojando al aire a su compañera vestida de novia con el cuello abotonado hasta la oreja y el rostro cubierto por el velo nupcial, escondiendo los signos de la vejez, la destrucción, el agua, el fuego, la viruela... los ojos tristísimos de la muñeca.

Iba a saltar a la pista para dar fin a este espectáculo atroz. No fue necesario. Otro pequeño tumulto se sobrepuso al primero, como un temblor de tierra seguido por otro inmediato, una nueva sacudida que nos hace olvidar la primera, remota ya aunque sólo vieja de algunos segundos. Una conmoción en la pista, algún grito destemplado, movimientos confusos, cuerpos dañados, voces violadas.

Entonces las luces disminuyeron. Los calores cálidos se disiparon. La oscuridad nos rodeó. Un solo rayo de luz helada, luz de plata en un mundo de terciopelo negro, reunió sus resplandores de luna sobre un círculo de la pista. La orquesta inició el danzón más lento. Un joven vestido todo de gris oscuro, pálido y ojeroso, con los labios muy apretados y el pelo negro muy bien peinado, tomó entre los brazos a la mujer vestida de novia y bailó con ella el danzón más lento, digo: sobre un ladrillo, sobre una estampilla casi, casi sin mover los pies, sin movimiento de las caderas o de los brazos, abrazados los dos en un silencio de acuario. Arturo Ogarrio y la mujer rescatada, lenta, ceremoniosa como una infanta española, su rostro escondido por la cascada de velos, pero libre al fin, lo supe entonces con alivio, al fin dueña de sí entre los brazos de este muchacho que con ella bailaba lenta, amorosa, respetuosa, apasionadamente el danzón, mientras miraba a la figura de danzarines cada vez más lejana en la luz de plata, espacios más amplios, para mí, para mi vida y mi poesía, renunciando a encontrar a Toño, escribiendo en el color del humo de esta noche una despedida a México, a cambio de un encuentro con la literatura…

II

Las palabras de un poema sólo vuelven a *ser*, imperfectas o no, cuando fluyen de nuevo, es decir, cuando son *dichas*. Dicha y desdicha: el poema que estoy traduciendo se llama *El desdichado* pero el original francés no contiene este fantasma verbal de la lengua española, en la que decir es no sólo romper un silencio, sino también exorcizar un mal. El silencio es des-decir: es des-dicha. La voz es decir = es dicha. El silencioso es el des-dichado, el que no dice o no es dicho —dichoso él—. Y ella, La Desdichada, no habla, no habla...

Pienso esto y me sorprendo a mí mismo. Mi emoción no me cabe en la piel, la traslado a *ella* que no habla: Amor, seas quien seas, te llames como te llames (llama, fuego: llamar es encender, nombrar es incendiar): habla a través de mí, Desdichada, confía en el poeta, déjame decirte, déjame darte la dicha de decir: di en mí, di por mí, di para mí y yo te juro, a cambio de tu voz, fidelidad eterna, sólo para ti. Eso es lo que yo quiero, Desdichada, y el mundo tarda tanto en darme lo que quiero, una mujer sólo para mí, yo sólo para una mujer.

Déjame acercarme a tu oído de palo, ahora que aún no cumplo veinte años, y decírtelo: No sé si el mundo me dé nunca una sola mujer o, si me la da, *cuándo*. Quizá para encontrarla tenga que negar mi propia norma (mi virtud) y enamorar a muchas mujeres antes de saber que *ésta es* la única, ahora sí. Y aun si la encuentro, ¿qué será de mí, habiendo amado a tantas mujeres, cuando le diga que sólo la he querido a ella —que yo soy, me crean o no me crean—, *un hombre de una sola mujer*?

¿Cómo me van a creer? ¿Cómo probar mi sinceridad? ¿Y si ella no me cree, cómo voy yo a creer en ella? Perdonen todos a un escritor de diecinueve años de edad cuando dice estas cosas; quizá la confianza sea un hecho más sencillo que todo esto. Mi temor, sin embargo, es el de una realidad que se conoce mejor en la adolescencia, aunque luego nos acompañe, enmascarada, durante toda la vida: el amor es un abismo.

Prefiero apostar a mi confianza en una sola mujer desde ahora: ¿Será La Desdichada mi abismo, la primera y mejor y más constante novia de mi vida? Toño se reiría de mí. Qué fácil, contar con la fidelidad de una muñeca de palo. No, qué difícil, le diré yo, que ella cuente con la fidelidad de un hombre de carne y hueso.

III

Veinticinco años más tarde, regresé de todas las ciudades del mundo. Escribí. Amé. Hice cosas que me gustaron. Traté de convertirlas en literatura. Las cosas que me gustaron se bastaban a sí mismas. No querían ser palabras. Gustos y disgustos, simpatías y diferencias, lucharon entre sí. Con fortuna, se convirtieron en poesía. La de la ciudad cambiante reflejaba mis propias tensiones.

Supe que iban a derrumbar el viejo Waikikí y fui una noche a visitarlo. La última noche del cabaret. Vi de lejos a Toño. Había engordado y tenía un bigote impresionante. No necesitamos saludarnos. ¿Cómo me vería él a mí, después de un cuarto de siglo? Caminamos entre las mesas, las parejas bailando, para darnos la mano y sentarnos juntos. Todo esto ocurrió en silencio, mientras la orquesta tocaba el himno de los danzones, *Nereidas*. Entonces nos reímos. Se nos había olvidado la ceremonia, el rito de la amistad refrendada. Nos pusimos de pie. Nos abrazamos. Nos palmeamos fuerte las espaldas, las caderas, Toño, Bernardo, ¿qué tal?

No quisimos recordar. No quisimos vivir de una nostalgia barata. El Waikikí se encargaba de eso. Nosotros reanudamos la conversación como si no hubieran pasado los años. Pero el final de una época se celebraba alrededor nuestro; la ciudad nunca sería la misma, el carnaval expresionista acababa aquí, de ahora en adelante todo sería demasiado grande, lejano, pulverizado; aquí terminaba la broma teatral que todos podían celebrar, el *bon mot* que todos podían repetir, las figuras que podían imponerse y celebrarse sin competencia exterior: nuestra aldea color de rosa, azul, cristalina, se nos iba para siempre, nos rodeaba, nos invitaba a un carnaval que era un réquiem, las candilejas se desplazaban hasta los extremos del cabaret lleno de humo y tristeza para confundirnos a todos: espectáculo, espectadores, bailarines, putas, parroquianos, orquesta, señores, sirvientes, esclavas: entre esa multitud en movimiento como una sierpe enferma, surgieron dos figuras insólitas: un Pierrot y una Colombina, dueños de todos los atributos de su disfraz: las caras encaladas de ambos, la media negra en la cabeza de él, la mueca de tragedia pintada con lápiz de labios; la gorguera negra, el satinado y blanco traje de payaso, los botones negros, las zapatillas de raso; y la peluca blanca de Colombina, su gorrito de aprendiz de hada, su tutú de ballerina, su gorguera blanca, sus mallas blancas, sus zapatillas de ballet; las caras de luna de ambos, cubiertas por antifaces.

Llegaron hasta nosotros, dijeron nuestros nombres; ¡Bernardo, bienvenido a México!, ¡Toño, sabíamos que estarías aquí! ¡Sígannos! Hoy se acaba la ciudad de México que conocimos, hoy muere una ciudad y empieza otra, ¡vengan con nosotros!

Les pedimos, riendo, sus nombres.

—Ámbar.

—Estrella.

—Vengan con nosotros.

Nos condujeron de un taxi a otro, apretujados los cuatro, cerca del perfume intenso de esos dos cuerpos ajenos, era la última noche de la ciudad que conocimos. *El baile de San Carlos:* hasta allá nos llevaron esa noche (la pareja perfumada, Pierrot y Colombina), hasta la saturnalia anual de los estudiantes universitarios, la abolición de las prohibiciones medievales de la Real y Pontificia Universidad de México en medio de las escalinatas y columnas del neoclásico dieciochesco: disfraces, libaciones, liberaciones, el movimiento siempre amenazante de la multitud desplazándose en el baile, la borrachera, la sensualidad exhibicionista, las luces como olas; ¿quién iba a bailar con Ámbar, quién con Estrella: cuál era el hombre, cuál la mujer, qué nos decían nuestras manos cuando bailábamos con la Colombina ahora, con el Pierrot en seguida? Y ¡cómo sabían los dos esquivar nuestro tacto y dejarnos sin sexo, sólo con perfume y movimiento! Estábamos borrachos. Pero justificábamos nuestra embriaguez con mil motivos: el encuentro después de tantos años, la noche, el baile, la compañía de esta pareja, la ciudad anunciando su muerte, la sospecha en el taxi cuando nos subimos los cuatro y ella ordenó que nos llevaran a tomar la del estribo bajo los toldos callejeros de Las Veladoras, ¿son Arturo Ogarrio y su novia, su doble?, le dije a Toño, no, contestó él, son demasiado jóvenes, mejor vamos a arrancarles las máscaras, quítate de dudas. Lo intentamos y cada uno gritó, cada uno con su voz andrógina, gritaron atrozmente, chillaron, como si los hubiésemos cogido del rabo, capado, como marranitos chillaron y pidieron al taxista, párese, nos matan, y el chofer confundido se detuvo, ellos bajaron, estábamos frente a la Catedral, Ámbar y Estrella corrieron más allá de las rejas, por el atrio, hacia la espléndida cueva de piedra barroca.

Los seguimos adentro, pero nuestra búsqueda fue inútil. Pierrot y Colombina habían desaparecido en las entrañas de la Catedral. Algo me decía que no era por eso que estábamos Toño y yo aquí. Sagrado, profano, catedral, cabaret, la Prepa, el mural de Orozco, el carnaval de San Carlos, la agonía de México; me sentí mareado, me agarré a una reja dorada frente a un oscuro altar lateral. Busqué con la mirada a Toño. Toño no me miraba a mí. Toño se había prendido con ambas manos a la reja y miraba intensamente al altar detrás de ella. Era la madrugada y algunas beatas que llevaban cuatro siglos allí se hincaban otra vez para siempre envueltas en chales negros y pieles de cebolla amarilla. Toño no las miraba. El incienso me dio náusea; el olor a nardo corrupto. Toño miraba fijamente al altar.

La Virgen con su cofia, su traje de marfil y oro y su capa de terciopelo, lloraba mirando a su hijo muerto tendido sobre el regazo materno. El Cristo de México, herido como un torero, destazado en una corrida monumental e interminable, bañado en sangre y espina: sus heridas jamás se cierran y por eso su madre llora; aunque Él resucite, siempre estará herido, cogido por el toro. Ella reposa sus pies sobre unos cuernos de toro y llora. Por sus mejillas corren lágrimas gordas, negras, hondas, como las del Pierrot que no se dejó desenmascarar. Él nunca dejará de sangrar, ella nunca dejará de llorar.

Ahora yo me uno a la contemplación de la Virgen. Su escultor le dio un rostro de facciones clásicas, nariz recta y ojos separados, lánguidos, entreabiertos, y una boca tiesa, chiquitita y pintada en forma de alamar. Tiene una barbilla un poquitín prognata, como las infantas de Velázquez. También tiene un cuello largo, ideal para su gorguera, como la de Colombina. Al fin justifica su figura. Al fin encuentra la razón y la postura de su desdicha. Abre los brazos clamando misericordia para su hijo y las manos de su piedad, abiertas, no tocan al objeto de su pasión. En la mano izquierda, le falta el dedo anular. Sus párpados alargados, como de saurio, nos miran entrecerrados, nos miran a Toño y a mí como si fuésemos muñecos inanimados. Son ojos tristes, de una gran desdicha. Como si un gran mal le hubiese ocurrido *en otro tiempo*.

TOÑO

...el aire se volvió tan turbio, la ciudad tan enorme y ajena, nuestros destinos tan acabados, tan cumplidos, éramos lo que éramos, escritores, periodistas, burócra-

tas, editores, políticos, negociantes, ya no éramos un se-
rá, sino un fue, en estos años, y el aire era tan...

Vineyard Haven, Massachusetts
Verano de 1986

El prisionero de
Las Lomas

A Valerio Adami,
por una historia siciliana

1

Como esta historia es increíble, más vale que comience por el comienzo y siga derechito hasta el fin. Se dice fácil. Apenas me dispongo a empezar me doy cuenta de que empiezo con un enigma. Luego luego las dificultades. Ah qué la chingada. Ni modo: la historia empieza con un misterio; mi esperanza, se lo juro a ustedes, es que al final ustedes lo entiendan todo. Que me entiendan a mí. Ya verán: buena falta me hace. Pero la verdad es que cuando yo entré al cuarto de enfermo del general brigadier Prisciliano Nieves el 23 de febrero de 1960 en el Hospital Inglés entonces sito en la avenida Mariano Escobedo (donde hoy se halla el hotel Camino Real, para orientar a los jóvenes que me escuchan) yo mismo tenía que creer en mi enigma, o lo que me proponía no tendría éxito. Quiero ser entendido. El misterio era de verdad. (El misterio era la verdad.) Pero si yo mismo no me convencía de ello, no iba a convencer al viejo y astuto brigadier Nieves, ni siquiera en su lecho agónico.

Él era general; dicho. Yo era un joven abogado, recién recibido; novedad para mí y para ustedes. Yo sabía todo de él. Él, nada de mí. De manera que cuando abrí la puerta (entreabierta ya) del cuarto privado en el hospital, él no me reconoció, pero tampoco se extrañó. La seguridad de los hospitales mexicanos es bien laxa pero al brigadier nada lo iba a espantar. Lo vi recostado allí en una de esas camas que parecen el trono de la muerte, un trono blanco, como si la limpieza fuera la recompensa que nos reserva la pelona. Nieves se llamaba, pero recostado entre tanta almohada albeante, parecía mosca en leche. Bien prieto el brigadier, las sienes rapadas, la boca larga, rajada y agria, los ojos cubiertos por dos velos gruesos, amoratados. ¿Para qué describirlo, si duró tan poco? Busquen su foto en los archivos de los Hnos. Casasola.

Quién sabe de qué se estaba petateando. Yo pasé por su casa y me dijeron:

—El señor general está muy malo.

—Es que ya está muy grande.

Ni las miré siquiera. Una como cocinera dijo lo primero, una como criadita joven lo segundo. Logré divisar a uno como mayordomo adentro de la casa, y había un jardinero cuidando los rosales afuera. Ya ven: sólo del jardinero pude decir: es un jardinero. Los demás lo mismo podían servir para un barrido que para un fregado. No existían.

El brigadier, en cambio, sí. Montado en su cama de hospital, parapetado por sus cojines, me miró como sin duda miró a la tropa el día en que él solito salvó el honor de su regimiento, del Cuerpo del Noroeste, casi el de la mera Revolución y hasta de la Patria, ¿por qué no?, en el encuentro de La Zapotera, cuando el salvaje coronel Andrés Solomillo, que confundía el exterminio con la justicia, ocupó el ingenio de Santa Eulalia y puso contra el mismo muro de fusilamiento a los patrones y a los criados, diciendo que eran tan malos los amos como quienes los servían.

—Tan malo el que mata a la vaca como el que le tiene la pata.

Dijo esto Solomillo sirviéndose de los haberes de la familia Escalona, dueños de la hacienda, a saber: metiéndose a puños los centenarios de oro encontrados en la biblioteca, detrás de las obras completas de Auguste Comte, y ofreciéndole a Prisciliano: —Sírvase, mi capitán, que a este banquete sólo una vez en la vida nos convidan a los muertos de hambre como usted y yo.

Prisciliano Nieves —corre la leyenda— no sólo rechazó el oro que le ofrecía su superior. A la hora del fusilamiento, se interpuso entre el pelotón y los condenados y le dijo al coronel Andrés Solomillo: —Los soldados de la Revolución no son asesinos ni ladrones. Esta pobre gente no tiene la culpa de nada. Separe usted a los pobres de los ricos, por favor.

Sucedió así, según cuentan: El coronel, furioso, le dijo a Prisciliano que si no se callaba él iba a ser el segundo centro de atracción del fusilamiento de la mañana, Prisciliano le gritó a la tropa que no mataran a pueblo como ellos, el pelotón dudó, Solomillo dio orden de fuego contra Prisciliano, Prisciliano dio orden de fuego contra el coronel y resulta que el pelotón obedeció a Prisciliano:

—Los soldados mexicanos no asesinan al pueblo porque son el pueblo —dijo Prisciliano junto al cadáver de Solomillo, y los soldados lo vitorearon y se sintieron satisfechos.

Esta frase, asociada desde entonces con la fama, la vida y los méritos del enseguida coronel y paluegoestarde general brigadier don Prisciliano Nieves, seguramente sería grabada al pie de su monumento: EL HÉROE DE SANTA EULALIA.

Y ahora, aquí vengo yo, cuarenta y cinco años más tarde, a aguarle la fiesta final a mi general Prisciliano Nieves.

—Señor general. Óigame bien. Yo conozco la verdad de lo que ocurrió aquella mañana en Santa Eulalia.

La maraca que sonó en la garganta de mi brigadier Prisciliano Nieves no era el estertor de la muerte, todavía no. En esa penumbra de hospital, mi aliento joven de abogadete clasemediero oloroso a sensén se mezcló con la antigua respiración de sonaja, olorosa a cloroformo y chile chipotle, de don Prisciliano. No, mi general, usted no se me muere sin firmar aquí. Por su honor, mi general, usted nomás piense en su honor y luego muérase tranquilo.

2

Mi casa en Las Lomas de Chapultepec posee una virtud por encima de todas: demuestra las ventajas de la inmortalidad. Yo no sé cómo sería apreciada cuando fue construida, allá por los albores de los cuarenta. La Segunda Guerra trajo mucho dinero a México. Exportamos materias primas a precios altos y los campesinos entraban de rodillas a las iglesias pidiendo que la guerra no se acabara. Algodón, henequén, verduras, minerales estratégicos; todo se fue parriba. No sé cuántas vacas hubo que matar en Sonora para que este caserón se levantara en Las Lomas, ni cuántos trafiques de mercado negro le sirvieron de cal-y-canto. Ustedes los han visto a lo largo del Paseo de la Reforma y el Boulevard de los Virreyes y Polanco: son unos delirios arquitectónicos de inspiración seudocolonial, parecidos al interior del cine Alameda, que a su vez remeda el perfil plateresco de Taxco con sus cúpulas, torres y portadas. Para no hablar del cielo artificial del cine, tachonado de estrellas de 100 watts y amenizado por nubecillas de pasaje veloz. Mi casa en el Boulevard de los Virreyes no llegaba a tanto.

Sin duda, el delirio churrigueresco de la casa que ocupo desde hace más de veinte años fue un día objeto de burlas. Me imagino dos o tres caricaturas de Abel Quezada riéndose de la portada catedralicia, los balcones de hierro forjado, la pesadilla recargada de adornos, relieves, curvas, ángeles, madonas, cornucopias, columnas de yeso estriadas y vitrales. Adentro, el asunto no mejora, no vayan a creer ustedes. *Adentro* reproduce *afuera*: otra vez, en un hall que se levanta a la altura de dos pisos, encontramos la escalera de losa azul, el pasamanos de hierro y los balconcitos mirando desde las recámaras al hall, el candil de fierro con sus bujías imitando velas y escurriendo falsa cera de plástico petrificada, el piso de azulejos de Talavera, los incómodos muebles de madera y cuero, tiesos, como para oír la sentencia de la Santa Inquisición. ¡Me lleva…!

Pero lo extraordinario, les iba diciendo a ustedes, es que este elefante blanco, símbolo de la cursilería y el nuevorriquismo de los empresarios que se aprovecharon de la guerra, se ha convertido, con el tiempo, en una reliquia de una época mejor. Hoy que vamos de picada añoramos el momento cuando íbamos en ascenso. Mejor cursis y contentos que tristes aunque refinados. Para qué les cuento.

Bañada en la luz de la nostalgia, singular y remota en un mundo nuevo de rascacielos, vidrio y concreto, mi monstruosa casaquasimodo (mi casimodo, ni modo, carnales, ¡ja, já!, ¡mi casa es grande pero es mi monstruo!) se convirtió en pieza de museo. Con decirles que los vecinos primero y las autoridades más tarde, se me han acercado pidiéndome:

—Señor licenciado, no vaya a vender o a tirar su casa. No quedan muchas muestras de la arquitectura neocolonial de los cuarenta. Ni se le ocurra sacrificarla a la picota o (Dios nos libre) (no lo decimos por usted) al vil interés pecuniario.

Yo tenía un extraño amigo de otros tiempos, llamado Federico Silva, al que sus amigos llamaban El Mandarín y que vivía en otro tipo de casa, una elegante villa de la década adolescente del siglo (1915?, 1920?), estrujada y desnivelada por los rascacielos circundantes de la calle de Córdoba. Él no la soltó por pura dignidad: no cedió a la modernización del De Efe. A mí, de plano, la nostalgia me hace los mandados. Si yo no suelto mi casa, no es porque me lo pidan los vecinos, o porque yo me ande dando aires respecto a su valor de curiosidad arquitectónica, o la chingada. Yo me quedo en mi casa porque aquí he vivido como un rey durante veinticinco años: de la edad de veinticinco a la edad de cincuenta que acabo de cumplir, ¿qué les parece? ¡Toda una vida!

Nicolás Sarmiento, sé honesto con quienes te hacen el favor de escucharte, me dice mi Pepito Grillo. Diles la verdad. Tú no dejas esta casa por la sencilla razón de que fue la del general brigadier Prisciliano Nieves.

3

Toda una vida: les iba contando que cuando ocupé la casa merengue ésta, yo era un menguado abogadillo, ayer nomás pasante de un bufete sin importancia en la avenida Cinco de Mayo. Mi horizonte, palabra de honor, era mirar por las ventanas de la oficina a la Dulcería de Celaya e imaginarme recompensado por montañas de jamoncillos, panochitas, pirulíes y morelianas. Quizás el mundo era una gran naranja cristalizada, me decía mi noviecita santa, la señorita Buenaventura del Rey, de las mejores familias de la colonia Narvarte. Bah, si sigo con ella me convierto yo mismo en naranja dulce, limón partido. No; el mundo era la naranja azucarada que yo iba a morder una sola vez y luego, con desdén y aire de conquistador, arrojar a mis espaldas. ¡Dame un abrazo que yo te pido!

Buenaventura, en cambio, quería comerse la naranja hasta la última semillita, porque quién sabe si mañana iba a haber otra. Cuando yo pisé por primera vez la casa de Las Lomas, supe que en ella no había sitio para la señorita Buenaventura del Rey. ¿Les confieso una cosa? Mi novia santa me pareció menos digna, menos interesante, que las criadas que mi general había tenido a su servicio. Abur, Buenaventura, y salúdame con cariño a tu papá por haberme entregado, sin darse cuenta, el secreto de Prisciliano Nieves. Pero adiós también, digna cocinera, preciosa criadita, atolondrado mozo y encorvado jardinero del Héroe de Santa Eulalia. Que no quede aquí nadie que sirvió o conoció en vida a Prisciliano Nieves. ¡A volar todos! Las mujeres liaron sus itacates y se fueron muy dignas. El mozo, en cambio, se me puso entre gallo y lloricón, que si no era su culpa que el general se les muriera, que en ellos nadie pensaba nunca, que qué iba a ser de ellos ahora, ¿iban a morirse de hambre o iban a robar? Yo hubiera querido ser generoso con ellos. No tenía con qué; sin duda, no fui el primer heredero que no pudo ocuparse del batallón de criados metidos en la casa que heredó. El jardinero regresó de vez en cuando a mirar, desde afuera, sus rosales. Me pregunté si no sería bueno pedirle que regresara a cuidarlos. Pero no sucumbí: la consigna era: *Nada con el pasado.* Ahora mismo empiezo mi nueva vida, nueva novia, nuevos criados, casa nueva. Nadie que sepa nada de la batalla de La Zapotera, la hacienda de Santa Eulalia o la vida de mi brigadier Prisciliano Nieves. Pobrecita Buenaventura; lloró mucho y hasta hizo el ridículo telefoneándome y recibiendo cortones de mis criados. La pobre jamás supo que nuestro noviazgo era la base de mi fortuna; su padre, un antiguo contador del ejército, bizco de tanto hacerse tarugo, había estado en Santa Eulalia y sabía la verdad, pero para él era sólo una anécdota graciosa, no tenía importancia, era una curiosidad de sobremesa; él no actuó sobre la preciosa información que poseía y en cambio yo sí, y en ese momento supe que la información es la base del poder, pero la condición es saber emplearla, llegado el caso, no emplearla: el silencio también es poder.

Nueva vida, casa nueva, nueva novia, criados nuevos. Ahora va a nacer de nuevo Nicolás Sarmiento, para servir a ustedes.

Nació, sí señores: toda una vida. ¿Quién se dio cuenta antes que nadie de que había un aparatito llamado el teléfono con el que un abogado muy águila podía comunicarse antes que nadie con el mundo, la gran naranja azucarada? Lo están ustedes escuchando. ¿Quién se dio cuenta antes que nadie de que hay un poder inconsútil que se llama la información? El que sabe, sabe, dice el dicho, pero yo lo corregí: el que sabe, puede, el que puede sabe, y poder es saber. ¿Quién se suscribió a cuanta revista gringa existe, de tecnología, deportes, moda, comunicaciones, decoración interior, arquitectura, aparatos domésticos, espectáculos, lo que ustedes gusten y manden? ¿Quién? Pues lo están oyendo y les está hablando: el licenciado Nicolás Sarmiento, que unió información y teléfono y apenas supo de este o aquel adelanto desconocido en México, llamó por teléfono y más rápido que un rayo sacó la licencia para explotarlo aquí.

Todo por teléfono: patente de lavadora equis y de microcomputadora zeta, de contestador telefónico automático y de grabadora electromagnética, permisos de *pret-à-porter* parisino y de zapatos de jogging, licencias de perforadoras y plataformas marinas, de fotocopiadoras y vitaminas, de betabloqueadoras para los cardiacos y de avionetas para los magnates: qué no patenté para México y Centroamérica, en esos veinticinco años, señores, encontrándole a cada servicio su dimensión financiera, conectando mis regalías en México al estado de la firma matriz del producto en Wall Street, la Bourse y la City. Y todo, les digo a ustedes, sin moverme del caserón de mi brigadier Prisciliano Nieves, quien para hacer negocios tenía que ir, como quien dice, a ordeñar vacas al rancho. En cambio, yo, teléfono en ristre, introduje prácticamente solo a México en la era moderna. Ni quién se diera cuenta. En el lugar de honor de mi biblioteca estaban los libros de teléfonos de Manhattan, Los Angeles, Houston... San Luis Missouri: sede de la fábrica de aviones McDonnell-Douglas y de los cereales Ralston; Topeka, Kansas: sede de la fábrica de detergentes Wishwashy, y Dearborn, Illinois, de la fábrica de autos en el lugar donde nació Henry Ford, para no hablar de la manufactura de nachos en Amarillo, Texas, y de los conglomerados de la alta tecnología en la Ruta 112 de Massachusetts.

El detalle, mis cuates, el detalle y el indicativo seguido de siete números: una operación invisible y, si no sigilosa, al menos de una discreción rayana en el murmullo amoroso. Óiganme bien: en mi despacho de Las Lomas tengo un banco de cerca de cincuenta y siete líneas de teléfono directas. Todo lo que necesito a la mano: notarios, expertos en patentes y burócratas amigos.

En vista de lo ocurrido, yo les estoy hablando, como quien dice, a calzón quitado. Pero no se anden creyendo. Me he dado mi refinadita desde aquellos lejanos días de mi visita al Hospital Inglés y mi abandono de la señorita Buenaventura del Rey. Soy medio camaleón y no me distingo demasiado de todos los mexicanos de clase media que nos hemos venido puliendo, aprovechando oportunidades

de viajes, roces, lecturas, películas, buena música al
alcance de... Bueno, enriqueceos, oportunidades
para todos y cada soldado trae en su mochila su bas-
tón de mariscal. Leí a Emil Ludwig en edición de
bolsillo y me enteré de que Napoleón ha sido el su-
permodelo mundial del ascenso por méritos, en Europa y en el susodicho Tercer Mundo. Los gringos,
tan planos en sus referencias, hablan de *self-made-
men* como Horacio Alger o Henry Ford. Nosotros,
o Napoleón o nada: véngase mi Josefina, que aquí
está su mero corso, Santa Elena está muy lejos, las
pirámides nos contemplan aunque sea en Teotihuacán, y de aquí a Waterloo hay una larga jornada. Somos medio Napoleón medio Don Juan, qué le
vamos a hacer, y yo les digo que mi terror de volver
a caer en la baja de donde salí era tan grande como
mi ambición: por franqueza no va a quedar. Pero las
mujeres, las mujeres que quería, las Antibuenaven-
tura, a ésas las quería como ellas me querían a mí,
refinado, cosmopolita, bueno, eso me costaba un
poquito, pero seguro de mí mismo, mandón a veces, dándoles a entender (y era cierto) que nada era
seguro entre ellas y yo, la gran pasión hoy, la memoria apenas mañana... Ésa era otra historia, aunque
ellas pronto aprendieron a contar con mi discreción
y me perdonaron mis fallas. Mujeres y criados. Desde mi atalaya colonial de Las Lomas, armado de un
teléfono que pasó por todas las modas, negro rural,
blanco hollywoodense, rojo Crisis de Octubre, verde claro tecnicolor, dorado muñeca Barbie, de bo-
cina separada del aparato, de obligación de marcar
con el índice, a teléfonos como los que estoy usando en este momento, de puro te pico el ombligo y

me cotorreas, a mi modelito negro de Giorgio Armani con pantallita de TV que sólo uso para mis conquistas.

Las mujeres: en los sesenta todavía sobrevivían algunas náufragas extranjeras de los cuarenta, medio cacheteadas ya, pero ansiosas de tener un amante joven y un caserón donde dar fiestas, y apantallar a los aztecas; eso me dio mi primer lustre y con ello encandilé a la segunda promoción de viejas, o sea muchachas que querían casarse con un joven abogado en ascenso que ya había tenido como amante a la princesa de Salm-Salm o a la heredera de la planta de cartón reciclado de Fresno, California. Así es este asunto del amor. A las niñas bien las utilicé para anunciar que yo era un niño mal. Seduje a las que pude, las demás salieron corriendo a avisarles a sus correligionarias que aquí se escanciaban emociones fuertes pero no duraderas: Nicolás Sarmiento no te va a conducir al altar, chula. Me hice el interesante, porque los sesenta lo exigían. Traté de seducir a las dos Elenas, madre e hija, pero sin fortuna. Ellas ya tenían sus particulares arreglos domésticos. Pero detrás de ellas venía una generación de mexicanitas desesperadas que creían que ser interesante era ser triste, angustiada y lectora de Proust. Acabó hartándome que intentaran suicidarse con tanta frecuencia en mi cuarto de baño y me fui, en reacción, a lo bajito. Secretarias, manicuristas, dependientas de almacén que querían pescar marido igualito que las niñas popis, pero a las que yo les daba atole con el dedo educándolas, enseñándolas cómo caminar, vestirse y usar un cío después de comer camarones (cosas que me enseñaron a mí las viejas de mi primera generación). Me halagaba educarlas, en vez de ser educado como lo fui por las tres generaciones anteriores. ¿Dónde estaba mi justo medio, pues? La quinta generación me dejó turulato. Ahora no querían enseñarme ni aprenderme nada, nomás querían compartir y competir. Seguras de sí, actuaban como hombres y me decían que eso era ser muy mujeres. ¿Quién quita? Pero la filosofía del buen Don Juan es simplemente ésta: a ver si es chicle y pega. Y aunque les platico todo esto muy ordenadamente, la verdad es que en mi lecho reinaba, señoras y señores que me escucháis, un gran caos, pues siempre había una austrohúngara de generación *number one* que se había olvidado la boquilla hacía diez años en el gabinete de las medicinas y regresaba a recogerla (con la esperanza de encender viejas flamas) cuando sentadita bajo el susodicho gabinete en posición comprometida encontrábase potencial Galatea guacareando un insólito (para ella) kir y en la tina se sumía en espumas olorosas a bosque alemán potencial María Vetsera proveniente de la Facultad de Letras y a la puerta principal tocaba ex noviecita ahora casada y con cinco hijos, dispuesta a mostrármelos todos, en posición de marimba, ¡nomás paqueviera de lo que me había perdido! Omito mencionar a las chamacas (¡divertidísimas!) que, mediando los ochenta, empezaron a aparecerse por mi casa inopinadamente, en zancos, saltando bardas por la parte trasera de las mansiones churrigurris de Virreyes, salta que te salta, de casa en casa, demostrando así que,

—¡La propiedad privada es muy de acá, maestro, pero sólo si la compartes!

Pasaban como ráfagas, en sus zancos de resortes, núbiles, ah, yo para cumplir los cincuenta, con qué ensoñación las veía pasar saltando, todas ellas menores de veinte años, arrogándose el derecho de entrar a todas las casas, pobres o ricas, y de hablar, hablar nada más, con los demás, decían: el otro es la buena onda.

Si aún me escuchan ustedes, pronto llegarán a la conclusión de que mi destino era acabar con una mujer que reuniese las cualidades (y los defectos, ¡qué le vamos a hacer!) de las cinco generaciones de viejas que me tocó seducir. Miren nada más: lo propio del Don Juan es moverse, viajar, reírse de las fronteras, sean éstas entre países, jardines, balcones o recámaras. Para Don Juan, no hay puertas o, más bien, siempre hay una puerta imprevista por donde escapar. Ahora mis alegres bandadas de chamacas en zancos eran las Juanitas (¡vaya que si olían a yerbabuena, me cae de madre!) y yo, ya ven ustedes, pegado al teléfono, haciéndolo todo por teléfono, citas, negocios, amores...

Y criados. Los necesitaba, y muy buenos, para dar mis famosas fiestas, para recibir lo mismo a una vieja en el ambiente más íntimo y bien servido, que a una masa de quinientos invitados en un fiestón de época. ¡El merequetengue en la casa del merengue! Los tiempos, sin embargo, acabaron por desautorizar estas muestras ofensivas de lujo, como las llamaban los políticos más ricos de México y aunque yo nunca me paré a llorar en público por la pobreza de mis paisanos, al menos traté de darles empleo digno. Digno aunque pasajero. Lo que nunca he tolerado es un criado que me dure demasiado tiempo.

Se apoderan de mi pasado. Se acuerdan de las mujeres anteriores. Sus ojos establecen comparaciones. Tratan a las nuevas como trataban a las antiguas, como si quisieran servirme muy bien y quedar bien, cuando bien saben los muy taimados que quedan y me hacen quedar mal: aquí está su bolsita de agua caliente, señora, como le gusta a usted; oye, ¿con quién me confunde tu gato?; su toronja matutina diurética pala gordita que prefiere chilaquiles. La confusión se vuelve alusión, y no ha nacido mexicana que no vea, huela y pesque las indirectas al vuelo. (Salvo una chiapaneca de a tiro mensa a la que tenía que aplaudirle como loco para despertarla cuando se me dormía en medio de la acción y la muy pendeja se levantaba a bailar su bailecito regional. Debe ser cosa de genes. ¡Que las devuelvan a todas a Guatemala!)

Además de negarles la memoria acumulativa que les daría poder sobre mí, les niego permanencia a los criados para que no se confabulen entre sí. Criado que dura más de dos años, acaba aliándose con otro criado contra mí. El primer año me adulan y compiten entre ellos; el segundo, odian al que ven como mi preferido; el tercero, se juntan para darme en la madre. ¡Vámonos! Aquí nadie pasa más de dos navidades seguidas. Pala tercera fiesta de reyes, en camello y al desierto, que la estrellita de Belén ya se apagó. Cocinera (o Nero, Nero, Cadenero: ¡Neroncitos a mí! ¡Puros violines, qué!), recamarera, mozo, jardinero y un chofer que sólo hace mandados porque yo, pegado a mis teléfonos y a mis computadoras, apenas si de vez en cuando salgo de mi caserón colonial.

Desde que heredé la casa, llevo una lista exacta de amantes y criados. La primera ya es larguita, pero no tanto como la de Don Juan; además, es bastante individualizada. La de los criados, en cambio, trato de presentarla seriamente, con estadísticas. En la computadora voy poniendo el origen, la ocupación previa. De esa manera, tengo a la mano una especie de cuadro sociológico muy interesante, pues las provincias que me proporcionan servicio se van reduciendo, al cabo de los años, a las siguientes: Querétaro, Puebla, el Estado de México y Morelos. Luego vienen, dentro de cada una, las ciudades (Toluca vence de lejos), los pueblos, las aldeas, las antiguas haciendas. Dada la velocidad relativa con que voy cambiando de criados, creo que acabaré por cubrir todas las localidades de esas cuatro entidades federales. Va a ser muy divertido ver a qué tipo de coincidencias, excepciones, y convergencias, entre sí y en relación con mi propia vida, dan lugar estas detalladas memorias de mis computadoras. ¿Cuántas veces se repetirá un criado proveniente de Zacatlán de las Manzanas, estado de Puebla? O, ¿cuántos miembros de la misma familia acabarán por servirme? ¿Cuántos se conocerán entre sí y se platicarán sobre mí y mi casa? Las posibilidades de la narración y del empleo se parecen: ambas son infinitas, pero el cálculo de probabilidades es, por definición, finito —la repetición no es dispersión, sino, al cabo, unidad. Todos acabamos mirándonos en el espejo del mundo y viendo nuestra carita de chango nada más.

El mundo viene a mí y la prueba es que aquí están ustedes, oyéndome y pendientes de mis sabias y estadísticas palabras. Ejem, como dicen en los monitos, y otra cosa también: ¡qué canija es la suerte y cómo se las ingenia la fatalidad para darle en la torre a los planes más bien preparados!

La odalisca en turno era, en cierto modo, mi amante ideal. Nos conocimos por teléfono. Díganme ustedes si puede haber sindéresis más perfecta, como decimos los leguleyos mexicanos, o *serendipity* (¡vaya palabrita!) como dicen los yupis gringos que se la viven buscándola o tales para cuales como dicen los nacolandios de aquí del rumbo (Héroe naco en trenecito: Nacozari. Naco celoso en posada: Nacotelo. Naco corso encerrado en isla remota: Nacoleón. Nacos anarquistas sacrificados en silla caliente: Naco y Vanzetti.)

—Nacolás Sarmiento.

Así me dijo, burlándose de mí, mi última conquista, mi cuero en turno, mi novia final, ¿cómo no me iba a conquistar si entró así de lista a mi juego? Nacolás Sarmiento, me dijo, ella se llamaba Lala y poseía características de cada una de las generaciones que la precedieron. Era políglota como las primeras viejas que yo tuve (aunque supongo que a Lala no le enseñaron lenguas en un castillo ancestral rodeada de nanas, sino por método Berlitz aquí en la avenida Chapultepec, o sirviéndole mesas a los turistas gringos en Zihuatanejo). Tenía una melancolía de a devis, no nomás porque le metió la idea en el coco un profe decadente de Filosofía y Letras; a Proust no lo conocía ni por las tapas, y su murria era más vía José Alfredo Jiménez,

Y si quieren saber de mi pasado,

Les tendré que contar otra mentira,

Les diré que llegué de un mundo raro...

Quiero decir que era rete misteriosa, paquésmasquelaverdá, y cuando cantaba aquello de amanecientusbrazos, a mí ya me andaba por acurrucarme en los suyos y suspirarle a mi manera más tierna, quénséquécosa... Ay Lala, cómo te adoré, palabra, cómo adoré tu culito apretado, mi amor, con perrito ladrándome y mordiéndome cada vez que entraba a tu divina zoología, mi amor, tan salvaje y tan refinada, tan sumisa y tan loca al mismo tiempo, tan llena de detalles inolvidables: Lala, tú que me dejabas flores dibujadas con crema de rasurar en el espejo del baño; tú que llenabas de tierra las botellas de champaña; tú que subrayabas con plumón amarillo tus palabras preferidas en mis libros de teléfonos; tú que dormías siempre bocabajo, con el pelo revuelto y la boca entreabierta, solitaria e indefensa, con las manos apretadas contra tu barriguita; tú que nunca te cortaste las uñas de los pies en mi presencia; pero que te lavabas los dientes con bicarbonato de soda o con tortilla molida, Lala, ¿es cierto que te sorprendí rezando una noche, hincada, y te reíste nerviosa y me enseñaste una rodilla herida como pretexto y te la besé sana sana colita de rana?, Lala, exististe sólo para mí, en mi recámara, en mi casa, nunca te vi afuera de mi vasta prisión churrigueresca, pero tú nunca te sentiste prisionera, ¿verdad que no? ¿De dónde venías, quiénes eran tus padres, quién eras tú? Nunca quise saberlo; ya lo dije: en todo esto, la verdad es el misterio. Te teñías el pelo con mechones rubios; bebías Tehuacán con gas antes de dormirte; te aguantabas las ganas de desayunar fuerte; sabías caminar sin zapatos. Pero va-

mos por orden: de la cuarta generación, Lala tenía
una cierta ausencia de modales que yo iba a pulirle,
nomás que ella lo aceptaba de buena gana, era parte de su pertenencia plena a la quinta generación de
mexicanitas seguras de sí mismas, abiertas a la edu-
cación, la experiencia, la responsabilidad profesional.
Las viejas, señoras y señores, son como las computadoras: han ido pasando de las operaciones más simples, como son sumar, restar, almacenar memoria y
contestar preguntas en fila, sucesivamente, a la operación simultánea de la quinta generación: en vez
de darle vuelta a cada tortilla sucesivamente, le vamos a dar vuelta a todas de un golpe. Sé esto porque he traído a México todas las novedades de la
computación, de la primera a la cuarta, y ahora espero la quinta y sé que el país que la descubra va a
dominar el siglo XXI que ahí se nos va acercando,
como dice la vieja canción: en noche lóbrega, galán
incógnito, por calles céntricas, atravesó, y luego la
sorpresota y ¿a ver quién lo pensó primero? Pues nada menos que Nicolás Sarmiento, el muy chingón
que se suscribe a revistas gringas y maneja todo por
teléfono y tiene un nuevo cuero, una morenita de
seda llamada Lala, un verdadero mango de muchacha en su caserón de Las Lomas.

Que carecía de pasado. Ni modo, no pude averiguar nada, sentí que parte de mi conquista de Lala consistía en no preguntarle nada, que lo nuevo de
estos personajes nuevos del México nuevo era que
no tenían pasado o, si lo tenían era en otra época,
en otra encarnación. Si era así, todo esto aumentaba el encanto misterioso de Lala. Desconocía su origen pero no su presente, suave, pequeña, cálida en

todos sus recovecos, morena, siempre entreabierta y dueña de un par de ojos que nunca se cerraban porque nunca se abrían; la lentitud de sus gestos frenaba un ímpetu que ella y yo temíamos; era el temor de que todo se acabara si lo apurábamos. No, Lala, todo lento, las noches largas, las esperas interminables, la carne paciente y el alma, mi amor, más veloz siempre que el cuerpo: más cerca de la decadencia y la muerte, Lala.

Ahora yo tengo que revelarles a ustedes un hecho. No sé si es ridículo o penoso. Quizás es sólo eso que acabo de decir: un hecho. Yo necesito tener criados porque soy un torpe físicamente. Para los negocios soy un genio, como queda demostrado. Pero no sé hacer cosas prácticas. Cocinar, por ejemplo: cero. Hasta un par de huevos me los tiene que preparar alguien. No sé manejar un auto; necesito chofer. No sé amarrarme la corbata o los zapatos. Resuelto: puras corbatas de moño de esas con clip para ensartarlas en el cuello de la camisa; puros mocasines, nunca zapatos con agujetas. A las mujeres, todo esto les parece más bien tierno y las vuelve maternales conmigo. Me ven tan inútil en esto, tan tiburón en todo lo demás, que se emocionan y me quieren tantito más. Seguro.

Pero nadie como Lala ha sabido hincarse así ante mí, con esa ternura, con esa devoción, igual que si rezara, y como si fuera poco, con esa eficacia: qué manera más perfecta de amarrar un zapato, de dejar el lazo expansivo como una mariposa a punto de volar, pero prisionero como una argolla prendida a su gemela; y el zapato mismo, fijo, exacto, cómodo, ni demasiado apretado ni demasiado flojo, un zapato amigo de mi cuerpo, ni encajado ni suelto. La perfección era esta Lala, les digo a ustedes: la per-fec-ción. Ni más, ni menos. Se los digo yo, que si tengo clasificados en computadora a los criados por provincias, a las muchachas las tengo clasificadas por colonias.

¿Qué más les cuento antes de llegar al drama? Ustedes ya se lo sospechan, o puede que no. Me hice una vasectomía como a los treinta años para no tener hijos y que ninguna habitanilla de éstas llegara con mocoso en brazos y lágrima pronta: "¡Tu hijo, Nicolás! ¿No lo vas a reconocer? ¡Canalla!" Todo lo arreglé por teléfono; era el arma de mi negocio, y aunque viajé de vez en cuando, cada vez más me quedé en las Lomas de Chapultepec encerrado. Las viejas venían a mí y las renovaba a partir de mis fiestas. Renovaba a los criados para que no se acostumbraran a que aquí con don Nico ya encontramos nuestra mina-deoro. Nunca me valí, como otros políticos y magnates mechicas, de conseguidores para mis mujeres. Yo mis conquistas solito. Con tal de que siempre tuviera a alguien que me manejara el coche, me cocinara los frijoles y me amarrara los zapatos.

Todo esto coincidió una noche de julio de 1982, cuando la crisis se nos venía encima y yo andaba nervioso, pensando qué iba a significar la declaración de quiebra del país, los viajes interplanetarios de Silva Herzog, la deuda, Paul Volker y mis negocios de patentes y licencias en medio de tanto drama. Mejor di un fiestón para olvidarme de la crisis y ordené una cantina y buffet en el espacio alrededor de la piscina. El mozo era nuevo, yo no sabía su nombre; la relación con Lala llevaba dos meses ya y la vieja se me estaba metiendo, me gustaba mucho, me traía, lo admito, cachondo y enculado, la verdáseadicha. Ella llegó tarde, cuando yo ya departía con un centenar de convidados, y animaba a mozos e invitados por igual a escánciar el Taitinger; ¡quién sabe cuándo lo volveríamos a ver, mucho menos a saborear!

Lala apareció, y su modelo de St. Laurent strapless, de seda negra, con sobrefalda roja, tampoco iba a volverse a ver *in a long time*, nomás les aviso, yo que se lo mandé traer. Pero cómo brillaba mi hermosa amante, cómo la siguieron todas las miradas, todititas, me oyen ustedes, hasta el borde de la piscina donde el mozo le ofreció una copa de champaña, ella se le quedó mirando al naco vestido de filipina blanca, pantalón negro lustroso de tanto uso por camareros anteriores a mi servicio, corbatita de lazo, no era posible distinguirlo de todos los demás que pasaron por este lugar, la misma ropa, la misma actitud. ¿Actitud? Levantó la cabeza el muchacho, ella le vació la copa en la cara, él dejó caer la charola en la piscina, tomó a Lala con violencia del brazo, ella se zafó, dijo algo, él contestó, todos miraron, yo me adelanté tranquilo, tomé del brazo a Lala (noté los dedos del otro impresos en la carne suave de mi vieja), le dije a él (no sabía su nombre) que se retirara, ya hablaríamos más tarde. Lo noté confuso, una endiablada incertidumbre en sus ojos negros, un temblorcete en su barbilla oscura. Se acomodó el pelo abrillantinado, partido por la mitad, y se fue con los hombros encogidos. Creí que se iba a caer en la piscina. No es nada, les dije a los invitados, sigan pasándola bien, señoras y señores que me escuchan. Me reí: ¡Recuerden que se nos acaban las ocasiones de fiesta! Todos rieron conmigo y no le dije nada a Lala. Pero ella se subió a la recámara y allí me esperó. Estaba dormida cuando la fiesta terminó y yo subí. Pisé una copa de champaña al entrar al cuarto. Tirada en el piso; y en la cama, Lala dormida con su elegante traje de St. Laurent. Le quité los zapatos. La contemplé. Estábamos cansados. Me dormí. Al día siguiente, me levanté como a las seis de la mañana, con esa palidez de ausencia que se confirma apenas despertamos y ella no está allí. Las huellas de los pies desnudos, en cambio, sí. Huellas sangrantes; Lala se cortó las plantas por mi descuido en no levantar la copa rota. Me asomé por el balconcito rococó a la piscina. Allí estaba ella, flotando boca abajo, vestida, descalza, con los pies heridos, como si hubiera andado toda la noche sin huaraches, caminando entre abrojos, rodeada aún de un mar de sangre. Cuando la voltearon, la herida del vientre estaba abierta, pero el puñal había sido sustraído. A mi criado Dimas Palmero lo recluyeron en el Reclusorio Norte detenido en espera del lento proceso judicial mexicano, acusado de asesinato. Y a mí me sentenciaron a lo mismo, nomás que en el palacio churrigueresco de Las Lomas de Chapultepec que un día fuera la residencia de mi general brigadier Prisciliano Nieves, muerto una mañana de 1960 en el antiguo sanatorio británico de la calle de Mariano Escobedo.

4

La mañana de la tragedia, yo tenía sólo cuatro empleados de planta en el caserón colonial de Las Lo-

mas, aparte del susodicho Dimas Palmero: una cocinera, una recamarera, un chofer y un jardinero.
Confieso que a duras penas recuerdo sus facciones
o sus nombres. Se debe, acaso, a que como trabajo
en mi casa, los he vuelto invisibles. Si yo saliera diariamente a una oficina, los notaría, por contraste, al
regresar. Pero ellos se hacen escasos para no pertur-
barme. No sé ni cómo se llaman, ni cómo son. Mi
secretaria Sarita Palazuelos trata con ellos; yo trabajo en casa, no estoy casado, los criados son invisibles. No existen, comoquiendice.

Yo creo que estoy solo en mi casa. Oigo un ruido.
Pregunto:

—¿Quién anda ahí?

—Nadie, señor —contesta la vocecita de la gata.
Prefieren ser invisibles. Por algo será.

—Toma este regalo, muchacha.

—Para qué se molestó, señor. Yo no soy quién
para recibir regalos. ¡Ay sí!

—Feliz Navidad, te digo, mujer.

—Ay, ¿para qué se anda fijando en mí patrón?
Se vuelven invisibles.

—Ay, qué pena.

—Perdone el atrevimiento, señor.

—No le quito ni un minutito de su tiempo,
patroncito. Nomás voy a darle una sacudidita a los
muebles.

Ahora uno de ellos tenía un nombre: Dimas
Palmero.

No quise ni verlo. El odio me impedía dormir;
abrazaba la almohada que aún guardaba el perfume,
cada día más desvanecido, de Lala mi cuero, y lloraba de rabia. Luego, quise recordarlo para torturar-

me e imaginar lo peor: Lala con ese muchacho; Lala en brazos de Dimas Palmero; Lala sin pasado. Luego pensé que no recordaba el rostro del joven asesino. Joven: lo dije y comencé a recordarlo. Comencé a despojarlo del anonimato original con que lo definí aquella noche fatal. Uniformado como camarero, filipina, pantalón lustroso, corbatita de lazo, idéntico a todos, igualito a nadie. Empecé a imaginarlo como Lala pudo haberlo visto. Joven, dije; ¿era, además, guapo?; pero, además de joven y guapo, ¿era interesante? y, ¿era interesante porque tenía un secreto? Induje y deduje como loco aquellos primeros días de mi soledad, y del secreto pasé al interés, del interés a la juventud y de allí a la belleza. Dimas Palmero, en mi extraña seudoviudez cincuentona, era el Luzbel que me advertía: Has perdido por primera vez a una mujer, no porque la abandonaste, no porque la corriste, cabrón Nicolás, ni siquiera porque ella te dejó, sino porque yo te la quité y te la quité para siempre. Dimas tenía que ser bello y tenía que tener un secreto. Si no era así, me había derrotado un naco vil. No podía ser. A mí tenía que ganarme, por lo menos, un joven hermoso y con un secreto.

Quise verlo. Una noche de éstas, se me volvió una obsesión: ver a Dimas Palmero, hablar con él, convencerme de que, al menos, yo merecía mi dolor y mi derrota.

Me habían estado trayendo una charola con las comidas. Apenas probaba bocado. Nunca vi quién me trajo la bandeja tres veces al día, ni quién la retiró. La señorita Palazuelos mandó decir por escrito que estaba a mis órdenes pero, ¿cuáles órdenes iba a dar yo, sumido en la melancolía? Le mandé decir que se tomara unas vacaciones mientras se me aliviaba el corazón. Vi los ojos del mozo que escuchó mi recado. No lo conocía. Seguramente la señorita Palazuelos había sustituido a Dimas Palmero con un nuevo camarero. Pero yo estaba obsesionado: vi en este nuevo criado a un doble, casi, del encarcelado Dimas. ¡Tanto deseaba encararme con mi rival!

Estaba obsesionado, y mi obsesión era ir al Reclu Norte y hablar con Dimas, verlo cara a cara. Por primera vez en diez días, me duché, me rasuré, me puse un traje decente y salí de mi recámara, bajé por la escalera de herrerías garigoleadas al hall colonial rodeado de balconcitos y con su fuente de azulejos en un rincón, gargareando aguas. Llegué a la puerta de entrada e intenté con un gesto natural, abrirla. Estaba cerrada con llave. Vaya precauciones. La servidumbre se había vuelto bien cauta después del crimen. Espantados y, ya se lo dije a ustedes, invisibles. ¿Dónde andaban los condenados? ¿Cómo llamarlos? ¿Cómo se llamaban? Muchacho, muchacha, ey, señora, señores… Me lleva.

Nadie contestó. Me asomé al ventanal de emplomados en la sala. Aparté las cortinas. En el jardín de la casa estaban ellos. Aposentados. Tirados en el césped, arruinándolo, fumando cigarritos y aplastando las colillas en la tierra abonada de los rosales; sentados en cuclillas, sacando de las portaviandas patitas humeantes de cerdo en mole verde, humeantes tamales de dulce y de chile y arrojando donde cayeran la hojas de elote tatemadas. Ellas las muy coquetas, cortando mis rosas, poniéndoselas en el pelo negro y lustroso, mientras los escuincles se picaban las manecitas con las espinas y chillaban como marranitos... Corrí a una de las ventanas laterales: jugaban a las canicas y a los baleros, instalaban unas barricas sospechosas y derramadas al lado del garage. Corrí al extremo derecho de la mansión: un hombre orinaba en la parte estrecha y sombreada del jardín, un hombre de sombrero de paja laqueada meaba contra el muro divisorio de mi casa y...

Estaba rodeado.

Un aroma de verdolaga venía de la cocina. Entré a ella. Nunca había visto a la nueva cocinera, una gorda cuadrada como un dado, con pelo de azabache pero rostro antiguo a fuerza de escepticismo.

—Soy Lupe, la nueva cocinera —me dijo—, y éste es don Zacarías, el nuevo chofer.

El tal chofer ni se levantó de la mesa donde comía tacos de verdolaga. Lo miré con asombro. Era idéntico al ex presidente don Adolfo Ruiz Cortines, quien a su vez era confundido, en la broma popular, con el actor Boris Karloff: cejas pobladas, ojos profundos, tremendas ojeras, comisuras más profundas que el cañón del Río Colorado, frente alta, pómulos altos, calavera apretada, pelo cepillado para atrás, entrecano.

—Mucho gusto —dije como un perfecto idiota.

Regresé a la recámara y, casi instintivamente, me puse unos de los escasos zapatos con agujetas que tengo. Me miré allí, sentado en la cama revuelta, cerca de la almohada de tenue perfume, con las cintas de los zapatos desamarradas y sueltas como dos lombrices inertes, aunque hambrientas. Toqué el timbre junto a la cabecera, a ver quién acudía a mi llamado.

Pasaron unos minutos. Luego unos nudillos tocaron.

Entró él, el joven parecido (me había inventado yo) al encarcelado Dimas Palmero. Decidí, sin embargo, distinguirlos, separarlos, no permitir confusión alguna. El asesino estaba entambado. Éste era otro.

—¿Cómo te llamas?

—Marco Aurelio.

Se fijan que no dijo "para servir al señor", ni "a sus órdenes, patroncito". Tampoco me miró con los ojos velados, de lado, o cabizbajo.

—Amárrame los zapatos.

Me miró derecho un segundo.

—Ahoritita mismo —dije yo; él me miró derecho y luego se hincó ante mí. Me ató las cintas.

—Avísale al chofer que voy a salir después de la comida. Y dile a la cocinera que suba para ordenarle algunos menús. Y otra cosa, Marco Aurelio.

Me miró derecho, nuevamente de pie.

—Escámpame a toda esa gente intrusa que se me metió al jardín. Si no se van dentro de media hora, llamo a la policía. Puedes retirarte, Marco Aurelio. Es todo, te digo.

Me vestí, ostentosa y ostensiblemente, para salir, yo que lo hacía tan pocas veces. Decidí estrenar —casi— un traje de gabardina beige cruzado, camisa azul, corbata de moño de alamares amarilla y un pañuelo Liberty que me regaló una inglesa, asomando por la bolsa del pecho.

Muy galán, muy gallo: dije mi nombre y pisé fuerte, bajando por la escalera. Pero me encontré con la misma historia. La puerta con llave, la gente alrededor de la casa. Una fiesta con todo y piñata en el garage. Los niños gritando felices. Un niño llorando a gritos, prisionero en una extraña cuna de metal, toda ella enrejada, hasta la parte superior, como una parrilla.

—¡Marco Aurelio!

Me senté en la sala del ventanal de emplomados. Marco Aurelio me desamarró solícito los zapatos y, solícito, me ofreció mis babuchas más cómodas. ¿Fumaba pipa? ¿Quería un coñaquito? No me iba a faltar nada. El chofer iría a traerme cuanta cassette quisiera: películas nuevas o viejas, deportes, sexo, música... Que yo no me preocupara, me mandaba decir la familia. Sabe usted, don Nico, en este país (iba diciendo hincado ante mí, quitándome los zapatos, el nacorrendo este) sobrevivimos las peores calamidades porque nos apoyamos los unos a los otros, viera usted, yo estuve de ilegal en Los Ángeles y allá las familias americanas se desperdigan, viven lejos, padres sin hijos, los viejos abandonados, los chamacos ya no ven la hora de independizarse, aquí todo lo contrario, don Nico, ¿a que a usted ya se le olvidó eso?, tan solitario usted, válgame Dios, pero nosotros no, que si te quedaste sin empleo, la familia te da de comer, te da techo, que si te anda buscando la chota, o te quieren avanzar los sardos, la familia te esconde, te manda de Las Lomas de regreso a Morelos y de allí a Los Ángeles y nuevamente en circulación: la familia sabe caminar de noche, la familia es invisible casi siempre, pero ah chirrión don Nico, de que se hace presente, ¡vaya que sí se hace presente! Usted dirá. ¿Que va a hablarle a la poli si no nos vamos? Pues yo le aseguro que la poli no nos va a encontrar cuando llegue, aunque sí lo va a encontrar a usted, bien tieso, flotando en la alberca, igual que la Eduardita que Dios tenga en su... Pero oiga, don Nico, no se me ponga color de duende, si nuestro mensaje es rete simple: usted haga su vida de siempre, telefonee cuanto guste, haga sus negocios, dé sus fiestas, reciba a sus cuates y a sus changuitas, que nosotros lo protegemos, faltaba más, nomás que de aquí usted no sale mientras Dimas nuestro hermano esté en la Peni: el día que Dimas salga de la cárcel, usted sale de su casa, don Nico, ni un minuto antes, ni un minuto después a menos que nos juegue usted chueco, y entonces usted sale primero de aquí, pero con las patas palante, por ésta se lo juro.

Se besó la cruz del pulgar y el índice con ruido y yo me acurruqué contra la almohada de la Eduardita —¡mi Lala!—. Así empezó mi nueva vida y lo primero que se les está ocurriendo a ustedes que me escuchan es lo mismo que se me ocurrió a mí encerrado en mi propia casa de Las Lomas: bueno, en realidad no ha cambiado mi régimen de vida; cuando mucho, ahora estoy más protegido que nunca. Me dejan dar mis fiestas, manejar mis negocios por teléfono, recibir a las chamacas que me consuelan de la muerte de Lala (mis bonos han subido como la espuma: soy un amante trágico, ¡vóytelas!) y a los tecolotes que se presentaron a preguntar por qué toda esa gente rodeando mi casa, apeñuscada en el jardín, friendo quesadillas junto a los rosales, meando en el garage, ellos les dijeron: Es que el señor es muy caritativo y diariamente nos entrega las sobras de sus fiestas. ¡Diariamente! Se lo confirmé personalmente a los policías, pero ellos me miraron con una burla acongojada (los mordelones mexicanos son actores expertos en mirarlo a uno con una angustia sarcástica) y yo entendí: Está bien.

De allí en adelante, iba a pagarles su mordida semanal. Lo anoté en mis libros de egresos y a la señorita Palazuelos tuve que despedirla para que no sospechara nada. Ella misma no se olió la razón de mi despido. Yo era famoso por lo que ya dije: nadie duraba mucho tiempo conmigo, ni secretaria, ni chofer, ni amante. Yo, chino libre y a mí mis timbres, ¡faltaba más! Notarán ustedes que toda esta fantástica situación era simplemente una calca de mi situación normal, de manera que no había razón para que nadie se alarmara: ni el mundo exterior que seguía negociando conmigo, ni tampoco el mundo interior (yo, mis criados, mis fiestas, mis amantes, lo de siempre...).

Pero la diferencia, claro está, es que esta situación fantástica (disfrazada por mi situación normal) contenía un solo elemento de anormalidad profunda e intolerable: no era obra de mi voluntad.

Ahí estaba el detalle; esta situación no la impuso mi capricho; me la impusieron a mí. Y de mí dependía terminarla; si Dimas Palmero salía libre, yo quedaba libre también.

Pero ¿cómo iba a hacerle para que saliera el tal Dimas? Aunque yo llamé a la poli para que lo detuvieran, ahora él estaba acusado de asesinato por el Ministerio Público.

Me dio por ponerme zapatos con agujetas; era el pretexto para pedirle al camarero Marco Aurelio que subiera a ayudarme, platicarme, enterándome:

¿a poco todo ese gentío metido en el jardín era familia del recluido Dimas Palmero? Sí, me contaba Marco Aurelio, una familia mexicana muy bonita, muy extendida, todos ayudándose entre sí, como le dije. ¿Qué más?, le insistí y él se rió al oírme; todos católicos, cero píldoras, cero condones, los hijos que Dios mande... ¿De dónde eran? Del estado de Morelos, campesinos, todos ellos trabajadores de los campos de azúcar; no, los campos no estaban abandonados, ¿no le cuento don Nico?, es que somos rete hartos, jajá, ésta es nomás una delegación, somos muy buenos en Morelos para organizar delegaciones y mandarlas a la capital a pedir justicia, usted nomás recuerde al general Emiliano Zapata; pues ahora verá usted que hemos aprendido algo. Ya no pedimos justicia. Ahora nos hacemos justicia. Pero yo soy inocente, le dije a Marco Aurelio hincado frente a mí, yo perdí a Lala, yo soy... Levantó la mirada negra y amarilla como la bandera de una nación invisible y rencorosa: —Dimas Palmero es nuestro hermano.

De allí no lo sacaba. ¡Taimada gente ésta! Nuestro hermano: ¿lo decía literalmente, o por solidaridad? (¡Tercos zapatistas de la chingada!) Un abogado sabe que todo en este mundo (la palabra, la ley, el amor...) puede interpretarse en sentido estricto o en sentido lato. La hermandad de Marco Aurelio mi criado insólito y de Dimas mi criado encarcelado, ¿era de sangre, o era figurada? ¿Estrecha, o extensa? Yo debía saberlo para saber a qué atenerme: Marco Aurelio, le dije un día, aunque yo retire los cargos contra tu hermano, como lo llamas (mirada taimada, biliosa, silencio) el procurador los va a mantener porque hubo demasiados testigos del altercado entre Lala y tu hermano junto a la piscina, no depende de mí, van a perseguir *ex oficio*, ¿me entiendes?, no se trata de vengar la muerte de Lala...

—Nuestra hermana... Puta no, eso sí que no.

Lo tenía hincado frente a mí atándome las cintas del zapato y al oírle decir esto le di una patada en la cara, les aseguro a ustedes que no fue intencional, fue un reflejo brutal ante una afirmación brutal, le di una patada brutal en la quijada, lo noquié, cayó de espaldas y yo seguí mi instinto ciego, abandoné mi razón (de por sí bastante adormecida) y corrí escalera abajo, al hall, en el momento en que una recamarera desconocida barría el umbral y la puerta abierta me invitaba a salir a la mañana de Las Lomas, el aire picante de polumo, el distante silbatazo de un globero y la fuga de las esferas rojas, azules, amarillas, liberadas, lejos del vacío de la barranca que nos circunda, sus altos eucaliptos descascarados luchando contra el olor de mierda refugiado en las bisagras del monte: globos de colores me saludaron al salir y respirar veneno y restregarme los ojos.

Mi jardín era el sitio de una romería. El olor a fritanga se imponía al de mierda y eucalipto; humo de braseros, chillidos de niños, tañer de guitarras, clic de canicas, dos gendarmes enamorando a las muchachas de trenzas y delantal a través de la reja garigoleada de mi mansión, un viejo de pelo azulenco y boca desdentada y pantalón remendado y huaraches, con el sombrero de paja laqueada en la mano y la invitación —se acercó a mí—: ¿Se le antoja algo señor? Hay buenos antojitos, señor; yo mi-

ré a los policías, que no me miraron a mí, se reían
maliciosamente con las muchachas del campo y yo
las veía a las muy pendejas embarazadas ya, ¿cómo
que putas no?, pariendo en el campo, a los pinches
hijos de cuico, los niños aumentando la familia de,
de, de este viejo patriarca que me invitaba antojitos
en vez de proteger a las dos muchachas seducidas
por un par de siniestros bandidos uniformados,
sonrientes, indiferentes a mi presencia en los escalones de mi casa. ¿A ésas también las iba a proteger
como protegió a la Lala? Me lleva. Lo miré derecho
tratando de comprenderlo.

Qué le iba a hacer. Le di las gracias y me senté
en mi propio jardín con él y una mujer nos ofreció
tortillas calientes en un chiquihuite. El viejo me pidió que yo primero y yo repetí el gesto atávico de
extraer el pan de los dioses de debajo de su servilleta colorada ligeramente humedecida, sudada, como
si la tierra misma se abriera para ofrecerme la mag-
dalena proustiana de los mexicanos: la tortillita bien
calientita. (Los que me escuchan recordarán que yo
me eché a toda una generación de nenas lectoras de
Marcel Proust, y el que lee a Proust, decía uno mi
amigo muy nacionalista, ¡se proustituye!) ¡Qué bár-
baro!: la realidad es que sentado allí con el viejo patriarca comiendo tortillas calientes con sal me sentí
tan a gusto, tan como de regreso en el abrazo de mi
mamacita, o algo así, que ya me dije ni modo, vengan las tortillas, a ver esas barriquitas de pulque que
vi entrar el otro día al garage; nos trajeron los vasos
derramados de licor espeso, curado de piña, y Marco Aurelio de seguro seguía bien noqueado porque
de él ni la sombra: yo con las piernas cruzadas en mi

propio césped, el viejo dándome de comer, yo preguntándole: ¿Hasta cuándo van a estarse aquí, qué no se aburren, no tienen que regresarse a Morelos, esto puede durar años, se da usted cuenta, señor? Me miró con su mirada inmortal el viejo cabrón, y me dijo que ellos se iban turnando, ¿qué yo no me daba cuenta?, iban y venían, no eran dos veces los mismos, todos los días unos se regresaban y otros llegaban, porque se trataba de hacer un sacrificio por Dimas Palmero y por la Eduardita, pobrecita, también, ¿qué yo no me había dado cuenta?, ¿creía que era siempre la misma gente acá fuera? Se rió un poco, tapándose con la mano la boca molacha: lo que pasaba es que yo de verdad no me fijaba en ellos, de plano los veía a todos igualitos...

Pero cada uno es distinto, dijo de repente el viejo, con una seriedad opaca que me llenó de miedo; cada uno viene al mundo para ayudar a su gente, y aunque la mayor parte se nos mueren chiquititos, el que tuvo la suerte de crecer, ése, señor, es un tesoro para un viejo como yo, ése va a ocuparse de la tierra, ése se va a ir a trabajar allá en el Norte con los gringos, ése se va a venir a la capital a servirle a usted, todos nos van a mandar dinero a los viejos, nomás dígame señor (regresó a su amabilidad habitual) si los viejos no vamos a saber quién es, cómo se llama, qué anda haciendo, a qué se parece cada uno de nuestros hijos, ¡si dependemos de ellos para no morirnos de hambre cuando nos hacemos grandes! Nomás con una condición, dijo pausando:

—Pobres pero dignos, señor.

Miró por encima de mi hombro, saludó. Yo le seguí

la mirada. Marco Aurelio con su camisa blanca y su pantalón negro se acariciaba el mentón, parado a la salida de la casa. Yo me levanté, le di las gracias al viejo, me sacudí el pasto de las nalgas y caminé hacia Marco Aurelio. Sabía que de ahora en adelante, yo iba a andar de puro mocasín todo el tiempo.

5

Esa noche, soñé aterrado con que esa gente podía seguir allí eternamente porque se iría renovando como las generaciones se renuevan, sin importarles un comino el destino individual de nadie, mucho menos el de un abogadito medio elegantioso, con harto colmillo: un rotito de Las Lomas de Chapultepec. Podían aguantar hasta mi muerte. Pero yo seguía sin entender cómo podía mi muerte vengar la de Dimas Palmero, quien languidecía en la cárcel preventiva, en espera de que la tortuga judicial mexicana lo sometiera a juicio. Oyeron ustedes bien. Dije tortuga, no tortura. Eso podía durar años, no lo iba a saber yo. El día que se cumpla el precepto aquel de que nadie puede ser detenido sin ser juzgado más allá del plazo prescrito por la ley, México deja de ser lo que ha sido hasta ahora: el reino de la influencia, el capricho y la injusticia. Se los digo yo y ustedes, les cuadre o no les cuadre, me tienen que oír. Si yo soy el prisionero de Las Lomas, ustedes son los prisioneros de mis teléfonos; ustedes me escuchan.

No crean, he pensado en todo lo que podría hacer con éste mi vínculo hacia el exterior, mi hilo de Ariadna, mi voz humana. Tengo una videocase-

tera que uso a menudo, dadas mis circunstancias.
La pobre de Barbara Stanwyck paralítica en su cama, oyendo los pasos del asesino que sube por la escalera a liquidarla y quedarse con sus millones (¿será
su marido? ¡Suspenso!) y ella tratando de llamar a la
policía por teléfono y el teléfono descompuesto,
una voz contestando: Lo sentimos, número equivocado... Mucha emoción. La voz humana, me dijo
una novia francesa... Pero ésta no era una película
de la Universal, sino apenas una modesta produc-
ción de Filmadora Huaraches o algo así de a tiro
pinchurriento. Bueno, ya sé que hablo con ustedes
para atarantarme un poco; no crean, sin embargo,
que dejo de pensar día y noche en maneras de eva-
dirme. Sería tan fácil, me digo, declararme en huel-
ga de negocios, ya no emplear los teléfonos para
hacer lana, descuidar las cuentas de bancos, dejar de
hablarles a mis contactos en el exterior, abandonar
a mis industriales, mis contadores públicos, mis corredores de bolsa... Rápida conclusión: mi pobreza
le importaría una puritita chingada a toda esta gente.
No están aquí para sacarme lana. Si yo no los alimen-
tara a ellos, ellos me alimentarían a mí. Sospecho que
la cadenita ésta con los campos de Morelos funciona
a todo mecate. ¡Si yo me vuelvo pobre ellos me van a
socorrer!

Ustedes son hombres y mujeres libres como yo
lo fui un día, y me entienden si les digo que a pesar
de los pesares, uno no se resigna a perder la libertad
así como así. Muy bien: me juraron la muerte si los
delataba. Pero, ¿qué tal si lograba escaparme, escon-
derme, echarles desde fuera la fuerza política? Ni lo
intente usted, don Nico, dijo mi recuperado carce-

lero Marco Aurelio, somos muchos, lo encontraríamos. Se rió: tenían sucursales de la familia en Los Ángeles, en Texas, en Chicago, hasta en París y Londres donde las señoras mexicanas llevaban a trabajar a sus Agripinas, sus Rudecindas y sus Dalmacias... Que no me espantara de ver a un sombrerudo en Jumbo jet llegar al Charles de Gaulle, y hacerme picadillo en el mero París, se carcajeó el muy miserable, jugueteando con su machete que ahora siempre traía colgando, como un pene de repuesto. Lo odié. ¡Miren que un vilnaco de éstos hablarse de tú por tú con el general De Gaulle! ¡Lo que son las comunicaciones instantáneas!

Conocían mis intenciones. Aproveché una de mis fiestas para ponerme el abrigo y el sombrero de un amigo, sin que él se diera cuenta, mientras todos bebían la última botella de Taitinger (fue el pretexto de la fiesta) y comían exquisitos canapés preparados por la gorda cuadrada de la cocina, doña Lupe (¡un genio, esa mujer!); con el sombrero zambutido hasta las orejas y las solapas levantadas, me escurrí por la puerta abierta esa noche (y todas las noches: deben ustedes saber que mis carceleros ya no se imaginaban que yo pudiera escaparme, ¿para qué?, ¡si mi vida era la de siempre!: yo adentro con mis fiestas y mis teléfonos; ellos afuera, invisibles: ¡lo de siempre!). Digo, ya no cerraban con llave las puertas. Pero yo me disfracé y me escurrí a la puerta porque no quería aceptar la fatalidad del encierro impuesto por otros. Lo hice sin importarme mi éxito o mi fracaso. La puerta, la libertad, la calle, el Jumbo a París, aunque me recibiera, rodillo en mano, Rudecinda la prima de Marco Aurelio...

—Se le olvidó amarrarse los zapatos, don Nico —me dijo Marco Aurelio, charola en alto colmada de canapés mirándome los pies y cerrándome el paso de la puerta principal.

Me reí; suspiré; me quité el abrigo y el sombrero; regresé con mis invitados.

Lo intenté varias veces, por no dejar, por motivos de amor propio. Pero una vez no pasé del jardín porque las niñas, instintivamente me rodearon, formaron círculo y me cantaron *Doña Blanca*. Otra vez, escapando de noche por el balcón, me quedé colgando de las uñas cuando oí a un grupo a mis pies cantándome una serenata: ¡era mi cumpleaños y se me había olvidado! Felicidades, don Nico, ¡y éstas son las mañanitas que...! Me lleva: ¡cincuenta primaveras en estas circunstancias!

Desesperado, apelé a la estrategia de Montecristo: me hice el muerto, bien tieso en mi cama; por no dejar, digo, para tocar todas las bases. Marco Aurelio me aventó un cubetazo de agua fría y grité, y él también de pie, don Nico, cuando se me muera, yo seré el primero en hacérselo saber, no faltaba más. ¿Llorarás por mí, cabrón Marco Aurelio? ¡Me lleva! Pensé en envenenar a mis carceleros inmediatos, el camarero Marco Aurelio, la cocinerapera, el chofermomia; pero no sólo sospeché que otros se apresurarían a reemplazarlos, sino que temí (¡inconsecuente de mí!) que así como el proceso contra el desgraciado de Dimas Palmero se arrastraba indefinidamente, la acción contra mí por envenenar a mi servidumbre iba a ser fulminante, escandalosa, un clarinazo en la prensa: ¡millonario desalmado envena a sus fieles servidores! De tarde en tarde, hay que echarles peces gordos a los tiburones, bien hambrientos, de la justicia... Además, cuando yo entraba a la cocina doña Lupe era tan cariñosa conmigo, siéntese nomás, don Nico, ¿a que no sabe lo que le preparé hoy?, ¿no huele usté?, ¿no le gustan sus calabacitas con queso?, ¿o prefiere lo que nos preparamos para nosotros, unos chilaquilitos en salsa verde? Se me hacía agua la boca y le perdonaba la vida, el chofer y el mozo se sentaban a comer con doña Lupe y conmigo, me contaban historias, eran bien divertidos, me recordaban, me recordaban a...

¿Que por qué no le conté mi situación a las chamacas que pasaban por mis fiestas y por mi cama? ¿Cómo se les ocurre semejante cosa? ¿Se imaginan el ridículo, la incredulidad? Pues sal cuando quieras, Nicolás, ¿quién te lo impide? Me matarían, monada. Pues yo te voy a salvar, yo le voy a avisar a la policía. Te matarían a ti junto conmigo, mi amor. ¿O prefieres vivir huyendo, a salto de mata? Claro que nunca les dije nada, ni ellas se las olieron. ¡Yo tenía fama de solitario! Y ellas venían a consolarme por la muerte de la Lala. A mis brazos, divinidades, que la vida es corta, aunque la noche sea larga.

6

La vi. Les digo que ayer la vi, en el jardín.

7

Llamé a un amigo mío, influyentazo en la Procuraduría: ¿Qué se decía del caso de mi mozo, Dimas

Palmero? Mi amigo se rió nomás y me dijo: Se dice lo que tú quieras, Nicolás. Ya sabes: si tú quieres, lo tenemos entambado en la preventiva hasta el día del juicio final; si lo prefieres, adelantamos el juicio final y mañana mismo te lo juzgamos; si lo que te cuadra es verlo libre, se arregla y mira Nicolás, paquéhacernosguajes, hay gente que desaparece, nomás desaparece. A ti se te estima. Como gustes, te repito.

Como guste. Estuve a punto de decirle: No, si el tal Dimas o Diretes o como se llame me tiene sin cuidado, si el preso de a de veras soy yo, óigame, mi abogado, rodeen la casa, armen la grande, masacren a esta bola de patarrajadas...

Le agradecí sus ofrecimientos a mi amigo y colgué sin indicarle mi preferencia. ¿Por qué? Hundí la cabeza en la almohada. De Lala ya no quedaba ni el aire. Me rasqué el coco pensando, ¿qué debo pensar?, ¿qué combinación me falta?, ¿qué posibilidades he dejado en el tintero? Se me iluminó el pensamiento; decidí precipitar las cosas. Bajé a a cocina. Era la hora en que comían Marco Aurelio, doña Lupe y el chofer con cara de Ruiz Cortines. Los aromas de puerco en verdolaga ascendían por la escalera rococó, más fuertes que el perfume, para siempre desvanecido, de Lala —la Eduardita, como le decían ellos—. Bajé acusándome a mí mismo con furia; ¿en qué pensaba?, ¿por qué mi incuria feroz?, ¿por qué sólo pensaba en mí, no en ella, que era la víctima, después de todo? Me merecía lo que me pasaba; yo ya era el prisionero de Las Lomas desde antes de que ocurriera todo esto, era el preso de mis propios hábitos, de mi comodidad, de mis negocios fáciles, de mis amores facilísimos. Pero también —dije cuando mis pies desnudos tocaron la losa fría del salón— estaba encadenado por una suerte de devoción y respeto hacia mis novias: no inquiría, no les averiguaba y si ellas me daban a entender: Yo no tengo pasado, Nico, mi vida comenzó en el instante en que nos conocimos, yo quizás tarareaba un bolero como todo comentario, pero hasta ahí nomás.

Estaban sentaditos los tres merendando a sus anchas.

—¿No convidan? —dije muy amable yo.

Doña Lupe se levantó a servirme un plato. Los dos hombres ni se movieron, aunque Marco Aurelio hizo un gesto para que me sentara. El chofer nomás me miraba sin parpadear desde el fondo imperturbable de sus ojeras.

—Gracias. Bajé a hacer una pregunta nada más. Se me ocurrió que lo importante para ustedes no debe ser tenerme a mí encerrado aquí, sino que Dimas salga libre. ¿Así es, verdad?

La cocinera me sirvió el aromático guiso de puerco con verdolagas, y comencé a comer, mirándolos. Había dicho lo mismo que ellos me habían dicho siempre: usté sale de aquí el día que nuestro hermano Dimas Palmero salga de la cárcel. ¿Por qué ahora esas miraditas entre ellos, ese aire de desconfianza, si no hice más que repetir lo que todos sabíamos: la regla no escrita de nuestra relación? Viva el derecho estatutario, y abajo la *common law*; que se presta a toda clase de interpretaciones y depende demasiado de la moral y del sentido del humor de las gentes. Pero estos campesinos de Morelos debían ser como yo, herederos del derecho romano, donde sólo cuenta lo que está escrito, no lo que hace o se deja de hacer, aunque esto último viole la letra de la ley. La ley es majestuosa señores y sobrevive a todas las excepciones. Las tierras de estas gentes siempre habían dependido de un estatuto, de una cédula real; y ahora sentí que mi vida también iba a depender de un contrato escrito. Miré las miradas de mis carceleros que se miraban entre sí.

—Díganme si están de acuerdo en poner esto por escrito: El día que Dimas Palmero salga libre de la peni, Nicolás Sarmiento sale libre de Las Lomas. ¿De acuerdo?

Empecé a enervarme; no me contestaban; se miraban entre sí, sospechosos, taimados, les digo a ustedes, con caras de gatos escaldados los tres. ¡Pero si yo no hacía más que pedirles que confirmaran por escrito lo que ellos mismos me habían propuesto! ¿Ahora por qué todo este sospechosismo repentino?

—Lo hemos estado pensando, don Nico —dijo al cabo Marco Aurelio— y llegamos a la conclusión de que de repente usted hace que liberen a nuestro hermano Dimas Palmero; en seguida, nosotros lo soltamos a usted; pero usted se nos pela; y luego la justicia vuelve a caerle encima a Dimas.

—Y de paso a nosotros —dijo sin suspirar la cocinera.

—Esa jugada nos la han hecho un montón de veces —dijo desde la tumba el chofer pálido y ojeroso, arreglándose el pelo ralo con un peine de uñas.

—Dile, dile —insistió con increíble fuerza la cocinera desde la elegante estufa eléctrica, sólo que ella, por atavismo, le soplaba con los labios y las manos, como si fuera un brasero. ¡Vieja idiota!

—Pues que la condición por escrito, don Nico, va a ser que usted se declare culpable de la muerte de la Eduardita y así nuestro hermano no puede ser juzgado por un crimen que otro cometió.

No les voy a dar el gusto de escupir la carne de cerdo (que además está muy sabrosa), ni de derramar el vaso de tepache que, muy serena, la doña ésta me acaba de colocar frente a las narices. Voy a darles una lección de ecuanimidad, aunque la cabeza me esté dando de vueltas, como un tiovivo.

—Ése no era nuestro acuerdo original. Llevamos encerrados aquí más de tres meses. Nuestro acuerdo ya sentó jurisprudencia, como quien dice.

—A nosotros nadie nos respetó nunca los acuerdos —dijo de repente la cocinera, agitando con furia las manos frente a la parrilla eléctrica, como si fueran abanicos de petate.

—Nadie —dijo sepulcralmente el chofer—. A nosotros nomás nos mandaron siempre a la chingada.

¿Y yo iba a ser el pagano por todos los siglos de injusticia contra los campesinos de Morelos? No supe si reír o llorar. La mera verdad, no supe qué decir. Estaba demasiado ocupado asimilando mi nueva situación. Abandoné el platillo y salí de la cocina sin despedirme. Subí los escalones sintiendo que mi cuerpo era un amigo enfermo al que yo seguía a duras penas. Me senté en un excusado y allí me quedé dormido. Pero hasta los sueños me traicionaban. Soñé que ellos tenían razón. Me lleva. Ellos tenían razón.

8

Y son ustedes los que me despiertan, con un campanazo hiriente, con un zumbido alarmado, llamándome por teléfono, preguntándome urgidos, compadecidos al cabo de mí: Pero ¿por qué no les preguntas por ella? ¿Por quién?, digo haciéndome el tarugo. Por Lala, la Eduarda, la Eduardita, como la llaman ellos, la Lala, la… ¿Por qué? ¡Allí debe andar la clave de todo este asunto! No sabes nada, ¿por qué el altercado entre Lala y Dimas junto a la piscina? ¿Quién era la Lala? Toda esta gente te tiene sitiado a causa de ella, o de él o de los dos. ¿Por qué no averiguas esto? ¡So tarugo!

Los dos. Me río, dormido de vuelta, sentado dormido en la taza del excusado, con los pantalones del pijama enrollados alrededor de los tobillos, hecho un estúpido: Los dos, han dicho ustedes, sin darse cuenta de todo lo que yo no puedo concebir, ni quiero pensar siquiera, ella y otro, ella con otro, no soporto ese pensamiento, y ustedes se ríen de mí, escucho sus carcajadas por el hilo telefónico, me despiertan, me acusan, ¿tú de cuando acá tan delicado y sentimental?, tú que has tenido docenas de viejas igual que docenas de viejas te han tenido a ti, tú y ellas parte de una ciudad y de una sociedad que en un par de generaciones dejó atrás toda mojigatería católicocantábricacolonial y se dedicó con alegría a coger sin ver a quién, tú que sabías que tus viejas venían de otros e iban hacia otros, como ellas sabían que tú no eras un monje antes de conocerlas, ni lo serías al dejarlas: tú, Nicolás Sarmiento, tenorio de pacotilla, ¿nos vienes a contar ahora que no concibes a tu Lala en brazos de Dimas Palmero? ¿Por qué? ¿Te da asco pensar que se acostaba con un criado? ¿Tu horror es social más que sexual, o qué? ¡Cuéntanos! ¡Despierta ya!

Les digo que la vi en el jardín.

Me levanto lentamente del excusado, me levanto los pantalones, no necesito atarlos, son de resorte, a Dios Gracias, soy un inútil para la vida diaria, sólo soy genial para los negocios y el amor; ya perdónenme la vida, ¿qué no?

Miren hacia el jardín, desde la ventana de mi recámara.

Díganme si no la ven, de pie, con sus trenzas, una rodilla ligeramente doblada, mirando hacia la barranca, tan sorprendida de estar capturada entre la ciudad y la naturaleza, sin saber bien dónde empieza una y termina la otra, sin saber cuál imita a cuál: la barranca no huele a monte, huele a ciudad sepultada y la ciudad ya no huele a ciudad, huele a naturaleza enferma: ella añora el campo mirando hacia la barranca, ahora doña Lupe sale a tomar el fresco, se acerca a la muchacha, le pone una mano sobre el hombro y le dice que no esté triste, ni modo, ahora están en la ciudad y la ciudad puede ser fea y dura, pero el campo también, el campo es tan violento o más que la ciudad, yo te podría contar viejas historias, Eduarda...

A ustedes se los digo de frente. Lo único que salva a mi vida es el respeto que le he tenido a mis mujeres. Ustedes pueden condenarme como un tipo egoísta, o frívolo, o desdeñoso, o manipulador, o pendejo para amarrarse los zapatos. Lo único de lo que no pueden acusarme es de meter las narices en lo que no me importa. Creo que eso es lo único que me ha salvado. Creo que por eso me han amado las mujeres: no les pido explicaciones, no les averiguo su pasado. Nadie debe averiguar el pasado de los demás en una sociedad tan cambiante como la nuestra. ¿De dónde vienes? ¿Cómo hiciste tu lana? ¿Quiénes eran tu papá y tu mamá? Cada una de nuestras preguntas puede ser una herida que nunca se cierra. Y que nos impide amar o ser amados. Todo nos traiciona: el cuerpo dice ser una cosa y un gesto nos revela que es otra, las palabras se traicionan a sí mismas, la mente nos engaña, la muerte le miente a la muerte… Mucho cuidadito.

9

Vi a Lala esa tarde en mi jardín, cuando no era nadie, cuando era otra, cuando miraba con ensoñación hacia una barranca. Cuando era virgen. La vi y me di cuenta de que tenía un pasado y de que yo la amaba. De manera que ésta era su gente. De manera que esto era todo lo que quedaba de ella, su familia, su gente, su tierra, su nostalgia. Dimas Palmero, ¿era su amante o su hermano, vengativos ambos? Marco Aurelio, ¿era realmente el hermano de Dimas o, quizás, el de la Eduardita? ¿Qué parentesco tenían con ella la cocinera doña Lupe, el chofer ojeroso, el viejo patriarca remendado?

Me vestí, bajé a la sala. Salí al jadín. Ya no tenía caso que me impidieran el paso. Todos conocíamos las reglas, el contrato. Algún día nos sentaríamos a escribirlo y formalizarlo. Me paseé entre los niños corretones, tomé sin pedir permiso una cecina, me sonrió una gorda chapeteada, saludé cortésmente al viejo, el viejo levantó la mirada y se apoderó de la mía, me ofreció la mano para que lo ayudara a levantarse, me miró con una intensidad increíble, como si sólo él pudiese ver ese segundo cuerpo mío, mi compañero cansado que me seguía a duras penas por la vida.

Ayudé al viejo a levantarse y luego él me tomó el brazo con una fuerza tan increíble como su mirada, que me decía: "Me haré viejo pero nunca me moriré. Usted me entiende." Me condujo hasta la reja de mi casa. La muchacha seguía allí de pie, con doña Lupe abrazada a ella, rodeándole con un abrazo enorme los hombros. Nos acercamos y se acercó también Marco Aurelio, entre chiflando y fumando. Éramos un curioso quinteto, esa noche en Las Lomas de Chapultepec, lejos de la tierra de ellos, Morelos, el campo, la caña, el arrozal, las azules montañas escultóricas, cortadas a pico, secretas, por donde se dice que todavía anda el gran guerrillero Zapata, el gran guerrillero inmortal, en su caballo blanco...

Me acerqué a ellos. Más bien: me acercó el viejo patriarca que también había decidido ser inmortal, y el viejo casi me forzó a juntarme, a abrazarme a los demás. Miré a la muchacha linda, morena, lozana como esas naranjas dulces, naranjas de ombligo incitante y un zumo que se evapora solito bajo el sol. Toqué el brazo moreno y pensé en Lala. Sólo que esta niña no olía a perfume, olía a jabón. De manera que ésta era su gente, repetí. De manera que esto era todo lo que quedaba de ella, de su gracia felina, de su capacidad fantástica para aprender los ritos y mimetizar las modas, hablar lenguas, ser independiente, enamorarse y enamorarme, liberar su bello cuerpo de rumberita nalgona, agitar sus senos pequeños y dulces, mirarme orgásmicamente, como si un río tropical le pasara de repente por los ojos al quererme, ay mi Lala adorada, sólo esto queda de ti: tu tierra rebelde, tus parientes y hermanos campesinos, tu provincia como una piscina genética, tan sangrienta como la alberca donde te moriste, Lala, tu tierra como una reserva líquida inmensa de brazos baratos para cortar la caña y abrir el surco húmedo del arroz, tu tierra como la fuente inagotable de obreros para la industria y criadas para las residencias de Las Lomas y secretarias mecanógrafas para los ministerios y dependientas de los grandes almacenes y puesteras de los mercados y pepenadores de los basureros y coristas del teatro Margo y estrellitas del cine nacional y atornilladoras veloces de las maquiladoras de la frontera y meseras de las cadenas de Taco Huts en Texas y criadas de las residencias como las mías en Beverly Hills y jóvenes maestras en Chicago y jóvenes abogadas como yo en Detroit y jóvenes periodistas en Nueva York: todas salidas del manantial moreno de Morelos, Oaxaca, Guanajuato, Michoacán y Potosí, todas aventadas al mundo por el remolino de la revolución, la guerra, la libertad, el auge de unos, el desempleo de otros, la audacia de pocos, el desdén de muchos... la libertad y el crimen.

Lala tenía, después de todo, un pasado. Sólo que yo no lo había imaginado.

10

No fue necesario formalizar trato alguno. Todo esto venía de muy lejos, de cuando el padre de mi noviecita santa Buenaventura del Rey me dio la clave, pues, para chantajear al general Prisciliano Nieves en su lecho de hospital y obligarlo a heredarme su caserón de Las Lomas a cambio de su honor de héroe de la Santa Eulalia. Ustedes que me escuchan ya habrán pensado lo mismo que yo: ¿por qué al padre de Buenaventura no se le ocurrió usar esa misma información? Y la respuesta la conocen tan bien como yo. En este mundo moderno sólo pega con tubo la gente que sabe usar la información. Es la receta del poder actual y a los que dejan que la información se les escape de entre las manos, se los lleva Judas. Allá los pendejos como el papacito de Buenaventura del Rey. Acá los chingones como Nicolás Sarmiento su servidor. Y en medio esta gente pobre y buena que no tiene información, sólo tiene memoria y la memoria le duele.

A veces, audaz de mí, eché piedrecitas al estanque genético que digo, nomás por no dejar. ¿La Santa Eulalia? ¿La Zapotera? ¿El general Nieves en cuya antigua casa de Las Lomas estábamos metidos todos, sin saberlo ellos y yo bien informado, ¡faltaba más!? ¿Qué sabían? En mi computadora fueron entrando los nombres y orígenes de este mar de gente que me servía, la mayor parte proveniente del estado de Morelos, que después de todo es del tamaño de Suiza. ¿Dimas Palmero tenía información?

(¿De manera que vienes de La Zapotera en Morelos? Sí don Nico. ¿Conoces entonces la hacienda de la

Santa Eulalia? Cómo no, don Nico, pero llamarla hacienda... usted sabe, sólo queda un casco quemado. Es lo que se llama un ingenio azucarero. Ah sí, seguro que allí jugabas de niño, Dimas. Así es, señor licenciado. ¿Y se contaban historias? Pues claro que sí. ¿Ahí debe estar todavía el muro donde mandaron fusilar a la familia Escalona? Sí, mi abuelo era uno de los que iban a matar. Pero tu abuelo no era patrón. No, pero el coronel éste dijo que por igual iba a despacharse a los amos y a los que les servían. ¿Entonces qué pasó? Pues que el otro comandante dijo que no, los soldados mexicanos no asesinan al pueblo porque son pueblo. ¿Y entonces, Dimas? Pues se cuenta que el primer militar dio orden de fuego contra los patrones y los criados, pero el segundo militar dio contraorden. Entonces la tropa disparó primero contra el primer militar, y luego contra la familia Escalona. No disparó contra los sirvientes. ¿Y luego? Pues cuentan que la tropa y los criados se abrazaron y lanzaron vivas, señor licenciado. ¿Y tú no recuerdas cómo se llamaban esos militares, Dimas? No, de eso nomás se acuerdan los viejos. Pero si quiere me hago informar, don Nico. Gracias Dimas. Para servirlo, señor.)

11

Sí, me imagino que Dimas Palmero tendría alguna información, quién sabe, pero estoy seguro de que sus parientes, metidos en mi jardín, tendrían memoria.

Me acerqué a ellos. Más bien: me acercó el viejo patriarca y casi me forzó a juntarme, a abrazarme a los demás. Miré a la muchacha linda, morena. Toqué el brazo moreno. Pensé en Lala. Doña Lupe abrazaba a la muchacha. Entonces el abuelo de pelo azulenco, este viejo arrugado como un viejo papel de seda, apoyado en el cuerpo sólido de la cocinera y jugueteando con la trenza de la muchacha chapeteada, mirando todos juntos el atardecer de la barranca de Las Lomas de Chapultepec, ansioso yo de confirmar si ellos tenían una memoria colectiva aunque ineficaz de su propia tierra mientras yo, en cambio, tenía información sobre esa misma tierra, información sólo para mí y para mi provecho, traté de averiguar si los nombres les decían algo, ¿recordaba el viejo los nombres?, ¿Nieves?, ¿le decía algo el nombre Nieves? ¿Solomillo?, ¿recordaba esos nombres antiguos?, dije sonriendo, muy quitado de la pena, viendo si la ley de probabilidades enunciada por mi computadora se cumplía o no: los militares, la muerte de la familia Escalona, la Santa Eulalia, La Zapotera... Uno de ésos que usté dice dijo que iba a liberarnos de la servidumbre, dijo de lo más tranquilo el viejo, pero cuando el otro nos puso a todos, a los patrones y nosotros los sirvientes frente al paredón, Prisciliano, sí, Prisciliano, ahora me acuerdo, dijo: "Los soldados mexicanos no asesinan al pueblo porque son el pueblo", y el otro militar dio la orden de fuego, Prisciliano dio la contraorden, y la tropa disparó primero contra Prisciliano, luego contra los patrones y en seguida contra el segundo militar.

—¿Solomillo? Andrés Solomillo.

—No, padre, se hace usted bolas. Primero fusilaron a los patrones, luego los jefes revolucionarios se mataron entre sí.

—Total que todos se murieron —dijo con una como tristeza resignada el viejo sobreviviente.

—Uy, hace tanto tiempo, papá.

—Y ustedes, ¿qué pasó con ustedes?

—La tropa gritó vivas y tiraron sus gorros al aire, nosotros aventamos los sombreros al aire también, todos nos abrazamos y se lo juro, señor, nadie que estuvo presente esa madrugada en la Santa Eulalia olvidó nunca la famosa frase, los soldados mexicanos son pueblo... Bueno, lo importante, de veras, fue que nos quedamos sin patrones primero y en seguida sin jefes.

Se quedó un rato mirando a la barranca y dijo *y no nos sirvió para nada.*

El viejo se encogió de hombros, a veces se le iba la memoria, era cierto, pero de todos modos, se contaban tantas historias diferentes sobre los sucesos de la Santa Eulalia, que casi casi valía la pena aceptarlas todas; era la única manera de no equivocarse, se rió el viejo.

—Pero entre tanto muerto, ni modo de saber quién sobrevivió y quién no.

—No padre, si usted no se acuerda, ¿quién se va a acordar?

—Ustedes —dijo el viejo—. Pa eso se los cuento. Así ha sido siempre. Los hijos recuerdan por uno.

—¿Dimas conoce esta historia? —me atreví a preguntar, mordiéndome en seguida la lengua por mi audacia, mi precipitación, mi... El viejo no se inmutó.

—Todo eso pasó hace tanto tiempo. Pero yo era niño entonces y los soldados nomás nos dijeron, sean libres, ya no hay hacienda, ni hacendado, ni jefes, ni nada más que la libertad, nos quedamos sin cadenas, patroncito, libres como el aire. Y ya ve usté dónde terminamos, sirviendo siempre, o en la cárcel.

—Pues que vivan las cadenas —se rió, entre angustiado y cínico, Marco Aurelio que en ese momento pasaba empinándose una dos equis y yo me le quedé mirando, pensé en la Eduarda de niña, cómo debió luchar para llegar a mis brazos, y pensé en Dimas Palmero encadenado, y en cómo él seguiría allí, con su memoria sin saber que la memoria era información, Dimas en su cárcel sabiendo lo mismo que sabía todo el mundo: Prisciliano Nieves fue el héroe de la Santa Eulalia, mientras que el viejo sabía lo que Dimas olvidó, ignoraba o rechazaba, para parecerse a la memoria del mundo y no a la de su pueblo: Prisciliano Nieves había muerto en la Santa Eulalia; pero ninguno de los dos sabía convertir su memoria en información y mi vida dependía de que no lo hicieran nunca, de que su memoria, exacta o inexacta, se quedara congelada para siempre, una memoria prisionera, ¿me entienden todos ustedes mis cómplices?, la memoria prisionera de ellos y una información prisionera desde ahora, la mía, y yo aquí, sin moverme de mi casa, inmóviles los dos, prisioneros los dos y todos contentos, y por eso le dije en seguida a Marco Aurelio: Oye, cuando visites a tu hermano dile que no le va a faltar nada, ¿me oyes?, dile que lo cuidarán bien, se los prometo, hasta puede casarse y recibir visitas conyugales, ya saben: ya oí decir aquí en la casa que le gusta esta muchacha chapeteada de brazos descubiertos, pues que se case con ella, no se la vaya a volar un genízaro armado de éstos, ya ves cómo son, Marco Aurelio, pero dile a Dimas que no se preocupe, que cuente conmigo, yo le pago la boda y le pongo dote a la muchacha, díganle que yo me encargo de él y de ustedes, todos bien cuiditos, qué le vamos a hacer, piensen por lo menos que ya no les va a faltar nada, ni a ustedes aquí ni a Dimas en la Peni, él no tiene que trabajar, pero ustedes tampoco, yo me ocupo de la familia, resignémonos a que nunca va a aparecer el verdadero criminal: ¿quién mató a la Eduarda?, ¡vaya a saber!, válgame Dios, si cuando una muchacha así se viene a la ciudad y se hace independiente, ni ustedes ni yo ni nadie es culpable de nada…

Eso decidí. Prefería quedarme con ellos y dejar a Dimas en la cárcel, que declararme culpable o colgarle el crimen a otro. Ellos entendieron. Pensé en Dimas Palmero encadenado y pensé en el día que yo me le presenté en su cuarto de hospital al brigadier Prisciliano Nieves.

El brigadier agónico, Prisciliano Nieves, me miró con una caradura colosal. Supe en ese momento que todo le valía sorbete y que no iba a inmutarse.

—¿Tiene usted herederos, salvo sus criados? —le dije y el viejo de seguro no esperaba esta pregunta, que yo le hice agarrando un espejo de mano que descansaba sobre la silla vecina al lecho, y que puse frente al rostro enfermo del general, remachando así la sorpresa.

Quién sabe qué miró allí el falso Prisciliano.

—No, no tengo a nadie.

Yo, bien informado, ya lo sabía. El viejo dejó de mirar la cara de su muerte y miró la mía, joven, abusada, semejante, quizá a la de su propio anonimato juvenil.

—Mi general, usted no es usted. Firme aquí, por favor, y muérase tranquilo.

A cada cual su memoria. A cada cual su información. El mundo creía que Prisciliano Nieves mató a Andrés Solomillo en la Santa Eulalia. El viejo patriarca instalado en mi casa sabía que todos se mataron entre sí. Eso mismo sabía el papacito de mi primera novia Buenaventura del Rey, pagador del Ejército Constitucionalista. Entre las dos memorias mediaban los veinticinco años de mi prosperidad. Pero Dimas Palmero, en la cárcel, creía lo mismo que todo el mundo: que Prisciliano Nieves fue el héroe de la Santa Eulalia, el sobreviviente y el justiciero. ¿Información o memoria? La verdad es que Prisciliano Nieves murió, junto con Andrés Solomillo, en la Santa Eulalia, cuando el primero dijo que los soldados del pueblo no matan al pueblo y el segundo le demostró lo contrario allí mismo y, apenas caído Prisciliano, el propio Solomillo fue acribillado por la tropa. ¿Quién usurpó la leyenda de Prisciliano Nieves? ¿Cómo se llamaba? ¿Quién se aprovechó del holocausto de los jefes? Alguien tan anónimo como los seres que han invadido mi jardín y rodeado mi casa, sin duda. A este señor yo lo visité una mañana en el hospital y lo chantajié. Yo convertí la memoria en información. El papá de Buenaventura y el viejo remendado que se instaló en mi jardín se quedaron con la pura memoria, pero sin la información. Dimas Palmero se quedó con información pero sin memoria. Sólo yo tenía las dos cosas pero ya no podía hacer nada con ellas, sino asegurar que todo siguiera igualito, que nada se pusiera en duda, que a Dimas Palmero no se le ocurriera transformar la memoria de su clan en información, que ni la memoria ni la información le sirvieran ya nunca a nadie más, sino a mí. Pero el precio de esta inmovilidad era que yo siguiera para siempre en mi casa de Las Lomas, Dimas Palmero en la cárcel y su familia en mi jardín.

¿Era yo, al cabo, el que ganaba, o el que perdía? Eso se lo dejo a ustedes que lo decidan. Ustedes, a través de mis líneas telefónicas, han escuchado todo lo que llevo dicho. He sido perfectamente honesto con ustedes. He puesto todas mis cartas sobre la mesa. Si hay hebras sueltas en mi relato, ustedes pueden, ahora, atarlas y hasta hacer cachirulos con ellas. Mi memoria y mi información son suyas. Tienen derecho a la crítica y también a proseguir la historia, voltearla como un tapiz y tejer de nuevo la trama, indicar las faltas de lógica y creer que han resuelto todos los enigmas que yo, narrador abrumado por la vivencia de los hechos, he dejado escapar por la red de mis teléfonos, que es la red de mis palabras.

Pero, de todos modos, apuesto que no sabrán qué hacer con lo que saben. ¿No se los dije desde el principio? Esta historia es increíble.

Ahora yo ya no tenía por qué exponerme y luchar. Yo ya tenía mi lugar en el mundo, mi casa, mis criados y mis secretos. Yo ya no tenía los güevos necesarios para presentármele en la cárcel a Dimas Palmero y preguntarle qué sabía de Prisciliano Nieves o qué sabía de la Lala, ¿por qué la mataste? ¿Por ti solo? ¿El viejo te lo ordenó? ¿Por el honor de la familia? ¿O por el tuyo?

—Lala —suspiré—, mi Lala…

Entonces pasaron por los jardines de Virreyes las muchachas en zancos, saltando como canguros núbiles, vestidas con sus sudaderas con nombres de universidades yanquis y sus pantalones de mezclilla con walkman ensartados entre cintura y bluejean y un aspecto fantástico, de marcianas, operadoras de radio, telefonistas, pilotas aviadoras, todo junto, con sus audífonos negros en las orejitas, saltando con sus zancos elásticos sobre las bardas que dividen a las propiedades de Las Lomas, saltos olímpicos, preciosos, saludándome, invitándome a seguirlas, buena onda ésta, que las siga a la fiesta, que me arriesgue con ellas, dicen, vamos todos de colados a las fiestas, así es más divertido, pasando como liebres, como hadas, como amazonas, como furias, haciendo caso omiso de la propiedad privada, reclamando sus derechos a la diversión, la comunidad, el relajo, qué sé yo… Libres, jamás me exigirían nada, nunca me pedirían que me casara con ellas, ni meterían las narices en mis negocios, ni descubrirían mis secretos más íntimos, como lo hizo la vivilla de la Lala… Ay Lala, ¿para qué serías tan ambiciosa, por qué no te quedaste en tu pueblo y con tu gente? Nos has hecho prisioneros a tu hermano y a mí.

Las saludé de lejos, rodeado de criados, adiós, adiós, les mandé un beso con la mano y me sonrieron libres, preciosas, deslumbrantes, deslumbradas, invitándome a seguirlas, a abandonar mi prisión y yo las saludé y hubiera querido decirles: No, no soy yo el prisionero de Las Lomas, no, ellos son mis prisioneros, un pueblo entero…

Entré a la casa y desconecté mi banco de teléfonos. Las cincuenta y siete líneas por las que ustedes me escucharon. No tengo nada más que contarles. Pronto no habrá nadie que repita estas ficciones, y todo será verdad. Les agradezco su atención.

Mayo de 1987
Merton House, Cambridge

Viva mi fama

Muera yo, pero viva mi fama.
Guillén de Castro,
Las mocedades del Cid.

A Soledad Becerril y Rafael Atienza,
ex toto corde.

Domingo

Lo que él más recordará de ese domingo es la quie-
tud tediosa. Recostado en el sofá, vestido sólo con
camiseta y bragas para defenderse del calor insoportable, pero con los calcetines puestos debido a un
sentido de posición social que ni él mismo se explicaba, descansaba la cabeza contra los brazos levanta-
dos y los puños crispados, observando en la pantalla
de televisión la imagen repetida, congelada, del toro
negro del brandy Osborne: ¿por qué permanecía allí
ese recorte a la vez amable y bestial, que nos invitaba
a consumir una bebida alcohólica y quizás a morir
corneados por el toro mercantil si rechazábamos la
súplica: bébeme? Rubén Oliva iba a decirle a su
mujer que por suerte la voz del locutor que reco-
mendaba el brandy del toro era sofocada por los
aromas de otras voces más poderosas, que entraban
desde la calle, desde otros balcones vecinos y desde
otras, lejanas, abiertas ventanas. Los comparaba con
aromas porque esas voces —retazos de diálogo de
telenovela, anuncios comerciales como el que él
contemplaba, chillidos de críos, disputas conyugales— le llegaban con la misma fuerza y la misma debilidad, inmediatas pero inmediatamente disipadas,
que los olores de cocina que ambulaban por el barrio popular. Sacudió la cabeza; no distinguía entre

el grito de un recién nacido y un olor de guisado. Reunió las manos sobre los ojos y los restregó, como si tuviese el poder de limpiar las ojeras que rodeaban el verde intenso de su mirada, perdida en el fondo de la cueva de piel oscura. Seguramente esos ojos brillaban más porque los ceñía tanta oscuridad. Eran ojos nerviosos pero al mismo tiempo serenos, resignados, constantemente alertas, aunque sin ilusiones de poder hacer nada con la información de cada día. Despertar, dormir, volver a despertar. Su mirada se cruzó de nuevo con la del toro recortado en la pantalla de televisión, negro, neto, pesado y ligero a la vez, un toro de cartón pero también de carne, a punto de embestir si él, Rubén Oliva, no obedecía la orden: ¡beba!

Se levantó con un gesto de desdén pero con ligereza; pesaba poco, no debía hacer nada para mantenerse delgado; un doctor le dijo: Es buena herencia, Rubén, el metabolismo no te falla. Más bien, serán siglos de hambre, contestó Rubén.

Él se preocupaba a veces de andar llegando, dentro de un año, a los cuarenta y echando panza, pero no, flaco nació y flaco iba a morir, sonrió, oliendo el paso veloz de las habas hervidas en aceite al acercarse al balcón y mirar a los chavales correteando por la calle de Jesús, como él en camiseta, calzón corto y sandalias con calcetines, repitiendo hasta el cansancio la cantinela burlona de los días de la semana, lunes uno, martes dos, miércoles tres, jueves cuatro, viernes cinco, sábado seis, decían a coro los chavalillos y entonces, uno solo gritaba: "¡y domingo siete!" provocando la burla de los demás, que reiniciaban la ronda de la semana hasta que otro chiquillo gritaba lo de domingo siete y los demás se reían de él. Pero a todos les va tocando el domingo siete, les dijo Rubén Oliva desde su balcón, los codos apoyados en la balaustrada herrumbrosa, las culpas y las burlas se distribuyen parejamente, y dejó de hablar porque esto de hablar a solas parecía manía de sordo o de loco y él no estaba ni siquiera solo, que hubiera sido la tercera razón para un monólogo así.

El silencio de las voces, de las emisiones diversas, fue impuesto por un viento súbito, una ráfaga de verano que recogió polvo cansado y papeles viejos, los arremolinó y levantó a lo largo de la callecita encajonada, obligando a Oliva a cerrar la ventana y a la voz desde la cocina a gritarle: ¿Qué haces?, ¿no me puedes ayudar en la cocina?, ¿no sabes que no es bueno hacer la comida durante la menstruación, ayúdame, o quieres que te sirva una sopa envenenada?

Rubén Oliva había olvidado que ella estaba allí.

—Puedes hacer la comida —le gritó de vuelta Rubén—, lo que no debes hacer es regar las plantas. Eso sí, puedes matar las plantas si las riegas estando enferma. Eso sí que es cierto, Rocío.

Volvió a recostarse en el sofá, levantando los brazos y descansando la cabeza entre las manos abiertas y unidas por los dedos entrelazados. Cerró los ojos como había cerrado las ventanas pero con el calor tan tremendo el agua le escurría por la frente, el cuello y las axilas. La temperatura de la cocina se unió a la del saloncito pero Rubén Oliva permaneció allí con los ojos cerrados, incapaz de levantarse y abrir de nuevo la ventana, dejar que volviesen a entrar los ruidos menudos y los olores disipados de una tarde de domingo en Madrid, una vez que el inesperado golpe de viento se fue y quedaron encerrados en el pequeño piso de cuatro piezas —salón de estar, recámara, baño y cocina— él y su mujer Rocío, que menstruaba y preparaba la cena.

Y hablaba desde la cocina, recriminando siempre, porqué estaba de vago, botado allí, en vez de salir a trabajar, otros trabajaban en día domingo, él lo había hecho siempre, tan bajos andaban sus bonos que ahora ni en domingo le daban trabajo, ya lo veía, ella iba a tener que mantener la casa muy pronto, si es que no iban a vivir como pordioseros, mira que estar metidos en esta pocilga y en pleno mes de agosto, cuando todo el mundo se ha ido a la playa, me puedes decir por qué, te digo que si sigues así voy a buscarme trabajo por mi lado, y como están las cosas, con el destape y tal, a ver si no termino desnudándome para una revista o algo así, por qué no me contestas, te comió la lengua un ratón, ya no tienes fuerzas ni para contestarme, ya ni esa cortesía elemental me merezco, sí, dijo Rubén Oliva con los ojos cerrados y la boca cerrada como los sordos y los locos, ya ni eso, sino imaginarme dormido, imaginarme soñando, imaginarme muerto, o ser, perfectamente, un muerto que sueña, y que puede imaginarse vivo. Ésa sería la perfección, y no oír más las recriminaciones de Rocío desde la cocina, como si le leyera el pensamiento, echándole en cara que por qué no sale a hacer algo, ríe con amargura, antes los domingos eran días de fiesta, días inolvidables, qué le pasó, por qué no se expone ya, por qué no sale a matar y a exponerse, le dice Rocío, invisible en la cocina, casi inaudible cuando deja caer el chorro chisporroteante de aceite en la sartén, por qué ya no emula a nadie, por qué no sale o sigue a alguien, por qué ya no persigue la gloria, la fama, como se llame eso, para que ella, me cago en Dios y en su santísima Madre, pueda pasar los veranos lejos de Madrid, junto al mar.

Dio un grito de dolor, pero él no se paró a averiguar y ella nunca apareció en la sala, se conformó con gritar que se había cortado un dedo al abrir una lata de sardinas, rió Rocío, ella se exponía más abriendo una lata que él eternamente recostado en el sofá, en calzoncillos, con el papel abierto sobre el vientre y un toro negro mirándole recriminándole su abulia, desde la pantalla chica, vaya pelma con el que se había casado, y apenas cumpliera los cuarenta peor iba a ser el asunto, pues como decía su abuelito, de los cuarenta para arriba, no te mojes la barriga, y ella lo había amado por valiente, por guapo, por joven, porque se exponía y mataba y...

Rubén ya no la escuchó. La odiaba y tenía ganas de matarla, pero cómo se mata a la luna y eso era ella para él, no el sol de la vida pero sí una luna acostumbrada que salía todas las noches, sin falta; y aunque su luz fuese fría, la costumbre misma recalentaba; y aunque su arena fuese estéril, fertilizaba porque sus movimientos hipnóticos movían las mareas, marcaban las fechas, regían los calendarios y drenaban las porquerías del mundo...

Se levantó de un golpe, tomó la camisa, el pantalón, se los puso junto con los zapatos, ella seguía hablando desde la cocina, repitiendo el mismo disco rayado como los niños en la calle, repetían sin ce-

sar la cantinela del domingo siete y él, vistiéndose, sólo deseaba que se acabara este día lento y tedioso, este día de fragmentos de telenovela y fragmentos de
cocina, ráfagas de rondas infantiles y pedazos de diario viejo, fragmentos de polvo y fragmentos de sangre:
miró por la ventana, la luna menguante se había aso-
mado en el cielo de una noche súbita, la luna era siempre mujer, siempre diosa, nunca dios, pero sí era un
santo español: San Lunes, mañana, el día feriado de
los tíos güevones como él (¿eso estaría diciendo Rocío, sin parar, invisible, sangrante, cortada por las la-
tas abiertas, desde la cocina?) y Rubén Oliva decidió
que la dejaría hablando para siempre, ni siquiera reco-
gería una maleta o unas prendas, saldría rápidamente,
antes de que terminara la noche pero sólo al terminar
el domingo, iba a salir a Madrid al sonar la primera
hora de San Lunes, lejos del tedio inmortal de Rocío,
la luna sucia que era su mujer, y el toro negro que se
había fijado para siempre, congelado en la pantalla de
televisión, observándole.

Lunes

Bajó rápidamente por la calle de Ave María hasta
Atocha y volvió a perderse en los vericuetos de Los
Desamparados, pasando de prisa al lado de las bo-
degas y las tascas y los fumadores, huyendo de lo
encerrado, aunque fuese en plena calle y durante el
calorón de agosto, hasta encontrar la fuente de
Neptuno, el manantial de donde corrían las aguas
invisibles de La Castellana y allí había mundo, pero
había anchura también y Rubén Oliva se sumó, fla-

co y envaselinado, con su camisa blanca y su pantalón negro, sus ojos verdes y sus ojeras negras, al paseo nocturno, interminable, que durante el verano
corre, río humano, del Prado al monumento de Co-
lón; Rubén Oliva se perdió en un instante entre el
mar de gente que se movía sin prisa, pero se movía
sin pausa, de terraza en terraza, deteniéndose rara
vez, escogiendo ver o ser vista, bajo las luces neón,
a veces los bulbos huérfanos y oscilantes, el gentío a
veces sentado en elegantes plataformas con muebles
de cromo y acero, a veces detenido frente a tenda-
jones móviles cubiertos por carpas circenses; viendo
o siendo vistos, los que tomaban asiento en las sillas
plegadizas mirando y mirados por la multitud pasajera que a su vez miraba a los tertulios y era vista por
ellos; Rubén Oliva tuvo la sensación de estar de
vuelta en los pueblos andaluces donde creció, donde la vida nocturna y veraniega tenía su sede en las
calles, frente a las casas, cerca de las puertas, como
si todos se aprestaran a huir adentro, a esconderse
apenas escucharan el primer trueno o el tiroteo que
quebrase la apacible tertulia nocturna sobre sillas de
paja: el recuerdo del pueblo y la pobreza se disipó
porque Rubén Oliva, uno entre miles esta noche de
agosto, estaba rodeado ahora de muchachos y muchachas jóvenes, entre los quince y los veinticinco
años, madrileños y madrileñas esbeltos como él, pero no por el hambre de las generaciones o los desastres de la guerra, sino por voluntad, por aerobic,
por dietas estrictas y hasta por anorexia; no había
otro lugar en España —habló el sordo, el loco, el
solitario— donde se pudiesen ver tantas caras bonitas, de muchachos y muchachas, tanto talle juncal y

pisada garbosa, ropas veraniegas más elegantes, des-
denes más estudiados, reconocimientos más velados, coqueterías más descaradas; y sin embargo
Rubén Oliva iba reconociendo en cada uno de estos
gestos algo que él ya conocía desde antes, en lugares
diametralmente opuestos a los chiringuitos de La
Castellana en agosto, en aldeas pobres, pueblos rabones, pueblecillos de capea donde los torerillos hacían sus primeras armas entre el polvo y cerca de los
establos, no muy distintos de los perros callejeros,
de los becerros o de los gallos a los que imitaban;
rozándose con la juventud dorada de los chiringuitos, Rubén Oliva distinguió ese amanecer de San
Lunes las disfrazadas poses de honor, los temblores
fríos y el desdén hacia la muerte que nacían de la
convicción de que en España, país de tardanzas,
hasta la muerte es impuntual; todo esto lo miraba
en donde no debía, en los labios entreabiertos de
una muchacha dorada por el sol; su piel de durazno
compitiendo con el brillo de su mirada; en el talle
torero de un muchacho de nalguillas apretadas,
abrazado a la cintura de una muchacha descotada,
con polvos de plata entre los senos sin sostén, rebo-
tantes; en las piernas desnudas, depiladas, lángui-
das, cruzadas, de una chica sentada frente a una
granizada de café o en la mirada infinitamente ausente de un chico al que toda la barba del mundo le
había nacido a los quince años, de un golpe, asesi-
nando al querube que aún vivía en su mirada: era la
manera de tomar una copa, de encender un cigarrillo, de cruzar unas piernas, de colocarse la mano en
el talle, de mirar sin mirar y ser visto, volviendo invisible al que te mira y diciendo todo el tiempo: no

duro mucho, pero soy inmortal, o mejor, nunca me
voy a morir, pero no esperes verme nunca después
de esta noche; o mira de mí lo que ves esta noche,
porque no te doy permiso de ver nada más; esto decían los cuerpos al moverse, los ojos al desplazarse,
las risas de unos y el silencio de otros, prolongando
la noche antes de volver a sus casas de clase media
elegante y presentarse ante sus padres los doctores,
los abogados, los ingenieros, los banqueros, los notarios, los agentes de bienes raíces, los directores de
tours, los hoteleros... a pedir dinero para la siguiente noche, dinero para ir de compras a Serrano, estrenar la blusa indispensable, probarse los zapatos
sin los cuales... Era la tertulia de los pueblos pero
ahora con sellos de Benetton y Saint Laurent; era el
paseo romántico por las plazas de antaño, los muchachos en un sentido, las chicas en el contrario,
midiéndose para el noviazgo, el matrimonio, la pro-
genie y la muerte como el agente fúnebre mide el talle de los clientes que fatalmente le visitarán un día y
ocuparán sus estuchitos de lujo. Lujo y lujuria de la
muerte que nos arrebata sólo el pasado, sólo que en
este paseo madrileño los muchachos y las muchachas
no iban en sentidos opuestos, ni podrían hacerlo,
porque era difícil distinguirlos; Rubén Oliva, de
treinta y nueve años, desocupado (por el momento),
harto de su mujer, víctima de un domingo tedioso,
agradecido de que San Lunes, aunque fuera de noche, ya estuviera aquí, no se distinguía demasiado,
físicamente, de la juventud dorada de los chiringuitos madrileños; como ellos, como casi todo español
majo, tenía algo de andrógino, pero ahora las muchachas guapas también eran así, eran más mercurio

de los miércoles que luna de los lunes, pero no dejaban de ser Venus de los viernes, de una nueva manera, distinta, simplemente, de la tradicional figura
chaparra, regordeta, blanca, sin sol, de tobillo ancho y cadera pesada; Rubén Oliva se divirtió distin-
guiendo, en el lento paseo nocturno, a los chicos
que más parecían chicas y a las mujeres que más parecían hombres y sintió un súbito mareo; la marcha
del placer y las galas y la ostentación de la España
rica, europea, progresista, donde todo el mundo,
aunque fuese a regañadientes, pagaba sus impuestos
y podía irse al mar en agosto, no quería ser juzgada,
aún no, ni clasificada de manera simple en géneros,
masculino/femenino, todavía no, hasta eso, el sexo,
estaba en flujo, como el mar que se acercaba a Madrid en agosto, porque la ciudad no se privaba de nada, ni del mar, y lo traía hasta acá en el verano, hasta
La Castellana y los chiringuitos, lo traía impulsado
por los imanes secretos de la luna, al amanecer de un
lunes, convirtiendo a Madrid en playa estival de mareas y drenajes y menstruaciones cotidianas, cloaca y
fuente lustral.

—Madrid no se priva de nada —le dijo la mujer detenida junto a él mirando el espectáculo y sólo por las palabras Rubén Oliva supo que era mujer,
no una de estas muchachitas parecidas al mercurio
del miércoles más que a la luna del lunes; Rubén no
la pudo distinguir bien porque en la terraza donde
se detuvo había una fila de anuncios del brandy Osborne con el toro negro y las luces fluorescentes le
cegaron y la cegaron a ella, que primero apareció
como una mancha de luz, ciega o cegada, vista o
viendo, quién podía saberlo...

—Creo que somos los únicos aquí de más de treinta años —sonrió la mujer cegada por la luz, por el toro, por la propia invisibilidad de Rubén Oliva en esa multitud: miraba con más nitidez el anuncio del toro que a la mujer que le hablaba a su lado.

—No logro verte bien —dijo Rubén Oliva, tocando ligeramente el hombro de la mujer, como para colocarla en la luz que le conviniese más para verla mejor, sabiendo sin embargo que esta luz invisible, esta ceguera deslumbrante era la luz mejor de...

—Hombre, no importa, ni cómo soy, ni cómo me llamo. No le quites su misterio a nuestro encuentro.

Él dijo que ella tenía razón, pero, ¿ella sí lo miraba claramente a él?

—Claro —rió la mujer—, date de santos de que en medio de tanto chiquillo tú y yo nos hemos encontrado; hace poco decían que no había que tenerle confianza a nadie de más de treinta años; aquí, eso sigue siendo cierto.

—Puede que lo sea siempre, para los muchachos. ¿Tú, a los quince años, le tenías confianza a un viejo de cuarenta... bueno, de treinta y nueve? —rió el hombre.

—Yo estoy dispuesta a imaginar que en toda esta avenida sólo hay dos personas, un hombre y una mujer, de más de treinta años —sonrió ella.

Rubén Oliva dijo que esto parecía un matrimonio arreglado en el cielo y ella le dijo que en un país donde los que se casaban, durante siglos, no eran consultados sobre sus preferencias, sino que obedecían lo que sus padres arreglaban en su nombre, tener al mismo tiempo la ocasión, la aventura, la excitación del encuentro casual, y las razones para prolongarlo voluntariamente, decidirse, hombre, decidirse, eso sí que era una bendición, una suerte, pues...

No lograba verla; cada movimiento, de ella o de él, o de ella impuesto por él, como si forzara la suerte y adelantando una pierna quebrase la carrera de ella, obligándola a aceptar la voluntad del torero, iba acompañado de un juego tal de luces —bulbos huérfanos, constelaciones neón, autos errantes como caravanas en el desierto, luces del mar de Madrid, girasoles eléctricos de la noche, giralunas del desagüe perpetuo de la ciudad— que Rubén Oliva no se sentía capaz de mandar, de frenar los giros de la mujer, de templarla ya arrebatándola de su fuga perpetua: ¿cómo era?, y, ¿ella misma, lo habría visto ya a él, ella sí sabría cómo era él?

Horas más tarde, al amanecer, abrazados los dos en la recámara de ella en un altillo de la calle Juanelo, ella le preguntó si no tuvo miedo nunca, de la agresión sexual de ella, de que ella fuera una prostituta, o portara las nuevas plagas del siglo moribundo, y él le contestó que no, ella debía saber ya que un hombre como él tomaba la vida como venía, había enfermedades menores que la muerte, era cierto, pero la única verdadera enfermedad, después de todo, era la muerte y ésa quién la evitaba y si nadie la evitaba, qué mejor que encontrarla repentinamente o a voluntad. Él le decía esto, en seguida, para que ella entendiera con quién estaba acostada, que lo peor que pudiera pasarle a él en el mundo no era peor que lo que él podía hacerse a sí mismo, por ejemplo, si ella lo enfermara mortalmente él tenía manera de adelantarse a la muerte, y no con la cobardía del suicidio ni nada por el estilo, sino dándose entero a su arte, a su profesión que justificaba la muerte a cada instante, la felicitaba y la facilitaba y la honraba: no había qué hacer ni lo que el trabajo diario exigía, para morir con honra, y esto no les ocurría a todos los abogados, médicos y financieros que eran los padres de los chicos en los chiringuitos y que los chicos mismos, fatalmente, llegarían a ser un día, ya no esbeltos, ya no luminosos, ya no hermafroditas, sino definitivamente padres o madres, panzones y grises, ¡vaya!

—¿Y nunca tuviste curiosidad de verme antes de acostarte conmigo?

Él se encogió de hombros, dijo lo mismo que antes, es como verle la cara al toro, que es lo más importante en el ruedo, no perderle nunca la cara al toro, pero al mismo tiempo no perdérsela al público, a la cuadrilla, a los rivales que lo están mirando a uno, vamos, ni siquiera perdérsela al aguador, como le pasó una vez a Gallito en Sevilla; que tuvo que callar al aguador cuando se dio cuenta de que sus gritos tenían distraído al toro: hay que darse cuenta de todo, chulapona, ¿no te importa que te llame así?, dime lo que tú quieras, dime puta, cómica, tísica, sainetera, llámame como gustes pero dame otra vez esa cosa que tú tienes.

Él la dejó hacer y se fijó distraídamente en la escasez mobiliaria de la habitación, la cama apenas, un buró al lado con velas frías, frío el piso de losa, frescas las cortinas que ocultaban el amanecer, un aguamanil a la vieja usanza, una bacinilla que sus dedos tocaron debajo de la cama y, dominándolo todo, un gran armario de lujo, lo único lujoso de esta habitación —buscó en vano un foco de luz eléctrica, un contacto, un teléfono, se azaró, se rectificó: confundía el lujo con la novedad, con el confort moderno, ¿eran realmente la misma cosa? Nada era moderno en esta habitación y el armario de dos puertas se adornaba con un copete de vides, querubes y columnas derrotadas.

Antes de dormirse otra vez, abrazados, él quiso decirle lo que antes pensó separado de Rocío en el piso que compartían, algo que Rocío no entendía quizás, y quizás esta mujer tampoco, pero con ella valía la pena tomar el riesgo de ser entendido o no, al morir se nos va el pasado, eso es lo que perdemos, no el porvenir.

Hacia el mediodía del lunes, al despertar de nuevo, Rubén Oliva y su amante, abandonados al día, convencidos de que el día les pertenecía ya sin interrupciones, agradeciendo el encuentro fortuito en las terrazas nocturnas de Madrid (¿cuántos jovencitos consumaban, como ellos, sus nupcias cada noche, cuántos solamente celebraban las bodas del espectáculo: mostrarse, ver, ser vistos, no tocarse...?) se confesaron que el uno y el otro apenas se habían distinguido entre las luces veloces de las terrazas, ella sintió la atracción, quizá porque era lunes, día de mareas, de fechas decisivas, de atarjeas violentas, de atracciones e impulsos indomables, ella se acercó a él como magnetizada, y él no la pudo ver claramente en el torbellino de luces y sombras artificiales y así debía ser, porque ella tenía que decirle que él, ahora que lo veía, era...

Él le tapó la boca suavemente con la mano, acercó los labios a la oreja de la mujer recostada y le dijo que no le importaba, le confesaba que no le importaba si ella era muchacho, trasvestista, puta, enferma, moribunda, no le importaba nada, porque lo que ella le había dado, la manera de su entrega, la manera de excitarlo a él, de atraerlo, de hacerle sentir que cada vez era la primera vez, que cada acto repetido era el inicio de la noche y del amor, de manera que él podía gozar cada vez como si no lo hubiera hecho por lo menos en un año, todo eso era lo que...

Ahora fue ella la que le tapó la boca con una mano y le dijo:

—Yo sí que te conocía desde antes. Yo sí que te escogí por ser tú, no por ser un desconocido.

No bien hubo dicho esto la mujer, que las puertas del armario se abrieron con un golpe cardiaco, dos manos poderosas, manchadas, escurriendo colores de los dedos, mantuvieron separados los batientes y desde el interior surgió un torso, enchalecado, enlevitado, con camisa de holanes y pantalones cortos, medias de seda blanca y zapatones campesinos, zuecos quizás, embadurnados de lodo, de boñiga, y este ser sobrecogedor saltó sobre el lecho del amor, embadurnó de mierda y lodo las sábanas, agarró entre sus manazas el rostro de la mujer y sin hacer el menor caso de Rubén Oliva, con los dedos embadurnó el rostro de la amante como acababa de manchar las sábanas fatigadas, y Rubén Oliva, paralizado de estupor con la cabeza plantada sobre una almohada, incapaz de moverla o de moverse, nunca supo si esos dedos ágiles e irrespetuosos borraban o añadían, figuraban o desfiguraban, mientras con semejante velocidad, semejante arte, y furia incomparable, trazaban en el rostro sin facciones de la mujer el arco deforme de una ceja diabólica o el simulacro de una sonrisa, o si bien vaciaban las cuencas de los ojos, de la fina nariz que él había acariciado, hacían un repollo informe y borraban los labios que habían besado los suyos y le habían dicho, yo sí que te conocía desde antes, yo sí que te escogí por ser tú...

El gigante, que quizá lo era sólo por estar de pie en la cama, doblegando su mole para desbaratar o para crear, a colores, el rostro de la mujer, jadeó cansado y entonces Rubén Oliva contempló un rato a la mujer con el rostro embadurnado, hecho o deshecho y cubierto por dos llantos: las lágrimas agitadas y un velo de pelos y al mirar al terrible violentador escapado del armario, miró al cabo lo que ya sabía desde que lo vio aparecer, pero que no pudo creer hasta ahora que todos salían, poco a poco, sudando, del terror: este hombre, encima de su tronco y sus ropajes y sus zuecos y sus hombros cargados, no tenía cabeza.

Martes
I

Imaginad tres espacios, dijo entonces el gigante descabezado, tres círculos perfectos que jamás debieron tocarse, tres orbes circulando cada uno en su trayectoria independiente, con su propia razón de ser y su propia corte de satélites: tres mundos incomparables y autosuficientes. Quizás así son los mundos de los dioses. Los nuestros, por desgracia, son imperfectos. Las esferas se encuentran, se rechazan, se cruzan, se fecundan, rivalizan, se asesinan entre sí. El círculo no es perfecto porque lo hieren la tangente o la cuerda. Pero imaginad solamente esos tres espacios que son, cada uno a su manera, tres vestidores y en el primero, que es un camerino teatral, una mujer desnuda es vestida lentamente por sus doncellas pero ella no les habla a las criadas sino al mico saltarín, con gorguera blanca y una verga pintada de azul, que se columpia entre los maniquíes y esos bustos de trapo son el anticipo del cuerpo de su ama, que le dirige la palabra al mono y a la cual el mono, como premio de la jornada, se dirige: su premio será saltar sobre el hombro de la mujer y salir con ella a la escena primero, a las cenas después, los domingos al paseo de San Isidro y cada noche, si se porta bien, al pie de la cama de su ama y amante, desconcertando, para placer de ella, a los acompañantes venéreos de Elisia Rodríguez, llamada La Privada, reina de las tablas de Madrid, que sólo puede perpetuar su gloria escénica cada noche si cada noche, antes de actuar, le cuenta al mico engalanado y secretamente pintarrajeado (para risa de los espectadores, escándalo de las familias y desconcierto de los amantes: el adminículo azul sólo se le nota en circunstancias sobresalientes), quién es, de dónde llegó, para saborear más el triunfo, que sólo lo es cuando se viene de abajo, como ella, de un pueblo tan rabón, tan dejado de la mano de Dios, que más de una vez los príncipes de la casa real se habían ido a casar allí, porque la ley establecía que la vecindad donde contrajesen matrimonio los príncipes quedaría para siempre exenta de pagar impuestos, y había que ir a un lugar tan definitivamente pobre como

éste para que esa liberación tributaria no le impor-
tase a la corona, aunque sí a los príncipes obligados
a casarse en la iglesia derruida por donde pasaban
volando los cuervos a toda hora y, sólo por ser de
día, los murciélagos se estaban sosegados, aunque
colgaban de los rincones como pedazos de caca
adormilada, iguales a la caca de las calles sin empe-
drar, donde se hundían las zapatillas más finas y las
botas más lustrosas, donde los carruajes se quedan
desvielados, a la merced de los hombros de los guapos del lugar que quisieran rescatarlos para probar
su hombría, a veces con sus atolondradas duquesi-
tas adentro, zarandeadas en medio del olor de sudor, cebolla y mierda, y las procesiones eran
seguidas y aumentadas por perros sin dueño, nubes
de moscas y aguardadas por armadas de cucarachas
en los rincones de los comedores improvisados (primero déjame verme desnuda en el espejo, mico, y
admite que tus ojos no han visto nada más perfecto
como lo es un huso horario de carne blanca y sedosa cuya uniformidad —hay que darle sabor al caldo— es rota apenas por lo que se muestra en la
punta de las tetas, en el ombligo, entre los brazos si
es que me da la gana de levantarlos y entre las piernas si es que no me apetece cerrarlas) y si las bodas
de príncipes eran así, pues la de las pueblerinas como yo para na, pues allí los noviazgos eran largos y
no se rompían: ninguna muchacha tenía derecho,
¿me oyes mico?, a tener un segundo pretendiente: te
casabas con tu primer y único novio, escogido por
tus padres, y después de cinco años de espera, para
estar seguros de las buenas intenciones y la castidad
de todos.

—¿De qué se ríen, tías pelmas? —decía entonces Elisia Rodríguez, La Privada, palmeteando con
fingido enojo los hombros de sus doncellas —una,
dos, tres, cuatro— con la punta del abanico, aunque las servidoras, todas ellas mexicanas, eran de
casta estoica y no se dejaban asombrar o injuriar siquiera por su caprichosa ama. Si La Privada le decía
a Rufina la de Veracruz o a Guadalupe la de Orizaba que miraran adónde podía llegar una muchacha
salida de un pueblo eximido de impuestos, las criadas, que acaso descendían de príncipes totonacas y
olmecas, bastante recompensadas se sentían de haber llegado hasta aquí a encorsetar a la más celebrada sainetera de España, en vez de que a ellas las
herraran como ganado o las chicotearan como pe-
rras en las haciendas coloniales.

Mustias ellas (Rufina de Veracruz y Guadalupe
de Orizaba ya mencionadas, más Lupe Segunda de
Puebla y Petra de Tlaxcala) pero no Elisia Rodríguez,
viéndose desnuda primero, luego con el abanico en
la mano como única prenda y ahora le iban a poner
los anillos —desnuda, abanico, anillos, se excitaba
viéndose en el espejo— y contándole al mico, nunca
a las mexicanas que fingían no oírla, cómo después
de la boda real se dejó seducir por un joven jesuita
llevado con la corte para escribir la crónica de los
eventos y cómo el letrado muchacho, para hacerse
perdonar su pecado de concupiscencia y el inminente embarazo anunciado por Elisia, la llevó a Barcelona, le prometió enseñarle a leer obras de teatro y
poesía y la casó con su tío, un importador de produc-
tos cubanos, un viejo al que no le asustaba la institución del chichisveo que autorizaba el *ménage-a-trois*

con anuencia del marido viejo que lucía a su joven esposa en público pero se libraba de la obligación sexual en privado, otorgándosela al hombre joven, aunque todo ello con ciertas condiciones, como eran el derecho a verlos, a Elisia y el sobrino, hacer el amor, en secreto, claro está, el viejo quería actuar con decencia y si ellos sabían que él los miraba sin ser visto por ellos, pues ellos quizá se excitarían aún más.

Sucedió sin embargo, contó Elisia, que al poco tiempo el marido comenzó a irritarse de que el beneficiario de la institución fuese su sobrino, y comenzó a añadir a sus quejas que menos le molestaba que fuese sobrino al hecho de ser cura. Elisia, oyendo estas retractaciones, comenzó a imaginarse que su marido viejo la quería de veras y hasta comenzó a imaginarse que podía con ella y sus hambres de hembra desatadas. Lo que la decidió a seguir los consejos de su marido —"Sé sólo mía Elisia"— es que en el jesuita le molestó el repetido contraste entre la zalamería con los poderosos y la altanería con los débiles, que ella juzgó, de tan repetida, verdadera norma de conducta no sólo de su amante, sino de la Compañía de Jesús toda enterita, mientras que su marido, buen hombre y honesto, daba trato parejo a pobres y ricos, poderosos y débiles. El marido de Elisia comentaba que, sencillamente, en el comercio todo era un subibaja de fortunas y el pobre de hoy podía ser el rico de mañana, y a la inversa. Volvía: el viejo, rápidamente y sin embargo, a sus razones formales y decía que era por ser cura, mas no por ser sobrino, que renegaba del pacto del chichisveo: nada merecía respeto, salvo la religión, dijo, desengañando una vez más a Elisia.

—La religión y —añadía apresurado— el comercio.

¿Y el teatro? Elisia, a los pocos meses de sus desengaños amatorios, decidió que había un amante más variado, ni demasiado permanente ni demasiado fugaz, menos fiel, acaso, pero seguramente menos exigente que cualquier individuo, más intenso en el instante, aunque menos permanente en el tiempo. En otras palabras, Elisia quería como amante al público, no a un seminarista inocente; quería de queridos a los espectadores, no a los que escribían comedias, y en esto su marido, de mil amores, la consintió y se dio de santos de que la preciosísima Elisia del desventurado pueblo de pulgas que no pagaba impuestos, prefiriese esta forma del chichisveo a la otra más tradicional.

Le puso maestros de canto y baile, le puso maestra de declamación y solfeo, le puso entre las manos cuanta obra de teatro pudo conseguir, del auto más sagrado al sainete más profano, pero Elisia resultó más sabia que todas esas lecciones juntas (las doncellas le velan los encantos con el corpiño y por un minuto Elisia hace refunfuño, pero luego recuerda que hay hombres que la han amado más por sus corpiños que por su cuerpo, y a uno de ellos lo descubrió hincado frente al bargueño de la actriz, besando las prendas íntimas, más excitado allí que en la mismísima cama y quisiera cantarle un alabado al inventor de la ropa interior, pero su lado pueblerino y práctico se contenta con decir que todo tiene su uso en este mundo, donde el rey es el amor, y vuelve a ganarla el entusiasmo y olé, y el embarazo con que asustó al jesuita era tan mentiroso cómo el abombado guardainfante que ahora le prendían las dueñas mexicanas), Elisia tenía un olfato de sabueso en ese cuerpo de mariposa y llegó a Barcelona cuando toda España no tenía más que dos pasiones: el teatro y los toros, las cómicas y los toreros, y la pasión de pasiones, que era la rivalidad entre actrices y la rivalidad entre matadores, y a veces las disputas de unas y otros por acostarse juntos (rápido, se está haciendo tarde, las medias blancas, las ligas, los lazos de la cintura) y su marido haciéndola de pirmaleón y tú mi galletera, o algo así, decía dándoselas de culta frente a los profesores que la adiestraban, más allá de las enseñanzas del sobrino jesuita (o del jesuita sobrino) en las artes escénicas y en el pulimiento de la dicción para decir versos, y ella que sentía algo distinto, que el corazón le decía que el teatro era teatro, no una repetición de palabras que nadie entendía, sino un mostrarse ante los espectadores y hacerles sentir que ellos eran parte de ella, de su vida, que eran sus amigos de la mayor confianza, a los que ella les contaba sus mayores intimidades desde el escenario, y si su marido, que prefirió las candilejas al chichisveo pero que ahora mostraba peligrosas inclinaciones hacia el lecho conyugal en vez del techo teatral, no lo entendió así, sí lo entendieron los miembros de la corte que acudieron a Barcelona a ver a la tal Elisia, incluso la princesa M... que se casó en su pueblo para librar de impuestos a la aldea más pobre, y que requirió soberbiamente la presencia de la tal tonadillera esa y ella le mandó decir que no era tonadillera, sino tragediante.

¿No se había fijado en los trajes estilo Imperio, como los que lucía en París la mamasel George?, y la princesa que sí, se había fijado y quería que ella, y bajo su protección, los mostrara en Madrid adonde, por orden real, le urgía a presentarse con o sin marido, pues éste dijo que el buen paño en el arca se vende y que lejos del puerto catalán y del emporio de tabacos, azúcares, frutas, maderas preciosas y todo el caudal de La Habana, ¿quién iba a pagarle a su mujer las clases de solfeo y las carambas de seda tiesa?

El marido le prohibió a la Elisia viajar a Madrid; el teatro y las cómicas, aunque su mujer fuera de ellas, eran para pasar el rato, no para cimentar una gran fortuna comercial; pero la Elisia se fue de todas maneras, riéndose del viejo, y él le confiscó los trajes y le dijo ahora preséntate en el escenario en cueros y ella que soy muy capaz de hacerlo y se fue a Madrid, en donde los príncipes casados en su pueblo le presentaron con vestuario jamás visto en la villa y corte ni en ninguna otra parte, pues la princesa abrió los bargueños más antiguos del palacio y allí encontró olvidadas las prendas chinescas traídas por Marco Polo a Europa y los penachos indios ofrecidos por el capitán Cortés a la corona, tras la caída de México, y aunque Elisia dijo que ella no se iba a vestir de salvaje, la princesa la llamó limosnera con garrote, habanera y déspota pero Elisia se salió con la suya y convirtió las telas chinas y las plumas aztecas en fantasías del imperio, hasta que la duquesa de O..., rival de la princesa M..., mandó copiar cada traje de la Rodríguez para dárselos a su propia cómica favorita, la Pepa de Hungría, y Elisia entonces le regaló sus trajes a sus camareras para que anduvieran vestidas igual que la tal Pepa, como una piltrafa, anunció la Elisia en una canción, y ya nadie quiso competir con ella, ni La Cartuja, ni La Caramba, ni La Tirana, ni ninguna otra gran chulapona sainetera (pronto, la falda de brocado de oro, la gasa blanca, el mantón de tafeta y seda rosa), ninguna recitadora o cantante o danzarina, pues Elisia Rodríguez, mico, era todo esto y algo más, fue la primera que mandó al diablo los textos y dijo a la gente lo que les interesa soy yo, no un tío embalsamao hace doscientos años, e improvisando textos y canciones se dedicó a hablar de ella, de su intimidad, de sus amores crecientes, urgentes como la necesidad misma de alimentar la leyenda ante las candilejas, pero aunque inventando algo aquí o allá, necesitando, crecientes, urgentes, aventuras de la vida real que la gente pudiese de alguna manera atestiguar, es cierto, anda con fulano, tú lo sabes mico, tú también fuiste testigo, tu ama no miente, pasó la noche en tal palacio, la vimos saliendo al amanecer, se asomó entre las ventanillas, saludó a las torneras que la conocen bien, todos la quieren porque a todos saluda con una sonrisa y Elisia consolidó su fama cantando exclusivamente de sus propios amores, sus propios deseos, sólo sus afanes y aventuras propias: esto quería el público, esto les daba ella, y sólo le faltaba el sobrenombre, que es el blasón mismo de la fama, pues:

—No basta un nombre, se necesita el sobrenombre.

Y cuando a la Elisia comenzaron a llamarla, primero secretamente y entre risas, La Privada, a todos les pareció una burla que así se llamara a mujer tan pública; y si más tarde el significado se extendió a que Dios la había privado de hijos, los motes su-

cesivos no pegaron. Ni la simple Elisia, ni la Rodríguez, ni La Habanera, ni La Yerma: ni el seminarista pudo obrar esa concepción milagrosa, la mujer
era estéril. Esto tampoco convenció a nadie y aunque la fama de Elisia corría, era una fama sin nombre, que es una fama sin fama, hasta que la verdad
se supo y brilló como el sol y a todos llenó de calor,
emoción, envidia y esa emoción compartida que es
la fama: Elisia Rodríguez, cuchicheó la creciente legión de sus amantes, se desmayaba en el acto culmi-
nante del amor: ¡se venía y se privaba!

—¡La Privada!

(Sólo falta el mantón, ya está, y las zapatillas de
raso también, y la caramba, el gran moño de seda
rosa en la cabeza, ah, y el bigotillo disfrazado, bah,
ha de ser hembra de no malos bigotes, y el olor de
ajillo, caramba, si no como me muero, ¿qué quieren, un cadáver?, y la mirada muerta bajo las cejas
pobladas, y la mirada muerta, y la mirada muerta.)

II

Pedro Romero estaba totalmente desnudo en su
vestidor y no necesitaba mirarse al espejo para saber
que esa piel canela no mostraba ni un solo rasguño,
mucho menos la herida de una sola cornada; la mano morena, larga, delicada, firme, había matado a
cinco mil quinientos ochenta y dos toros, pero ninguno lo había tocado a él, a pesar de que Romero
había clasificado las artes del toreo por primera vez;
y aunque el arte era uno de los más antiguos del
mundo, era el más nuevo para el público que llena-

ba las plazas de España para admirar —Romero lo sabía— no sólo a sus figuras favoritas, sino para admirarse a sí mismo, pues los toreros eran nada más y nada menos que el pueblo triunfante, el pueblo haciendo lo que siempre había hecho —exponiéndose, desafiando a la muerte, sobreviviendo— pero ahora siendo aplaudido por ello, reconocido, dotado de nombre y fortuna para sobrevivir, por durar un día más, cuando todo el mundo espera que te despanzurre el toro de la vida y te tiren al pudridero.

Sin embargo, desnudo en ese vestidor fresco y sombrío lo único que Pedro Romero sentía era la ficción de su propio cuerpo y la sensación casi pecaminosa de que un cuerpo así, que tanto había amado —miró hacia abajo, se tomó el peso de los testículos, como dentro de un minuto lo haría el mozo de espadas al ajustarle la taleguilla— fuese, al cabo, en el sentido más profundo, un cuerpo virgen, un cuerpo que jamás había sido penetrado. Sonrió diciéndose que acaso todo hombre, salvo el marica, es virgen porque penetra siempre y no es penetrado por la mujer; pero el torero sí que debe ser penetrado por el toro para perder su virginidad de macho, y esto a él no le había ocurrido nunca.

Se vio desnudo, a los cuarenta años a punto de cumplirse con una esbeltez perfecta, una armonía muscular revelada por el suave color canela de la piel, que acentuaba las formas clásicas, mediterráneas, del cuerpo de estatura media, fuerte de hombros, largo de hombros, compacto de pechos, plano de barriga, estrecho de caderas pero sensualmente parado de nalgas, de piernas torneadas pero cortas, y de pies pequeñitos: cuerpo de cuerpos, le había dicho una amante inglesa de glúteos cansados, envidiosa de sus nalgas, pero también de la sangre debajo de la piel, piel y cuerpo amasados como turrones por manos de fenicios y griegos, lavados como sábanas de Holanda por olas de cartagineses y celtas, avasallados como una almena por falanges romanas y hordas visigodas, acariciados como marfiles por manos árabes, y besados como cruces por labios judíos.

Pues sería cuerpo de cuerpos, también, porque cinco mil y pico de toros no lo habían herido; ese cuerpo nunca había sangrado, supurado, cauterizado; era un cuerpo bueno, en paz con el alma que lo habitaba, pero un cuerpo malo también, malo porque provocaba, iba todo el tiempo más allá de su contención moral, su suficiencia como envoltura del alma de Pedro Romero, para exhibirse ante los demás, provocarles, decirles: miren, cinco mil toros y ni una sola herida.

Y malo también porque el cuerpo del torero tenía derecho a hacer lo que los demás no podían: pasearse en público, en redondo, entre aplausos, haciendo alarde de sus atributos sexuales, sus nalguillas paradas, sus testículos apretados bajo la seda, el pene que a veces se dejaba ver como un dibujo perfecto en una taleguilla convertida en espejo del sexo del torero.

—Vísteme, rápido...

—Vamos, figura, que tú sabes que en menos de cuarenta y cinco minutos no puedo, esto tú lo sabes bien...

—Perdón, Chispa. Estoy nervioso esta tarde.

—Eso no es bueno, figura. Piensa en tu fama. Yo me llamaré Chispa, pero tú lo eres.

—Muera yo, y viva mi fama —sonrió Pedro Romero y se dejó hacer, lentamente: primero los largos calzoncillos blancos, luego las medias color de rosa con ligueras debajo de las rodillas, en seguida el arreglo de la castañeta enredada en la nuca. La taleguilla, esta tarde, era azul y plata. Y Chispa amarrándole simétricamente los tres botones de los machos en las piernas; la camisa que era un baño blanco, los tirantes acariciándole las tetillas, la fajilla amarilla enrollándole la cintura, o él enrollado a esa especie de madre del vestuario, su signo, su origen, una larga tripa de seda amarilla, la cuna del cuerpo, su abrazo materno, su proyección umbilical, sintió esa tarde Pedro Romero, mientras el Chispa le amarraba el corbatín delgado, le ajustaba el chalequillo majestuoso, caparazón de plata, escudo menos fuerte que el verdadero blindaje del torero, que es su corazón, y la coleta natural, sedosa aún, aunque las sienes ya eran, como el traje de esta tarde, de plata; las zapatillas negras, los lazos amarrados como sólo el Chispa sabía, como dos perfectas orejas de conejo.

¿Había mucho público? Uuy, un gran gentío, figura, ya sabes que por ti se juntan todos, los ricos y los pobres, los hombres y las mujeres, todas te adoran, son capaces de vender sus camas con tal de venir a verte, y cómo se preparan para la fiesta, cuántas horas pasan acicalándose para lucir elegantes ante ti, tan elegantes como tú, figura, que eres el rey de los ruedos, y luego las horas hablando de ti, comentando la faena, preparándose para la que sigue: hay todo un mundo que sólo vive para ti, para tu fama...

—Chispa, voy a confesarte una cosa. Ésta es mi última corrida. Si me mata el toro, será por ese motivo. Si yo lo mato, me retiro sin una sola herida.

—¿Tanto te importa tu cuerpo, figura? ¿Y tu fama, qué?

—No me injuries. Mi divisa aún no es viva yo, muera mi fama.

—No, figura, nada de eso. Mira que vas a torear en la plaza más bonita y más antigua de España, aquí en Ronda, y si te mueres, al menos verás algo hermoso antes de cerrar los ojos.

Mi pueblo: un tajo, una herida honda como la que yo nunca tuve, mi pueblo como un cuerpo en cicatriz siempre abierta, contemplando su propia herida desde una atalaya perpetua de casas blanqueadas cada año, para no disolverse bajo el sol. Ronda la más bella porque le saca unas alas blancas a la muerte y nos obliga a verla como nuestra compañera inesperada en el espejo de un abismo. Ronda donde nuestras miradas son siempre más altas que las del águila.

III

Desnudo no estaba él, aunque quienes lo recordaban joven, de sombrero ancho y capa de esclavina entorchada, o aún más imberbe, recién llegado a Madrid, con sombrero de media copa y traje de calzas anilladas, no sabrían si confundían su vejez con su desnudez despeinada, descalza, de pantalón manchado (¿grasa?, ¿orines?) y camisa sudada, suelta, abierta para mostrar el pecho cano y arriba de

todo la cabezota de gigante, desmelenada, gris, pa-
tilluda, y sin embargo menos feroz que esa mueca de
labios arriñonados, esos ojos velados por lo que habían visto, esas cejas despeinadas por los lugares donde se había metido, y a pesar de todo, esa naricilla
levantada, impertinente e inocenite, arisca, infantil,
de pillete aragonés, desmintiendo constantemente
todo lo demás, desmintiendo a todos los malditos pilletes, escuálidos como el río que los parió, chavalillos
hideputa del Manzanares que en las paredes de su
finca escribían Aquí vive el sordo.

No escuchaba la gritería de esos y otros majade-
ros. Sordo como una tapia, encerrado en su desnudo
cuarto de trabajo, desnudo, comparativamente, como un salvaje, él, que plasmó y ayudó a inventar una
sociedad de galas y alardes impenitentes, él que le
entregó las orejas a cada torero, los trofeos a cada cómica, los arcos a cada verbena, los triunfos a cada ca-
charrera, cada maromero, cada bruja, cada alcahueta,
cada soldado y cada penitente, convirtiéndolos a todos en *protagonistas*, dándoles fama y figura a quienes hasta entonces, ricos o pobres, carecieron de
ella: *ahora él* se sentía tan desnudo como aquellos
que ganaron su efigie gracias a las manos llenas de
soles y sombras de él, Francisco de Goya y Luz, lu-
cero, luz cero, lucientes, luz sientes, lux scientes, lu-
sientes, Francisco de Goya y lo sientes: hasta los
nobles que siempre habían sido pintados —los únicos, los reyes, los aristócratas— ahora tuvieron que
verse por primera vez, de cuerpo entero tal y como
eran, no como querían ser vistos, y al verse (éste era
el milagro, el misterio, quizá derrota del pintor) no
se asustaron, se aceptaron: Carlos IV y su corte de-

generada, concupiscente, desleal, ignorante, ese fantasmón colectivo de ojos congelados por la abulia, de jetas derramando incontinencias, con pelucas polveadas en vez de sesos y con lunares atornillándoles las sienes huecas, Fernando VII y su imagen de cretinismo satisfecho de sí, cretinismo activo, con iniciativa, al contrario del pobrecito hechizado Carlos II, ese Goya antes de Goya, compasivamente idiota, soñando un mundo mejor, es decir, comprensible, es decir, tan chiflado como él: todos aceptaron la realidad del pintor, la colgaron, la celebraron y no se dieron cuenta de que eran vistos por primera vez, igual que la cómica, el espada, el cirquero y el labriego que, ellos, nunca antes fueron favorecidos por el pincel del pintor de la corte...

Ahora, desnudo y sordo, sin más corte que los chiquillos burlones pintándole las barbas con insultos, sin doncellas mexicanas ni cuadrillas andaluzas, sentía su abandono y desnudez reflejados en los espejos sin azogue, los dos lienzos que por algún motivo le recordaban un pantalón juvenil, una falda campirana: lienzos ciegos, nada había en ellos y en cambio todo había en la cabeza del pintor, pues en una tela imaginaba poner a la actriz que era su último deseo de viejo: él, que amó y fue amado y abandonado también por las más bellas y las más crueles mujeres de su tiempo, ahora bajaba a Madrid a ver a esta mujer en el teatro y ella jamás lo miraba a él, ella se miraba a sí misma en el público y ahora él quería capturarla en este rectángulo, comenzó a trazar la figura de cuerpo entero con carbón, allí la iba a meter y de allí la cómica no se le iba a escapar nunca más, dibujó velozmente la forma desnuda, de pie, de la mujer codiciada, ésta no se iba a ir volando en una escoba, a ésta no se la iba a arrebatar la muerte, porque él era muchísimo más viejo que ella (y sin embargo...); ésta no se le iba a fugar con un militar, un aristócrata o un (¿quién sabe?) torero, se movió lentamente, pero cada movimiento del viejo sordo era como un sismo y afuera los niños traviesos lo sentían y dejaban sus propias brochas al lado del muro y salían corriendo, como si supieran que adentro la otra brocha, la Brocha Gorda, estaba haciendo de las suyas y no admitía competencia y ahora, en el segundo lienzo, comenzó a trazar, con una voluntad de nobleza, con una verecundia que al propio pintor, tan lleno de burlas, desengaños y estrictos realismos, le sorprendían, un torso de hombre, sin cabeza aún, porque la cabeza sería naturalmente la corona de un tronco sentado, lleno de dignidad y reposo, trazó la mano larga, delicada, fuerte y enseguida la capa que imaginó aterciopelada y de un rosa oscuro, luego la chaqueta que vio azul oscura, y el chaleco, que supo gris, sin colorines, para darle a los holanes de la pechera y al cuello de la camisa una blancura insólita nada más porque contrastaba con esos colores serenos, y entonces regresaba al primer lienzo (y los nogales de afuera temblaban) y sorprendía a la mujer que era pura silueta, sin facciones ni detalles, a punto de fugarse del cuadro y el viejo reía (y los nogales se abrazaban entre sí, aterrados) y a la mujer le decía:

"De allí no te mueves. Así eres y así serás eternamente", y aunque ella buscaba el rincón más oscuro de la tela para esconderse allí y protegerse entre sombras, como si adivinase la inquina del pintor, él mismo sabía, aunque se guardaba de decirlo jamás, que su pretensión era vana, que en cuanto saliese el cuadro de su taller y fuese visto por otros ojos, esos ojos le darían al cuadro de Elisia Rodríguez La Privada, capturada por él, su libertad, la sacarían de la prisión del cuadro y la lanzarían a hacer de las suyas, acostarse con quien se le viniera en gana, desmayándose *a son plaisir*, entre los brazos de éste y aquél, jamás dirigiéndole ni una sonrisa a su verdadero creador, el pintor que entonces suspendía el pincel en el aire, mirando el rostro vacío de la actriz, y se negaba a darle facciones, la dejaba en suspenso, en punto y coma, y de la mano estilizada de la cómica, en postura de salir a escena, rápidamente dibujó, en cambio, una cadena y al cabo de la cadena amarró a un horrendo mico de ojos humanos y trasero rapado, masturbándose alegremente.

El pincel verdadero quiso clavárselo, como una banderilla, al torero en el corazón, pero al enfrentarse de nuevo al segundo lienzo, ese indeseado sentimiento de respeto se le impuso otra vez (sordo, sordo, le gritaban los pilletes desde la barda, como si él pudiese oírlos, y ellos, los muy sonsos, creyeran que podían ser escuchados) y a él sí le empezó a diseñar el rostro y la nobleza de las facciones que le daba a Pedro Romero, la firmeza de la quijada, la elegante estrechez de las mejillas, la ligera imperfección de la boca pequeña y apretada, la virilidad de la barba apenas renaciente, la recta perfección de la nariz, las cejas finas y apartadas, digno asiento físico de una frente despejada como un cielo andaluz, perturbada apenas por el rayo de una *cresta de viuda*, como decían los elegantes oficiales de Wellington, del pico naciente de la cabeza en media frente, y asediado por las canas, nacientes, de la cuarentena; estuvo a punto, don Francisco, de hacer de las suyas y pasarle al torero las canas de las sienes al pico de la frente, y llamar al cuadro i o algo así, pero entonces tendría que sacrificar el centro de esa órbita particular de belleza, que eran los ojos soñadores, esa mirada a la vez de destreza, serenidad y ternura que era el sol de la humanidad de Pedro Romero y eso era sagrado, de eso no se podía burlar el artista y todo su rencor, su celo, su envidia, su malicia, su gracia inclusive (que le era siempre perdonada), se sujetaron a un sentimiento, febrilmente trazado por el pincel nervioso, ya no banderilla, sino pluma apenas, caricia redonda, abrazo total que le decía al modelo, no eres sólo lo que yo quisiera ver en ti, para admirarte o para herirte, para retratarte o caricaturizarte, eres más de lo que yo veo en ti, y mi cuadro será un gran cuadro, Romero, sólo si me dejo ir hacia donde no comprendo nada más que una cosa y ésa es que tú eres más que mi comprensión o juicio sobre ti en este instante, que te veo como eres pero sé que antes fuiste y ahora estás siendo, que veo uno de tus costados, pero no puedo ver los cuatro, porque la pintura es arte frontal e instantáneo, no discursivo y lineal, y me falta el genio, Romero, o el riesgo, Romero, para pintar tu cara y tu cuerpo como tú lidias a un toro, en redondo, por los cuatro costados; no ahorrándote, ni ahorrándole a la bestia, todas y cada una de las aristas que los componen, y de las luces que los bañan. Y como no puedo o no me atrevo aún a hacer esto, te doy esta imagen de tu nobleza, que es la única que indica que tu figura es más que lo pintado por tu humilde y envidioso servidor luz sientes, lucientes, lo sientes, Francisco de Goya y.

Ella arrinconada en su cuadro, desnuda, sin rostro, con un horrendo mico encadenado. Le pintó apresuradamente una mariposa cubriéndole el sexo, como el moño le coronaba la cabeza.

Afuera los pilletes gritando *sordo sordo sordo.*

Y en el remolino de la noche súbita, centenares de mujeres más, riéndose del artista, preparando su venganza contra el dolor del macho engañado y abandonado, ¿y ellas qué?, ¿ellas desde cuándo tratadas con verdad y protección?, que paguen justos por pecadores y mientras él se queda dormido con la cabeza plantada entre papeles y plumas en su mesa de trabajo, ellas, las mujeres de la noche, vuelan alrededor de su cabezota dormida, arrastrando otros papeles con noticias tan nuevas que resultan viejas, *mucho hay que chupar, lee una, y hasta la muerte,* dice otra, y *de qué mal morirá,* pregunta la tercera, y todas a coro, *Dios te perdone,* arrebozadas en sus mantillas, enjaezadas por las madres que se disponen a venderlas, abanicándose, untándose óleos, embalsamándose en vida con ungüentos y polvos, trepándose en escobas, emprendiendo el vuelo, colgándose de los rincones de las iglesias como murciélagos, arrastradas por vendavales de polvo y basura, abanicándose, volando, destapando tumbas para ver si en ellas te encuentran a ti, Francisco, y le lanzas la última carcajada a tu rostro soñador o muerto, que lo mismo da.

—Pero sólo yo puedo vestir de veras al torero y a la sainetera. Sólo yo puedo darles sus cabezas. Después, hagan de mí lo que quieran.

—¡Que Dios te perdone!

IV

En martes ni te cases ni te embarques, le dijo una viejuca sentada en un rincón de la Plaza Mayor a Rubén Oliva que pasó con talante tan descompuesto y andar tan apresurado que sólo una bruja así, toda ella sepultada entre papel periódico pero con un coqueto sombrerito hecho con la primera plana de *El País* en la cabeza desgarbada, protegiéndose del sol tardano del mes de agosto, pudo saber que el hombre se iba lejos, siendo aún martes, día peligroso, día de guerra desnuda, guerra escondida, guerra del alma, en los escenarios, en los redondeles, en los talleres: día de Marte, día de Muerte, día de Mi Arte, día de Mearte, dijo un perro semisepultado en la basura de la plaza.

Miércoles

Rubén Oliva se llevó el sobre abierto a los labios y estuvo a punto de lamer el borde engomado cuando lo detuvieron dos ocurrencias por lo demás nada sorpresivas. El encargado de la recepción del hotel le miró preparando el sobre, inscribiendo el nombre del destinatario y la dirección, como si Rubén Oliva no tuviese derecho a semejantes caprichos, que además añadían desconsideradamente a los trabajos de la administración hotelera: ¿no veía el huésped, tan injusto como necio, que sus tonterías epistolares a nadie podían interesarle, que distraían de otras ocupaciones, éstas sí, indispensables para la buena marcha del hotel, como lo son conversar animadamente con la novia por teléfono, bloqueando las líneas durante varias horas, o asumir aires por el mismo teléfono, negándose a dar el nombre propio del conserje o al contrario, dándolo para que lo frieguen a él y no al recepcionista o, carente al cabo de cualquier otro pretexto, hundiéndose el recepcionista en el examen de cuentas y papeles de minuta trascendencia, mientras los teléfonos repiquetean y los clientes hacen paciente espera frente al mostrador con sus cartas en las lenguas?

Pero Rubén Oliva no tuvo tiempo de hacer valer ningún derecho, ya que se le adelantó —segunda ocurrencia— un caballero inglés de labios apretados, ojos acuosos y pelo de arena, cuya nariz rojiza temblaba y que de un solo palmetazo sobre la mesa de recepción paralizó toda actividad circunstancial con esta pregunta, ella sí, esencial: ¿Por qué no hay jabón en mi baño? El recepcionista consideró por un instante, con interés fingido, esta pregunta, antes de contestar, sobradamente, porque no hay jabón en ningún baño (no se sienta usted excepcional, ¡si me hace el favor!). Pero el testarudo inglés insistió, muy bien entonces, ¿por qué no hay jabón en ningún baño?, y el recepcionista, ahora sí con desdén y buscando aplauso entre quienes contemplaban la escena: —Porque en España dejamos que cada quien huela a lo que quiera.

—¿Debo salir a comprarme mi propio jabón?

—No, señor Newinton. Con muchísimo gusto se lo hacemos comprar por el botones. Eh, Manuelito, el señor te va decir qué jabón le gusta.

—No se ufane usted —dijo Newinton—, las recepciones de los hoteles son el mejor remedio del purgatorio, no sólo aquí, sino en todo el mundo.

Le invitó una copa en el bar a Rubén Oliva, para calmarse el enojo y porque, como dijo, beber solo es como masturbarse en el baño. Un baño sin jabón, dijo, por decir. Rubén Oliva sentado con el inglés de ademán fastidiado y nervioso, incierto y concentrado en no demostrar emoción alguna sólo mediante el control sobrenatural de los movimientos del labio superior. Y no era sólo eso, dijo buscando sin fortuna algo en las bolsas del saco de popelina beige, arrugado y suelto, cómodo y desprovisto, sin embargo, de lo que míster Newinton buscaba afanosamente, mientras Rubén Oliva lo miraba con una sonrisa y esperaba para brindar con el británico, el chato de jerez ligeramente levantado, en una como espera amable, mientras Newinton se palpaba desesperado, sin decir qué cosa buscaba, espejuelos, pipa, pitillos, bolígrafo, condenando la vejez, el frío y la humedad de este hotel, parecía mentira, un país de sol y calor hacía lo imposible para expulsar el sol y el calor, hundiéndose en las sombras mientras ellos, que buscaban afanosamente la luz y las temperaturas tibias, tenían que soportar... Se perdió en una cantinela de quejas, palpándose nerviosamente pero con el labio superior siempre inmóvil y Rubén Oliva ya no le esperó, bebió un trago y pensó en repetirle al viejo e incómodo inglés lo que ya le había escrito a Rocío en la carta que no cerró y que traía en el parche de la camisa blanca: era cierto, tienes razón cariño, volver a los pueblos es volver a una inmovilidad dormida, a una siesta larga, a

un mediodía eterno que él, de regreso, se negaba a
evitar, como todos, escondiéndose del sol en su cenit. Se recordaba de niño, aquí mismo, en los pueblos de Andalucía, sabio de una sola sabiduría: las
horas de la canícula te vacían el pueblo, Rubén, el
pueblo es tuyo, la gente se encierra en las sombras
frescas, y duerme; pero entonces tú, Rubén, te vas
entre los callejones que son tu única defensa, apren-
des que los callejones sirven para que no te mate el
sol, sueñas con recorrer un día los callejones de tu
pueblo a las dos de la tarde en compañía de una bella extranjera, enseñándole cómo usar el laberinto
de las sombras y vencer al sol, Rubén, no esconder-
te de él, sino admitirlo y desafiarlo y adorarlo también, porque tú tienes una santísima trinidad en tu
alma y en ella Dios es el sol padre, su hijo crucificado es la sombra y el espíritu santo es la noche que
disuelve los dolores y alegrías de la jornada y atesó-
ra las fuerzas del día que sigue: hoy es miércoles, dijo el inglés, habiendo finalmente encontrado una
armónica en la bolsa trasera del pantalón, y dispo-
niéndose, con el instrumento entre las manos, a lle-
varlo a los labios, después de informar que siendo el
día de Mercurio, dios del comercio y el latrocinio,
no era sorpresivo encontrarse en esta cueva de ladrones y se lanzó a tocar con el instrumento la vieja balada de Narcissus come kissus, mientras Rubén
Oliva lo miraba con una sonrisa simpática y queriendo decirle que no importaban las quejas, él las
aceptaba con buen humor, pero el inglés debía saber que él, Rubén Oliva, estaba de regreso en su
pueblo, o un pueblo igual al suyo, lo mismo daba,
y fuese martes día de la guerra o miércoles día del

comercio o venus día del amor, para él todos los
días, salvo uno, eran días de guardar, días sagrados
porque repetían, como en la misa, un rito siempre
igual, mañana, tarde y noche, invierno, primavera y
verano, seguros como la continuidad de la vida, y las
etapas de esa ceremonia diaria, en el alma de Rubén
Oliva, que le hubiera gustado decírselo al inglés que
se salvaba de España en España, con una armónica
y una canción tabernaria, eran idénticas entre sí pero cada vez distintas para él, como si él, de una manera misteriosa, que apenas se atrevía a formular
con palabras, fuese siempre la excepción capaz de
detener, citándolas, a las fuerzas de la naturaleza
que le rodearon al nacer y que lo seguirían rodeando un día, cuando él se muriera, pero el mundo no.

Por eso regresaba al pueblo cuando todo se le
volvía difícil, incomprensible, aburrido o difusa-
mente peligroso; regresaba como si quisiera asegu-
rarse de que todo estaba allí, en su lugar y con ello,
el mundo en paz; por eso llegaba siempre al amanecer, para no perder un solo testimonio de su tierra:
Rubén Oliva regresaba a Andalucía como hoy, viajando en medio de una noche veloz, ansioso por
acercarse, desde las ventanas del tren ardiente, a una
primera alba, cuando el campo andaluz se vuelve un
mar azul bajo la estrella matutina, campo azul de
los andazules, andazulía que sólo al despertar se revela, primero y pasajeramente, como un confuso
fondo de océano al cual, poco a poco, las luces del
día van restaurando una geometría movible, tran-
quila siempre pero imperceptiblemente empujada
por la luz hacia formas cada vez más variadas y más
hermosas.

Primero desde la loma de su pueblo, Rubén Oliva iba descubriendo esa geometría de suaves pendientes capturadas entre la lejana serranía y el cercano tajo: la sierra, a toda hora, se veía brumosa, espectral, como si guardase para el mundo entero, como un tesoro, la noche azulada, que el crepúsculo liberaría de su velo difuminado; la sierra era una noche velada: el tajo un abismo abierto, terrible como las fauces de un Saturno devorador y entre la montaña y el barranco se desplegaba la geometría más suave, inclinada, jamás precipitada; cada declive, dando a la luz su siguiente curva de ascenso, distribuía sus señas entre los olivares plateados y los girasoles reunidos como un rebaño amarillo; todo lo negaría el cenit, pero la tarde iba a restaurar —Rubén lo sabe— toda la variedad de luz, reflejando primero los girasoles que eran una constelación de planetas capturados; luego la plata de los olivos como hilanderías de un taller de semana santa; al fin un baño espectacular de color mostaza, ocre y sepia, según las luces de la tarde, y sólo los pueblos blancos luchando por mantener en sus rostros un eterno mediodía. Pero Rubén Oliva hubiera querido decirle al inglés que esa blancura de los muros era una necesidad, no un alarde: la vejez de estos pueblos por donde pasaron todas las razas les obligaba a blanquearse cada año para no morir; sólo la cal preservaba la forma de unos huesos molidos por las batallas del tiempo.

Rubén Oliva hubiera querido decirle, también, al inglés que el amor a la naturaleza de su tierra, a los paisajes de su propio pueblo, era a la vez una alegría y un dolor, alegría porque creció con ellos, y dolor porque un día ya no los vería más, y ellos seguirían allí. Este sentimiento era para Rubén el más importante y reiterado de todos, el que estaba presente en su cabeza y en su cuerpo cuando miraba un paisaje o amaba a una mujer, o amando a la naturaleza y a la mujer, no sabía si mantenerles la vida o arrebatársela antes de que la muerte le ganara la partida, ¿Era esto un crimen, o un homenaje? ¿Quién iba a matar mejor a la mujer o al toro, él o la muerte misma? *¿Qué cosa? ¿Qué sigues allí? ¿De qué hablas? Vaya manía de murmurarlo todo entre dientes, ¿Quieres que me crea que me he vuelto sorda? ¡Ay, ya ves, me he cortado al abrir la lata! ¡No me sigas distrayendo, Rubén, o te quedas sin cenar!*

Era mañana en el campo, Rubén se acercaba y luego se detenía mirando todo lo que podía mirar, tocando todo lo que podía tocar, acercando su vista que un día nada de esto vería y sus dedos que un día nada tocarían, mirando, tocando, los chopos en fila, doblegados, parejamente, como un cuerpo de ballet o un regimiento esculpido, árboles testigos de los tiempos sin clemencia, inclinados pero no caídos, cargados con las ventiscas del invierno; abriendo todos sus sentidos a la proximidad de la flor blanca y el fruto seco del toronjil, a los aromas del limón exprimido y de la naranja rebanada, al negro azulado del ciruelo silvestre y al olor viajero del membrillo; toronjil, lirio y verbena: bajo sus ramas, desde niño, se acostaba, los árboles y las flores de Andalucía eran la memoria visible de su niñez y ahora esperaba que ellos le lavaran de todo mal, cerrando los ojos en un acto de gracias porque sabía que al abrirlos sería recompensado de su sueño con la visión de los almendros, diamantes colgando de la araña del cielo, y el olor de la cermeña.

Pero por encima de la geometría más vasta del paisaje, duplicando con su vuelo los radios y las cuerdas de la circunferencia andaluza, un ave sin reposo, con cuerpo de guadaña, le advertía lo que su falsa madre, la suplente, la progenitora sin hijos, la protectora de la adolescencia de Rubén y de los otros chiquillos huérfanos como él, la Madreselva Madrina, le dijo muy a tiempo: Rubén mira el vuelo del vencejo, que nunca se fatiga, que se alimenta en el aire y que en el aire duerme y hace el amor, mira sus alas largas como asta acuchillada de la muerte y piensa que si quieres ser maletilla, vas a ser como el vencejo, y vas a echar de menos tu tierra, sin tener otra a cambio de las muchas que te recibirán, ave transhumante, pájaro estepario, decía la Madrina Madreselva a la oreja del muchacho.

Y le advertía también contra los peligros más simples, como evitar el espinoso contacto del cardo, no dejarse seducir por sus hojas azules, nunca beber el zumo narcótico y purgante de sus pencas. Picantes mastuerzos, aserradas ortigas, albahacas amarillas y verde pera, todo le invitaba a amar, usar, contemplar, oler, tocar, compartir, y él, de chavalillo, nunca sintió que abusara de que compartía, fuese en el placer de la contemplación o en el placer, igualmente bendito, de tocar, arrancar, pelear, comer, cortar, llevarle las flores y los frutos a la mamá, o muerta ésta, a la Madrina (la Madreselva) que reunió a los chiquillos aquí en el pueblo de Aranda, o muerta ésta, a la novia, y si ésta muriese, coño, a la Virgen, pues cuando todas las mujeres se nos mueren, siempre nos queda la Virgen y a ella podemos llevarle las flores.

—Y no te dejes purgar por el cardo santo, Rubén.

Buscó las huellas del invierno pasado.

Buscó la nieve de enero como buscaba su propia memoria de niño en el pueblo, pues cuando se hizo hombre siempre comparó a su niñez con la nieve. Esto no impresionó a Rocío, ni a nadie, vamos. Eran cosas suyas, sólo suyas, que nadie más entendía. Andalucía era su intimidad. Y éste era el ardiente verano, sin la memoria siquiera de los vientos de enero.

Pasó la mañana recorriendo el campo y componiendo en su cabeza este canto probable a los asenjos y a los vencejos, pero su vuelo poético era interrumpido por observaciones materiales como lo eran la sorpresa de ver a las vacas echadas, como pronosticando lluvia, creando su propio espacio seco, advirtiéndole al peregrino incauto que la mañana, tan azul y fresca unas horas antes, se estaba poniendo fea, día de nubes cargadas y calor pesado... Levantó la mirada y se encontró con el recorte del toro negro del brandy Osborne, esperándole a la entrada de su pueblo.

Sopló el Levante y las nubes se fueron.

Llegó al hotel y olió a cera, barniz, estropajo y jabón, otro jabón, no el que nunca se pone en los baños de los huéspedes.

Le escribió a Rocío, intentando componer la situación, volver a los primeros días de sus amores —¿sería realmente imposible, como lo sabía él en su intimidad?—, tratando —¿también esto sería inútil?— de explicarle lo que para él representaba regresar a su terruño, tocar y oler y cortar y comer las flores y los frutos —ella, ¿entendería?— y luego no se atrevió a unir la lengua al filo engomado del sobre, y el inglés, que ahora, sin aire, dejó de tocar su musiquilla de variedades, le estaba diciendo en el bar sombreado a la hora de la canícula que lo perdonara pero, se había fijado en los aparadores de estos pueblos, todo era viejo, nada era atractivo, todo parecía empolvado, los anuncios eran de otra época, como si no hubiese habido una revolución publicitaria en el mundo, él se lo decía porque había trabajado toda su vida en la publicidad, ahora estaba retirado y cuidaba de su jardín y sus perros, pero antes... Acompañó su comentario con un jingle comercial tocando en la armónica, con ojos alegres y soltó una carcajada: ¿tenía razón o no, este pueblo se había quedado atrás, los dulces en los aparadores parecía que estaban allí desde hacía veinte años, las modas eran viejas, los maniquíes eran de otra época, esas pelucas llenas de liendres, esos bigotillos pintados de los muñecos masculinos, esas formas rellenas, apolilladas, de los bustos y maniquíes femeninos, se había fijado, y la milagrería, los santos, las estampas, la idolatría papista por doquier...?

Ahora tocó las estrofas de un himno religioso protestante en su armónica y Rubén Oliva iba a decir que era cierto, nunca habían cambiado los dulces, los sombreros, los maniquíes o las estampas de los aparadores, para qué, si todo el mundo sabía lo que se vendía en las tiendas y...

—Míster Newinton lo interrumpió:

—¿Sabe usted que aquí nadie se casa con una mujer que no sea virgen?

—Bueno...

—¿Sabe usted que nadie se rasura después de la cena por miedo a cortarse la digestión, o que nadie invita a cenar, como se debe, en su casa y a horas civilizadas, sino a tomar el café al aire libre después de cenar, a la una de la madrugada?

—Bueno...

—Mire usted, yo he contado en un palacio de Sevilla la cantidad de escupitajos en el piso, convertidos ya en costras de piedra, siglos de gargajos, ostras de mármol, señor, revelando la arrogancia de quienes siempre han contado con legiones de criados para limpiarles sus porquerías, ¿qué sería de este país sin criados?, y otra cosa...

Rubén se levantó y dejó al inglés hablando solo y con el pago de su cuenta sin discutir, como es obligación de caballeros, sólo para que el británico pudiera añadir a sus críticas: gorrones y mal educados.

El pueblo iba a despertar de su siesta.

La canícula no cedía, y Rubén, siguiendo su propio consejo, se fue caminando por los callejones, abrigado por la sombra, redescubriendo lo que sabía desde niño, que todos los callejones de este pueblo se comunican entre sí y desembocan todos en un solo callejón de acceso. Casas de dos y tres pisos, desiguales en su altura, vencidas por los años, curadas a la cal como momias envueltas en vendas blancas, apoyándose unas a otras, vedando la salida. Algunos cierros con batientes de madera; otros balcones abiertos de yeso amarillento. Techos de teja y canalizos y mechones de higuera silvestre en los copetes de las construcciones, la corona del jarangamal asomando por todos los quicios quebrados de la plaza. Ropa colgada a secar. Antenas de televisión. Otras ventanas, tapiadas. Altillos por donde empezaban a asomarse las primeras madrinas de la noche, las viejas del pueblo, embozadas, escudriñando, mirando al forastero que era él, el vencejo que nunca se detuvo a hacer nido, el hijo pródigo desconocido por todos, ¿no quedaba nadie que lo recordara de niño?, pensó, preguntó, casi dijo, hablando como los sordos.

Miró a los primeros niños salidos a corretear a las palomas entre el polvo. La plaza entera era de arena. Los balcones, los altillos, las ventanas tapizadas y las ventanas saledizas, todos los ojos de la plaza miraban hacia la arena encerrada: plaza sin más entrada que una, menos que un redondel, plaza de un solo toril para entrar seguro y salir quién sabe. Plaza de espaldas a sus puertas. Las mujeres salieron con sus sillas de paja echando candado y se sentaron en círculo, a pelar almendras y contar chismes. Los olores de cocina y de orines también despertaron. Otras mujeres hacían ganchillo en silencio y los hombres se sentaron de espaldas a la plaza, taimadamente. Unos jóvenes, chicos y chicas mezclados, formaron otro círculo y comenzaron a palmear y a cantar, alto y dolido, una saeta musical a la vez ininterrumpida y quebrada. Una mujer bella, cejuda, con un moño amarrado al copete, se sentó en una mecedora con aires de presidir sobre la tarde y se descubrió los senos, acercó a uno de ellos un bulto y descubrió la cabeza de un niño negro, le ofreció de mamar y el niño se avorazó, la sangre blanca del pecho se escurrió entre los labios morados.

Un hombre fornido, viejo, patilludo, se acercó entre burlas y desafíos de los hombres jóvenes a una carreta averiada y el viejo de cabello cano y ensortijado, nariz levantada y labios gruesos, entreabiertos siempre, como si jadeara o buscara otros labios, apretó las mandíbulas, dejó que una baba suculenta, como si se preparase para asistir a un banquete, le escurriese entre los labios, se arremangó la camisa blanca, manchada, suelta, y se echó debajo de la carreta, levantándola sobre los hombros, entre el desafío y la animación de los más jóvenes.

Una muchacha se sentó en una esquina de la plaza con las faldas levantadas para recibir en las piernas los últimos rayos del sol.

Era la hora turbia y Rubén Oliva estaba en el centro de la plaza, rodeado de esta vida.

Éste era su pueblo, de aquí salió un día y vivió lo que tenía que vivir, pero aquí tenía que regresar si quería un día salvarse y morir tranquilo.

Andalucía era su intimidad, no a pesar de que la compartía, sino porque la compartía. No había nada verdadero en esta tierra, ni siquiera la soledad, que no fuese un/nos/otros.

Pero esta tarde, ni eso le daban los dioses (rateros, alados, veloces, mercurios, curiosos, mercaderes, cacos, azogados), a Rubén Oliva de regreso en su pueblo: parado en el centro de la plaza de arena donde sólo los chiquillos correlones y las palomas desconcertadas y los talones impacientes de los grupos de cantaores levantaban capullos de tierra, Rubén Oliva sintió que su pueblo se le volvía apenas una memoria imprecisa, incapaz de dominar un espacio que empezaba a ser sojuzgado por hechos inexplicables, todos ellos —Rubén buscó en vano, en el cielo, el escape: encontró al vencejo— vedándole la salida de la plaza enclaustrada.

El viejo canoso y fornido dejó caer la carreta y se llevó las manos a las orejas cubriéndose las patillas y gritando que le dolía, que el esfuerzo le había reventado los oídos, que le cantaran fuerte los majos y las majas, porque él ya no oía nada,

los cantos, tú bien lo sabes, son puras penas:
no oigas más cantos y no oirás más penas,
hijo de hechicera, hasta que te mueras...

Dejó caer la carreta y el suelo de la plaza, al golpe seco, se llenó de flores regadas, que no se sabía si nacieron de la tierra al golpe del carretazo del sordo o si llovieron del cielo aplaudiendo a los cantantes, y eran mastuerzos, arrayanes, lirios, miramelindo y donjuán-de-noche.

Estalló la noche con fuego dentro de las casas y las mujeres que pelaban almendros corrieron en busca de puertas abiertas para entrar y salvar sus bienes del incendio repentino, pero no las había y en cambio la mujer hermosa sentada en la mecedora no se arredró, sino que rió con voz aguda, dejó de amamantar al crío negro y levantando al niño lo mostró a la ciudad, era un niño blanco, ya ven, blanco como mi leche, blanco gracias a mi leche, ¡yo lo transformé!

Los jóvenes, nerviosos por las llamaradas que salían de las casas, abandonaron al viejo sordo, gritándole que merecido se lo tenía, por andar queriendo probar a su edad que podía hacer lo mismo que ellos, pero el paso de los muchachos fue detenido y confundido violentamente por el relincho de un tropel de caballos rebeldes que entraron súbitamente a la plaza, pisoteando las flores, avasallando a los jóvenes.

Las viejas cerraron los batientes de los altillos.

Las mujeres que observaban desde los balcones amarillos se retiraron, meneando tristemente las cabezas.

En cambio, entraron al espacio confuso, rodeando a Rubén Oliva rodeado del tropel de caballos zainos salvajes y rodeados todos de la noche súbita y nuevamente azul, las mujeres suntuosamente vestidas; entraron por el callejón solitario a la plaza, totalmente indiferentes a los incendios y a los relinchos, envueltas en capas de seda cruda, arrastrando colas de tafetas color pera y color naranja, portando bandejas con muelas, ojos y tetas, obligando a Rubén a buscar la boca, las cuencas vacías, los pechos mutilados de la procesión guiada lentamente por una señora más opulenta que cualquier otra, una señora de rostro enmarcado por cofia de oro, rostro de luna ceñido de esmeraldas y coronada la cabeza por un sol muerto de rayos hirientes como navajas, el pecho blasonado de rosas falsas que eran imitadas por los medallones que como sierpes de metal le daban su oleaje a la gran capa triangular que se derrumbaba desde los hombros hasta los pies, rizado el manto con incrustaciones de marfil y pedrería.

Las manos de la señora, sin embargo, estaban vacías, manos abiertas cuajadas de anillos, pero vacías. La cara enmarcada, la cara de luna, era surcada por un llanto negro, una lluvia cruel en el rostro, lágrimas que sólo se detuvieron cuando las tres aza-

fatas de la dama se acercaron a la mujer de cejas pobladas y moño agreste, forcejearon con ella, le plan-
taron los ojos muertos sobre la mirada, le cubrieron
con los senos cortados los que amamantaron al niño negro, y le abrieron a fuerzas la boca y se la lle-
naron de muelas sin sangre, no le arrancaron ni sus
muelas ni sus ojos ni sus chiches pero sí le arrebata-
ron al niño y lo colocaron entre las manos de la Señora, y la mujer despojada gritó con la mirada llena
de sangre y la boca llena de muelas y cuatro tetas
colgándole como a una perra, pero la Señora sonrió,
dejó de llorar y avanzó lentamente, guiada por las
opulentas servidoras vestidas con los tonos de limón y de higo, seguida por el tropel de caballos zainos, ahora mansos, dejando tras de sí una
resurrección de arrayán y arrebolera, madreselva y
donjuán-de-noche, perfumes intensos y el polvo
convertido en jardín, hasta llegar al callejón y allí
ascender al paso procesional, el trono que la esperaba inmóvil pero que ahora, al ponerse ella con el niño blanco que antes fuera negro, se cimbró y se
levantó en ancas de los costaleros escondidos bajo
los faldones del trono; el viejo sordo tomó a Rubén
Oliva de la muñeca y le dijo rápido, no tenemos
otra salida, lo arrastró entre los faldones y bajó del
trono que ya se movía, una sierpe más, sostenido
por los costaleros, entre ellos el viejo canoso que
ahora levantaba el paso como antes levantó el ca-
rruaje, pagando caro por sus esfuerzos, tratando
quizá de demostrarle algo al mundo y a sí mismo y
a su lado está Rubén Oliva, mirando al viejo sordo
con los gruesos labios entreabiertos, que le guiña a
Rubén un ojo adormilado, no seas holgazán, ea,

mete hombro, hay que levantar a la Virgen y sacarla a pasear por la ciudad, por la noche, se acabó el
día, y la noche, le dijo el viejo, es fabricadora de embelecos, ¿no lo sabía él, que se engañaba de día
oliendo flores y acariciando talles, imaginándose
enamorado por la naturaleza y enamorado de ella,
ignorando —el viejo casi le escupe diciendo estas
palabras— que no hay amor posible entre ella y nosotros —le pide que pise duro, que no se caiga, que
no se deje vencer, que pise las flores, duro—, que la
hemos matado para vivir y ella nos pedirá cuentas
un día —el viejo codeó atrozmente las costillas de
Rubén Oliva, quien se dio cuenta de que era uno
entre muchos, un costalero más en una cofradía
cargando a la Virgen en una procesión nocturna—
y si para el común de los mortales la noche fabrica
los embelecos, le dijo el viejo, tú los fabricas de día,
iluso, y para ti el día es loco, imaginativo y quime-
rista; ¿qué haces de noche, Rubén? ¿Puedes soñar
dormido, si ya agotaste tus quimeras durante el día?,
¿qué te queda?, bienvenido al sueño de la razón, entonces, carga, camina y piensa conmigo que más vale vivir engañado y vivo que desengañado y muerto,
ale, fuerza, levanta, holgazán, flojo... Rubén Oliva
lamió la goma del sobre y se cortó la lengua.

Jueves
I

Recordó el viejo sordo que desde niño, cuando lo
llevaban de Fuendetodos a Zaragoza a ver las procesiones, él lo que quería era meterse debajo del tro-

no, hombro con hombro con los costaleros ocultos por los faldones de pana del paso, y espiar entre los respiradores las piernas de las mujeres en los balcones, sobre todo cuando la procesión se detenía por algún motivo y el repique de las campanas era como una sagrada autorización par oír mejor el frotar de enaguas y el roce de piernas y el vaivén de caderas y el golpe de tacones, imaginando a las parejas apretujadas en las calles y queriéndose...

Mas en Sevilla, dijo el sordo, donde la pausa la impone la saeta, que es como un grito de socorro en el desierto, cuando todo mundo desaparece y quedan solos la Virgen y la persona que canta, Sevilla se vuelve invisible en el instante de la saeta y los más invisibles de los invisibles son los que, como él, ahora, portan la torre de la Virgen y pueden, como él ahora, imaginarse solos con la Virgen, cargándola como Atlas cargaba al mundo, pues los símbolos de María Santísima son las palmeras y el ciprés, los olivos y el espejo, la escalera, las fuentes, las puertas, las huertas cerradas, la estrella vespertina, el universo entero, y sobre todo la torre, torre de David, ebúrnea torre, la Giralda que él espiaba, buscando piernas y encontrando piedras, asomándose entre los respiradores y viendo, si no la vida erótica que se imaginaba, sí la vida popular que era, una vez más, el sustento material de la vida, y en Sevilla igual que en Madrid, en este año de gracia de 1806, al filo de los desastres de la guerra, prolongando caprichosamente el sueño libertino del pasado siglo y sus costumbres festivas e igualitarias, por una vez se confundieron pueblo y nobleza, y ello porque a la nobleza le dio por imitar al pueblo, vestirse de pueblo, ir a fandangos populares, vaciarse en los toros y los teatros, adular a los toreros y a las cómicas, andar los duques vestidos de banderilleros y las duquesas de chulaponas, y en el centro de este torbellino, antes de que la historia pidiese cuentas y la fiesta se convirtiese en guerra y la guerra en guerrilla y la guerrilla en revolución y la revolución, ay, en gobierno y constitución y ley, y la ley en despotismo, estaba él, don Francisco de Goya y Lo Sientes, presentándole el pueblo a la aristocracia y sobre todo presentando al pueblo entre sí.

De Madrid salió saludado por las lavanderas, las cacharreras, los merolicos, las castañeras, a los que les dio por primera vez una cara y una dignidad activa, y ahora en Sevilla era saludado y vitoreado en las calles por los gremios de tintoreros y sederos, los tejedores de lino y los corredores de hilos de oro, que eran los obradores del palio y el manto, la saya y la toca, el mantolín y la túnica de todo el divino serrallo: de la Virgen del Rocío, la Señora de los Reyes, la Macarena y la Trianera; en el viejo sordo paseándose entre ellos con su sombrero de copa y su levitón gris, los agremiados reconocían al compañero de oficio, al hijo del dorador de Fuendetodos, al artesano que era quien era porque hacía lo que hacía: los cuadros, los grabados, los murales, independientemente del significado sentido, más que explicado, por todos: nos ha revelado, nos ha presentado al mundo pero sobre todo nos ha presentado entre nosotros, que vivíamos a ciegas, sin reconocernos y reconocer nuestra fuerza...

Pero él, don Francisco de Goya y Luz Sientes, no quería saber de reconocimientos esta noche de

Jueves Santo en Sevilla; sólo quería quitarse el sombrero y la levita y quedarse como a él le gustaba, obrador, dorador, artesano, agremiado, en mangas de camisa y con el cuello abierto, despeinado y sudoroso, descalzo y cargando la torre de la Virgen al lado de los costaleros, escondido de la vista de quienes le aplaudían porque en él se reconocían y secretamente ansioso de que le reconocieran los que él, secretamente, reveló en toda su excitante perversión e intimidad sexual imaginativa. Presentó al pueblo más oscuro consigo mismo, pero sobre todo, presentó al hombre con la mujer en la oscuridad y los metió bajo este palio y este paso, los enredó entre sábanas como entre faldones y respiradores sagrados y les hizo, como él ahora, cargar el peso del mundo, revolverse en las sábanas como los costaleros se revolvían entre los faldones de la Virgen y como el pueblo entero se entrelazaba en los callejones de Sevilla.

Se sintió solo y mugroso y cansado. Tenía que demostrar que seguía siendo fuerte. Fuerte no sólo como artista sino como hombre. Cargaba el trono de la Virgen pero respiraba entre los respiradores, que eran las colas de la Virgen, a las vírgenes sevillanas: nada encontraba. Y entonces recordaba que él era dueño del ojo de llave más lúcido y cruel de todos los tiempos. Que a él le era permitido, premiado, mirar por las cerraduras, espiar y contar en blanco y negro lo que las carnes drenadas de color, en un coito al borde del sepulcro, podían hacer, en su loco afán de detener el tiempo, alejar la muerte y consagrar la vida.

II

Esto que el viejo miraba por la cerradura de su lienzo, una tela vacía nuevamente aunque ya poblada en su mente por un confuso revoltijo de sábanas y carnes, clamando por aparecerse y él parado de nuevo frente al cuadro vacío como un fisgón de pueblo ante la puerta de los amantes a la hora en que un viento de levante nocturno silenciaba al resto del mundo, a los amantes también y él dudando, ¿les daré o no su aparición?, ¿les permitiré que aparezcan en mi cuadro?, y los miraba por la cerradura, ella cubierta de un aceite lúbrico que parecía haberse apoderado, como una segunda piel, de su cuerpo totalmente desnudo, con la excepción de la mariposa, que le cubría el sexo, invitando a su compañero masculino a acercar el propio sexo, que era una guadaña de carne o más bien un vencejo, ave aguadañada y negra que jamás encuentra reposo, que jamás detiene su vuelo, que come y fornica en los aires, acercar ese pájaro a la mariposa, como si ella, la mujer de cejas tupidas y labios apretados, bañada en aceite, le retase a él: libélula contra libélula, ala contra ala, no me encontrarás indefensa, no me encontrarás como siempre, un hoyo lúbrico sin escudo; ahora tu sexo de guadaña va a tener que derrotar primero a mi mariposa y mi mariposa muerde, cuidado, y vuela, y pica, y punza, te lo advierto, nunca más me verás indefensa y entonces él la tomó del talle, y de un solo movimiento la volteó, la dejó de un golpe bocabajo, mostrando al amante y al mirón las nalgas envidiosas, lubricadas, fáciles de penetrar y él se le clavó por atrás, no en el ano sino en la sabrosa vagina ofrecida y entreabierta, aceitada y afeitada, reducida al vello impalpable e invisible de la pubertad, cubierto el mono rasurado por la mariposa que ahora voló para salvarse del atropello, reveló el montículo de la mujer ensombrecido ya, a pesar del afeite matutino, por un veloz y poblado renacimiento de cerdas, miembro y membrillo reunidos, tú también tienes un hoyo: como si obedeciese a su ama, la mariposa se posó entre las nalgas pequeñas y levantadas del hombre y allí le hizo cosquillas y él se vino doblemente, alabándola, agradeciéndole su victoria, Elisia, Elisia, tú con sólo mirarme me haces gozar, no me des además todo esto que no tengo con qué pagarte, sí, Romero, hazme lo que le harías a un toro, chúpame Romero como quisieras chuparle al toro y no te atreves, torero macho, porque no quieres aceptar que el toro es tu macho y que los dos sois dos maricas perdidos sólo que el toro sí te quiere coger y tú no te dejas coger, ahora cógeme a mí como te cogerías al toro, hazme venir como harías que se vinieran juntas las parejas imposibles, la mariposa y el toro, Romero, el sol inmóvil y la luna que crece y se achica y se vuelve uña y niña, muérdeme, Romero, la uñita, sé cariñoso con tu puta, sólo la uñita, cariño, y vuelve a crecer y a crecer, ¿no me envidias, sol, tú siempre allí, inmutable, con tu traje de luces eterno, mientras el universo te corre carreras alrededor de la cintura y a todos puedes quemar con tus rayos pero a nadie te puedes coger con tu verga de fuego, pues la noche te deja impotente?

—La vergüenza, la vergüenza...

—Te lo di to y tú, na.

—La vergüenza, la vergüenza.

—Pídeme que te baile desnuda —murmuró La Privada y, en el instante mismo del orgasmo, se desmayó entre los brazos de Pedro Romero.

El pintor, mirando la escena por el hoyo blanco de su lienzo, sintió un espasmo de dolor y envidia gemelas, con razón había tanta envidia en España, es que había tanta cosa envidiable, pero ninguna tanto como ésta, el cuerpo de un torero deseable abrazando del talle el inánime cuerpo deseable de la actriz que parecía muerta, dándole al matador este trofeo supremo, la reproducción de la agonía en cada acto de amor, porque eso es lo que Goya más temió y más envidió: que esta soberbia mujer cejijunta y de no malos bigotes, Elisia Rodríguez, La Privada, se desmayase cada vez que hacía el amor.

¿Quién podía dejar de adorarla después de saber esto?

Aunque la dejaran, ni la olvidarían ni cesarían de amarla apasionadamente, nunca, nunca.

—A mí no me ha dejado un solo hombre. He sacrificado los mejores amores con tal de ser la primera en largarme. Todo se acaba...

Pedro Romero y Elisia Rodríguez, La Privada, se quedaron dormidos, desnudos, abrazados, cubiertos apenas por una sábana muy almidonada que parecía tener vida propia, manchados los cuerpos y la ropa por un jugo de aceitunas que era como la sangre de ambos, los cuerpos unidos por el placer que los separaba, todos los secretos de las carnes resbalándose en una fuga perpetua que el viejo pintor se detuvo un minuto a contemplar como se contempla un patio mudéjar en el que la piedra se está convirtiendo todo el tiempo en agua, se está fijando todo el tiempo en piedra y tanto en el agua como en la piedra no hay más rostro ni más objeto que la escritura de Dios...

Esto vio, armado de coraje, testigo puro de los amores de Pedro Romero el matador y la cómica Elisia Rodríguez, frío testigo ocular pero con el corazón amargo y la tripa hirviente de celos.

Esto vio. Lo que ejecutó en seguida sobre su tela fue un blanco y negro drenado de color, un cielo de doble campo, gris oscuro y blanco podrido, las piedras negras de un cementerio en vez de la cama almidonada. Y los cuerpos vestidos, de pie, pero el hombre muerto, vestido de levita y corbatón blancos, y zapatillas, medias y pantalones blancos, como para una primera comunión, pero el festejo era la muerte, el cadáver del hombre con los ojos cerrados y la boca abierta sostenido penosamente, sin gracias, sin mariposas, sin afeites, por la mujer despeinada, cejijunta, demacrada, abrazada a la cabeza y al talle del muerto. Él, desmayado para siempre, él muerto en el grabado de Goya, no ella, despierta y triste.

Ella abandonada por una vez.

Lo firmó en una esquina y lo tituló *El amor y la muerte.*

Miró el dibujo. El dibujo lo miró a él. El muerto abrió los ojos y lo miró a él. La mujer volteó la cabeza y lo miró a él. No tuvieron necesidad de hablar. Se habían aparecido, iban a aparecerse, con o sin él. Lo habían engañado. Lo necesitaban sólo para formar un triángulo que hiciese más excitante el acto: el viejo contemplaba el acto para mayor placer de los jóvenes amantes. Con él o sin él, ellos iban a aparecer.

III

Don Francisco de Goya y Los Cientos se compró un helado de pistache en la horchatería de la Plaza del Salvador, dio la vuelta por Villegas y entró a la placita de Jesús de la Pasión, donde la famosa cómica Elisia Rodríguez, La Privada, estaba de visita durante esta Semana Santa. El viejo pintor chupeteando su verde mantecado, miró por el rabo del ojo las tiendas de novias que monopolizan el comercio de la plazuela, que antes fue, en tiempos de Cervantes que aquí escribió, la Plaza de Pan, y comparó con burla los trajes de organdí y tules con las tocas y sayas de las vírgenes que desfilaban por Sevilla. Claro que la saya, que cubre a la Virgen desde la cintura hasta el suelo, tiene como propósito, igual que en los aparadores y sus maniquíes, recubrir el candelero, la estructura de madera de la imagen, que sólo tiene tallada la cara y las manos.

En cambio, La Privada, Elisia Rodríguez, se cubría, con vestidos de maja, con trajes imperio descotados y zapatillas de seda plateada, un cuerpo espléndido que no se reducía a manos y rostro. ¿Lo había visto él? Claro que sí, hasta lo había pintado. Aunque en realidad, porque lo había pintado, lo había visto. Pero ahora, cruzando el patio de naranjos cuyas frutas, perdidas, yacían pudriéndose entre las baldosas, el pintor venía a ver a la modelo, a pedirle que posara para él, desnuda.

Ella lo recibió por curiosidad. ¿Es famoso?, le preguntó a su amante Pedro Romero, y el torero dijo que sí, era un baturro famoso, pintor de la corte y todo eso, decían que era un genio.

¿Era divertido? A veces, contestó Romero, cuando pinta cosas bonitas, verbenas, parasoles, chicos jugando, muchachas correteando, toros en la plaza, todo eso. Pinta a los reyes, bien feos que los pinta, pero si a ellos les gusta, qué le vamos a hacer. Y luego pinta cosas espantosas, ajusticiaos, mujeres con caretas de mico, madres vendiendo a sus hijas, brujas, viejos jodiendo, el horror, pues. ¿Y a ti, te ha pintao? Una vez, de lejos, recibiendo en el ruedo y otra vez matando. Me ha dicho que quiere hacerme un cuadro que me haga inmortal. Vaya, que mi inmortalidad no son más que un par de naturales y un pase por alto. Lo demás, Elisia, yo no lo voy a ver, ni tú tampoco. Anda, baila desnuda para mí nomás.

Se quitó el sombrero alto. No iba a disfrazar sus años. La cresta canosa le brotó, liberada de la alta y angosta cárcel. Se ofrecieron banalidades, dulces, refrescos, gracias, cumplidos, elogios, yemitas de huevo, y entonces de nuevo, él dijo que la quería pintar. Y ella que ya lo sabía, por Romero. Y él que lo que él quería Romero ni lo sabía ni, acaso, lo permitiría. ¿Y era? Entonces el viejo y sordo pintor, mirándola de una manera que quería decir "tengo ojos, me falla todo lo demás, pero tengo ojos y tengo pulso", le dijo simplemente que las actrices mueren. Ella ya lo sabía; se comió una yemita de huevo como para sellar el dicho. Mueren, continuó él, y si tienen suerte les va bien y se mueren jóvenes y be-

llas, pero si no, les va muy mal y pierden juventud
y belleza: no son nada entonces. Eso ya lo sé, contestó La Privada, por eso vivo al día. Y eso me digo
cada vez que amo o canto o bailo o como: no me va
a pasar nada mejor, esto me está pasando mañana y
pasado mañana: hoy mismito. No, pero hay una
manera de sobrevivir, continuó el viejo. Ya sé, dijo
ella, una pintura. Está bien. Sí, pero una pintura
desnuda, señora.

—¿Me lo pides por ti? —dijo ella, tuteándole
súbitamente.

—Sí, y por tu amante también. Un día, uno de
los dos va a morir. Los dos cuerpos que tanto se qui-
sieron se van a separar. No por voluntad o por enojo, nada de eso, sino por algo que viola cruelmente
nuestra voluntad y nuestro capricho. Nacieron separados, se encontraron y ahora la muerte los va a
separar de nuevo. Esto es insoportable.

—Para ti lo será. Yo, la verdad...

—No, Elisia... ¿Te puedo llamar Elisia?... Para
tu amante y para mí también, sería insoportable dejar de amarse sólo porque la muerte interviene.

—¿Te gusto?

—Te deseo, es verdad.

—Pues puedes tenerme, Paco, tenerme enterita y tuya, de veras y no en una pintura, pero con
una condición, "monada"...

Detenido allí, un poco encorvado, con el sombrero de chimenea entre las manos nudosas y ágiles,
soberbias manos de artista y carretonero, el sordo se
sintió desguarecido. La cómica corrió a un precioso
bargueño de madera de Tabasco que le arrebató a su
criada Guadalupe, se hincó, abriólo, hurgó entre las

ropas, dejando escapar un intenso olor de musgo, y extrajo una envoltura en pañuelos de encaje, y de ésta un estuche de terciopelo verde, y del estuche abierto con premura sensual pero con respeto religioso, la cómica sacó al cabo, con la delicadeza de sus largos dedos acariciantes, escarbantes, de garra si quisiera, de pluma si le pluguiese, un cuadro que ella le mostró al pintor y que éste, cegatón ya, acercó a su nariz, oliendo, más que otra cosa, un airecillo de azufre que se desprendía del retrato, un olor que hasta un hereje como don Francisco de Goya y Lucifurientes asociaba con el Maligno, Asmodeo, Belcebú, Satanás, y ¿era éste su retrato, el retrato del Diablo?, ¿por qué no?: una mirada de un verde intenso, ceñida por ojeras oscurísimas, dominaba las facciones delgadas, las contagiaba de una especie de resignación alerta que Goya asoció con sus propios demonios y mirando del retrato a la mujer que le ofrecía la imagen diabólica, brincó Goya de la pintura a la gramática, sólo la preposición desposesiva definía a este hombre, por lo demás, común y corriente, que ella le mostraba en un retrato de fidelidad repulsiva.

El pelo oscuro, la camisa blanca, una nuez en el pescuezo como nadie la había pintado nunca, tan ofensivamente exacta, guiando la mirada fatigada del pintor a todos los detalles realistas del cuadro, las comisuras de los labios, las cejas, el color azuloso del fondo, nada era artificial, dijo ya en voz alta el artista, nada es arte aquí, éste es el demonio, no su representación, es el diablo porque es realidad pura, sin arte, gritó dominado ya por el terror que seguramente ella y su amante más repulsivo, el protagonista del retrato, querían infundir en él: nada aquí es arte, Elisia, ésta es la realidad, este retrato es el hombre mismo, reducido a este estado inmóvil y escogido, convertido en pigmeo, por artes de brujería: ésta no es una pintura, Elisia, ¿que es?, preguntó angustiado el pintor, reducido, como ella quería, a la posesión de ella mientras él leía en los ojos vivos pero inmóviles, sin arte, del hombre-retrato, desengaño, desilusión, desesperanza, desvelo, destiempo, despedida...

—Si tú me pintas así, yo te dejo que me mires desnuda...

—Pero esto no es una pintura; esto es una brujería.

—Ya lo sé, tontico. Me lo dio una hechicera amiga, y me dijo, Elisia, tú vienes de un pueblo de pulgas donde los príncipes se casan para perder los impuestos, y nunca vas a entender qué es esto que te doy, búscate a un pintor o un poeta que le ponga nombre a este retrato que yo te entrego porque tú eres mi más fiel pupila...

—Dios te perdone —dijo el pintor, imaginando el horror en la unión triangular de la bruja anciana, la joven Elisia y este hombre que era el mismísimo Diablo retratado.

—Pero la bruja me advirtió, Elisia, aunque este hombre es muy hermoso y bien dotado, yo te advierto una cosa...

—Bellos consejos...

—Este hombre todavía no nace, es el retrato real de alguien que aún no existe, y si lo quieres para ti vas a tener que esperarlo muchos años...

—¡Hasta la muerte...!

—Entonces, Paco, ¿tú puedes hacerme un retrato igual a éste, para que mi retrato y el de este hombre que todavía no lo pare su madre se encuentren un día y nos podamos querer él y yo juntitos?

IV

Renunció a pintarla como él lo quería pero la quiso como no pudo pintarla. Ella no era avara de sus favores y este viejo famoso la entretenía, le decía cosas que ella no entendía, lo tenía agarrado tanto por el placer sexual que ella sabía darle como por el desafío que él no podía aceptar: pintarle un retrato compañero del que ella le enseñó y luego volvió a guardar en el bargueño.

Claro que ella no dejó de ver a Romero en Sevilla, regresó con él a Madrid, y Goya, que de todas maneras debía regresar a la villa y corte, los siguió. Eso fue lo humillante. De todas maneras iba a regresar, pero ahora parecía que iba detrás de ellos. Esperando lo que no se atrevía a pedir. Algo más que el amor divertido que, por separado, ella le daba a él y el amor apasionado —los miró por una cerradura— que ella le daba al torero. Era un viejo, famoso pero viejo, sordo, un poco ciego, los sesenta años cumplidos, las amantes por derecho propio muertas o abandonadas por él y, a veces, siendo el abandonado él mismo. Pero el círculo de fuego de la pasión ardía y en su centro había un hombre. Francisco de Goya y luces, llamaradas, fuegos propios. Ahora era sólo Paco Goya y Lucenicientes.

Espiaba a los amantes por las cerraduras de sus cuadros. Una vez, hasta intentó colarse al apartamento de La Privada y no llegó más allá de un balcón cerrado por donde poco le faltó para caer a la calle de la Redondilla y romperse la crisma. Algo pudo ver, sin embargo, aunque nada oír, y ellos de nada se enteraron. Él sí, él pudo distinguir de nuevo, tan exaltado era, tan llamativo el acto, su culminación orgásmica en el desmayo de Elisia. Y con él no, con él no ocurrió nunca, a él ella nunca se le desmayó como lo hacía ahora, erguida y trémula un instante, desfallecida en brazos del torero al siguiente.

¿Sólo con Pedro Romero se desmayaba La Privada? ¿O la gente iba a decir, acaso: —Con todos se desmayó al gozar, salvo con Francisco Degolla y No Lo Sientes?

Hubiese querido, espiándolos, unirse a ellos merced a un acto generoso y posible de comunicación. Imaginó allí mismo que este acto podría ser el de cargar en la procesión a la Virgen. Ciego bajo el tronco, sus pies y su orientación le dirían que todas las calles y callejones de Sevilla estaban comunicados entre sí, del Hospital Cinco Llagas a la Casa de las Dueñas al Patio de Banderas y a la Huerta del Pilar y, en túnel bajo el Guadalquivir, hasta las glorias de Triana. Ésta era la ley del agua, universalmente comunicada, manantiales con arroyos y riachuelos, y éstos con ríos, y ríos con lagos y éstos con cascadas y las caídas con las deltas y éstas con el océano y la mar más vasta con el pozo más oscuro. ¿Por qué no iba a pasar lo mismo con las recámaras, todas las recámaras del mundo comunicadas entre sí, ni una sola puerta cerrada, ningún candado o traba, ni un solo obstáculo para el deseo, el sexo, la satisfacción de la cama?

Él quería que lo invitaran los dos —Elisia y Romero— a ser parte de la lujuria final, compartida, ¿qué les costaba, si él iba a morirse antes que ellos, Romero se había retirado de los ruedos, él le estaba pintando al torero su cuadro inmortal, más inmortal que la inmortal manera de recibir y parar del rondeño; ella se podía morir antes que los dos hombres, pero eso sería una aberración: lo natural es que él, el pintor, muera antes que nadie y deje pintado el cuadro de los amores de Goya y Elisia, de Elisia y Romero, de los tres juntos, un cuadro más inmortal que esa superchería que ella le mostró una tarde en Sevilla, entre ofrecimientos de remilgos y yemas de huevo que él aceptó, atiborrado ya de helados, echando panza y a punto de responderle al mundo con un regüeldo sonoro y catastrófico? ¿Qué les costaba, si él iba a morirse antes que ellos? Entonces se dio cuenta, con horror, de que ese retrato que ella le mostró en Sevilla era algo insuperable. Una realidad bruta, un incomprensible retrato hecho por nadie, un cuadro sin artista. ¡Cómo iba a ser! ¿Podía superar cualquier cuadro a esa bruta fidelidad realista mostrada por La Privada a Goya diciéndole: —Paco, hazme un retrato igual a éste?

La muerte los iba a dispersar a los tres a los cuatro vientos antes de que el amor los uniese. Esta idea mataba a Goya. Era un viejo y no se atrevía a sugerir lo que su corazón deseaba. No toleraba el desprecio, la burla, la simple negativa. No sabía lo que Elisia le decía a la oreja a Romero:

—Es un viejo tacaño. Nunca regala nada. No me trae lo que tú, melindres de miel y harina...

—Yo nunca te he traído cosas empalagosas. ¿Con quién me confundes?

—Con nadie, Romero, melindres me traes, no dulces, sino dulzuras porque me sabes melindrosa...

—Coqueta, Elisia...

—Y él nada. Un avaro, un verrugo. Ninguna mujer quiere a un hombre así. Le faltan esos detalles. Será un genio, pero de mujeres no sabe na. Tú, en cambio, tesoro...

—Yo te traigo almendras, Elisia, peras amargas y aceitunas en su jugo, pa que la dulzura me la saques del cuerpo.

—Majo, desgarrao, cómo te requiebras, ya no hables, ven aquí.

—Aquí me tienes todo entero, Elisia.

—Te espero. No soy impaciente, Romero.

—Lo mismo he dicho siempre, hay que esperar a los toros hasta dejarse coger, que es la manera de que descubran la muerte.

El pintor no los escuchaba pero no se atrevía a decirles lo que su corazón deseaba.

—Pero si sólo quiero ver, nada más mirar... nunca he querido otra cosa...

¿Lo imaginaban ellos, mientras fornicaban? Al menos eso: que le imaginasen a él, aunque fuese implorando lo que a un pintor no se le puede negar: la mirada.

Pero tenía que ser honesto consigo mismo. Ella le negó algo más. Con Romero se desmayó al venirse. Con él no. A él le negó el desmayo, también.

Entonces, encerrado en su finca, con los niños gritándole insultos que él no oía y garabateándole su barba, pintó y dibujó rápidamente tres obras, y en la primera estaban los tres acostados en sábanas revueltas, Romero, Elisia y Goya, pero ella con dos caras sobre la misma almohada, una cara de ella mirando con pasión y dándole un abrazo infinitamente cachondo al cuerpo de Pedro Romero, que también tenía dos caras, una para el goce de Elisia y otra para la amistad del pintor, como ella tenía una segunda cara también para el pintor, que la besaba a ella mientras ella le guiñaba a él y miraba locamente al torero, y los sapos y culebras y los bufones con un dedo silencioso, les rodeaban, no el triángulo ya, sino un sexteto de engaños e inconstancias, un hoyo gris de corrupciones.

En la segunda pintura ella ascendía a los cielos con sus ropas cómicas, su moño y sus zapatillas de raso, pero su cuerpo desnudo, vencido, viejo, iba ensartado a una escoba, empalado por la verga de la muerte, y en los cielos la acompañaban en vuelo los mures ciegos, las lechuzas demasiado alertas, los vencejos incansables como los suplicios eternos, y las rapaces auras, devoradoras de inmundicia, llevándose a la cómica al falso cielo que era el paraíso del teatro, la cúpula de las risas, las obscenidades, los regüeldos, los chasquidos, los pedos y las rechiflas que ninguna turba de alabarderos comprada podía silenciar: ascendía La Privada a recibir su rostro final, el que le daba Goya, no ya para advertirle, como hizo un día (Morirás sola, sin mí y sin tu amante): sino usándola a ella misma de advertencia, convertida ella misma, en bruja, hecha una piltrafa, como un día describió a su rival la Pepa de Hungría, él era el dueño final del rostro de la actriz que un día le pidió que la retratara para siempre, como ella era, realmente, pero sin arte. Y esto es lo que el artista no pudo darle aunque le costara el regalo sexual supremo de la déspota: el desmayo en el orgasmo.

Terminó también el tercer cuadro, el de Pedro Romero. Acentuó, si cabía, la nobleza y hermosura de ese rostro de cuarenta años y el pulso tranquilo de esa mano que mató a cinco mil ochocientos noventa y dos toros. Pero el ánimo del artista no era generoso. Toma mi cabeza, le dijo al cuadro del torero, y dame tu cuerpo.

Abrió una ventana para que entrara un poco de aire fresco. Y entonces, la actriz, la déspota, la bruja que él mismo había encarcelado allí, montada en su escoba, salió del cuadro volando en la escoba, carcajeándose, riéndose de su creador, escupiéndole saliva y obscenidades sobre la cabeza cana, salvándose como el vencejo por los aires nocturnos de Madrid.

V

Cargó sobre los hombros, viejo y descalzo y con los labios gruesos abiertos y agrietados, como un auténtico penitente, pidiendo agua y aire, a la Virgen de Sevilla.

—Las actrices mueren, pero las vírgenes no.

Recordó entonces que cubierta como estaba la santísima virgen cuyo trono él sostenía, no estaba más pudorosa que Elisia Rodríguez, cuando La Privada le dijo, encuerada, tú no me regalas nada, entonces yo tampoco y echó para adelante la fantástica cabellera negra y con ella se cubrió el cuerpo ente-

ro, como una saya, mirando a Goya entre la cortina
de la cabellera y diciéndole esta vulgaridad:

—Anda, no pongas esa cara de susto, que donde hay pelo hay alegría.

Viernes
I

Ella les pidió a los chiquillos que primero se proba-
ran solos, se dieran cuenta de sus facultades y luego
regresaran a contarle sus experiencias a ella, que en
ese tiempo se pasaba el día entre su cocina de garbanzos y su corral de gallinas, descansando de vez
en cuando con los brazos cruzados sobre la barda
que separaba su casa de la ganadería inmensa.

La casa debía ser muy grande, también, para
dar entrada a todos esos muchachos, huérfanos en
su mayoría, algunos todavía en edad escolar, otros
ya metidos a albañiles, panaderos y mozos de café,
pero todos ellos descontentos con su trabajo, su pobreza, su infancia tan corta y reciente, su vejez tan
próxima y desamparada. Sus vidas tan inútiles.

No obstante, la casa no era grande; apenas un
corral, la cocina, dos habitaciones desnudas donde
los muchachos dormían encima de costales, y la recámara de la señora, donde ella sí guardaba sus
reliquias, que eran solamente recuerdos de otros
chavales, anteriores a su promoción presente, y de
nadie más anterior a la propia señora de la casa.
Que se supiera no tenía marido. Y tampoco hijos.
Aunque si alguien le echaba esto en cara, ella contestaba que tenía más hijos que si se hubiera casado

cien veces. Padres, hermanos, quién sabe: ella llegó a este pueblo sola, se apareció un buen día entre unas rocas coronadas de chumberas y bajó por una vereda de castaños. Sola, dura, tiesa y triste, tan flaca y seca que algunos dudaron entre que si era mujer u hombre, con ese sombrero ancho y esa capa remendada al hombro, el habano entre los dientes y le pusieron mote y medio, que La Seca, La Macha, La Corralera, El Estéril, La Paramera, La Habanera.

Era fácil y hasta divertido ponerle motes, una vez que todos se dieron cuenta de que su aspecto severo no conllevaba maldad, sino apenas distancia sobria. Aunque quién sabe si conllevaba lo que realmente la caracterizó: acogía a los muchachos huérfanos y cuando el pueblo se escandalizó de esto y pidió que se le impidiese a la señora seca, alta y flaca tan perversa afición, nadie estuvo dispuesto a hacerse cargo de los muchachos y por pura indiferencia y abstención la dejaron hacer, aunque de vez en cuando no faltó una solterona sospechosa (y acaso envidiosa) que inquiriese:

—Y, ¿por qué no recibe a las muchachas huérfanas?

Pero siempre había otra contemporánea, más sospechosa e imaginativa aún, que le preguntaba si lo que quería era dar la impresión de que en este pueblo había un burdel de niñas.

Y ahí moría el asunto.

Se le dejaba hacer sus labores solitarias, cuidar de los muchachos y quedarse sola todas las noches, viéndolos alejarse al aparecer la estrella de Venus, la primera de la noche, y tras de su reposo, reaparecer en la barda muy de mañana cuando la estrella de

Venus era la última en retirarse y los muchachos regresaban de sus correrías nocturnas. La mujer y la estrella tenían los mismos horarios.

De esta manera, para ella todos los días eran, en cierto modo, viernes, día de la diosa del amor, días regidos por las apariciones y desapariciones de la estrella vespertina que también era, en la gran corrida del cielo, la estrella matutina, como si el firmamento mismo fuese el mejor maestro de un pase largo, eterno, como eran los de Juan Belmonte que ella vio torear de niña, aún. Pero a nadie, en el pueblo, se le ocurrió por todo esto llamarla la Venus. Con su capa y su sombrero ancho, sus faldones múltiples y sus botos de cuero, decían que sin embargo tenía una sola coquetería —ella, despintada como un mediodía andaluz, la cara agrietada de una temprana madurez, las cuencas hondas de la mirada y los dientes de conejo— y ésta era ponerse dos rodajas de pepino en las sienes, que era remedio bien sabido contra las arrugas; pero el boticario decía no, son los desmayos, cree que ahuyenta así las jaquecas y los desmayos, no cree en mi ciencia, es una campesina ignara. ¡Pobres chavalillos!

Pero aunque el boticario le añadió otro mote —La Pepina— los chicos naturalmente, la llamaron Madre, y cuando ella negó el apelativo, mejor Madrina, acabaron diciéndole Madreselva, intuitivamente porque la comparaban con esas matas trepadoras, floridas y olorosas, que eran el único adorno de su pobre casa y que, como ella, lo abrazaban todo, naturalmente, como el paisaje crecía a los ojos de los muchachos, de los encinares a las lomas y al puerto de viento, abarcándolo todo, huertas, casas y campos de labor, hasta culminar en las rocas coronadas de chumberas por donde la Madreselva entró a este pueblo para hacerse cargo de los niños desgraciados pero ambiciosos.

II

Rubén Oliva esperaba con impaciencia la noche. Él tenía el don de ver la noche durante el día, más allá de los inmensos campos de girasoles que eran el escudo mismo del día, planetas vegetales que acercaban el sol a la tierra, imanes del cielo en la tierra, los embajadores del astro, florecientes en julio y muertos en agosto, quemados por el mismo sol al que imitaban. Rubén supo por esto que el sol que da vida la puede quitar también, y en un mundo de sol y sombra como era su tierra andaluza, donde hasta los santos pertenecen al sol o a la sombra, donde las vírgenes se parecen todas a la luna y los toreros todos al sol, él se sentía entusiasmado pero culpable también de que su placer, su excitación, fuese la noche; quién sabe si la culpa era de la Madreselva, le decían los chicos, que esperaba a que se apagaran todas las candelas del sol, para lanzarlos a probarse, cuando los girasoles se volvían giralunas, a escurrirse entre los setos, saltar las bardas, evitar las púas de la hacienda ganadera, desnudarse a orillas del río hondo y frío hasta en verano, sentir el primer placer helado del agua nocturna corriendo, acariciante, entre los cojones, levantarse hasta la ribera abrazándose al talle y las ramas de los alcornoques, recibir en pleno cuerpo mojado y fresco el aliento de la la-

vanda y pasar sin transición a la bofetada del estiér-
col, anunciando la proximidad de lo que buscaban,
a ciegas, a tientas, en las noches más oscuras que es
cuando la Madreselva les urgía a salir, ciegos, en
busca de la bestia: a tientas, en el corral sin luz, los
cuerpos de los jovenzuelos tocaban las formas de
los becerros, se los imaginaban negros, sólo negros,
nadie los quería de otro color, toreándolos cuerpo a
cuerpo, bordados el toro y el niño torero, cosidos el
uno al otro, porque si dejo que se me escape el cuerpo del toro, el toro me mata, tengo que estar embarrado a ese cuerpo, recordando todavía, Madreselva,
el agua fresca entre las piernas y el pecho y ahora
sintiendo allí mismo el pálpito velludo del animal,
el vapor de sus belfos cercanos y el sudor negro de
su piel, rozando mis tetillas, mi vientre, mezclando
mi primer vello de hombre con la capa de seda sudorosa del becerro, pelo con pelo, mi pene y mis
testículos barnizados, acariciados, amenazados, pin-
turreados por el amor enemigo de la bestia que debo mantener pegada a mi cuerpo de quince años,
no sólo para gozar, Mamaserva, sino para sobrevivir: por eso nos mandaste tú aquí, noche tras noche,
a aprender a torear con miedo, porque sin él no hay
buen torero, con gusto, por lo mismo, pero con un
peligro enorme, Ma, y es que yo, tu maletilla más
nuevo, sólo se siente feliz toreando de noche, bor-
dando sus faenas de ciego en la oscuridad y sin nadie que lo mire, adquiriendo un gusto y un vicio
inseparables ya para toda mi vida, Mareseca, y es el
gusto de torear sin público, sin darle gusto a nadie
más que a mí y al toro, y al toro dejarlo que haga la
faena, que sea él el que me busque, y me toree tam-

bién a mí, que sea siempre el toro el que embista para que yo sienta la emoción de ser embestido, inmóvil, sin engañar ni un solo instante a ese compañero peligroso de mis primeras noches de hombre.

A veces, los vigilantes de la hacienda se apercibían de los intrusos nocturnos y los corrían a voces, a palos si los alcanzaban, a tiros en el aire, sin mala voluntad porque el propio ganadero sabía que, tarde o temprano, estos maletillas iban a ser los espadas sin los cuales su negocio se venía abajo. Cuando les echaban los podencos, sin embargo, hasta ellos dudaban de la bondad interesada del ganadero.

Y sabiendo esto, la Madreselva llegó a un acuerdo con el ganadero para que los chicos, una vez pasado su aprendizaje nocturno, pudieran continuar las lecciones en el ruedo de la hacienda y ella misma sería el maestro, le dijo al ganadero, si él quería, los tientos los harían los mayores, pero a la hora de dar la lección, sería ella, aventando lejos el sombrero y la capa, ahora con un mechón salvaje cegándola y obligándola a soplar, vestida de traje corto y zajones, y diciéndole a los chavales, a Rubén Oliva sobre todo, porque en los ojos negros y las ojeras del niño vio la nostalgia de la noche, diciéndoles, parar, templar, mandar, éstos son los tres verbos madre del torero, más madres de ustedes que las que no tuvieron, y lo que esto quiere decir es que a ti te toca llevar al toro adonde tú quieras, no adonde él quiere estar...

—No os preocupéis —decía la Madreselva, mirando a Rubén más que a ninguno—, que al final de todo vais a estar tú y el toro, cara a cara, mirándose y mirando la muerte en la cara del otro. Sólo uno va a salir vivo: tú o el toro. El toreo consiste en llegar hasta allí con arte y legitimidad. Van a ver.

Entonces la Madreselva daba su primera lección que era cómo parar el becerro recién salido del toril, como del vientre de una madre mitológica, armado de todas sus fuerzas, mira Rubén, no te distraigas ni pongas esa cara, hijo, el toro te sale como fuerza de la naturaleza, y si no quieres convertirlo en una fuerza del arte, mejor vete de panadero: mídete con los pitones, crúzate con ellos, Rubén, colócate delante de los pitones y vete, hijo, vete al pitón contrario, o el toro te va a matar. El toro ya salió galopando. Tú, pobrecito de ti ¿qué vas a hacer?

Entonces la Madreselva daba su segunda lección, que era cargar la suerte, no dejar que el toro, al salir arrancado, hiciera lo que natura le dictase, sino que el torero, que para eso estaba allí, sin abandonar la suerte con la franela, sin abandonar, hijos, el encanto y la belleza del pase, adelante la pierna, así, obligando al toro a cambiar el rumbo y entrar a los terrenos de la lidia, adelanta la pierna, Rubén, quiebra la cadera, no abandones el pase, cita al toro, Rubén, el toro se mueve, ¡por qué tú no!, no me escuchas, hijo, ¿por qué te quedas allí como una estatua, dejando que el toro haga lo que quiera?, si no cargas la suerte ahora luego no mandas, el toro te hace la faena, no tú al toro, como debe ser...

Pero a Rubén Oliva nadie, desde entonces, lo iba a mover. El toro cargaba; el torero echaba raíces.

¿Qué dijo la Madreselva, con los dientes de conejo apretados, soplando desde el labio inferior para quitarse el mechón cenizo de la frente?

—Tienes que quebrar la arrancada del toro, Rubén.

—Yo no me tomo ventajas con el toro, Ma.

—No son ventajas, recoño, es llevar al toro adonde no quiere ir y tú puedes lidiarlo mejor. Eso lo dijo Domingo Ortega y tú sabrás más que el maestro, ¿supongo que sí?

—Yo no me muevo, Ma. Que el toro cargue.

—¿Qué quieres del toreo, hijo? —decía entonces la Madreselva aclarando su enojo, que ella sabía necesario aunque reprobable.

—Que a todos se les pare el corazón cuando me vean torear, Ma.

—Está bien, hijo. Eso es el arte.

—Que todos se digan somos mil cobardes frente a un valiente.

—Está mal, hijo, muy mal lo que tú dices. Ésa es la vanidad.

—Pues que viva mi fama.

Les enseñó —citaba siempre a Domingo Ortega, para ella no hubo jamás torero más inteligente y dominador y consciente de lo que hacía— que nada hay más difícil para el torero que pensar ante la cara del toro. Les pidió que imaginaran al toreo como una lidia no sólo entre dos cuerpos, sino entre dos caras: El toro nos mira, les enseñó, y lo que nosotros debemos mostrarle es su muerte: el toro debe ver su muerte en la muleta que es la cara del torero en el ruedo. Y nosotros debemos ver nuestra muerte en la cara del toro. Entre las dos muertes se da el arte del toreo. Recuerden: dos muertes. Algún día sabrán que el torero es mortal, y es el toro el que no muere.

Enseñaba entonces esta mujer loca, inagotable, que quizá tuvo por padre y madre a un toro y una vaca, o a una becerra y un torero, quién iba a saberlo, viéndola allí, figura de polvo, estatua de un sol pardo y desértico, agrietado el astro como los labios y las manos de la mujer maestro, enseñaba a templar, a ser lentos, a torear despacio, a sacarle provecho a la velocidad del toro, que es una bestia que sale llena de aspereza, y debe ser suavizada, puesta y dispuesta para el arte del toreo, así, así, así, daba la Madreselva los pases más lentos y largos y elegantes que esa parvada de chicos ilusos y desamparados habían visto jamás, reconociendo en el toreo largo y templado de la mujer un poder que ellos querían para sí; la Madreselva no sólo les enseñaba a ser toreros durante esas mañanas febriles que siguieron, en septiembre, a la muerte incendiada de los girasoles, también les enseñaba a ser hombres, a respetar, a tener una voluntad elegante, larga y...

—Engañosa —decía el rebelde Rubén—, eso que usted llama templar es otro engaño, Ma...

—¿Y tú qué harías, maestro? —se cruzaba de brazos la Madreselva.

El chico altanero, mandón, le pedía entonces que ella fuese el toro, que tomase con los puños la carretilla astada y embistiese derecho, sin quiebro alguno ni ella ni él, ni el falso toro ni el incipiente torero, y ella, convertida en la vaca sojuzgada por un instante, mirando esa figurilla desvalida y altanera del llamado Rubén Oliva, lleno de un pundonor pueril pero apasionado, ella madre-toro, hacía lo que él le pedía. En contra de su voluntad de maestra, le daba, la carga total a Rubén y él no cargaba la suerte, Rubén templaba como una estatua, y comenzaba a ligar los pases como ella los quería, pero sin la treta que ella le pedía, toreaba por la cara, de una manera instintiva, bella, moviendo la muñeca después de no mover el cuerpo, dominando por lo bajo al toro, mostrándole su muerte, como ella quería, como ella se lo daba a la bestia.

Y entonces Rubén Oliva lo echaba todo a perder, terminaba la serie de pases y no resistía la tentación de dar un paseíto triunfal, saludando, agradeciendo, parando las nalguillas y diciéndole a sus ojos negros: brillen más que el sol, mientras ella, la maestra, la ama, la llamada por el pueblo la Seca y por sus discípulos Madreselva, Ma, Mareseca, cada cual según su maloído español, país de sordos y por eso de valientes que no escuchan buen consejo o voz de peligro, gritaba con cólera, mendigo, pordiosero, no mendigues la ovación, no la mereces, y si la mereces, ya te la darán sin que te pasees como un ridículo pavorreal; pero él, ¿qué otra ocasión tenía? (se lo dijo a la Madreselva, acurrucado en sus brazos, pidiendo perdón aunque ella lo sabía impenitente: el niño iba a ser ese tipo de torero, arriesgado, testarudo, de desplantes, despreciativo del público al que le pedía admirar en su paseo triunfal su coraje y los atributos sexuales sobre los que descansaba semejante valor: la exhibición impune, permitida, del sexo masculino ante una multitud, que el toreo autoriza y que Rubén Oliva no iba a sacrificar, aunque sacrificando, en cambio, el arte que él consideraba un engaño: interrumpir la fuerza salvaje del toro). Iban a ovacionarle siempre este desplante estatuario, de negarse a cargar la suerte como se lo aplaudieron a Manolete, diciendo: —Éste no nos engaña. Éste se expone a morir allí mismo. Éste busca la cornada de arranque.

Y ella, resignada pero testaruda, los pone a todos a cronometrar los pases que le dan a los becerros, descansada ya, un puro encendido entre los dientes de conejo, más hombruna que nunca; Mare Seca, Marea de Arena, Selva Madre, ¿cómo llamarla?, obligándoles a medir la velocidad de cada toro, a ponerlo al ritmo del torero, porque si no el toro los va a poner a ustedes a su son, hijitos míos, lento, oigan el cronómetro, cada vez más lento, más lento, más largo hasta que el toro haga todo lo que tiene que hacer sin que roce siquiera la muleta o el cuerpo.

O el cuerpo. Y ésta era la añoranza sensual de Rubén Oliva: desnudo, de noche, pegado al cuerpo del toro al que tenía que coger para no ser cogido, adivinando el cuerpo del enemigo en un abrazo mortal, mojado, emergiendo del río helado al contacto ardiente de las bestias.

III

Cuando sintió que ella no tenía nada más que enseñarles, la Madreselva, igual que a otras diez promociones, le dijo a ésta la onceava que liaran el hatillo, se pusieran las gorrillas y se fueran juntos por los pueblos de capea a probar suerte. Le gustaba el número once, porque era supersticiosa a ratos y creía, como las brujas, que cuando el uno le vuelve a dar la cara al uno, el mundo se vuelve un espejo, se mi-

ra a sí mismo y allí debe detenerse: el paso de más
de eso, la violación de los límites, el crimen. La hechicera existía para advertir, no para animar. Era
exorcista, no tentadora.

Además, pensó que once generaciones de chavalillos apasionados por la lidia eran no sólo suficientes,
sino hasta significativas; los imaginó reproduciéndo-
se por los caminos de España, los once mil toreros,
buena respuesta a las once mil vírgenes, y quizá los
dos bandos se encontrarían y entonces ardería Troya.
Pues se encontrarían en libertad, no obligados.

Había reglas y todos las aceptaban, menos ese
mentado Rubén Oliva. Quién sino él iba a tener el
descaro de venirse a despedir de ella, graciosa gorri-
lla ladeada sobre la cabecita negra, camisa sin corbata, pero abotonada hasta la nuez, chaleco luido,
pantalones camperos, botos de cuero y manos vacías: le pidió un capote viejo para echárselo al hombro y anunciar que era torerillo.

No, se enfureció ella, porque Rubén Oliva entró
sin tocar a la recámara y la sorprendió con la falda levantada, enrollando el tabaco en el muslo y éste era
gordo y sabroso, distinto del resto del cuerpo: No, se
enfureció ella, dejando caer la falda y poniéndose
nerviosamente los zajones, como para revertir mági-
camente a su calidad de hembra torera, ni a noville-
ro llegas todavía, no te pongas nombre, impaciente,
ni creas que todo en el monte es orégano, ni confun-
das huevos con caracoles, ni lleves monas a Tetúan,
que la condición de maletilla la traes pintada en la estampa, el hatillo y la gorra, y si eso no bastara, la pro-
clamas en el hambre afilada de tu rostro, Rubén, y
eso ni yo ni nadie te lo va a quitar nunca, porque des-

de hoy tu única preocupación va a ser dónde dormir, qué cosa comer, con quién joder, y eso a pesar de la riqueza, piensa que uno como tú, aunque sea millonario, tendrá siempre la preocupación del pícaro, que es vivir al día y amanecer vivo al día siguiente y con un plato de lentejas enfrente, aunque estén frías.

Se ató a los muslos los perniles abiertos a media pierna y añadió: Nunca serás un aristócrata, Rubencito, porque siempre te atormentarán tus mañanas.

Pero nos vamos juntos, nos ayudaremos los once chavales, le dijo Rubén, tan niño aún.

No, ya sólo son diez, le tomó la mano su Madreselva, olvidándose del calzón de cuero y del tabaco: su Mareseca a la que él temblaba por abrazar y besar.

El Pepe mejor se queda aquí, dijo ella, miedosa ya.

¿Contigo, Ma?

No, se vuelve a la panadería.

¿Qué será de él?

Ya no saldrá más de allí. Tú sí, dijo la Madreselva, tú y los demás escápense de aquí, no se dejen capturar por estos pueblos pobres y estas ocupaciones bajas, tediosas, infinitamente repetidas como una larga noche en el infierno, lejos de los ladrillos y los hornos y las cocinas y los clavos, lejos del ruido de cencerros que te dejan sordo y del olor de mierda de vaca y de la amenaza de los podencos blancos, largo de aquí...

Lo abrazó ella misma y él no encontró pechos, más redondos eran los suyos de adolescente todavía amarrado a sus restos de rechonchez infantil, un querube con espada, un putillo de ojeras crueles pero de mejillas suaves aún.

Él sólo le repitió que se iban juntos los once, no, los diez, se ayudarían unos a otros.

Ja, rió la Madreselva, sorprendida del abrazo pero negándose a terminarlo, salen juntos y duermen juntos y caminan juntos y torean y se dan calor, primero son once, ya ves, luego diez, un día cinco, y al cabo sólo queda uno solo. Y el toro.

No, nosotros no queremos, vamos a ser diferentes, Ma.

Sí hijo, tienes razón. Pero cuando estés solo, recuérdame y recuerda lo que te dije: Vas a verte cara a cara con el toro todos los domingos y entonces te salvarás de tu soledad.

Se separó del muchacho y terminó de vestirse, diciéndole: Aunque tú de puro terco, dejarás que el toro te mate con tal de no cargar la suerte.

Cuando un torero se muere de viejo, en la cama, ¿se muere en paz?, Rubén la miró ponerse la chaquetilla.

Quién sabe.

Te recordaré, Ma, pero, ¿qué va a ser de ti?

Yo ya me voy de este pueblo. Yo también me voy.

¿Y de dónde llegaste aquí, Ma?

Mira, le dijo después de un rato la mujer seca y agrietada con los pepinos en las sienes y el mechón rebelde y el cigarrillo negro entre los dedos amarillos, vámonos todos de estos pueblos sin hacer preguntas; por más mal que nos vaya en otras partes, siempre será mejor que aquí. Yo te protegí, hijo, te di una profesión, lárgate y no averigües más.

Hablas como si me salvaras de algo, Ma.

Aquí hay que obedecer, lo miró a los ojos de falsa madre, aquí hay demasiada gente sin nada sirviendo a muy poca gente con mucho, sobra la gente y entonces es usada como ganado; no puedes ser casto así, Rubén, eres parte del ganado abundante y dócil y cuando te llaman y te dicen haz esto o aquello, lo haces o te castigan o te huyes, no hay más remedio. Eso que llaman la libertad sexual sólo se da de verdad en el campo y en regiones solitarias, pobres y pobladas por criados y por vacas. Obedeces. Necesitas. No tienes a quién acudir. Eres criado, eres usado, eres venado, te vuelves parte de una mentira. Los señores te pueden usar a ti que eres el criado, siempre y cuando los otros criados no miren lo que los señores hacen contigo.

Sonrió y le dio una nalgada a Rubén. Fue el acto más íntimo y cariñoso de su vida. Rubén sentiría esa mano dura y cariñosa en su trasero durante todo el camino, lejos de los girasoles quemados y los cencerros de las cabras, empujado por el viento de Levante, dejando atrás los soberbios pinsapos y los caballos de Andalucía, que son blancos al nacer, pero que Rubén Oliva encontraría negros al regresar, lejos, hacia las salinas y los esteros, los paisajes de torres eléctricas y las montañas de basura.

Sábado

—¡Don Francisco de Goya y Lucientes!
—¿Qué anda usted haciendo por Cádiz?
—Buscando mi cabeza, amigo.
—¿Pues qué le ocurrió?
—Está usted ciego: ¿no ve que ando sin cabeza?
—Ya me parecía algo raro.

—Pero no desprecie nuestra pregunta, ¿qué le ocurrió?

—Yo no lo sé. ¿Quién sabe lo que hacen del cadáver de uno después de muerto?

—Entonces, ¿cómo sabe que no tiene cabeza?

—Morí en Burdeos en abril de 1826.

—Tan lejos.

—¡Qué pena!

—Ustedes no estaban aquí. Eran tiempos peligrosos. Entraron los absolutistas a Madrid reprimiendo a cuanto liberal veían. Ellos se llamaban los Cien Mil Hijos de San Luis. Yo sólo me llamaba Francisco de Goya...

—Y los Cientos...

—Los rapaces ya no escribían "sordo" en el muro de mi finca. Ahora los absolutistas escribían "afrancesado". Pues a Francia huí. Tenía setenta y ocho años cuando llegué exiliado a Burdeos.

—Tan lejos de España.

—Pa qué pintaste franceses, Paco.

—Pa qué pintaste guerrillas, Francisco.

—Pa qué pintaste a la corte, Lo Sientes.

—Pero qué le pasó a tu cabecita, hijo, que te la tumbaron de un cate.

—Ya no me acuerdo.

—Pero, ¿dónde te enterraron, Paco?

—En Burdeos primero, donde morí a los ochenta y dos años de edad. Luego fui exhumado para ser regresado a España en 1899, pero cuando el cónsul español abrió el féretro, se encontró con que mi esqueleto no tenía cabeza. Le mandó un mensaje de viento al gobierno español...

—Se llama telégrafo, Paco, telégrafo...

—De eso no había en mi tiempo. Total que el mensaje era éste: "Esqueleto Goya sin Cabeza: Espero Instrucciones."

—Y el gobierno, ¿qué le contestó? Anda, Paco, no nos dejes en ascuas, tú siempre tan...

—"Envíe Goya, con Cabeza o sin Ella." Ya llevo cinco entierros, amigos, de Burdeos a Madrid y de San Isidro, donde pinté las fiestas, a San Antonio de la Florida, donde pinté los frescos, cinco entierros, y las cajitas donde me meten se van haciendo cada vez más chiquitas, cada vez son menos y más quebradizos mis huesos, cada día me hago más polvo, hasta desaparecer. Mi cabeza será mi destino: simplemente desapareció antes que lo demás.

—Vaya a saber, amigo. Francia estaba llena de frenólogos enloquecidos por la ciencia. Quién sabe si acabó usted de medida del genio, vaya broma, igual que un barómetro o un calzador.

—O quizá fue a dar de tintero de otro genio.

—Quién sabe. Era un siglo enamorado de la muerte, el diecinueve romántico: El siguiente siglo, el de ustedes, le cumplió sus deseos. Prefiero andar sin cabeza para no ver el tiempo de ustedes, que es el de la muerte.

—¿Qué dices, Paco? Nosotros aquí, pues estamos la mar de bien.

—No interrumpas, tío Corujo.

—Pues, ¿qué no estamos aquí en el puro cotilleo de comadres, tía Mezuca?

—¿Y por qué de comadres, viejecito enano?

—Está bien, serán también cotilleos de compadres, consejas de viejas y dichos de viejos, llamadlos como gustéis qué se va a hacer aquí en Cádiz, don-

de las callecitas son tan estrechas y hace más calor
que en Écija y de ventana a ventana se pueden tocar los dedos los amantes...

—Y chismorrear los cotilleros como tú, tío so-
leche...

—A callar, pájara pinta...

—Decía don Francisco...

—Gracias por el respeto, muchacho. A veces ni
eso nos toca a los muertos. Sólo quería decir que mi
caso no es único. La ciencia se toma libertades absolutas con la muerte. Quizá los científicos son los
últimos animistas. El alma se fue, al cielo o al infierno, y el despojo es sólo vil materia. Así me deben de
haber visto los frenólogos franceses. No sé si prefiero el fetichismo sagrado de España al cartesianismo
desalmado y exangüe de Francia.

—Los ojos de Santa Lucía.

—Las tetas de Santa Ágata.

—Las muelas de Santa Apolonia.

—El brazo de Santa Teresa en Tormes.

—Y el de Álvaro Obregón en San Ángel.

—¿Dónde andará la pata de Santa Anna?

—La sangre de San Pantaleón en Madrid, que
se seca en tiempos malos.

—Sí, en Inglaterra, quizá, mi calavera fue el
tintero de algún poeta romántico.

—Eso que te pasó a ti, Paco, ¿le pasó a alguien
más?

—Cómo no. Hablando de Inglaterra, el pobrecito de Laurence Sterne, con quien charlo a menudo,
pues sus libros parecen a veces premoniciones escritas de mis caprichos, aunque menos amargos, y...

—No divagues, Paco...

—Perdón. Mi amigo Sterne dice que las digresiones son el sol de la vida. Él escribe a base de digresión, negándole autoridad al centro, dice, rebelándose contra la tiranía de la forma, y...

—Paco, al grano. ¿Qué hubo de tu amigo Sterne?

—Pues nada, que cuando murió en Londres en 1768, su cadáver desapareció de la tumba a los pocos días de enterrado.

—Como tu cabeza, Paco...

—No, Larry tuvo más suerte. Su cuerpo lo robaron unos estudiantes de Cambridge, como siempre cachiporreros y caballeros de la tuna, dados a pasar noches en blanco celebrando en junio las fiestas de mayo, y allí lo usaron para sus experimentos de anatomía. Laurence dice que a él nadie necesitaba disecarlo porque era más árido y parasítico que un muérdago, pero habiendo escrito tan brillantemente sobre la vida prenatal, estaba de acuerdo en que alguien más le prolongara la vida postmortal, si así se la puede llamar. Lo devolvieron —el cuerpo, digo— a su tumba, un poquitín averiado.

—Entonces tu caso es único.

—Para nada. ¿Dónde están las cabezas de Luis XVI y María Antonieta, de Sydney Carton y de la princesa de Lamballe?

—¡Oh crimen, cuántas libertades se cometen en tu nombre!

—Y rueda, rolanda.

—Claro que sí. Pero a Byron, que es vecino, aunque huraño, donde yo estoy, le robaron los sesos cuando descubrieron que eran los más grandes de la historia registrada. Y eso no es nada. Hay un tipo más hosco que nadie en mi barrio; ése sí que parece bandolero de Ronda, tío de rompe y rasga. Dillinger se llama, John Dillinger, y a mí me suena a dinguilindón, pues cuando lo acribillaron a la salida de un teatro...

—Era un cine, Paco.

—En mi época de eso no había. Un teatro, digo, y al hacer la autopsia, toma, que le descubren un membrete más largo que todos los títulos del emperador Carlos V, y dale, que se lo cortan y se lo meten en un jarro con desinfectante, y ahí está la membresía del bandido, para quien guste medirla y morirse de envidia.

—¿Tú envidiaste a Pedro Romero, Paco?

—Yo quería llegar, como Ticiano, a los cien años. Me morí a los ochenta y dos. Y no sé si la cabeza ya la había perdido desde antes y para siempre.

—Romero se murió de ochenta años.

—No lo sabía. Él no vive en nuestra urbanización.

—Se retiró de los ruedos a los cuarenta.

—Eh, pararse, que esa historia yo la sé mejor que nadie.

—Cállate vieja, no te caigas por el cierro y mejor métete de vuelta en la cama.

—Eh, que yo estoy al corriente de todo lo que ocurre.

—Vamos, no seas chiquilla.

—Eh, que yo le cuento el cuento a don Paco, o me muero de frustraciones...

—Ni que fueras el papel de la mañana, tía Mezuca...

—Ahí voy: Pedro Romero fue el mejor torero de su tiempo. Mató cinco mil quinientos ochenta y ocho toros bravos. Pero nunca recibió ni una sola cornada. Cuando lo enterraron a los ochenta años, su cuerpo no tenía una sola cicatriz vamos, ni lo que se llama un rasguñito así de grande.

—Era un cuerpo perfecto, con una esbeltez perfecta, una armonía muscular revelada por el suave color canela de la piel, que acentuaba las formas clásicas mediterráneas, del cuerpo de estatura media, fuerte de hombros, largo de brazos, compacto de pechos, plano de barriga, estrecho de caderas pero sensualmente paradillo de nalgas, de piernas torneadas pero cortas, y pies pequeñitos: cuerpo de cuerpos coronado por una cabeza noble, quijada firme, elegante estrechez de las mejillas, virilidad de la barba apenas renaciente, recta perfección de la nariz, cejas finas y apartadas, frente despejada, cresta de viuda, ojos serenos y oscuros...

—¿Y uté cómo lo sabe, don Francisco?

—Yo lo pinté.

—¿Todito entero?

—No, sólo la cara y una mano. Lo demás era trapo. Pero para torear, Pedro Romero, que se plantaba a recibir como nadie lo ha hecho, y que se paraba a matar como nadie lo ha hecho tampoco, y que además, entre parar y mandar, se daba el lujo de regalarnos la serie de pases ininterrumpidos más bellos que se han visto...

—Y olé...

—Deténgase, don Paco, no más...

—y recontraolé...

—Bueno, ese Pedro Romero, para torear de esa manera, no tenía en realidad más armas que sus ojos para mirar al toro y pensar ante la cara de la bestia.

—¡Sólo los ojos!

—No, también una muñeca para torear por la cara del toro y así inventar ese encuentro, el único permitido, mis amigos gaditanos, entre la naturaleza que matamos para sobrevivir y la naturaleza que esta sola vez no perdona el crimen... sólo en los toros.

—En la guerra también, Paco, si vieras cómo nos perdonamos los crímenes aquí en Cádiz.

—No, viejo, un hombre nunca tiene que matar a otro hombre para sobrevivir y por eso matar al semejante es imperdonable. Pero si no matamos a la naturaleza, no vivimos, aunque podemos vivir sin matar a otros hombres. Quisiéramos hacernos perdonar por vivir de ella, pero la naturaleza nos niega el perdón, nos da la espalda y en cambio nos condena a mirarnos en la historia. Yo les aseguro, amigos de Cádiz, que entre la pérdida de la naturaleza y el encuentro con la historia, creamos el arte. La pintura, yo...

—Y el toreo, Romero...

—Y el amor, La Privada...

—Yo los inventé a los dos.

—Existieron sin ti, Goya.

—De Romero sólo quedan un cuadro y dos grabados. Míos. Quedan de Elisia Rodríguez un cuadro y veinte grabados. Míos.

—Puras líneas, Paquirri, purititas líneas, pero no la vida, eso no.

—¿Dónde encuentras líneas en la naturaleza? Yo sólo distingo cuerpos luminosos y cuerpos oscuros, planos que avanzan y planos que se alejan, relieves y concavidades...

—Y cuerpos que se acercan, don Paco, y cuerpos que se alejan, ¿qué tal?

—¿Dónde está el cuerpo de Elisia Rodríguez?

—Murió joven. Tenía treinta años.

—Y a ella, ¿qué le diste, Goya?

—Lo que no tuvo: vejez. La pinté arrugada, desdentada, desbaratándose, pero ridículamente aferrada a los ungüentos, sahumerios, pomadas y polvos que la rejuvenecían.

—¡Hasta la muerte!

—Rodeada de micos y perros falderos y alcahuetes y petimetres ridículos; los espectadores finales y escasos de su gloria desvanecida...

—¡Aguarda que te unten!

—Pero se me escapó La Privada, se me murió joven...

—Su último desmayo, Paco.

—La Privada que a ti te negó el placer de verla privada en tus brazos al hacer el amor...

—Eh, oigan, oigan esto todos, de ventana a ventana: La Elisia Rodríguez nunca se desmayó con don Paco de Goya, con todos los demás sí...

—A callar, hideputas...

—Ea, don Paco, no se nos ponga vándalo, que aquí los gaditanos nos reímos de todo...

—Yo contigo, na...

—Te lo di to y tú na.

—¡Así fuiste!

—No, no se privó conmigo La Privada porque conmigo necesitaba estar alerta y contarme cosas de su pueblo, quería que yo las supiera, oigan, el desmayo era sólo un pretexto para dormirse y que no la molestaran, una vez que había obtenido lo que ella...

—¿Que la dejaran dormir en paz?

—Salvo los que, incautos, le dieron de mancuernas para despertarla...

—Pobrecita La Privada: ¡cuántos baldazos de agua fría para sacarla del trance!

—¡Cuántos piquetes en los brazos!

—¡Cuántas nalgadas!

—¡Cuántas cosquillitas en los pies!

—Pues conmigo no. Conmigo siempre despierta para contarme cosas. Me acuerdo de un perrito que ella adoraba, caído en un pozo de donde nadie podía salvarlo, él no podía tomar las cuerdas que le echaban, los toros tienen astas, los perritos sólo tienen mirada de hombre triste e indefenso, llaman, nos piden ayuda y no podemos dársela...

—¿Eso te contó Elisia Rodríguez?

—Como a un sordo, gritándome al oído, así me contaba sus historias. ¡Cómo se iba a desmayar conmigo, si yo era su inmortalidad!

—Y los aquelarres, Goya...

—Y los mendigos hambrientos, las sopas frías escurriéndose entre las babas, la amargura infinita de ser viejo, sordo, impotente, mortal...

—Dinos más...

—Me contó cómo los señores de su pueblo se divertían enterrando a los mozos del lugar hasta los muslos en arena y dándoles garrotes para combatirse hasta la muerte, y cómo el suplicio se volvió costumbre y luego, sin que nadie se los ordenara, así resolvían ellos sus pugnas de honor, enterrados, a garrotazos y matándose entre sí...

—¿Qué no sabía La Privada?

—Hija de los pueblos de pulgas donde los príncipes iban a casarse para eximir de impuestos a las aldeas más miserables...

—¡No grites, tonta...!

—Hija de siglos de hambre...

—¡No te escaparás!

—Su raíz era la miseria, la miseria era su verdadera patria, su arraigo, y ella tenía tanta inteligencia, tanta fuerza, tamaña decisión, que rompió el círculo de la pobreza, se escapó con un jesuita, se casó con un mercader, llegó hasta lo más alto, fue celebrada, amada, hizo su santa voluntad...

—¡Todos caerán!

—Callaos todos, que si no me dio sus desmayos, la Elisia me dio algo mejor: sus recuerdos, que eran idénticos a su visión alegre y amarga, realista, del mundo...

—¡Qué pico de oro, Paquirri!

—Porque yo podría tener esa visión negra, siendo viejo y sordo y desengañado, pero ella, joven, celebrada, querida, que ella la tuviera y más que ello, que ella supiera, a los veinte años, ver más claramente que yo con todo mi arte el cinismo y la corrupción del mundo, eso le dio más a mi arte que todos los años de mi larga vida: ella vio claro y primero lo que mis gruesas espátulas luego trataron de reproducir en la finca del sordo. Yo creo que La Privada tenía que saberlo todo del mundo porque sabía que lo iba a dejar muy pronto también.

—¿De qué mal murió?

—De lo que se morían todos entonces: el cólico miserere.

—Eso se llama cáncer, don Paco.

—En mis tiempos de eso no había.

—¿Por qué fue sensible?

—No tenía más remedio, si quería ser lo que todas las generaciones de su raza no habían sido. Ella existía en nombre del pasado de su pueblo y su familia. Ella se negaba a decirle a ese pasado: Ustedes están muertos, yo estoy viva, púdranse. Al contrario, ella les dijo: Vengan conmigo, sosténganme con sus memorias, con su experiencia, vamos a desquitarnos, sí, pero nadie nunca volverá a apagar nuestra mirada arrebatándonos el pan de las manos. Nunca más.

—¡Nadie se conoce!

—Ella sí, era mi bruja secreta, y yo no la privé de esa imagen: la pinté como diosa y como hechicera, la pinté más joven de lo que jamás fue y la pinté más vieja de lo jamás llegó a ser. Una bruja, amigos, es un ser esotérico, y esa palabreja quiere decir: Yo hago entrar, yo introduzco. Ella me introdujo, carne en la carne, sueño en el sueño y razón en la razón, pues cada pensamiento nuestro, cada deseo y cada cuerpo nuestro, tienen un doble de su propia insuficiencia y de su propia insatisfacción. Ella lo sabía: crees que una cosa es sólo tuya, me decía entre probaditas de pestiñe (era muy golosa) y no tardas en descubrir que las cosas sólo siendo de todos, son tuyas. Crees que el mundo sólo existe en tu cabeza, suspiraba echándose una yema a la boca, y no tardas en descubrir que tú sólo existes en la cabeza del mundo.

—Ay, me está dando hambre.

—Veo a Elisia en el tablado y la veo y siento en la cama. La veo desnudarse en su baño y la veo, al mismo tiempo, portada en litera para que el pueblo de Madrid, que no puede pagar la entrada al teatro, la pueda aclamar de todos modos. La veo viva y la veo muerta. La veo muerta y la veo viva. Y no es que ella me haya dado más que otras; sólo me dio lo más intensamente.

—Quieres decir, como ahora se dice, ¿de una manera más representativa?

—Eso es. Cayetana de Alba descendió con su gracia al pueblo. Elisia Rodríguez ascendió con su gracia al pueblo, porque de él venía. No le ocultó al pueblo los desengaños, amarguras y miserias que le aguardaban, a pesar de la fama y la fortuna, cuando por ventura se alcanzan. Yo fui el mirón de ese encuentro: la actriz popular y afamada con el pueblo anónimo de donde ella vino. Por eso la persigo, aunque sea sin cabeza; no la dejo en paz, le interrumpo sus coitos, espanto a sus nuevos amantes, la sigo en sus andanzas nocturnas por nuestras ciudades, tan distintas a lo que antes eran, pero secretamente tan fieles a sí mismas...

—¡Y tú también, Goya, salido de Fuendetodos en Aragón...

—¡Un pueblo que da susto nomás de verlo!

—Sí, la sigo en sus andanzas nocturnas, en busca del amor, durante las horas libres que el infierno donde habitamos le otorga para salir a deambular. No quiere perder su origen. Regresa. Eso la mantiene viva. Como a mí me mantiene en mis siete sorprenderla con otro y embarrarle la cara de ungüentos, desfigurarla y espantar al pobre currutaco que se le prendió, inadvertido, esa noche, colándosele entre las sábanas.

—¡Tal para cual!

—¡Don Francisco y doña Elisia!

—¡El pintor y la sainetera!

—¡Que no los entierren en sagrado!

—¡Que siempre les haga falta algo!

—¡Que siempre tengan que salir de sus tumbas a encontrar lo que les falta de noche!

—El tercero.

—El otro.

—El amante.

—El Pedro Romero.

—Se le escapó.

—Vivió ochenta años.

—Un torero muerto en la cama.

—Ni una cicatriz en el cuerpo.

—A él sí que lo enterraron en sagrado, aunque fuera, a su manera, artista y cómico también.

—Mentira: nadie se escapa del infierno.

—Tarde o temprano, todos caen.

—La muerte confirma la ley de la gravedad.

—Pero ascendemos también.

—Todos tenemos un doble de nuestra propia insatisfacción.

—Don Francisco de Goya y Pudientes.

—Crees que tú metiste al mundo en tus cuadros y creaste el mundo en tu arte y que nada quedó de aquellos lodos sino estos polvos. ¡Qué sabemos sino lo que tú nos enseñaste!

—¡Aquellos polvos!

—No inventé nada, ¡hostia! Sólo presenté a los que se presentían. Hice que se conocieran los que, desconociéndose, ya se deseaban. Pueblo y Señores: mírense. Hombre y Mujer: mírense, mírense.

—Que viene el coco...

—Te desenterraron cinco veces, Paco, a ver si te retoñaba el coco.

—Que na.

—A Romero no, nadie tuvo curiosidad por ver si su esqueleto estaba completo o si los huesos tenían cortadas invisibles.

—Que na.

—¿Y a ella?

—A ella sí, todos querían saber si habiendo sido tan bella y muerto tan joven, iba a sobrevivirse muerta. ¿Cómo sería su despojo? Preguntarse esto era una manera secreta de preguntarse: ¿cómo será su fantasma?

—Goya y Romero se pusieron de acuerdo en enterrarla en secreto, para que ningún curioso se le acercara. ¿No es cierto, don Paco?

—Más que cierto, es triste.

—Mire usted, Goya, que sólo con la muerte sellaron ustedes su *ménage-a-trois*.

—No, no queríamos que la vieran, pero tampoco queríamos verla. Pero unos años más tarde, cuando el recuerdo conmovido borró los pecados de La Privada, su miserable pueblo natal, aunque exento de impuestos, continuaba arruinado y quiso aprovecharse de la perdurable fama de la actriz.

Los munícipes dijeron estar seguros de que Elisia Rodríguez había dejado testamento para su pueblo de origen. Era muy fiel a su cuna, ustedes ya lo saben. Pero nadie encontraba el papel. ¿La habrán enterrado con el testamento en un puño? Pidieron la exhumación. Se unieron a este reclamo los curiosos por ver si la belleza de la famosísima tonadillera —o tragediante como ella lo prefería— había vencido a la muerte. Romero violó el secreto de la tumba; dijo que él estaba dispuesto siempre a ayudar a las autoridades. Estaba viejo, acomodado, respetado, fundador de una dinastía taurina.

—¿Estuvo usted de acuerdo con él, don Francisco?

—No. Yo dije que no e inicié una pintura, un decorado de ángeles, más bien, en el rincón pobre y secreto de la iglesia donde estaba, ahora sí que privadísima, Elisia. La muchedumbre pasó por encima de mis botes de pintura, pintándole un arco iris a la muerte y un gesto obsceno a mí.

—¿Y entonces?

—La exhumaron allí mismo.

—¿Y luego?

—Al abrir el féretro, vieron que nada quedaba del cuerpo de la bella Elisia.

—¡Que se la llevaron!

—¡Ruega por ella!

—Nada quedaba, más que el carcomido moño de seda coronando la calavera de la cómica. La Privada era hueso y polvo.

—¡La caramba!

—Pero entonces del polvo aquel, una mariposa salió volando y yo reí, dejé de pintar, me puse la capa y el sombrero y salí riendo a carcajadas.

—¡El moño en el coño!

—¡La mariposa era su cosa!

—¡Quién lo creyera!

—¡Hasta la muerte!

—¡Qué hizo usted, don Francisco!

—Me fui siguiendo a la mariposa.

—Tócame los dedos, majo, que mi balcón está enfrente del tuyo y tengo frío en pleno agosto.

—¡Qué estrechas son nuestras calles!

—¡Qué ancho es nuestro mar!

—Cádiz, la tacita de plata.

—Cádiz, el balcón de España sobre América.

—Cádiz, la doble: playa americana, callejones andaluces.

—Tócame la mano de ventana a ventana.

—Yo contigo, na.

—Te lo di to y tú na.

—Nadie se casa con mujer que no sea virgen.

—No te rasures la barba después de cenar.

—El español fino y su perro tiemblan de frío después de cenar.

—Que la muerte me llegue de España para que me llegue muy tarde.

—Ticiano: cien años.

—Elisia Rodríguez: treinta años.

—Pedro Romero: ochenta años.

—Francisco de Goya y Lucientes: ochenta y dos años.

—Rubén Oliva, Rubén Oliva, Rubén Oliva.

—Seis toros seis.

—¿Cuándo?

—Mañana domingo a las siete de la tarde en punto.

—¿Dónde?

—En la Real Maestranza de Ronda.

—¿Vas a ir?

—Siempre voy a ver a Oliva.

—¿Para qué? Es un desastre.

—Es que tú no lo viste cuando recibió la alternativa.

—¿Cuándo?

—Hace dieciséis años, es cierto.

—¿Dónde?

—En Ronda también.

—¿Y qué pasó?

—Nada, sino que nadie que esté vivo ha visto una faena que se le compare, exceptuando a Manuel Rodríguez. Nada igual, desde Manolete. Ese muchacho estaba en el centro de la plaza como una estatua, sin moverse, violando todas las reglas de la lidia. Dejando que el astao hiciera lo que quisiera con él. Exponiéndose a morir cada minuto. No cediéndole un palmo al toro. Renunciando a torear, exponiéndose a morir. Como si quisiera abrazarse al toro. Cerrando los ojos cuando lo tenía cerca, como invitándolo: Eh, toro, no te separes de mí, vamos a bordar la faena juntos. Y sólo así realizó el faenón: enamorando al toro, trayéndolo a sus terrenos porque lo dejaba siempre en los suyos, negándose a cargar la suerte, negándose a cambiar el acero por la espadita de aluminio, sino toreando con acero todo el tiempo. Ese primer toro de Rubén Oliva no tuvo tiempo, señores, de aquerenciarse, de acularse a tablas, de buscar los medios o de ponerse a escarbar margaritas en la arena. Rubén Oliva no lo dejó. Cuando el toro pidió la muerte, Rubén Oliva se la dio. Fue la locura.

—Pero nunca repitió la hazaña.

—Corrección: aún no la repite.

—¿No pierdes la esperanza, eh?

—Maestro, quien ha visto la mejor faena de su vida, puede morir tranquilo. Lo malo es que este torero ni se retira ni se muere.

—Para mí que este Rubén Oliva os ha embaucao a toos y vive de la fama de su primera corrida sabiendo que nunca la va a repetir.

—¡Viva la fama!

—Bueno, si el chaval logra vivir de eso...

—Miren: así anda de mal la fiesta: se contrata por años y años a un torero aunque sea pésimo, al fin que entre corrida y corrida siempre renace la esperanza y el desengaño total a veces tarde años en venir. Rubén Oliva es un maleta, pero sólo un día fue bueno. A ver si un día de éstos se repite aquel día.

—Veinte años, con Rubén Oliva.

—Y tú vas a Ronda a verlo torear.

—Sí, quién quita y mañana nos dé la gran sorpresa.

—Mañana Rubén Oliva cumple cuarenta años.

—La edad en que Pedro Romero se retiró del ruedo.

—Bueno, hay que desearle suerte.

—Que esta vez no salga entre broncas y almohadillas.

—¡Pobrecito Rubén Oliva!

—¿Tú lo conoces, Paco?

—Nadie se conoce.

—Míralo, Paco. Aquí está su foto en el *Diario 16*.

—Pero éste no es ése que ustedes dicen.

—¿Que éste no es Rubén Oliva? Vaya, pues ni su madre lo negaría y usted, don Francisco, ¿se atreve a...?

—Que éste no es Rubén Oliva...

—¿Quién es entonces?

—Éste es el retrato sin artista que Elisia Rodríguez me enseñó un día, diciéndome: Si tú me pintas, yo te dejo que me mires desnuda, yo me desmayo en tus brazos, yo...

—Tú me contaste, Paco: que se lo dio una bruja y le dijo: Elisia, búscate a un pintor que le ponga nombre a este retrato...

—Que no es retrato es fotografía...

—En mi tiempo no había eso...

—Rubén Oliva.

—Que no es retrato, es el hombre mismo, reducido a estado inmóvil y encogido...

—Es el hombre-retrato...

—Rubén Oliva...

—Sigo de noche a la mariposa, la encuentro en brazos de este hombre, desmayándose, le tomó la cara a La Privada, se la pinto y se la despinto, la hago y la destruyo, ése es mi poder, pero este hombre, a este hombre, no lo puedo tocar, porque es idéntico a su retrato, no hay nada que pintar, no hay nada que añadir, ¡me vuelvo loco!

—Nadie se conoce.

—Don Francisco.

—Degüella.

—Yo Sientes.

—Trata de dormir, tía Mezuca.

—Mecachis, que con este calor no se puede ni hablar.

—Tacita de plata.

—Balcón de Andalucía.

—Mar de América.

—Ancho mar.

—Calles estrechas.

—Tócame la mano de ventana a ventana.

—Nadie se conoce.

Domingo

Parecía que la tarde se ponía más morena.
GARCÍA LORCA, *Mariana Pineda*

I

Lo vistió en la casona de Salvatierra el Chispa su mozo de espadas, ante la mirada seria de Perico de Ronda, que fue amigo de los principios de Rubén Oliva y le dio la alternativa dieciséis años antes. El traje ya lo esperaba en la silla cuando entró a la vasta pieza de piedra y losa, abierta en balcón sobre el tajo hiriente de la ciudad.

La ropa dispuesta en la silla era un fantasma de la fama. Se desnudó Rubén Oliva y miró a la ciudad de Ronda, tratando de calificarla o explicársela. Pasaron volando los vencejos, aves sin reposo, y unas palabras antiguas regresaron, con fluidez memoriosa de una canción, al oído, hasta ese momento desnudo también, de Rubén Oliva. Mi pueblo. Una herida honda. Un cuerpo como una cicatriz siempre abierta. Contemplando su propia herida desde una atalaya de casas encaladas. Ronda donde nuestras miradas son siempre más altas que las del águila.

El Chispa le ayudó a ponerse los calzoncillos blancos largos, y aunque Perico los observaba, Rubén Oliva sintió que le faltaba otra mirada. El sentimiento de ausencia persistió mientras le acomodaban las medias de espiguillas con ligas debajo de la rodilla. El Chispa le amarró los tres botones de los machos simétricamente en las piernas y Rubén buscó lo que no encontraba fuera del balcón. Le ayudó el mozo a ponerse la camisa, los tirantes, el fajín y la corbata. Perico salió a ver si el coche estaba listo y el Chispa, esta vez, auxilió a Rubén a ponerse la pieza, única y doble, del chalequillo y la casaca. Pero ahora no quería ayuda; el Chispa se alejó prudentemente mientras el torero se abrochaba el chalequillo y se ajustaba el elástico.

Estaba descalzo. Ahora el Chispa se hincó a ponerle las zapatillas negras y los ojos del matador y su mozo de espadas se juntaron al ver pasar a las golondrinas esbeltas, desplegando su cola en horquilla, cegadas por el sol de esta tarde de verano tan lenta y alejada de su propia agonía.

—¿Qué hora es?

—Las cinco y veinte.

—Vámonos a la plaza.

Llegó vestido de color manzana y fijó la mirada en el balcón volado, de fierro, del frontón de la Real Maestranza, como esperando que alguien estuviera allí, esperándolo. El tiempo se le quebraba en instantes separados entre sí por el olvido. Trató de recordar los actos inmediatos, antes de ser vestido. ¿Cómo llegó hasta aquí?, ¿quién lo contrató?, ¿qué fecha era ésta? El día lo sabía, domingo, domingo siete, cantaban los niños afuera de la plaza de toros, sábado seis y domingo siete, pero el tiempo se empeñaba en ser fragmento, no continuidad y sólo recordaba que Perico de Ronda le dijo que de Cádiz habían llegado personas muy principales, así como de Sevilla, Jerez y Antequera, pero los gaditanos eran los que habían pasado por la casona a advertir:

Dígale a la figura que allí estaremos para ver si esta vez logra la gran faena que nos debe.

Quizás había algo de amenaza en esas palabras, y esto fue lo que desconcertó y agrió un poco a Rubén Oliva. No, eran sólo buenos deseos, sin duda. Hizo un esfuerzo muy grande por concentrarse y ligar todo lo que le iba ocurriendo, actos y pensamientos, memorias y deseos, movimientos y quietudes del día, sucesión de instantes pero ligados entre sí como los pases que esperaba encadenar esta tarde, si la suerte le favorecía y lograba dominar la fractura del tiempo que se había apoderado, extrañamente, de su ánimo, como si varios momentos distintos, de épocas diversas, se hubiesen dado cita en esa casa del tiempo que era su alma. Casi siempre él era un hombre del presente y de la acción continuada. Su profesión le exigía desterrar la memoria, que en la corrida se vuelve añoranza de momentos más dulces y reposados, así como el presentimiento, que en los ruedos sólo puede serlo de muerte.

El instante, pero ligado a los demás instantes como una serie estupenda de pases, desterrando la nostalgia y el miedo, el pasado que perdemos y el porvenir que ganamos, al morir. Pensó en todo esto, hincado ante una virgen ampona, color de rosa, con el niño en las rodillas, en la capilla de la plaza. Los ángeles en vuelo eran la verdadera corona de esta reina, pero su función desconcertó a Rubén Oliva: éstos eran ángeles con fumigadores, y en sus rostros había una sonrisa burlona, casi una mueca, que los excluía de toda complicidad irónica, poniéndolos aparte de la figura ¿virginal?, ¿materna?

Esas sonrisas permitían la duda acerca de lo que sahumaban. Permitían pensar que disipaban miasmas, sudores, malos humores de peregrinaciones largas, cansadas, arrepentidas.

Hubiera querido, más adelante, saber qué ocurrió entre la oración, pidiendo (no lo recordaba, pero tenía que ser así) la protección de la Virgen para salir bien del ruedo al que aún no penetraba, y su presencia, ahora mismo, en la puerta del ruedo, preparándose para el paseíllo, solo con su cuadrilla, entendiendo súbitamente que éste era un concurso de ganadería en el que él, Rubén Oliva, lidiaría a seis toros durante las próximas tres horas. Tendría la oportunidad —seis oportunidades— de probar que su célebre faena de la alternativa no había sido un accidente. Aquí podía demostrar que era capaz, con suerte, de ligar seis faenones de miedo.

—No tengo miedo esta vez— dijo con una voz que el mozo de espadas pudo escuchar cuando le echaba a Rubén el capote de paseo sobre el hombro izquierdo.

—Figura... Por favor —dijo el Chispa, turbado, sin mirar los ojos del diestro, ciñéndole el capote alrededor de la mano izquierda y dejando el brazo derecho libre para que la mano mantuviese la montera, que Rubén Oliva dejó caer, y que el mozo de espadas recogió alarmado, sin decir palabra, devolviéndola a la mano de Rubén cuando se escuchó la música y se inició el paseíllo.

Entonces salió a la arena y empezó a ocurrir algo que no era igual a lo que tenía y esto era, simple y sencillamente, el miedo, el terror más banal de morir en medio del debate consigo mismo, antes de dar respuesta a la pregunta: ¿soy un buen artista, soy un torero de verdad, puedo hacer todavía una gran faena, o eso no es posible ya, da igual que me muera, voy a cumplir los cuarenta y es demasiado tarde? Esa pregunta había dependido siempre del respetable (era natural que así ocurriese, se dijo Rubén Oliva), porque enfrente y alrededor de él durante el paseíllo interminable, había un público que iba a darle o negarle el aplauso, la simpatía, los trofeos de la lidia. Y esta vez no: el público no estaba allí.

Miró nerviosamente, rompiendo un rito casi sagrado, hacia atrás, pero su cuadrilla no mostraba asombro alguno, como si ellos vieran la normalidad que a él le era prohibida en este instante: los dos pisos, las ciento treinta y seis columnas, los sesenta y ocho arcos y las cuatro secciones de la plaza de Ronda, llenos de gente para ver si esta vez sí, Rubén Oliva cumplía su promesa. Los picadores miraban al público, los banderilleros también, pero Rubén Oliva no.

Cruzó sudando el blasón de arena, y no por el peso acostumbrado del traje de luces, no por el miedo secundario de que el peso del traje lo plantase, inmóvil, en esta playa de sangre. Ni siquiera temió eso cuando el Chispa lo miró con ojos que él conocía bien, diciéndole olvidaste algo, Rubén, no hiciste bien las cosas, ¿qué, qué no hice bien, Chispa?

—Se te olvidó saludar a la presidencia, figura —murmuró el mozo de espadas al tomar el capote de paseo y entregarle el de brega.

Rubén Oliva se plantó con el pesado capote, almidonado y tieso, entre las piernas abiertas. Era como si los ocho kilos de la tela dura reposasen sobre el en-

deble pedestal de sus zapatillas de bailarín. Ballet de
sol y sombra, imaginó el matador plantado allí en espera del primer toro al que decidió, instintivamente,
esperar en el ruedo, no estudiándolo desde el callejón,
sin importarle la pinta, las mañas, o la velocidad del
toro, que debería templar con el engaño el torero.

Avanzó a parar, con el capote mostrado como
un escudo al toro que venía arrancándose desde el
toril al encuentro con Rubén Oliva que esa tarde no
tuvo miedo porque no vio a nadie en los tendidos,
vio primero el sol y la sombra y se corrigió al templar el toro, frenándolo con el engaño de la capa,
dándole un pase largo, tan largo como las dos pre-
sencias únicas que Rubén Oliva reconocía en ese
instante: no el toro, no el público, sino el sol y la luna, eso pensó durante el eterno pase inicial que le
dio al animal zaino negro como la noche de la luna
que ocupaba la mitad de los tendidos, embistiendo
contra el sol que ocupaba la otra mitad y que para él,
el ascua del ruedo, la marioneta luminosa, la manzana de oro. El matador.

Fue el pase más largo de su vida porque no lo
dio él, sino que lo dio el sol que era él, imaginado
por él como una agonía sin fin, Rubén Oliva prisionero del cielo, atravesado por las flechas del sol que
era él, Rubén Oliva plantado con el capote de brega en la arena, sin cederle el lugar en el centro del
cielo a los impacientes, alarmados, satisfechos, envi-
diosos, asombrados picadores que temían, acaso,
que esta vez Rubén sí diera lo que estaba dando;
lo que el público, invisible para el torero, le festeja-
ba con un murmullo creciente: los olés que llegaban
desde el cielo, plenos y redondos como monedas de

oro y que menguaban en la sombra, como si la pro-
metida victoria fuera un fruto de Tántalo y la luna,
habitante de los tendidos de sombra, le dijese al torero, aún no, todo requiere gestación, reposo, principio de vida, descansa, ya paraste, ya templaste, ya
diste una muestra de arte que nunca se olvidará: tu
lentitud fue tal, Rubén (le dice la sombra, le dice la
luna), que el toro ni siquiera te rozó el capote, diste algo mejor que el valor de tu adolescencia, cuando te pegabas a los toros oscuros y les dejabas el sexo
embarrado en la piel, diste el valor de la distancia,
del dominio, de la posibilidad de que el toro dejara
de obedecerte y, pegándose a ti, te transformara de
un artista en un valentón.

Oyó la voz de la Madreselva en su oreja: —Que
se les pare el corazón cuando te vean torear.

—Sí, Mare —le contestó el torerillo—, el respetable se va a cansar de ver un torero sin peligro,
dormido, lento e impune. Déjame ser valiente.

—Ten cuidado —le dijo la mujer del mechón
rebelde y los pepinos en las sienes—, éste es un toro bravo, madurado con habas, hierbas y garbanzos.
¡No le toques el pitón!

Que es lo que hizo Rubén Oliva entre el griterío de espanto de los cinco mil espectadores que él
no veía, torero de la noche, espadachín de la luna,
de vuelta en sus primeras aventuras, cruzando desnudo el río para torear en la oscuridad a los animales prohibidos, íntimos por la cercanía que le
imponía la oscuridad a las primeras lidias, sintiendo la proximidad caliente, el aliento humoso, la invisibilidad veloz del torero tan ciego como su
domador.

Gritó el público que él no veía, gritaron los cuadrilleros pero Rubén Oliva, esa tarde de toros en Ronda, no soltó el animal, no lo cedió a pesar del aviso del segundo tiempo, violó las reglas, lo sabía, no iba a recibir nada, ni oreja, ni rabo, a pesar de la excelencia de su lucha, por desentenderse de la autoridad.

Se había saltado los actos de la ceremonia del sol y la luna, del Prometeo solar condenado por usar su libertad pero maldito también por no usarla, de la Diana menguante, creciente, caprichosa aunque regular en sus mareas, drenándole la plaza al torero. El público de la sombra que ahora, atardeciendo, era ya todo el tendido, lo había dejado solo en el charco de luz de la arena.

Dejarme solo, dejarme solo, era lo único que decía Rubén Oliva esta tarde, y a ver quién se atrevía a interrumpirlo, a desobedecerlo, cuando arrojó el capote de brega al callejón y se quedó inerme un momento ("soy visto como un loco, la soledad de esta plaza me mira diciendo: se volvió loco") y el Chispa, con lágrimas en los ojos, corrió a entregarle la muleta desteñida y el acero brillante, como apresurándole, termina, figura, haz lo que tengas que hacer, pero mata ya a tu primer toro y a ver si puedes con los cinco que faltan, si es que la autoridad no te expulsa de la Maestranza de Ronda, esta tarde y para siempre, ¡chalado, Rubencillo! ¡Más loco que! Era un crimen lo que hacía, una transgresión a la autoridad. El toro estaba entero, peligroso y bravo; demostraba su casta, no buscaba querencias, no doblaba la cerviz, ni tenía por qué hacerlo: no había derramado una gota de sangre, levantaba la testa y miraba a Rubén Oliva, el loco del ruedo, citando otra vez, inmóvil, dispuesto a no cargar la suerte, a vencer a su maestra la Madreselva, a pararle el corazón al respetable y a obedecer a las miradas que le estaban ordenando que hiciera lo que hiciera.

Galopó el toro y Rubén Oliva plantado, decidido a no cargar la suerte, a dejar que el toro hiciera lo que quisiera, Rubén Oliva manteniendo la mirada alta y la cabeza desafiante, sin mirar siquiera al toro, miró en cambio, encontró por primera vez, y supo que lo habían estado mirando a él desde que entró torpemente, olvidando las reglas, sin saludar al presidente, el par de miradas que le eran de verdad dedicadas a él, sólo a él.

Las encontró y supo que si no había visto a nadie en los tendidos salvo al sol y a la luna, era porque el sol y la luna sólo lo habían mirado a él. El hombre cabezón, con el sombrero de chimenea y las patillas canas y alborotadas, la nariz respingada y la boca gruesa y sarcástica, lo miraba con los ojos elocuentes de quien todo lo ha visto y sabe que nada tiene remedio.

—Ya es hora.

La mujer cejijunta y de no malos bigotes, con el alto y encrespado peinado de otra época coronado por la caramba de seda rosa, despechugada para ofrecerle las tetas a un niño negro al que amamantaba, lo miraba también con una orden risueña aunque perentoria en los ojos.

—Hasta la muerte, Rubén.

—No te escaparás esta vez, Pedro.

—Allá va eso, Rubén.

—Bravísimo, Pedro.

—¡Qué sacrificio, Rubén!

—¿De qué mal morirán, Pedro?

—¿En la cama?

—¿En el ruedo?

—¿Viejo?

—¿Joven?

—Ni más ni menos.

—Rubén Oliva.

—Pedro Romero.

Quiso torear por la cara, rematando por abajo, con el juego de la muñeca. Pero el toro nunca bajaría la testuz. El toro lo miraba, igual que la mujer de la caramba y el hombre del sombrero de copa, pidiéndole: Uno de los dos va a morir. ¿Cómo crees tú que me vas a matar a mí, que soy inmortal?

Y si hubiera podido hablar, Rubén Oliva le hubiese contestado al toro: Ven hacia mí, embiste y descubre así tu muerte. Tienes razón. El torero es mortal, el toro no porque es la naturaleza.

Y si la Madreselva hubiese estado allí, habría gritado que no, ve tú hacia el toro, no tienes derecho a escoger, hijo, toma la muleta en la izquierda, así, y la espada en la derecha, así, anuncia al menos que has escogido la suerte de volapié, mantén la espada baja, a ver si este toro virgen baja un poquitín la cabeza y descubre su muerte en vez de la tuya, hijo: Haz lo que te digo, hijito (como una marea, como un drenaje, como una cloaca se coló la voz de la mujer fumadora y seca por las orejas de caracol de Rubén Oliva), entierra ya tu espada en la cruz de este toro virgen que es tu macho hembra más desafiante, coño, taimado, obedéceme, ¡si sólo te quiero salvar la vida!

—No, Madreselva, que el toro venga hacia mí y descubra así su muerte...

—Ay hijo, ay Rubén Oliva, alcanzó a decir la madrina del diestro cuando, en ese instante, y nunca más, lo corneó el toro virgen y Rubén Oliva empezó a morirse por primera vez esta tarde de verano en Ronda.

—Ay majos, ay Pedro y ay Rubén, quién les manda parecerse tanto —dijo desde su palco Elisia Rodríguez La Privada en el instante en que Rubén Oliva y Pedro Romero empezaron a morirse juntos esta tarde de verano en Ronda.

—Ay mi rival, ay Pedro Romero, cómo creíste que ibas a existir fuera de mi retrato, dijo don Francisco de Goya y Lo Sientes desde su palco al lado de La Privada, en el instante en que Pedro Romero empezó a morirse por primera vez en un redondel, el mismo donde mató a su primer toro.

Pero si Elisia Rodríguez sentía dolor por el placer que sólo le daban ellos, sus amantes, y luego se lo quitaban ellos también, sus toreros, Goya miraba el cuerpo muerto y le decía al torero que él lo había pintado para la eternidad, inmortal, verdaderamente idéntico a su vida sólo en el cuadro que él le pintó...

Más de cinco mil toros matados y ni una sola cornada, Pedro Romero, retirado a los cuarenta, muerto a los ochenta sin una sola herida en el cuerpo: ¿cómo se le ocurrió, rió don Francisco de Goya y Luciferientes, que podía escaparse del destino que él le dio en su pintura?, ¿cómo se le ocurrió que podía reaparecer en otro retrato que no fuese el de don Paco de Goya y Degüella, un retrato al natural, sin arte, sin margen para la imaginación, una reproducción indistinguible de lo que Romero era en vida, como si se bastase a sí mismo...?

—Sin mi pintura... Ay, Pedro Romero, perdona que esta vez te mate en el bello ruedo de Ronda, pero no puedo permitirte que vuelvas a vivir y andes compitiendo con mi retrato de ti, eso sí que no; no puedo permitir que Elisia te ande buscando por los chiringuitos y las plazas de toros, fuera del destino que yo les di al pintarlos a ti y a ella...

Eso sí que no: no puedo permitir que ella le dijera otra vez, ya ves, la bruja me lo mostró en ese retrato mágico y ahora aquí lo tienes, vivito y coleando, vivito y cogiendo, y tú sin cabeza, ¡vejete roñoso!, eso sí que no, repitió el viejo con la chistera alta y la boca torcida, rodeado de mujeres trémulas y morenas como la tarde y la muerte.

Entre la cornada y la muerte, el torero levantó la mirada hasta el cielo y como la plaza de Ronda es de poca altura, parece que está en medio del campo, o de la montaña, o del cielo mismo que contemplaba los ojos sangrantes de Rubén Oliva. La plaza de Ronda es parte de la naturaleza que la rodea y quién sabe si por ese motivo Rubén Oliva, este domingo, llenó con sus ojos los tendidos de flores y aves y árboles, todo lo que conoció y quiso desde niño, y durante toda su vida, llenándose la arquería de la plaza de jazmín y arrebolera, y apareciendo en las enjutas, endrinas, albahacas y verbenas, y escupiendo los rosetones de la cornisa miramelindo y toronjil, mientras en los tejados de dos aguas anidaron las cigüeñas y revoloteó el petirrojo. Se escuchó la voz burlona del milano, dirigiendo la atención hacia el cielo por donde describía amplias curvas.

Rubén Oliva, entre la sangre de sus párpados, distinguió por última vez el sol y la luna, supo finalmente que la luz de la más reciente y nocturna estrella le llegaba con cuarenta años de retraso, y la mismísima luz del sol que veía por última vez había empezado hace ocho minutos apenas.

Rubén Oliva miró hacia el espacio y supo, finalmente, que toda su vida había estado mirando al tiempo.

Sintió en seguida que la naturaleza abandonaba para siempre a la tierra.

Primero cerró sus propios ojos para morirse de una vez. Luego le cerró los ojos al torero Pedro Romero, que acababa de morir, corneado, a los cuarenta años, a punto de retirarse en la plaza de toros de la Real Maestranza de Ronda, junto a él, dentro de él.

Ya no escuchó la voz que decía: Mi tierra, Ronda, la más bella porque le saca unas alas blancas a la muerte y nos obliga a verla como nuestra compañera inseparable en el espejo de un abismo.

Ya no escuchó el grito de terror de la actriz, ni el chillido del niño amamantando, ni la carcajada del viejo pintor con la chistera.

II

Rocío, la mujer de Rubén Oliva, abandonó por un instante los quehaceres de la cocina, miró de reojo el anuncio del toro negro del brandy Osborne en la pantalla casera, y atraída por la ronda infantil que en la calle cantaba la cantinela del domingo siete, se asomó por el balcón y dijo con alborozo incrédulo,

Rubén, Rubén, ven aquí y mira, que el mar ha llegado hasta Madrid.

Ronda, 31 de julio de 1988

Gente de razón

Hay tres socios en todo nacimiento:
El padre, la madre y Dios.
Talmud

A Gabriela van Zuylen

I. Obras
1

Anoche volvió a brillar.

2

Invitamos a nuestro viejo maestro, el arquitecto Santiago Ferguson, a comer al restorán Lincoln. Era una antigua costumbre mensual o bimensual, que no habíamos interrumpido desde que nos recibimos, allá por el año setenta. Dieciocho más tarde, la presencia entre nosotros del maestro nos reconfortaba y nos entristecía, se estaba haciendo viejo, pero mantenía su vigor y, lo que es quizás mejor, sus manías.

Una de ellas consistía en comer en este restorán sumamente concurrido pero, a pesar de todo, secreto. Es una de las mejores cocinas de la ciudad y sólo por ser un anexo al hotel de ese nombre, lleva el de Lincoln. Los platillos no tienen nada que ver con el gran emancipador: las quesadillas de seso, el pámpano rebozado, la mejor sopa de tuétano del mundo.

El restorán se compone de varias secciones estrechas y hondas con caballerizas a cada lado. Los mozos dan la impresión de que están allí, por lo menos, desde 1940. Saludan de nombre al maestro, y éste a los camareros. Se trata de una especie de familia, y así deseamos que continúe siendo, aun cuando el maestro falte.

Cuando hablamos de esta posibilidad —la muerte del maestro— pensamos en seguida en su hija Catarina, que fue algo así como el ensueño de nuestros veinte años. Era mayor que nosotros; la conocimos gracias a su padre y nos enamoramos perdidamente de ella. Catarina, por supuesto, ni siquiera nos miraba. Nos trataba como adolescentes. Su padre se daba cuenta de nuestra pasión juvenil y acaso la alentaba. Era viudo y se sentía orgulloso de su hija altanera; era realmente alta, erguida, con el cuello más largo que se ha visto fuera de una pintura de Modigliani, ojos negros y una coquetería increíble: se peinaba restirada hacia atrás terminando en chongo. Había que ser tan guapa como Catarina para atreverse a desafiar las modas y usar un estilo asociado, más bien, con beatas, solteronas, monjas, maestras de escuela y cosas por el estilo.

—Conque enamorados de la señorita Secante —dijo un condiscípulo burlón, y no dijo nada más pues le propinamos el clásico descontón en un aula de la Ciudad Universitaria. Todos supieron desde ese momento, que la hija del maestro Ferguson tenía dos gallardos, aunque jamás recompensados, defensores, nosotros, los hermanos José María y Carlos María Vélez.

Lo supo el maestro también: que Catarina no nos hacía caso. Jamás sabremos si nuestra única recompensa la preparó o no el propio maestro. El hecho es que una tarde nos dio cita en su despacho de la colonia Roma. Subimos al tercer piso, tocamos, la puerta estaba abierta, la secretaria no estaba, el maestro tampoco, nos atrevimos a entrar al elegante despacho del arquitecto, un capricho art nouveau hecho de sierpes talladas, emplomados ondulantes y lámparas como gotas de bronce, dotado de cocineta, clóset y baño, vimos el humo saliendo del baño, nos alarmamos, nos tranquilizamos al ver, más de cerca, que era vapor y que el agua caliente de la regadera corría sin cesar.

Era fácil distinguir el decorado de azulejos blancos con motivos vegetales y las ranas de porcelana incrustadas a la bañera blanca. En cambio eran apenas visibles los trajes colgados a planchar en la cortina de baño y menos aún lo era el cuerpo desnudo de Catarina, inconsciente de nuestra cercanía, dándonos la cara pero con los ojos cerrados, abrazada a un hombre que a su vez nos daba la espalda, los dos allí, cogiendo desnudos en medio de las nubes ardientes y los sapos art nouveau del baño del arquitecto su padre. Catarina con los ojos cerrados, las piernas enrolladas en la cintura de su amante, agarrada con las manos al cogote del hombre: Catarina en vilo. Decimos que nunca supimos si ésta fue nuestra recompensa: ver una sola vez, desnuda y cogiendo, a Catarina. A los dos meses el maestro nos anunció que Catarina se iba a casar con Joaquín Mercado, un joven político de unos treinta y cinco años de edad, al que nosotros le agarramos un odio cabrón.

3

Llegar al Lincoln se ha convertido en una carrera de obstáculos, por las obras constantes en las calles de

Revillagigedo, Luis Moya, Marroquí y Artículo 123. La Procuraduría Federal, el sitio de la antigua Secretaría de la Marina, varios cines populares y un verdadero vericueto de comercios, garajes, tlapalerías, tiendas de repuestos para automóviles, crean en ese rumbo de la ciudad una impresión de cordillera metálica: retorcido, torturado, crudo, herrumbroso, varias etapas de la vida del metal parecen expuestas allí, como si las tripas de un animal de la edad de fierro —literal, emblemático— hubiesen estallado, mostrándose al aire y mostrando, de paso, su edad, la edad de la bestia, la geología de la ciudad. La vejez del fierro y del cemento nos asombra: eran, hace tan poco, lo más nuevo, lo más moderno. Hoy, Bauhaus suena a lamento a estornudo.

Al maestro Ferguson le encanta hablar de esto a la hora de la comida. Alto, calvo y blanco como el mantel donde nos ponen las cervezas, Santiago Ferguson se la ha pasado clamando, inútilmente, contra la destrucción de la ciudad más vieja del Nuevo Mundo. No la ciudad muerta más antigua (Cuzco, Teotihuacán, Tula) sino la ciudad que vivimos aún y que vive desde 1325, México.

Viva, dice don Santiago, a güevo, a pesar de sí misma y de sus habitantes: todos nosotros, sin excepción, hemos sido los verdugos de la ciudad de México.

Vistos desde el aire, en un valle a siete mil pies de altura, rodeado de altas montañas que capturan el vómito exhausto de camiones y fábricas bajo una capa de aire helado, rodeados nosotros mismos de otra cordillera de basura incendiable, saltamos entre los hoyancos, las atarjeas destapadas, las varillas ex-

puestas, el ladrillo herido, los charcos de esta temprana tarde de nuestros lluviosos agostos, entre las
excavaciones y el vidrio pulverizado, entre San Juan
de Letrán y Azueta, recordando las palabras del profesor Ferguson:

—México tiene ruinas. Los Estados Unidos
tienen basura.

Entonces, según nosotros, cada día nos parece-
mos más. Pero según él, debemos librarnos cuanto
antes de la basura, el cemento, el cajón de vidrio, la
arquitectura que no es la nuestra.

Debemos, cuanto antes —dice— contemplar
la modernidad como una ruina. Ésa sería su perfección, como lo es la de Monte Albán o Uxmal. La
ruina es la eternidad de la arquitectura —comenta,
nervioso, rápido, concluyente, imaginativo, cordial,
alegre, hijo, al cabo, de los brazos abiertos de la hos-
pitalaria Glasgow—. Nos habla entre el último bocado de guachinango impregnado en aceitunas y el
primero del postre de cajeta envinada: el maestro
Ferguson, restaurador, entre nosotros, del muro como elemento primordial de la arquitectura.

Dice que si para los indios el muro separaba lo
sagrado de lo profano, para el conquistador español
al vencedor del vencido y para el citadino moderno al
rico del pobre, para los mexicanos del futuro el re-
torno a la pared (contra el vidrio, contra el cemento, contra la verticalidad postiza) debería ser una
invitación a circular, a salir y entrar, a moverse con
el horizonte. Arcos, soportales, patios, espacios
abiertos y prolongados por el muro azul, rojo, amarillo; la fuente, el canal, el acueducto, el regreso al
refugio del convento, la soledad indispensable tan-

to al arte como al conocimiento de sí; el regreso al agua que matamos en lo que era una ciudad lacustre, la Venecia del Nuevo Mundo.

El tono de la pasión sube en los gestos del maestro y todos lo escuchamos en silencio, con gratitud y respeto. Los mexicanos amamos las utopías que, como el amor caballeresco, nunca se cumplen y por ello resultan más intensas y permanentes. Ferguson había logrado realizar sus ideas sobre la habitación horizontal, el muro y el agua, las arcadas y el patio, en algunas casas particulares y en ciertos barrios alejados que él hubiese querido mantener prístinamente suyos pero que, al cabo, fueron absorbidos por la vasta y creciente gangrena urbana.

Resignado a veces, podía decir que las paredes se cansan y finalmente hasta el aire las puede atravesar.

Pero eso es bueno —añade, recobrando el ímpetu— porque quiere decir que la arquitectura acaba por cumplir la función que le dio origen, y es la de servir de refugio.

¿Aunque el pretexto sea religioso? (él habla, pero también nosotros hablamos de él; era un maestro discutido por sus alumnos).

No ha habido civilización que no necesite trazar un centro sagrado que le sirva de orientación y refugio, de las pirámides de Malinalco a Rockefeller Center, contesta Santiago Ferguson, para quien lo importante era distinguir una estructura invisible a primera vista (al ojo desnudo) que para él, en su espíritu, significase la unidad de la arquitectura, el edificio de edificios.

Su pensamiento era parte (decíamos los alumnos) de la incesante búsqueda del maestro, cuya vida fue un esfuerzo por encontrar el punto en el que un solo espacio arquitectónico, si no los contiene, los simboliza a todos. Pero este ideal, siendo imposible, nos movía, por lo menos, a la aproximación. Y éste era el nombre del arte. Discutíamos todo esto entre nosotros y pensábamos también que quizás el ideal del arquitecto era una afirmación mínima del derecho a tener la habitación que más se parezca a nuestro sueño, pero también un reconocimiento de la imposibilidad de lograrlo. Quizás el maestro nos estaba indicando que en todo arte no hay coincidencia perfecta entre el proyecto y la realización, entre el plano maestro y la construcción misma; la lección del maestro, para nosotros, consistía en entender que no hay más perfección que en la aproximación, y que así debe ser, porque el día que un proyecto coincida punto por punto con su actualización, ya no será posible construir nada más: a la vista de la perfección —decíamos nosotros, nos decía él— el arte muere, agotado por su victoria. La mínima separación, el divorcio indispensable entre la idea y la acción, entre la palabra y la cosa, entre el plano y el edificio, son indispensables para que el arte, una y otra vez, siga intentando lo imposible, un absoluto estético inalcanzable.

—Bueno —sonreía el maestro—, recuerden ustedes siempre la historia del arquitecto chino que, cuando el emperador lo regaña, desaparece por la puerta de su plano maestro.

Reconocemos que la perseverancia del arquitecto Ferguson era contagiosa y sus sueños, compartidos por todos nosotros sus antiguos alumnos, ahora casi cuarentones, reunidos alrededor de él en este restorán cálido y brillante de maderas y cobres y pungentes olores de ajo, aceite y hierba fresca, tenían en nosotros una prolongación que nadie más, ni él mismo, conocía: a lo largo de esos sus soportales, patios, pasajes y muros monásticos, se llegaba al surtidor secreto del agua, una sierpe en vez de una ojiva, donde el líquido surgido de la tierra y el caído del cielo se juntan con los fluidos del cuerpo humano y se resuelven en vapor. Catarina Ferguson en brazos de un hombre que nos da la espalda mientras ella, con los ojos cerrados para el placer, nos da la cara olvidada a sus dos casi imberbes admiradores, azorados, cautelosos, al cabo discretos.

Nos llevamos para siempre un sueño, creímos que ésta era la recompensa del maestro, la carga melancólica de la imperfección de las cosas, que por muy bellas que sean son hechas para usarse, gastarse y morir, pero Ferguson, unas semanas más tarde, nos dijo:

—Catarina se nos casa dentro de dos meses. ¿Por qué no me hacen un favor, muchachos? Acompáñenla de compras. La conozco; brazos no le van a sobrar. Ustedes tienen una camioneta. No la dejen cometer excesos, vigílenla, cuídenmela, muchachos, ¿sí?

4

Ferguson conoció a nuestro padre, arquitecto como nosotros, y nos comentaba que con el tiempo nos íbamos pareciendo cada vez más al "viejo", que no lo fue tanto, puesto que murió a los cincuenta y dos años. Pero ese recorrido por la vida, decía el maestro, era suficiente para establecer comparaciones entre padres e hijos. Los Vélez, decía, acaban pareciéndose todos entre sí, las mismas frentes altas, las teces morenas, los labios gruesos, las narices finas, los surcos tremendos de las mejillas, el pelo brillantemente negro y sólo tardía, aunque soberanamente, cano, al grado de que a nuestro padre, oscuro de tez como un moro y con el pelo intensamente blanco, le pusieron de mote La Negativa. Nosotros, reíamos, aún no.

Y esa nuez en el pescuezo, esa nuez juguetona y nerviosa como un anzuelo, adánica nuez, reía el maestro, el gancho viril del cual colgaban nuestros cuerpos nerviosos, casi metálicos, como esa herrumbre retorcida de la ciudad, nuestros cuerpos de alambre, titiriteros, titiritantes, adánicos y adónicos, jugueteaba el maestro con nosotros, cuerpos de cometa fugaz, giacométicos cuerpos de los veloces Vélez, reía.

—El destino de la arquitectura es la ruina —repetía entonces—, las paredes se cansan y las puede atravesar el aire, la mirada, un perro... o los veloces Vélez.

Nosotros, comiendo en el Lincoln con el arquitecto Santiago Ferguson, nos dábamos cuenta de otro parecido más sutil, nuestro parecido con el propio profesor Ferguson, no un parecido genético, él era muy blanco, nosotros somos morenos, él era muy calvo, nosotros hirsutos, no, sino un parecido mimético. No sólo somos herederos de nuestros antepasados, sino de nuestros contemporáneos, y en especial de nuestros maestros, a los que les hemos dedicado horas largas de atención, de admiración, de respeto inclusive. Nosotros mostrábamos oscuramente nuestra sangre india, en tanto que Ferguson era apenas mexicano en tercera generación. Su familia formó parte de esa mínima emigración escocesa, irlandesa e inglesa que vino a México, a la vuelta del siglo, armada de teodolitos, planos y cajas de whisky, a construir nuestros puentes y ferrocarriles. Se integraron fácilmente, se casaron con mexicanas; abandonaron ciertas nostalgias apenas se enteraron de que entre nosotros las gaitas eran monopolio del gallego, pero no cambiaron el whisky por la sidra, aunque sí se cambiaron los nombres de pila —Santiago por James; un apóstol batallador, jinete y matamoros a cambio de un dulce apóstol juvenil, el doble de Jesús, Santiago el Menor— y a nadie le impusieron los kilts (salvo a una muñeca que de niña sirvió de juguete a Catarina, insistente en que la falda escocesa se la pusieron a otra niña). Santiago Ferguson, que pudo ser James, nieto de ingenieros, estudió en la Gran Bretaña, pero de allí trajo una revelación constructiva, no el fierro de los puentes y los trenes, sino la piedra dorada de las catedrales.

—Las catedrales de Inglaterra son el secreto mejor guardado de Europa decía a menudo durante nuestras reuniones, a veces, casi obsesivamente, arrugando la calva y guiñando los ojos pequeños, marrones, inquietos—; el mundo no va a ellas porque Inglaterra dejó de ser católica, ir a Salisbury o York es como ir a una cueva de herejes para el viajero latino, y ese prejuicio se ha extendido porque la Edad Media se volvió un monopolio de Roma. Nos olvidamos de que el catolicismo arquitectónico inglés mantiene por ello una calidad primigenia, es

como una peregrinación a la semilla, una sorpresa
que Brujas o Reims ya no nos reservan, porque su
catolicismo se volvió formal. En cambio, la catedral
inglesa nos propone el desafío de *volver* a ser católicos; de rebelarnos *para* lo sagrado, de abandonar el
espantoso mundo laico que nos iba a dar la felicidad y sólo nos entregó el horror.

Decía entonces, con gravedad:

—Me gusta el secreto religioso de mis viejas islas. Quisiera ser enterrado en una catedral inglesa.
Regresaría rebelándome a lo sagrado, que es lo incomprensible.

Insensiblemente, adoptamos sus gestos —la
manera de colocar la servilleta sobre el regazo, por
ejemplo—, sus movimientos —el ladeo consciente
de la cabeza para remachar un punto del argumen-
to, a la vez que el mismo movimiento indica nuestra duda, nuestro horror del dogma, nuestro
rechazo de la misma conclusión definitiva que, por
otro lado, estamos aseverando—, su ironía —el
asombro fingido, la boca abierta caricaturescamen-
te cuando alguien propone un tardío descubrimiento del Mediterráneo—, su humor —el gusto por el
practical joke de estirpe británica (que los españoles
llaman *broma pesada*): invitarnos a bodas apócrifas
de nuestros compañeros sólo para reunirnos en medio de la risa y de la celebración, no del himeneo
alarmante, sino de la reconfortante amistad de siempre, la fraternidad célibe, haciéndonos sentir que
nunca tuvimos nada mejor en la vida que esta cama-
radería compartida con la disciplina de la lectura, el
aprendizaje, el examen, la imaginación. Otra broma
suya es referirse a sus enemigos siempre en pasado,

como muertos y concluidos ("el difunto crítico de arte Fulano; el arquitecto Mengano, que en vida perpetró tal y cual engendro; el célebre arquitecto Zutano, cuya obra, por desgracia, es fea, pero felizmente, perecedera..."). Sus impaciencias, en fin —con la pretensión social, con la falta de disciplina y la impuntualidad, con la excesiva adulación del dinero o, por el contrario, con la actitud criptohidalga de despreciarlo: toda falta de autenticidad le era anatema. Pero no confundía la sinceridad con la ausencia de misterio. Comimos con él y nos dijimos que nuestros antepasados pueden ser nuestros fantasmas, pero que nosotros somos los fantasmas de nuestros maestros, igual que un lector es el fantasma, en cierto modo, del autor que está leyendo: yo, fantasma de Machen; tú, fantasma de Onions; él, fantasma de Cortázar; nosotros, fantasmas de...

—No hay casas vacías —dijo en cierta ocasión—, recuerden eso... —Imaginaba fantasmas chocarreros, a veces, como él mismo era un profesor, a menudo, muy guasón. Nos invitaba a esas falsas bodas, de manera que cuando nos anunció la de Catarina su hija pensamos que sería una broma más, la más cruel de todas, pero al cabo broma. Muy, muy adentrito de nosotros, creíamos que nos la tenía reservada y que por eso, perversamente, nos había dado cita esa tarde en su despacho, a sabiendas (¿o no?) de que la muchacha estaba dándose gusto en el baño de vapor, azulejos y ranas. Acaso nos conocía demasiado bien y sabía que eso nos iba a excitar más. Pero ahora aquí estábamos los dos, tan parecidos de modo al maestro Ferguson y por extensión, a su hija alta y altiva y morena que ahora caminaba tan altanera como siempre por la nave de la iglesia de la Sagrada Familia del brazo de su padre el arquitecto, vestida con el traje blanco que nosotros le ayudamos a escoger en una vieja costurería del centro, donde aún hacían estas maravillas antiguas, un vestido de organdí suizo con bordado inglés —según nos informó la costurera, tan modesta como cara—, un velo nebuloso que se habría ido volando sin el peso de la pedrería y el cristal, y una falda ampona, lenta, arrastrada, que nosotros le habríamos cargado con gusto, dos pajes apenas de nuestra novia putativa, inalcanzable, tan parecida a nosotros —morena, ojos relampagueantes, pelo restirado— que ahora se encaminaba para ser entregada a ese licenciadillo regordete, medio pecoso, medio anaranjado todo él, que movía la cabecita cafecita con la satisfacción de un eunuco al que le han hecho creer que es garañón.

La vimos así, tan distinta de su padre (salvo en la estatura elevada) y pensamos en la madre muerta de nuestra novia imposible, nos miramos recordando que no había una sola fotografía de la difunta señora Ferguson en casa del maestro en el Pedregal, quien, además, jamás la mencionaba en conversación. Quizá todas estas cosas autorizaban cualquier imaginación de nuestra parte. La madre de Catarina, ausente de la boda de su hija, morena como ella, pero muerta. La madre de Catarina: inmencionada, clamorosamente muda. ¿Qué habría pensado esta gran ausente de su yerno, Joaquín Mercado, el novio anaranjado? Se me hace que quisimos hablar por ella cuando dijimos:

—Carlos María, ¿te das cuenta de que el pecoso de mierda éste no es el hombre que vimos cogiéndose a Catarina en el baño?

—No te alebrestes, José María. Mejor piensa en las ranitas de porcelana.

—Como dice el maestro: a güevo. ¿Qué remedio nos queda?

—Creo que Catarina nunca será nuestra, hermano.

5

Agradecíamos el sitio tradicional de nuestras reuniones porque nos quedaba cerca del lugar de trabajo, que era precisamente esa zona al sur de la antigua, populosa avenida de San Juan de Letrán (lo que hoy se llama Eje Lázaro Cárdenas) donde se habían juntado varios proyectos oficiales de construcción: continuación de las obras del metro, condenación de edificios dañados por el terremoto del 19 de septiembre de 1985, creación de nuevos espacios verdes, preservación de edificios históricos y construcción de un estacionamiento para trescientos automóviles. Todo un menú urbano, que convertía a estas veintitantas manzanas del centro en un campo de combate.

Bastaba, en efecto, cerrar los ojos para imaginarse en los peores momentos de una batalla durante la primera guerra; trincheras, gases, bayonetas menos que imaginarias. Y todo esto bajo esa lluvia de verano feneciente a la que debíamos estar acostumbrados, por Dios, si después de todo no es ninguna novedad; pero la trata como tal: la promesa de la primavera inmortal en esta ciudad tosijosa bajo su capa de humo industrial y exhausto de monóxi-

do de carbón, o es otra de esas utopías que abando-
namos con pena. Y aunque sepamos que de mayo a
septiembre, todas las tardes y buena parte de la noche, nos va a llover tupido, ni usamos paraguas ni
sacamos impermeables. Si la Virgen de Guadalupe
nos dio rosas en diciembre, quizá su Hijo nos rega-
le veranos sin lluvia (sin smog, sin detritus) un día.

Mientras tanto, ésta es una ciudad de gente
(incluidos nosotros, esta tarde) que corre rápido bajo la lluvia con periódicos cubriéndole la cabeza. El
maestro, a la salida del Lincoln, se ríe y se pone,
apropiadamente, su mackintosh, recordando al arquitecto escocés del mismo nombre del inventor
del impermeable, que es quizás el fantasma de nuestro profesor, un fantasma escocés que aparece ahora con el rumor peculiar de la sombrilla negra
abierta de un solo golpe preciso y protector: el paraguas es el fantasma; es la compañía bajo la lluvia
del maestro que se aleja por la calle de Revillagigedo a grandes zancadas.

Llegamos mojados al sitio central de las obras
de San Juan de Letrán, como insistimos, tradicionales a morir, en llamarlas. La excavación ha ido creciendo a medida que convergen esos seis o siete
proyectos municipales en un centro del cual irradian, hacia acá, los tubos de una moderna y lujosa
estación de metro; hacia allá, los haces negros de las
líneas telefónicas; un poco más lejos, las cavidades
necesarias para darle resistencia antisísmica a un
edificio de veinte pisos que sus dueños querían salvar a toda costa; y cerca de él, los trabajos un tanto
babilónicos donde nosotros íbamos a poner un jardín, por el momento, imaginario, ahora hundido

en el fango, que vendría a cumplir la función un tanto eufemística de "pulmón de la ciudad".

Aceptamos este trabajo a instancias del maestro Ferguson, quien, contra viento y marea, logró que en estas obras se considerase la restauración de edificios antiguos dignos de ser salvados. Le dijeron que no había ningún edificio de semejantes características allí. Él, típicamente, contestó que, en primer lugar, eso aún no se sabía; detrás de una lonchería, debajo de una gasolinera, podía surgir un edificio maravilloso del neoclásico mexicano del siglo XVIII, o revelarse una escalera hacia un cementerio colonial olvidado, ¿por qué no? Igual que Roma, alegó Ferguson ante las autoridades, México es una ciudad de capas arquitectónicas casi geológicas. Sus razones fueron aceptadas por la burocracia municipal (seguramente querían deshacerse de este terco profesor alto y desgarbado que entraba a las oficinas federales como un fiordo entra a las costas: helado y violento pero seguro de su razón de ser y, aun, de la belleza de su aplomo) e incluso por nosotros, sus antiguos discípulos, cuando convenció a la burocracia, también, de que nosotros, los Vélez, éramos los arquitectos ideales para el proyecto.

—Pero, ¿qué vamos a hacer?

Nuestra posición (lo consultamos entre nosotros) era poco clara.

—Alguien tiene que cuidar los edificios históricos.

—Aquí no se ve nada por el estilo.

—Ustedes saben tan bien como yo que pueden aparecer inesperadamente.

—Pero necesitamos algo más concreto que hacer.

—Por pura dignidad, maestro. Bastante fama de bolsones tenemos los arquitectos...

Se rió, dijo que no perdíamos nuestro humor estudiantil, añadió que formalmente nuestro trabajo sería crear el jardín, el espacio verde, y que nuestra contribución a la campaña contra el enfisema urbano sería no fumar, cierto, pero también proteger cuanto vestigio de la cristalina ciudad de antaño saliera ileso de la picota burocrática o comercial.

—Y no me digan que ni ustedes ni la burocracia municipal y espesa ven ningún edificio digno de ser conservado en estas obras; no renuncien con tanta facilidad a la visión del arquitecto —dijo frunciendo la calva como una laguna blanca agitada por una ventisca súbita, la cabeza arrugada de las cejas a la coronilla (todo un espectáculo, nos miramos los hermanos)—; esa excusa no vale —dijo intensa, quietamente, el maestro Santiago Ferguson—, porque el arquitecto debe mirar al caos, incluso un caos tan irredimible al parecer como el de esta obra, mirarlo intensamente, como mira un verdadero artista, y organizar ese caos, convencido de que si no distingue la obra de arte en medio de la confusión material, la culpa es suya, sólo suya, del arquitecto, del artista.

—Toda la arquitectura se vuelve distante; ocurrió hace mil años, u ocurrirá dentro de mil años. *Ab ovum.*

Pero nosotros estamos aquí hoy, miramos el desorden gris de lo cotidiano y no sabemos ver ni lo que ocurrió ni lo que ocurrirá, sin daros cuenta —abrió los ojos y nos miró muy serio, sin aspavientos— de que todo está ocurriendo siempre.

Sacudió un poco la cabeza y nos miró, primero a Carlos María, en seguida a José María: los Vélez, nosotros.

—Bueno, todo es aproximación, ya se lo he dicho, pura aproximación. Pero al arquitecto le toca distinguir, a güevo, el espacio entre lo que el estilo exige y lo que el artista proporciona. Todos poseemos un deseo de consumar uniones simbólicas, por ejemplo, entre el cambio y la permanencia, o entre lo permitido y lo prohibido. Pero por otra parte queremos enfrentar el resultado de esas bodas con su divorcio probable. Yo los apremio, muchachos, mis amigos, a que ustedes se adelanten al mundo negando lo que ustedes mismos hagan o vean. Sometan su visión a una negativa que provenga de ustedes mismos. La unión perfecta de mi yo y el del otro, de la razón y la naturaleza, es lo más peligroso del mundo. El arte existe para mantener vivo el deseo, no para cumplirlo. Por ejemplo, si la probable joya arquitectónica fuese visible ya en medio de la confusión de esta obra, ustedes serían idénticos a su deseo, que es el de conservar la arquitectura. Pero como no la ven, ni ustedes, ni yo, ni nadie todavía, estamos separados de nuestro deseo y por eso somos artistas. Y también por eso somos seres sensuales, buscadores del otro. O de la otra...

Estuvo callado un rato y luego repitió, aproxímense, tengan los ojos abiertos, siempre hay un punto del espacio en el que la arquitectura organiza, aunque sea de paso, el sentido de las cosas.

Por el momento, sin embargo, lo único que nosotros queremos establecer es el cuadro de la aventura que corrimos y que se inició esa misma tarde de agosto, bajo la lluvia, después de comer quesadillas de seso con el maestro Ferguson y discutir cuanto aquí llevamos dicho con la sesuda quesadillez del arquitecto culto. Bueno, de eso tenemos fama los arquitectos mexicanos desde que somos estudiantes, saben ustedes: somos los más elegantes, los más guapos, los más sociables (deformación profesional, virtud nacida de la necesidad, qué quieren ustedes) y seguramente los más cultos.

Sólo un paso nos separa del artista, el maestro tiene razón, pero, por desgracia, otro paso, más fatal, nos acerca al albañil y esta tarde, bajo la lluvia, detenidos al pie del abismo que era ese cruce de excavaciones lodosas en el centro de la ciudad, notamos una tranquilidad, una ausencia de los ruidos acostumbrados, que nos pareció sobrenatural. Un grupo de ingenieros con cascos blancos discutía con un grupo de trabajadores, éstos protegidos por cascos negros. Nos acercamos a conocer la razón de la probable disputa; no era la primera. Se discutían con insistencia los días de fiesta. Nosotros teníamos que observar los días oficiales (el nacimiento de Juárez, la nacionalización del petróleo), ellos querían guardar los días santos (el Jueves de Corpus, la cruz de mayo, la Ascensión de la Virgen) y un compromiso era siempre necesario entre los dos calendarios, el civil y el religioso, a fin de no abultar más la legión de los días feriados, puentes y vacaciones, que continuamente paralizan las obras en la ciudad.

Tratamos de hablarles razonablemente. Lo que nos contaron no lo era.

6

Como la palabra "milagro" rebota de boca en boca (de casco en casco) como una pelotilla magnética, supusimos que, una vez más, se trataba de ajustar el calendario a un imperioso día de guardar. Nos divertía este espectáculo recurrente del proletariado católico luchando contra el capitalismo ateo. Se necesitaba ser caradura para identificar al capitalismo con la religión católica; pero en México el problema no es "ser católico" o "ser ateo" (o sus derivados oscurantista, progresista). El problema es creer o no en lo sagrado.

El milagro del que hablaba, con una mezcla de reverencia y temor, el grupo de excavadores del sitio de San Juan, nos olió de inmediato, no a incienso, sino a sangre, que es la diferencia (en cuestión de milagros) entre la representación y la ejecución.

Sangre, porque uno de los capataces, de nombre Rudesindo Alvarado, nada conocido por su piedad, nos mostraba una mano herida y un ojo cegado y, al llevarse la mano al ojo, lo manchaba de sangre y se maldecía a sí mismo. Era un castigo del cielo, por andar de hereje y de incrédulo, clamaba el tal Rudecindo, chapeteado, moreno y lacio bigote y melena. Los comentarios que alcanzamos a escuchar eran todos del mismo jaez: nuestros pecados... una advertencia... no se deja tomar... una visión. Rudesindo trató de cacharlo, y miren nomás cómo quedó: ¡se dio en la madre!

Le preguntamos a uno de los ingenieros para que nos diera una versión más civil de la excitación que interrumpía el conjunto de trabajos con serias consec...

Nos interrumpió meneando la cabeza, ¿cómo se iba a hacer nunca nada en serio con este pueblo de crédulos y fanáticos? Vieron unas luces pasar de noche correteando encima del perfil de las obras y decidieron que era un signo o algo así.

—¿No se les ocurrió pensar en platillos voladores?

—Uno de ellos dice que vio la figura; es un niño o una niña o de repente un duende, un enano o qué sé yo, porque yo no sé —continuó el ingeniero, altanero y acomplejado, como todos, frente a nosotros— yo no sé si los arquitectos pueden ver cosas que a los demás mortales de plano nos son vedadas, de manera que si les interesa quédense por aquí esta noche; pueque los Vélez vean lo que no pueden los Pérez— se rió este malhadado ingenierito, cuyo genio para la rima chusca nos hacía maldita la gracia.

Nos reímos con desdén y nos ocupamos de lo nuestro: el jardín. Éste era un trabajo de salubridad y cultura, y buenamente podíamos concentrarnos en él sin pensar demasiado en los intríngulis de ingenieros, obreros, trabajos del metro, rascacielos y cables telefónicos.

Los demás tenían cobertizos contra la lluvia. Nosotros, los Vélez, nos habíamos mandado hacer, como el Estado Mayor británico en la "gran guerra" ya mencionada, un pequeño departamento limpio, oloroso a pino, con un retrete anexo y una parrilla para calentar el té. No en balde éramos discípulos de Santiago Ferguson y su exquisito sentido del estilo. ¿Para qué trabajar, en todo caso, en una madriguera, cuando se puede hacer con pulcritud y elegancia?

Desde allí veíamos el aguacero caer sobre las bocas de los distintos proyectos, las bocas abiertas listas para tragarse el lodo evacuado por las entrañas tibias y suaves de la ciudad que nosotros imaginamos a veces como una salchichonería grotesca, su cielo un techo del cual cuelgan jamones, embutidos, chorizos, y sobre todo tripas infestadas de ratas, culebras y sapos. Desde la ventanilla de nuestro despacho precario veíamos el corte, como decía el maestro don Santiago, casi geológico de la vieja ciudad de México, indicando la profundidad del tiempo, círculos cada vez más hondos, hasta el centro inviolado de una fundación anterior a la fecha consignada por la historia.

Arquitectos, podíamos leer en esta excavación los círculos, dándoles nombres de estilos, Mexican Bauhaus, neocolonial, art nouveau, neoazteca, el imperioso estilo neomansardier o bulevaresco de la vuelta de siglo (cuando los Ferguson llegaron de Escocia), el neoclásico dieciochesco, luego churrigueresco, plateresco, barroco, herreriano, la ciudad indígena, en fin... Más allá de lo que, humorísticamente, llamábamos el perfil imperante, el Bauhaussman, más al fondo, imaginamos la ciudad de la ciudad, la laguna original, la sombra de cuanto México sería sucesivamente, sobreviviendo, como decía Ferguson, sólo en las ruinas y no en la basura. Pero nada de esto vimos entonces nosotros: ni uno solo de los estilos mencionados aparecía entre el magma desolado de estas obras. La memoria circundante apenas susurraba: garaje, lonchería, tlapalería, gasolinera...

Nos quedamos mirando largamente, imaginándolo, el centro probable de esta excavación y allí mismo, esa tarde, vimos pasar, creyendo al principio que era un efecto casi hipnótico de nuestra excesiva concentración, el brillo bailarín bajo la lluvia.

Parpadeamos.

Reímos juntos.

Un fuego fatuo, una ilusión eléctrica provocada por la tormenta.

Brindamos, un poquitín fatigados, con una taza de Earl Grey y todo hubiera quedado en su lugar si el paso lejano de ese brillo sobre los perfiles de las obras, las restauraciones, los daños sísmicos y los jardines devastados, no lo hubiese acompañado el gemido más lúgubre que nadie ha escuchado jamás: un gemido inequívocamente ligado a los dos extremos de la existencia.

Nos miramos los hermanos, reconociéndonos al fin. Nacimos juntos.

Y el brillo desapareció por un punto preciso del espacio ante nuestra mirada.

7

La agitación, al día siguiente, había aumentado en la obra. No faltaban quienes exigían pasar por encima de las autoridades civiles e ir directamente a las cabezas eclesiásticas. Sin embargo, el creciente número que en el fenómeno del brillo quería ver un milagro divino (¿acaso los hay humanos?) no dejaba de sospechar, debido al grito de la tarde anterior, una treta del demonio. Treinta mil años de magia y apenas quinientos de cristianismo han enseñado al pueblo mexicano, por lo menos, a no fiarse de las apariencias. Enigma, enigma: ¿Usa el diablo los parecidos de Dios para engañarnos, o Dios las tretas del demonio para probarnos? Adivina, buen adivinador.

Mientras esto se discutía, nosotros manteníamos nuestra personal fachada, serenamente racional, y aunque habíamos escuchado el pavoroso gemido del crepúsculo, ni lo admitíamos ni lo elaborábamos. Habíamos concertado, implícitamente, que nada había de extraordinario en nacer o morir; y a eso, a uno de los dos verbos, es a lo que se parecía el famoso grito. Que los ingenieros y los obreros se revolviesen en sus supersticiones, laicas o sacralizantes. Nosotros mantendríamos firme la torre del escepticismo secular. Nosotros éramos gente de razón.

No fue, sin embargo, Dios o diablo, obrero o ingeniero, quien nos obligó a cambiar, sino un perro. Un perro con la pelambre más mojada imaginable, mojada al grado de que parecía estarse pudriendo sobre la pobre piel que apenas la sostenía, llegó gimoteando hasta la puerta de nuestra oficinita frente a las excavaciones, hizo un ruido tremendo y nos obligó a abrir la puerta. Traía en el hocico un objeto roto, un trozo de algo. Lo soltó, nos mostró sus belfos pegajosos y babeantes, sacudió la piel pinta y podrida y se alejó, mostrándonos el culo herido. A nuestros pies estaba la mitad de una rana, el objeto de porcelana, la rana verde de líneas fluidas, la partícula de un decorado que nosotros conocíamos, que recordábamos y añorábamos demasiado... La recogimos. El perro desapareció corriendo por el mismo punto que se tragó al brillo de la tarde anterior.

Nos miramos y no tardamos ni el tiempo de que hirviera el agua en la tetera y nos embriagáramos con un perfume de bergamota para llegar, riendo, a la conclusión irónica, conversada: si la divinidad o el diablo querían atraernos hacia sus entrañas, lo hacían conociendo a fondo nuestras debilidades.

A los obreros podían atraerlos con el señuelo del milagro; a nosotros con el de la arquitectura, el decorado, el objeto de arte, sobre todo —¿sonreíamos aún?— cuando todo se reunía en una rana de porcelana verde que por primera vez vimos en el baño de nuestro amor inalcanzable, Catarina Ferguson. Nuestras cavilaciones, nuestra memoria ensimismada mientras cada uno de nosotros bebía el té en silencio, nuestro deseo emocionado (todo ello) fueron interrumpidos por el nuevo griterío en la obra, el movimiento de los obreros como parvadas veloces, el alcance que se dieron hasta nuestro discreto belvedere, como para que nosotros, los arquitectos (¿los artistas?, ¿los maistros o los maestros?, ¿los albañiles glorificados?) fuésemos, además, los árbitros, y la disputa era ésta: la madre de uno de los obreros del turno de noche, el vigilante pues, necesario para echar ojo a accidentes, derrumbes, robos, las mil ocurrencias que pueden acaecer en una obra como ésta, le trajo a su hijo un portaviandas con sopa aguada de lentejas —los obreros son sumamente precisos en la descripción de sus comidas—, sopa seca de arroz con pollo y un requesón, y al buscar con tientos el camino a la choza donde su hijo la hacía de vigía nocturno, tropezó con un chamaquito como de unos doce años, sin zapatos, güerito, dijo, bien mono el escuincle, vestido sólo con una faldita, insistió la señora pero que no era niña que era niño, luego se notaba y ella, que había parido a catorce, sabía por qué: un niño luminoso, dijo la madre, si lo vieran ustedes, un niño que brillaba y si esto no es prueba de lo que está pasando aquí, quién sabe qué prueba esperan los herejes y los descreídos.

—El Niño Jesús se apareció. Es un milagro, les digo, es un milagro.

—Un momento, señora. Dice que usted sabe que era niño, y no niña.

—Se le paraba. Le levantaba la faldita.

Líbranos de toda tentación. No íbamos a caer, a estas alturas, en las del milagro. Podíamos, con ironía cervantesca, admitir, a lo sumo, la célebre explicación de los milagros que don Quijote le hace a Sancho: "Son cosas que ocurren rara vez..." De lo contrario, serían la norma, no la excepción. Bendito Quijote, que a tus hijos nos salvas de todos los apuros de la contradicción: eres algo así como Lenin para los comunistas.

El hecho es que nosotros, sin ofender la fe popular de los obreros que pedían el milagro, ni la fe agnóstica de los ingenieros que lo negaban, pudimos, como lo querían ambos partidos, ser los árbitros.

A los trabajadores les dijimos: Los ingenieros son unos descreídos; déjennos a nosotros investigar esto, les prometemos que lo haremos con toda honestidad.

A los ingenieros, guiñándoles el ojo (práctica de pícaros, y por ello pedimos excusas) les explicamos que si no actuábamos a favor de la creencia, la creencia, como siempre, iba a actuar contra nosotros. Pues un rumor soltado por allí como quien no quiere la cosa —el Niño Jesús se aparece en una obra de la calle José María Marroquí, entre el estacionamiento equis y la balatería zeta—traería en menos de veinticuatro horas, imagínenselo nada más, equipos de televisión, cámaras, locutores, periodistas, diputados de la oposición adictos a la religión y diputados oficiales adictos a las normas laicas de la Constitución, pero temerosos de ofender la cándida fe del pueblo, etcétera, etcétera, y todo ello seguido de masas de fieles, veladoras, puestos, relicarios, globos, loterías, sudaderas del Sagrado Corazón, hasta una rueda de la fortuna y gente con rehiletes y cocacolas: ¿ellos querían eso? Les costaría la chamba. Déjennos a nosotros.

—¡Ah qué estos arquitectitos! ¡Siempre tan finos y diplomáticos! —dijo el burlón ingenierito ya mentado que rimaba a los Vélez con los Pérez y que por puritita suerte y alguna beca mal concedida no era lavaplatos en una fonda de nacatamal.

Nos reíamos de él, pero no de nosotros mismos. Hablamos con el grupo de obreros. ¿Nos tenían confianza? A remolones, dijeron que sí; éramos la gente distinguida de la obra; la gente de razón, en nosotros podían ver lo que, al cabo, necesitaban siempre: patrones a los cuales respetar: los jefes. Sí, sí nos tenían fe. Pues nosotros a ellos también. Era difícil, pero les pedíamos guardar silencio sobre lo visto por la mamacita de uno de ellos.

—Doña Heredad Mateos, madre de nuestro compañero Jerónimo Mateos, que la hace de vigilante aquí.

—Está bien, muchachos. Y oye Jerónimo.

—Manden ustedes.

—Adviértele a tu mamacita: Si hablas de esto, mamá, el Niño Jesús nunca regresará a verte.

Nos pusieron caras de quiubo pues, tómennos en serio, pero nosotros mismos nos imaginábamos a la mamacita, doña Heredad, de regreso en su vecindario, regando la información de patio en patio, escalera arriba y peldaño abajo como alpiste para los pájaros. ¿Regresó tu mamá a su casa? No, patrón, estaba demasiado excitada, la tengo acostadita en un catre. Pues que no se mueva de allí, por favor, Jerónimo. Pero no pude pasar la noche así, se moriría de frío. ¿Por qué? La ventana de la caseta del vigilante no tiene vidrio. Pues que se lo pongan, que esté cómoda la señora, pero que no regrese a la vecindad. Mi mamacita necesita trabajar para vivir, dijo entonces Jerónimo Mateos, con un como reproche agrio. Pues puede seguir trabajando, le dijimos nosotros, que lo haga desde aquí, desde la obra. ¿De veras? ¿Lo puede hacer? ¿Pues qué cosa hace? Vestidos de novia, patrones. Repara vestidos de novia viejos. Se los venden las señoras ricas cuando los vestidos se hacen viejos y ella los remienda y se los vende a las novias pobres.

—Pues que se traiga unos cuantos trajes a remendar aquí —dijimos un poco impacientes con tanta complicación— pero que no acepte por el momento más trabajos.

—Uuuy, si cada traje le lleva un mes, cuando menos. Mi mamacita es muy hacendosa.

—Y sobre todo que nadie venga a verla aquí.

—Menos el Niño Jesús —dijo su menguado hijo Jerónimo Mateos, añadiendo con un suspiro—: chin, esto me saco por andar de descreído.

Nos reímos de semejante salida y regresamos a nuestro propio trabajo, satisfechos de nuestra tarea conciliadora en esta obra que escapaba, por su dimensión, a nuestro dominio. Nosotros trabajamos en proyectos precisos y de área reducida, con un ritmo más bien lento (igual que doña Heredad y sus trajes de novia) y adaptado a la permanencia más que a la prisa. Pero el rumor del milagro, sin que lo deseáramos, nos aceleraba; hubiéramos deseado más calma, pero la calma era un lujo si queríamos evitar el rumor dañino y la eventual paralización de la obra; nadie, entre nosotros, resiste a la tentación de la fiesta religiosa; es nuestro respiro providencial en medio de tantas calamidades.

Volvimos a la normalidad cuando, por obligación contractual, los ingenieros vinieron a consultarnos acerca del lugar donde iban a ponerse los semáforos.

8

Nos miraron con más odio que de costumbre, como diciendo qué carajos saben estos arquitectos sobre el mejor lugar para poner un semáforo en calles tan congestionadas como éstas, pero nosotros, nada más por joder, es cierto, insistimos en una cláusula que nos daba derecho a opinar en todo asunto tocante a la estética de la obra. Un semáforo, alegamos, es como un barro en el rostro de una diosa; no podemos permitir que un constante parpadeo de luces tricolores destruya el efecto del conjunto.

Hay que pensar en lo práctico, decían los ingenieros. Hay que pensar en la belleza, decíamos nosotros. La circulación se va a congestionar aún más, decían ellos, exasperados. No había automóviles en el siglo XVIII, decíamos nosotros, entre pedantes y satisfechos.

Ellos habían no sólo escogido, sino plantado el primer semáforo frente a la entrada de la obra. Era una necesidad, alegaron. Si los choferes no ven de lejos esta luz roja perpetua, pueden equivocarse y entrar a los trabajos. Luego hay que pedirles que salgan y es una pérdida de tiempo. Se puede poner un aviso de NO AY PASO, dijimos con cierta burla. Muchos son iletrados, contestaron los pobres ingenieritos; más vale contar con los actos reflejos ante una luz roja. A nosotros nos divierten estos alegatos bizantinos. ¿Cuántos ángeles caben en la cabeza de un alfiler?, ¿cuántos choferes semianalfabetos cuentan con un innato reflejo de Pavlov?

Ellos se desesperan. Nosotros los tomamos a guasa. Es nomás por el gusto de joder, repetimos.

Entonces nuestro alegato fue interrumpido por la viejísima señora que se asomó desde la choza de vigilancia a la entrada de la obra. Shhh, dijo con un dedo engarrotado sobre los labios sin dientes, shhh, no molesten al niño; tanto grito lo pone nervioso.

Nos encogimos de hombros; pero la señora traía entre manos un traje de novia que contrastaba, blanco y vaporoso, con la negra severidad del atuendo de la costurera. Tenía que ser ella, la madre de ese vigilante, por Dios, ¿cómo se llamaba?

—¿Él? Jerónimo Mateos.

—No, su mamacita.

—Heredad Mateos, para servir a ustedes. No hagan ruido. Se pone muy nervioso.

Gritó. Se escuchó un grito doloroso desde adentro de la choza. Nosotros corrimos a ver qué ocurría; los ingenieros hicieron, unos, un gesto de indiferencia y otros, la seña del loquito con un dedo girando cerca de la sien. Nosotros corrimos porque estábamos tensos, en espera, sin saberlo, de algún signo más allá de nuestra suficiencia inocente. Ahora, de un golpe, ocurrió todo esto: entramos a la caseta de la señora Heredad Mateos, un espacio lleno de tules vaporosos, pecheras de brocado y velos de pedrería, ay mijito, qué te pasó, dijo ella y nosotros miramos a un muchachillo de unos doce años, vestido como para un carnaval o una pastorela, un niño muy blanco, con peluca rubia y ondulada, pestañas postizas y mirada dormida, que acababa de pincharse un dedo con la aguja de la costurera: la sangre goteaba y uno de nosotros recogió el velo manchado, el vestido de organdí suizo con bordado inglés, nos dijo que miráramos, que nos diéramos cuenta, pero el niño salió corriendo, nosotros lo seguimos con la mirada. Luego salimos corriendo detrás de él, pero él desapareció con la velocidad de la luz; se convirtió en un brillo fugaz y desapareció, ¿por dónde?, no sabíamos decirlo, no se desvaneció, entró a la obra, pero también a algo más, a un espacio que nosotros no habíamos visto antes...

Regresamos a la caseta del vigilante, convertida en costurería de doña Heredad Mateos, secuestrada allí para impedir que se formara el chisme en el vecindario. Ahora la señora meneaba la cabeza cana con una mezcla de desaprobación y resignación y nosotros nos reuníamos, tomados de las manos y con las manos libres deteníamos el velo, el traje, manchados con la sangre del niño.

—No puede ser. No tienes razón.

—¿Ya te olvidaste? No puede ser.

—Entonces tengo razón.

—No, quiero decir que es el mismo traje. Es inolvidable.

—Yo tampoco lo olvido. Pero no puede ser.

—Mejor vamos preguntándole a ella.

Pero no nos atrevimos, como si ambos —Carlos María, José María— temiésemos perder nuestras almas si perdíamos el misterio.

La señora menea la cabeza, recoge la aguja abandonada por el niño, la ensarta en un cojincito, continúa sus quehaceres, tararea alguna cosa.

—Te digo que es el traje de Catarina.

Quizá pensamos los dos que aunque el misterio nunca es obvio, teníamos a la mano nuestro pretexto para acercarnos a él. Es cierto: nos acercábamos, simplemente, al lugar de nuestro trabajo, el jardín que debíamos restaurar en medio de la fealdad irredimible y retorcida de estas ruinas prematuras de la ciudad.

Miramos las obras. Hemos dicho que eran una red de materiales retorcidos, abandonados, extraídos de la tierra. Todos los elementos metálicos parecían resurgidos para una cita fríamente ígnea, final, pues la luz caprichosa y enferma de este atardecer jugaba con todos los ángulos de estos restos de fundaciones, estructuras, columnatas, escaleras de caracol, balcones, automóviles, quincallería, todo ello amalgamado, retorcido, fundido con grillos de cobre vivo aquí y de oro moribundo allá, con opacidades de plomo chupadas por una gran respiración transparente de plata, hasta formar algo, aquella tarde, que miramos con mirada nueva, en esta excavación en el centro de México, un hoyo que se extendía entre las calles de Balderas, Azueta, Revillagigedo, Luis Moya y, más lejos, hasta San Juan de Letrán y aún, si seguíamos hurgando, hasta las fronteras del antiguo convento de las Vizcaínas.

Miramos las obras.

Nos miramos de reojo.

¿Mirábamos lo mismo? ¿Mirábamos hacia lo invisible que ahora se volvía visible porque nuestras cabezas, nuestra atención o nuestra nostalgia nos permitían organizar los elementos dispersos poco a poco, como nos lo pidió el arquitecto Ferguson?

—¿Te das cuenta José María?

Habíamos trabajado durante más de seis meses en esta obra.

—¿Te das cuenta?, todo se organiza, tenía razón el maestro, nos faltaba concentración, hermano, no habíamos logrado distinguir lo que el maestro nos dijo, ese punto donde la arquitectura aparece como la única unidad posible de un mundo disperso, un mundo...

—Te interesa demasiado la unidad. Mejor respeta la dispersión. Es más humana. Más diabólica.

—¿Sabes cómo me siento, José María?, como un viajero que llega al altiplano por primera vez y el hambre de oxígeno le da una maravillosa sensación de alegría y exaltación.

—Cuidado. La siguen el cansancio y la asfixia.

—José María, ¿no ves?

—No.

—Es la entrada. Estamos mirando la entrada.

—No veo nada.

—Ven conmigo.

—No.

—Entonces iré solo.

—No se te olvide la ranita.

—¿Qué?

—Que lleves la ranita de porcelana, te digo.

—El perro sólo trajo la mitad, recuerda.

—También tú y yo nos vamos a separar por un rato.

—¿Te parece necesario?

—Vamos a contar dos historias distintas, hermano.

—Ojalá resulten ser una sola historia verdadera.

9

Hice una visita de joven a Escocia, la patria de mis abuelos, le contó Santiago Ferguson a su hija Catarina. *Esta visita fue para mí un estímulo pero también un reproche. En Glasgow tuve un encuentro con el pasado.*

Déjame contarte cómo en 1906 el arquitecto Charles Rennie Mackintosh compró una casa en una terraza decimonónica de Glasgow y se mudó allí con su mujer, Margaret, y sus dos pequeños hijos. Mackintosh conservó la fachada victoriana pero convirtió los cuatro pisos en un habitáculo moderno en el cual la creación imaginativa podía ser vivida cotidianamente. Reemplazó puertas, chimeneas y remates; tumbó paredes; creó nuevas ventanas, nuevas luces, y en ese nuevo espacio, desplegó los espacios invisibles y los detalles visibles del arte nuevo, la rebelión, la purga, el estilo que en Barcelona se asocia con Gaudí y sus catedrales boscosas y sus jardines catedralicios, en París con Guimeau y las entradas a los metros y en Chihuahua con la mansión abandonada por la familia Gameros, que huyó sin habitarla jamás, a los excesos de la revolución villista. En Escocia el artnouveau es sólo la modesta residencia de los Mackintosh, el arquitecto y su familia: una secuencia espectacular de ausencias, un pasaje de ingreso blanquinegro, como la división ideal entre la luz y la sombra, la vida y la muerte, el afuera y el adentro (*descansa, Catarina*), un comedor de maderas altas y muros de esténcil gris, el estudio lleno de luz blanca (*cierra los ojos, Catarina*), pero lo blanco y lo oscuro cálidos por igual, el brillo inesperado de la lámpara, la perla, el bronce...

—Mackintosh no tuvo éxito, no fue comprendido (*le decía el maestro a su hija recostada contra su hombro y a nosotros sus alumnos caminando por la calle, en la clase, en la comida*), él y su familia abandonaron la casa ideal, ésta pasó de mano en mano, yo vi lo que quedaba de ella, disminuida y maltratada, allá por los años cincuenta; en 1963 la casa fue demolida, pero sus elementos decorativos fueron reunidos en una galería de arte, al cabo la secuencia arquitectónica y el mobiliario fueron, en parte, salvados, en parte, reconstruidos, y escondidos dentro de una concha de cemento. Nos quedan las fotos del arquitecto y su esposa. No parecen jóvenes ni escoceses, pero esto quizá se deba a que en 1900 todo el mundo quería parecer viejo, oscuro, sombrío, serio, respetable, aunque su arte estuviese dedicado al escándalo de la luz. Charles y Margaret Mackintosh, él con sus bigotes espesos, su corbatón de seda negra, su atuendo fúnebre y su leontina solemne, ella con su alto y oscuro peinado partido por la mitad, su sombrío vestido cubriéndole hasta la mitad de las manos, la totalidad de los pies y la garganta hasta el límite de un sofocante negro, parecen treinta años más viejos de lo que son, y treinta meridianos más al sur. Pero sus hijos son rubios y vestidos con listas de caramelo, claros como los dormitorios de la casa extrañamente exhibida en el corazón de su propia clausura, como los baños verdes decorados con ranas de porcelana. Quienes les observaron viviendo allí cuentan que aunque el decorado y todo el concepto arquitectónico eran revolucionarios, la pareja vivía en un mundo de mírame-y-no-me-toques. Todo estaba siempre en su lugar, inmóvil, perfecto, limpio, inutilizado quizás.

Un día, enfermo ya, exclamó: —Pensar que una concepción tan bella, una de las cimas del *art-nouveau*, tiene que estar encerrada, para ser conservada y admirada, tan frágil como una catedral de barajas, tan protegida como una torre de arena, tan pasajera como un castillo de hielo, entre los muros de una cárcel de cemento. Era uno de los triunfos más detestables de Le Corbusier, decía desesperado, mezclando siempre los momentos más íntimos con el llamado profesional, de Gropius, de los arquitectos de los que el maestro Ferguson hablaba como de sus enemigos personales. Pero tampoco excluía a la pareja, Ferguson de sus críticas, quizá merecían vivir hoy en esa tumba de cemento, si en vida ellos mismos trataron con semejante respeto doméstico, clasemediero, su propia creación —mírame-y-no-me-toques—, como si no mereciera ser vivida, como si su destino, desde el inicio, fuese sólo servir de ejemplo, ser un museo.

—Bah, entonces los Mackintosh se merecían su entierro, su museo escalofriante —exclamaba, antes de retractarse y amarles de vuelta.

Quizás esto lo definía mejor que nada: Santiago Ferguson, era capaz de volver a amar y a su hija Catarina, contándole, muy unidos, la historia de su regreso a Escocia, le pedía: *que nuestras casas sean lugares realmente vividos, no museos, casas de donde se puede partir al amor, una y otra vez.*

¿Y a la muerte?

Temo que a semejanza de las hazañas del magnífico Charles Rennie Mackintosh, suspiraba el maestro, enfermo en su cama, mis pobres logros acaben encerrados en un museo.

No, no nos referimos a tus obras, sino a tu muerte, su muerte (*decíamos Catarina y nosotros, los Vélez, la hija, los discípulos*): ¿Había escogido dónde quería ser enterrado: el refugio final?

El padre y la hija están abrazados y él le cuenta las historias de las casas como otros padres cuentan historias de ogros y princesas dormidas y niños perdidos en el bosque. Santiago Ferguson extrapola de todas las fábulas un solo elemento, la habitación, porque cree que sólo de lo que hemos construido podemos partir para amar. La naturaleza, *arrulla a su hija,* es demasiado dañina y nosotros también la dañamos para sobrevivir; la arquitectura, en cambio, sólo puede ser obra del amor y el amor necesita un refugio; Mackintosh y su familia, en Glasgow, no se dieron cuenta de esto, convirtieron el refugio en museo, *tú y yo Catarina* sigamos buscando, sigamos identificándonos con el lugar que nos salve, aunque sea por un momento, del dilema que nos persigue desde que nacemos, expulsados del vientre que nos dio la vida, condenados al exilio que es nuestro castigo, *hija*, pero también la condición de nuestra vida, *sí Santiago te entiendo Santiago: Catarina*, adentro o afuera, ése es todo el problema, adentro vives, pero si no sales, mueres: afuera vives pero si no encuentras un refugio, mueres también. Sepultado adentro, desnudo afuera, condenado siempre, buscas tu lugar exacto, un afuera/adentro que te nutra, *hija*, y te proteja, *padre*, ahora estamos los dos en el Monticello de Thomas Jefferson, hablándole a su hija, el arquitecto diciéndole a su hija, ven a visitarme, la casa es un mirador y desde aquí se extienden las montañas, los bosques, las rocas, los ríos. La casa está suspendida sobre la naturaleza, no la daña y no es dañada por ella, nuestra casa, por eso la llamo el monte del cielo, hija, boga por encima de las tormentas, nuestra casa es una torre que nos permite mirar incesantemente el taller de la naturaleza: a nuestros pies, hija, vemos cómo se fabrican las nubes, la nieve, el granizo, la lluvia y la borrasca. La naturaleza no nos rodea, no nos amenaza más, *hija*, estamos unidos *tú y yo, Santiago*, en el mirador perfecto, el refugio que contiene todos los refugios, el mundo se construye a nuestros pies y cuando el sol aparece, es como si naciese en el agua y, al llegar a la altura de las montañas, nos diese vida por igual a ti, a mí y a la naturaleza.

—Abre la puerta. Los muchachos quieren entrar a la casa.

—No. Se han separado. Sólo uno quiere entrar aquí.

—¿Dónde está el otro?

—Perdóname. También busca una entrada.

—Que abras la puerta, te digo. No abandones a nadie, hija.

—Yo no soy tu hija, Santiago. Tú estás invitando a Monticello a tu amante. El monte del cielo, el monte de Venus, murmuró, perdido en el amor, embriagado por el sexo, Santiago Ferguson, Monticello, Venusberg, colina suave del amor, suave pendiente de las diosas.

II. Milagros
1

Él regresó lentamente a la parte elevada de la obra. Su voluntad de dirigirse cuanto antes a la caseta de entrada donde la señora Heredad Mateos zurcía el vestido de novia fue debilitada por un sentimiento de propiedad, o quizá por la verdadera debilidad de estar solo: de estar sin mí.

Por eso se detuvo en nuestro belvedere, como lo llamamos alguna vez, y allí se preparó tranquilamente una taza de té, se sentó a beberla a sorbitos y miró, como tantas veces lo hicimos juntos, hacia las obras, aunque no sé si miró lo que yo descubrí milagrosamente, o si todo el conjunto volvió a su situación original de fierro retorcido, vidrio roto y armazones corroídos por los tóxicos de la ciudad.

Yo quisiera pensar que él, mi hermano José María, separado de mí, pierde la visión que pudimos compartir, la visión mágica que a veces dos personas pueden fijar como en una imagen de cine congelada, para ver lo que comúnmente no se ve, aunque siempre haya estado allí.

2

Yo te di la espalda y me fui caminando hacia la choza donde estaba la vieja con el traje de novia. Recogiste la ranita de porcelana que habíamos visto en el baño de Catarina Ferguson. Te dirigiste hacia la confusión de la obra recordando las palabras del maestro Santiago Ferguson durante una sobremesa, "acepten ustedes que nosotros los arquitectos intentamos salvar lo salvable, pero hay que saber mirar, hay que mirar de nuevo".

—Todo conspira para que no nos demos cuenta. ¿Recuerdan el cuento de Poe, "La carta robada"? Nadie la encuentra porque está en su lugar, no escondida, sino a la vista de todos. Así sucede también con la arquitectura más bella de nuestra antigua Ciudad de los Palacios.

Tú te diriges a lo que finalmente has visto, en medio de esta cordillera de metal retorcido. Algo que antes, unidos, veíamos sin darle figura, viéndolo como uno de tantos trabajos de la anarquía citadina, y fijándonos tan sólo en lo que nos concernía: el jardín que no lográbamos organizar en medio de las exigencias prácticas de los ingenieros y de nuestra propia indecisión acerca de cuál debería ser el verdadero perfil de este breve espacio de la belleza que nos encomendaron a nosotros, los hermanos José María y Carlos María Vélez: el espacio, como nos enseñó el maestro Ferguson, entre lo que el estilo reclama y lo que el artista proporciona.

Tú te diriges a lo que finalmente has visto, la puerta de entrada de un edificio neoclásico, severo en su sudario de piedra gris, pero obligándote a notar su nobleza en las columnatas de la entrada principal, los remates triangulares de las ventanas sin balcones, tapiadas con ladrillo gris.

Tú te preguntas si la viste solo y yo no la vi, o la vi también y te dejé ir solo, viendo lo que ves y deseando lo que deseas.

Las ventanas están tapiadas, los balcones ciegos, y por eso crees que el portón te vedará el ingreso. Pero tu tacto excitado no encuentra resistencia alguna al ímpetu que prolonga tu voluntad: una voluntad celosa, como para equipararse al celo enclaustrado que imaginaste en esta casa de celosas entradas. Tú empujas el zaguán dieciochesco aparecido en medio de las obras arruinadas del centro de México. Temes lo que parecía vedado. Anhelas una hospitalidad comparable a ésa que tu profesor Ferguson asocia siempre con Glasgow, la ciudad de sus padres donde un brillante edificio, novedoso y revolucionario, del arquitecto Charles Rennie Mackintosh mereció la reprobación escandalizada de la sociedad victoriana y terminó, hipócritamente, enclaustrada dentro de los muros de un museo.

Empujar la puerta, dar el paso de más. Entonces recuerdas la lección del maestro; las casas mexicanas son todas ciegas por fuera; sus celosas

entradas amuralladas sólo quieren decirnos que
nuestras casas miran hacia adentro, hacia los patios,
los jardines, las fuentes, los portales que son su mirada verdadera.

Empujas la puerta, das el paso de más.

3

Luego dejé la taza de té y salí caminando rumbo a
la caseta. Los rumores de la obra eran los de siempre, motores, aplanadoras, excavadoras y grúas, pies
entre el fango y sobre las cabezas las nubes del mediodía vencido. Junto conmigo, avanzaba la tormenta como una promesa prácticamente inadvertida del
altiplano, adelantando la noche.

Toqué con los nudillos a la puerta de la caseta.
Nadie me contestó. Traté de mirar por la ventanilla
y al hacerlo, me di cuenta de que le habían cumplido lo prometido al supervisor Jerónimo Mateos: habían colocado un vidrio en la ventana, para
proteger a su madrecita del viento y de la lluvia.

Toco también contra el vidrio, cegado por un
reflejo súbito, de un rojo encendido. Volteo instintivamente y me doy cuenta de que, en contra de
nuestras sugerencias, ya habían colocado el semáforo. Nunca obraban con tanta puntualidad. Pero como se trataba de llevarnos la contraria a los
arquitectos, hasta el vicio de la lentitud les parecía
un pecado. Por una vez eran cumplidos, pero por lo
visto la señora Heredad Mateos no disfrutaba de estas excepciones a la gran pachorra nacional. Tardaba en contestar a mi llamado.

Sentí la tentación de entrar, de forzar la entrada, siempre tenía la disculpa de ser el arquitecto. La luz volvió a brillar contra el vidrio y escuché un gemido —viejo esta vez y breve, pero de una intensidad extática— y volví a tocar en la ventanilla, luego en la puerta, esta vez más recio, con más ganas...

—Voy, voy, no coman ansias...

La anciana me abrió la puerta y su rostro de tortilla, ensombrecido por lunares de maíz, quebrado como un manojo de totopos, rodeado de hebras de elote, iluminado tan sólo por un par de chiles pasilla clavados en la masa quebradiza y tostada de la piel, me miró sin sorpresa pero inquisitivamente. Las veladoras brillan, como ojos de gato anaranjado, detrás de la vieja. No dice nada pero interroga con una mirada que parece defendida por otras miradas detrás de ella: las luces de la devoción.

—¿Me permite pasar?

—¿Qué quiere?

Era una mujer diminuta y yo un hombre bastante alto. Miré por encima de la cabeza de elote de la anciana, por debajo de las veladoras, la imagen de la virgen de Guadalupe iluminada por las ceras ardientes, el catre... La señora Heredad parecía levantarse en puntitas para impedir el paso y la vista. A mí me resulta imposible, embarazoso, descortés, hasta metiche, decirle señora, está usted reparando un traje de novia, creo reconocerlo, bueno, mi hermano y yo, los dos lo hemos reconocido y quisiéramos...

—¿Qué quiere, señor? —dijo doña Heredad, con una firmeza casi irritada.

—Nada señora. Soy el arquitecto. Quería ver si todo estaba en orden, si no le falta nada.

—Nada, señor. Mi hijo se encarga de que siempre esté atendida. Si trabajo es para no morirme de congojas. Buenas tardes.

4

Tú estás solo un largo rato, acostumbrándote a la sorpresa. Me preguntaste si yo vi lo mismo que tú, o si tú lo viste solo, y si lo que viste es cierto aunque me haya incluido, o falso si yo no compartí tu visión. Te preguntas esto constantemente ahora que estás adentro de la casa y estás solo.

Te encuentras en una antesala que no corresponde al estilo severo de la portada. Te ciegan los rosetones de sierpes de yeso, los abanicos de plata, las coronas de perla, vidrio y marfil engastados que dejas atrás cuando la portada exterior del siglo XVIII se convierte, al cerrarse detrás de ti, en una puerta art-nouveau por donde antes pasaron el niño brillante y el perro y hasta la rana quebrada que aprietas en tu puño, a lo largo de una galería de pavorreales nerviosos, nidos de cristal, confesionarios de plata, lavaderos de zinc y un pesado olor de flores viejas, hasta entrar a un pasillo estrecho y largo, desnudo, salvo por un paragüero de plomo —lo tocas, como si fuese un ancla en la desnudez del salón— donde reposan varias sombrillas, unas negras, otras de colorines, casi una docena de paraguas, ensartados con descuido en el objeto de plomo, mojados aún; los tocas y tienes la sensación de que aquí la soledad y el silencio serían idénticos si el pasaje no estuviese iluminado por cuatro lámparas. Hay una en cada rincón y todas ellas —las tocas también— hechas de cobre, y el cobre pintado de plata y las gotas de vidrio rodeando el foco de quebradizos filamentos de carbón, comparables a las antenas del primer insecto que vio la luz recién creada del universo.

La palidez de esta iluminación es mayor porque contrasta con el raudal de luz blanca que sale inmóvil y acerada como una navaja por una puerta entreabierta.

Caminas hasta ella y entras, protegiéndote los ojos con una mano, tardando en acostumbrarte a la luminosidad desacostumbrada de un comedor de sillas altas y delgadas, una mesa de caoba, muros cubiertos de elegantes esténciles color beige y sólo poco a poco te das cuenta de que hay numerosos objetos regados por el piso, que en vez de estar sobre la mesa están puestos donde tú puedes tropezar con ellos. Hay elotes en el piso, y vasijas de agua. Hay flores —cempasúchiles amarillos del día de muertos, nardos y alcatraces, gardenias: el pesado olor de flores muertas o lo que es igual, flores para los muertos—. Hay canastas llenas de pañuelos, hay cestos con dedales, hilos de colores, estambres, ganchos de costura, alfileres. Hay una canasta llena de huevos. Hay una bacinica.

Levantas la cara. Buscas algo más en este comedor tan limpiamente concebido pero tan lleno de cosas equívocas, como si los actuales habitantes del lugar fuesen totalmente ajenos, inconscientes quizás, acaso íntimamente despreciativos, hasta enemigos, del proyecto del decorador y arquitecto. Quieres imaginarte eso: los habitantes de esta casa deben odiarla, o por lo menos odiar a su constructor y el estilo que quiso imponerles. Lo que más te choca, más que los objetos regados por el piso, o los huevos, o esa bacinica que más bien te da risa, son las sillas de paja, chaparras, rústicas, pegadas a la tierra, que parecen desafiar e incluso insultar a las sillas delgadas y de altísimo respaldo, sillas que te recuerdan esculturas de Giacometti (giacométricas) insultadas por la abundancia terrenal y agraria de todo lo demás (lo demás: sientes una lucha sorda, en este espacio, entre un refinamiento excluyente y delgado y una inclusión grosera, la afirmación de la abundancia de la pobreza como si un gallinero se hubiera instalado en Versalles).

Una mujer está sentada en una de las sillas bajas, cosiendo. El niño que la acompaña acaba de herirse el dedo con una aguja, se lo chupa, la mujer lo mira con tristeza, la sangre mancha la canasta llena de huevos a los pies de la mujer. El perro entra, ladra y se va.

5

Me quedé dormido, por primera vez en mi vida, en la pequeña oficina de la obra. Me despertó un silbatazo y creí que era la tetera anunciando el punto de hervor. Me sorprendí dormido en una de las dos sillas de director cinematográfico que, con humor, hicimos inscribir con esténcil en el respaldo de lona: VÉLEZ ONE y VÉLEZ TWO, como hacían en las escuelas británicas para distinguir a los hermanos con apellidos idénticos.

Me quedé dormido con las piernas alargadas y al despertar sentí un dolor pesado pero agudo en los tobillos.

Los silbatazos venían de la obra y distinguí desde la oficina un arremolinamiento de gente caminando en todos sentidos, pero convergiendo en la entrada de la obra, en la caseta del vigilante. Angustiado salí sin cerrar la puerta, tanto temí que iba a perder, que quizá ya había perdido, lo que buscaba. Me quedé dormido imaginando maneras de hacer mío el objeto que quería: apoderarme de él, por las buenas o por las malas...

Me abrí paso entre el vaho helado de la madrugada, entre la gente con los hombros cubiertos por chamarras de lana, las cabezas cubiertas con rebozos, las manos unidas en alto, entre los alborotados, que impedían acercarse a la caseta, soy el arquitecto Vélez, es urgente, paso, paso, no lograba ver nada y lo que escuchaba me parecía insoportable, algo así como aproximarse a lo indecible. Si cerrase los ojos todo desaparecería salvo ese susurro intolerable de lo indecible. Quise nombrarlo abriéndome paso hasta la puerta de la caseta. Suspiros. Pesares. Lutos. Un tono sombrío llegaba desde la caseta del vigía, pero esa tristeza exaltada escondía una celebración. Doña Heredad Mateos vestida de negro, con las manos unidas en plegaria un instante y los brazos abiertos en cruz el siguiente, con las lágrimas rodando por sus mejillas como aceite por una tortilla quemada, hincada frente a la ventana de la caseta silbaba entre las encías arrugadas:

—¡Milagro, milagro, milagro!

Detrás de ella, en el catre, vi el traje de novia de Catarina Ferguson, inerte, clavado de alfileres, listo a pasar a nuevas manos, a vestir a una novia joven, ignorante de la maravillosa mujer que una vez lo estrenó y luego lo olvidó, se lo regaló quizás a una amiga, la amiga a una pariente pobre, ésta a su criada. Y delante de la señora Mateos, imprecisa como una fotografía, en el vidrio recién estrenado de la ventana, era posible adivinar una forma, parecida a una holografía, imprecisa, pero tridimensional, que yo, obsesionado por el traje de novia sobre el catre, no pude distinguir muy bien, pero que ella, doña Heredad, proclamaba:

—¡La Virgen y el Niño! ¡Reunidos al fin! ¡Gracias Dios mío! ¡Milagro, milagro, milagro!

6

Quisiste hablarles y te adelantaste para decir algo, saludar, preguntar...

Sonaron las campanas y la pareja de la mujer y el niño, sin mirarte, se movieron. El niño se alisó la cabellera ondulada y la túnica blanca, la mujer se echó una capa pesada sobre los hombros y se colocó con manos nerviosas y torpes una cofia blanca en la cabeza, no logrando amarrar las lengüetas bajo la barbilla.

El niño tomó a la mujer de la mano y la apresuró mientras las campanadas crecían. Abrieron una puerta y salieron a un patio colonial, otra negación —lo notaste en seguida— de los estilos anteriores, neoclásico, art-nouveau. Ahora las columnatas sostenían cuatro portales abovedados y de mamparas que, a la altura del pecho, permitían —te permitieron— acodarte a mirar el nervioso arribo de la mujer con el niño tomado de la mano al centro desnudo

del patio —ni jardín, ni fuente, sólo una implaca-
ble desnudez de piedra— y verlos unirse, bajo la
lluvia, a las mujeres que allí se paseaban, protegidas
por sus paraguas, caminando en círculos y en fila
india, una detrás de otra, a veces una de ellas tocando levemente el hombro de la que le precedía, pero
la mujer acompañada del niño sin paraguas, buscando algo, mientras las lengüetas de la cofia le azo-
tan las mejillas y el niño, con los ojos cerrados,
tomado de la mano de la mujer, deja, con una mueca entre regocijada y perversa, que la lluvia le moje
el rostro y le amazacote las ondas rubias.

Caminaron así todos —las nueve mujeres y el
niño— en círculos y bajo la lluvia durante más de
una hora, sin mirarte pero sin negar tu presencia,
como temiste al principio. Una de las mujeres, tocada con sombrero de paja y vestida de brocado color de rosa, incluso se acercó a tocarte la mano
—pero sin verte— y las demás, también sin mirarte, hicieron toda suerte de exclamaciones cuando la
mujer del sombrero de paja te tocó. Quisiste distinguir entre risa, exclamación, chillido, gruñido, so-
llozo, duelos, pesares, fiestas, y como no lo lograste,
fijaste tu atención en lo que esas figuras bajo la lluvia visten y en lo que portan en la mano que no sostiene el paraguas. Te dan una sensación opresiva de
abulia dinámica, un contrasentido que en ellas es
aceptable porque no dan un solo paso que no sea
grave y no hay en ellas un solo gesto que no sea de-
liberado; con una mano detienen el paraguas; en la
otra, protegiéndolos de la lluvia, portan diversos
objetos. La primera una canasta y la segunda un báculo de pastor. La tercera una cubeta llena de mue-

las y la cuarta una bandeja con panecillos cortados a la mitad. La quinta una campanilla amarrada a cada dedo y la sexta un camaleón apretado en el puño. La séptima una guitarra y la octava un ramo de flores. Sólo la novena lleva, en vez de un objeto, al niño empapado, tomado de la mano y con los ojos cerrados.

Todas portan como sombras las capas sobre los hombros.

Súbitamente, la mujer del báculo lo alza y lo deja caer con fuerza contra tus manos desprevenidas; gritas; ellas también gritan y luego dejas caer la rana que hasta ese momento apretabas en el puño. Ellas ríen, huyen, el patio es una confusión de paraguas y chapoteos y los panecillos caen y las muelas ruedan entre la lluvia, carcajeándose también, y el perro del culo herido, que los ha estado mirando en silencio, aúlla esta vez, apresa la rana rota entre los belfos y corre hacia el convento.

7

Dijeron que desde afuera no se veía nada, serían puras locuras de esta vieja, las costureras se vuelven mujeres muy ensimismadas, viven demasiado tiempo solas con sus pensamientos, pronto necesitan anteojos, ¿por qué vamos a creerle? Ella les rogó que en ese caso pasaran uno por uno, dos al mismo tiempo cuantimás, y vieran lo que ella veía desde adentro de su recámara en el cristal de su ventana: él miró lo que temía, el origen de lo que quería evitar, la publicidad, el morbo, y lo malo es que la gente que se juntaba fuera de la caseta quería creer, tenía ganas de que ahora sí éste fuera un milagro de a de veras y ellos los testigos que pudieran contárselo a los demás siendo lo malo de los milagros que uno quisiera verlos para uno solo pero a regañadientes tiene que compartirlos con otros para ser creíbles e igual aquí en la caseta de doña Heredad Mateos madre del vigilante Jerónimo del mismo apellido, que desde afuera no se veía nada y sólo entrando al pequeño espacio se advertía que era cierto lo que decía la señora. En el cristal se dibujaban netamente las figuras, tan cercanas que parecían una sola, de la Virgen con el niño en brazos, la silueta reconocible de la madonna y su hijo sin pecado concebido, nimbados por una luz blanca como de nieve, espléndida pero borrosa. Nada de eso se podía ver allá afuera, ¿entienden ustedes?, sólo aquí, hay que entrar de uno en uno, o mejor de dos en dos para que luego no digan, sólo aquí en la caseta habitada para nuestra ventura por la señora Heredad Mateos que fue quien puso las veladoras anaranjadas y las estampas de la Virgen al fondo y trajo todos esos preciosos vestidos de novia, si era digno de imaginarse, son los vestidos de la esposa del cielo, María Santísima, llena eres de gracia, que concibió sin mácula.

—Van a estropear los vestidos —le dije a la señora.

—Nunca se sabe en qué estado nos va a llegar la forastera.

—Es peligroso, deje que se los cuide.

—Aquí se quedan, porque si no, ¿qué se pone la Virgen, dígame usted?

—Le juro que cuando esto pase se los regreso.

—Bendito sea Dios, que me mandó a su esposa y a su hijo aquí donde se les puede dar posada y hasta abrigo, mil veces bendito el Señor.

Doña Heredad Mateos me miró a mí (José María Vélez) con sus ojos de chile ardiente, su rostro de tortilla ensombrecido por lunares de maíz.

—Y sabe usted, el hijo del Señor es un Niño muy venerable.

—Por lo que más quiera, señora, ¡no le preste este vestido a nadie!

8

Reunidas las nueve mujeres alrededor de la mesa de madera y sentadas en las sillas art-nouveau de altos respaldos, puedes al fin mirarlas detenidamente, aunque el niño, sentado junto a ti, constantemente te jala de la manga y te cuenta cuentos —sé sincero, son verdaderos chismes, maledicencias— sobre las mujeres en el refectorio. Pasan las tazas de chocolate en un pichel humeante y los panecillos dulces recién calentados y el niño rubio con el pelo alaciado por la lluvia se seca la melena con la punta del mantel y se ríe descaradamente de las mujeres que siguen comiendo impasibles, sin voltear a mirarlos. Él sólo te habla a ti, el extranjero, pero sus dardos van dirigidos a las mujeres que ahora aprecias, sin las capas pluviales, en todo su esplendor vestidas con sedas, brocados, mantones multicolores. Su belleza colectiva resalta gracias a la brillantez de los rosas y verdes, los anaranjados y los amarillos pálidos. La mesa está colmada de flores y de frutos y ellas alargan manos pálidas y finas para tomar los frutos, arreglar los ramos, servirse el chocolate, pero nunca hablan entre sí, sólo habla el niño malcriado, señalando con el dedo a ésta, y luego a aquélla, a la otra, hasta que acaba de secarse el pelo y borrarse el rimel escurrido de las pestañas, gritándoles: —¡Monjas! ¡Putas! Todas comen y sorben las tacitas de chocolate, salvo la mujer que acompañó al niño desde el principio. Ella se mantiene inmóvil, con los codos sobre la mesa y la cabeza entre las manos, mirando al vacío, desesperada. Las demás son mujeres muy hermosas, sonorenses, sinaloenses, dirías si fuesen mexicanas, aunque puedes dudarlo, también podrían ser andaluzas, sicilianas, griegas, la piel nunca tocada por el sol o por mano de hombre, te dice con un guiño el muchachito, antes muertas que dejarse tocar (tratas de penetrar la mirada baja, las sombras de las espesas pestañas de la mujer vestida de seda naranja que por un momento levanta la vista, te la dirige y vuelve a velarla, habiéndote permitido ver a una fiera), ésa, ésa, dice el niño, ahí donde la ves tan dulce y pura, siempre la han acusado de meterse a los conventos nomás para seducir a las monjas, y la que está junto a ella, ¿te gusta? (el óvalo perfecto de su cara color canela es desfigurado por un bozo prominente sobre los labios), pues no te hagas ilusiones, con tal de no tener nada que ver con obra de varón, como dicen los curas, anduvo vestida de hombre creyendo salvarse de la violación y acabaron acusándola de ser ¡el padre del hijo de una posadera! Hasta aquí vino a dar con sus huesos, ¡qué remedio!

Esta historia hizo reír enormemente al propio narrador, que se atragantó con un polvorón y tosió, señalando con el dedo a la muchacha del bigote y la melena corta y castaña. Te serviste el chocolate humeante mientras el niño se recomponía; el brebaje se heló instantáneamente en tu taza; los panecillos, a tu tacto, se enfriaron. Buscaste la mirada turbia de la mujer con las trenzas recogidas como ruedas de carretón junto a las orejas y el alto vestido de brocado color de rosa abotonado hasta el cuello, cualquier cosa con tal de salvarse de los hombres, continuó el niño, mira los panecillos sobre su plato: ¿parecen tetas?, pues eso son, las suyas, cortadas para martirizarla cuando se negó a dárselas a un soldado romano, Ágata, muéstrale al señor, divierte a nuestro ilustre huésped; tú bajaste la mirada cuando Ágata se desabotonó la pechera y reveló sus cicatrices, entre las risotadas del muchachito.

—A veces porta panecillos, a veces campanillas, la muy simbólica: tilín de tetas tostadas, ¿oyes? y mira a la que sigue, Lucía, ¿me oyes?, levanta la cara, ¡pobrecita poca luz!, levántate el velo, deja que nuestro visitante vea las cuencas vacías de tus ojos, preferiste quedarte ciega a ser fornicada, ¿no?, pues ahora cómete tus ojos puestos como huevos fritos sobre tu plato.

Ríe a carcajadas, enseñando los dientecillos infantiles aún, manchados de rojo, señalando con el dedo, ganando en furia, en falta de contención, como un borracho prematuro, ordenándole a la mujer de larga cabellera caoba, que abra la boca y muestre las encías, Apolonia, ni un diente, ¿ves?, ni una sola muela, ideal para mamar (ríe cada vez más estridente), una segunda vagina, la boca sin dientes de la santa dentífrica. Agita tu bolsa llena de muelas, Apolonia, cosa que ella hace y cada una se apresura a hacer algo sin que él se los pida, la muchacha del sombrero de paja, en vez de meterse en la boca la lagartija que trae en la mano, trata de meterse ella misma dentro de la boca de la lagartija. La ciega recoge los huevos fritos de su plato y se los pone sobre los ojos vacíos; Apolonia saca las muelas de su bolso y se las mete a la boca. El niño chilla, grita, ¡todo con tal de no coger!, todo con tal de huir de los pretendientes rechazados, de los padres insatisfechos, de los soldados furiosos, mejor el martirio que el sexo, mejor la muerte que el amor, el convento es el refugio contra la agresión masculina, a ver, traten de seducirme a mí, a ver, trátenlo nomás. Una empieza a tocar la guitarra, otra el arpa, bellas, con las miradas ausentes, mujeres color de durazno y de pera pelada, mujeres color de nardo y de limón, mujeres canela y mujeres perla, rumorosas como un otoño perpetuo, silenciosas como el ombligo del verano, sedas y tafetas como un mar contemplativo: no miran al niño, el niño las señala con su dedito, su dedito herido por la aguja, la mujer que lo acompaña mantiene la cabeza desesperada entre las manos, deja caer los brazos, me obliga a mirarla, es la única que no es bella, tiene color de atardecer y lunares en las sienes, alarga la mano y toma una espina de entre las rosas de la mesa. Ven, le dice al niño, y el niño se resiste, dice no, ella no repite la orden, simplemente lo mira, él cierra los ojos y extiende la mano, ella le da la espina, él la toma y sin abrir los ojos, se la clava a sí mismo en el dedo índice.

Corre su sangre. La mujeres alrededor de la mesa lloran, van uniendo las voces en un coro plañidero, la guitarrista y la arpista no dejan de tocar, la monja Lucía levanta los párpados y revela el laberinto sin fondo de su mirada hueca, la monja Apolonia abre la boca desdentada, la monja Margarita lucha por meter la nariz dentro de la boca de la lagartija, la monja Ágata muestra las cicatrices purpúreas de sus pechos, la monja Marina se relame los bigotes, la monja Casilda se pone una soga al cuello, la mujer color de atardecer las va nombrando, como si me las presentara y el niño, iracundo, corre a sentarse en su bacinica, puja, deja de llorar, grita abrumado de placer, regresa a las carreras a la mesa con el bacín en la mano, lo vacía entre las rosas y los panes, la mierda es dura, la mierda es dorada, la mierda es oro. ¡Milagro, milagro!

—El deseo es como la nieve en nuestras manos —dice la mujer melancólica que acompaña al niño—, de nada nos sirve el oro. Mira al perro; él no sabe qué es el oro. Sólo reconoce la mierda.

Carlos María: hace tiempo que no te miran, que no cuentas para ellos, y en esa indiferencia que es como un silencio y un alejamiento reunidos, tú sólo ves el remolino de colores, tafetas, sedas, rosas, báculos, guitarras, ojos de venado, piel de melocotón, cabelleras de río y te alejas también, como si te vieras a ti mismo por el lado lejano de unos binoculares que te trasladan al sitio más alto de las graderías de un teatro, al paraíso del espectador, ausente y presente, viendo pero fingiendo ausencia, ignorado por la convención pero aludido por la representación, allí y no allí, parte de un rito, eslabón de una ceremonia que se celebraría —te das cuenta repentina— con o sin ti, pero que ha sido ensayada una y mil veces para este momento en que tú estás allí, ausente y presente, viendo sin ser visto, en un teatro de lo sagrado, cruel y sangriento, piensas como espectador, porque entre el estilo que reclama la obra y lo que proporciona el espectador, media la distancia (miras intensamente hacia el dedo herido del niño) entre la concepción de lo sagrado y su ejecución. Se puede concebir a Dios sin cuerpo, pero no se le puede ejecutar sin cuerpo. El niño te mira y corre a abrazarse de tu cintura, gruñendo como animalito. Sólo entonces te das cuenta de que este refectorio no sólo tiene color de ladrillo, sino que es sangre dura, convertida en ladrillo.

9

El padre y la hija van a repasar juntos dos o tres libros de arte, como lo hacen casi todas las noches, sin ponerse de acuerdo sobre lo que verán, con los libros abiertos sobre las rodillas de él y el regazo de *ella*, señalando ésta o aquella estampa, tomando vez en cuando las copas de clarete o de oporto, vieja costumbre de las islas que él perpetúa en las generaciones de este lado del Atlántico. *Él* escogerá un libro de grabados de Piranesi, amo y señor del infinito, le dirá a Catarina, autor de las sombras y luces más absolutas del buril: panoramas y cárceles romanos, le muestra, cárceles y vistas hacia lo que no tiene principio ni fin, *acariciará Santiago Ferguson la cabeza de su hija*, el grabado como un gran ocho recostado igual que tú junto a mis piernas, un infinito durmiente, entrada y salida, libertad y prisión, panorama encarcelado, una prisión con una vista.

—Eso te ofrezco. ¿Tú con qué me correspondes?

Ella abrirá su propio libro, descansando sobre el regazo. Indicará hacia la fotografía del Teatro Olímpico de Vicenza. Dirá que prefiere la arquitectura pública a la arquitectura doméstica de Palladio; para los burgueses de Italia, el arquitecto creaba templos romanos habitables; pero para el público, pobre o rico, creaba ciudades imaginarias, proscenios que se negaban a ser puro teatro, sino que se prolongaban en calles, vericuetos, urbes apenas visibles, dédalos citadinos que le daban, *repetirá Catarina Ferguson*, como nosotros discípula del maestro, al escenario una dimensión infinita también.

—¿No ves?

—No. No veo nada de lo que dices.

—Es la entrada. Estamos mirando la entrada.

—Yo sólo miro la misma portada de siempre, tan tapiada como siempre.

—Ven conmigo. Te voy aprobar que la entrada está allí.

—¿Sí? Se te ha ocurrido lo que a veces pasa, que por un instante creemos ver o sentir algo preciso que estaba allá pero que ignorábamos hasta que todo lo que lo rodea parece organizarse, o se detiene, o cae en su lugar...

—¿Ves, Catarina? ¿Ves cómo sí es así? Así es...

Más tarde, abrazados, *ella* le dijo que no la torturara más, saberlo era una tentación, *ella* no quería entrar nunca a ese lugar maldito, pero aunque lo detestaba y le daban horror las gentes que lo habitaban, la tentación de ir hasta allí —dijo— persistía.

—¿No crees en la simetría de todas las cosas? —le preguntó Santiago.

—Creo que las cosas ocurren una sola vez.

—Nunca nos entenderemos, en ese caso.

—Qué bueno, Santiago.

—Tienes que aprender a darle una segunda oportunidad a todo lo que fracasó, se frustró o fue dañado.

—Pero no a costa de mi propia salud. Perdóname.

10

El niño se ha dormido sobre el regazo de la mujer con rostro de atardecer. Las monjas la atienden sigilosamente, traen copas, platos con panecillos, se hincan ante ella que está sentada de nuevo en una de las sillas de paja cercanas al suelo, rodeada de canastillas de huevos y pañuelos, tijeras y ovillos, elotes. Las monjas la abanican a veces; otras, con los pañuelos, le enjugan la frente, le limpian los ojos, los labios. La mujer sentada cerca de la tierra acaricia la cabellera, seca ya, del niño dormido y despintado. Sonríe; te dice que ve un brillo conocido por ella en tu mirada; es cierto lo que estás pensando, te lo puede confirmar ella, una monja es una mujer, pero una mujer que no es vista diariamente. Los hombres no la agotan en el trato cotidiano, y por eso la desean con más ardor, está escondida, velada, vedada, en un convento, en una prisión, en una construcción infinita en la que cada puerta esconde otra, y ésta a otra, y a otra, y a otra más. Igual las monjas, ¿no le parecía a él?

Dijiste que sí.

Por eso ellas dicen ese responso que tú escuchaste al final de la comida, repite ella. El deseo es como nieve entre nuestras manos.

Repites tú también: Sí.

Ella mira con ternura al niño dormido y te dice, sin quitarle la mirada, que nunca hay tiempo suficiente para nada, quizá los animales, que no miden el tiempo, sí lo tengan; pero los seres humanos, bueno, los que logran encarnar, los dueños de un cuerpo, ¿verdad que ellos nunca tienen todo el tiempo que quisieran?

Le devuelves la mirada, con incomprensión, sentado en una silla más alta, mirando hacia abajo a la mujer y al niño; no, lo que ella quiere decir —se apresura, tiene una voz melancólica pero fuerte, la monja Apolonia se encarga de secarle la saliva que a veces se le escapa por las comisuras de los labios— es que nadie tiene nunca tiempo suficiente para vivir, aunque muera a los cien años cumplidos; nadie se despide del mundo con el sentimiento de haber agotado la vida; siempre hay una promesa más, un encuentro que quisiéramos convocar secretamente, un deseo que no se ha cumplido...

—Si...

Nunca hay tiempo para conocer y gozar el mundo completamente, suspira la monja y acaricia la cabecita del niño.

—Mi hijo se fue extrañando las cosas, extrañando lo que nunca pudo vivir, ¿esto le parece incomprensible a usted?

—*No*.

Te toma abruptamente de la mano y te pregunta con los ojos muy brillosos, ¿esta vez sí?, ¿él podría vivir más allá del tiempo que le dieron *la otra vez*, por eso volvió a nacer?, te dice, por eso me atreví a traerlo otra vez, dicen que no tengo derecho a hacerlo, mi niño no tiene derecho a nacer dos veces, señor (la monja mutilada, Ágata, le seca el sudor de la frente), dicen que es una monstruosidad (te aprieta muy fuerte la mano, esta vez te duele su caricia), dicen que es una monstruosidad lo que hago, traerlo otra vez al mundo (la monja ciega, Lucía, limpia con premura la sangre que escurre entre los faldones de la mujer y forma un charco en el piso), pero usted tiene que entenderme, usted tiene que ayudarme...

—Señora...

—¿Usted es albañil, o carpintero, o algo así, no es cierto?

La escuchaste azorado, irritado, no sabes bien. Pero asentiste, sí, eso eras, un obrero manual; y ella suspiró, quizá se puede repetir el milagro, en contra de lo que todos me dicen; abre desmesuradamente los ojos, la ciega pasa la servilleta mojada de sangre por los ojos de la mujer, que no cierra los ojos, como si agradeciera esta mácula, murmurando, si tiene tres padres, ¿por qué no puede tener tres madres?; y si tiene tres madres, ¿por qué no habría de tener tres padres...?

Miraste a tu alrededor: las ocho monjas estaban allí, de pie, rodeándolos a la mujer con cara de crepúsculo, al niño dormido y a ti, y una tenía en las manos un arpa, otra una guitarra, ésta un báculo, la otra un plato de plomo, la quinta la mano llena de campanillas colgando de cada dedo, la sexta un tenedor, un cuchillo la última, una verdadera daga apuntada hacia tus ojos. Tuviste una intuición espantosa, como si todo lo indecible —suspiros, pesares, lutos— estuviera a punto de encontrar palabras.

—No —dice la mujer, apartando delicadamente la cabeza del niño dormido—, no hace falta decir nada.

—El niño está vivo —logras decir de todos modos, con pánico—, no hace falta hacer nada, mírenlo, duerme pero está vivo —balbuceas un minuto antes de que las ocho mujeres se acerquen opresivamente a tu cuerpo y tú sientes inmediatos a ti los otros cuerpos, la intimidad de olores y vello y menstruación, la sensación deliciosa de cuerpos desnudos debajo de sedas verdes, la saliva en tus orejas, el caracol en tu boca, la seda anaranjada cubriendo tus ojos y la respiración de ocho mujeres convertida en una sola respiración, perfumada como sus noches, agria como sus amaneceres, sudorosa como sus mediodías y en el centro del círculo, reservada para ti, intocada, inmaculada, la mujer que era el atardecer mismo, morena, desesperada, atornillada por esos lunares en la sien, diciéndote, ven, José María, tardaste en venir, pero ahora estás aquí, mi amor... dicen al unísono la mujer y sus compañeras, empujándote, rodeándote, sofocándote, recluyéndote en el cuarto de baño decorado con azulejos y motivos vegetales y ranas de porcelana incrustadas en la bañera blanca que es como un gran lecho de agua donde te hunden... Te sofocan los besos indeseados, ahogados en el baño de vapor que súbitamente te parece el recuerdo más cierto del vientre materno, añorado hasta que mueras y otro baño te anegue, mi hermano, Carlos María.

11

Los primeros días, doña Heredad Mateos se sentó a la puerta de la caseta de vigilancia, severamente vestida de negro, con su rebozo cubriéndole la cabeza a veces, a veces la cara, cuando una especie de mortificación querida le contraía las facciones de por sí a punto de quebrarse como el caliche de un muro olvidado, a veces cayéndole sobre los hombros para acentuar actitudes diversas: majestad, resignación, esperanza, incluso un dejo de seducción. Para todo esto y más, desde que se inventó, sirve el rebozo y la anciana doña Heredad lo empleaba con una especie de sabiduría atávica, sentada a la entrada de su transitorio hogar, en una silla chaparra de paja tejida con los pies plantados en el polvo, las puntas negras y muy bien lustradas asomando entre los faldones oscuros.

Tenía el pecho cubierto de escapularios encomendándose a todos los santos y santas. Y junto a ella, sin tocarla nunca, una jícara pintada con flores, patos y ranas, invitando a cada cual, en silencio, a dejar el óbolo que ella ni solicitaba ni, al parecer, tocaba. La jícara estaba siempre a medio llenar y cada pareja que iba entrando a la caseta dejaba un puñado de pesos al principio, pero más tarde empezaron a caer monedas y doña Heredad, por el rabo del ojo, temió y comprobó que algunos eran cobres de empobrecido cuño, pero otras —no mostró su alegría— eran tesoros rescatados de quién sabe qué entierros en macetas, colchones y alcancías: tostones, pesos de plata, hasta uno que otro centenario de oro.

Entraban parejas de mujer y hombre, mujer y niño, hombre y niño, dos niños, dos mujeres, casi nunca dos hombres juntos, y unos salían llorando, otros con sonrisas beatíficas, los más en silencio y con las cabezas bajas, algún renegado riendo, y sólo a éste doña Heredad Mateos le miraba con una furia helada que era ya una premonición del infierno que aguardaba al infiel, así como las promesas del paraíso le eran reservadas a quienes salían de rodillas, repitiendo milagro, milagro, milagro. Cuando las colas crecieron y se hicieron como una culebra por la obra de la calle de José María Marroquí, un brillo de satisfacción apareció en la mirada de la vieja madre del vigilante Jerónimo Mateos. Distinguió escapularios como el suyo sobre pechos devotos, y hasta pencas de nopal hiriendo los corazones más fieles, y trató de no solazarse con el rastro de sangre dejado por las rodillas heridas en el penoso ascenso desde las excavaciones hasta la caseta, pues (Carlos María Vélez mi hermano diría esto con ironía) además de usar el ingreso directo de la calle o la caseta donde los ingenieros colocaron el tan discutido semáforo, quienes no creían merecer la visión sin la penitencia decidieron arrastrarse entre el lodo, los materiales de construcción, las aplanadoras, las púas, las varillas y los derrumbes de la obra para ser premiados con la visión divina dentro de la caseta de la señora Heredad: milagro, milagro, milagro, la madonna y el niño en brazos, retratados en el vidrio de la humilde choza, casi un pesebre le dijo una mujer a su marido, Belén oh Belén del nacimiento, no, le decía otro hombre a su mujer, si yo sé que el vidrio lo acaban de colocar, eso no le quita lo santo, hereje, contestaba con muina sobrada la mujer...

—México es Fellini instantáneo —le dije a un grupo de ingenieros (yo soy José María Vélez), sin esperanza de que me entendieran, y luego que miraran la ironía de que tanto habían discutido si ponían o no el famoso semáforo para evitar aglomeraciones de tránsito y ya veían, no se podía dar un paso por la calle de José María Marroquí entre Independencia y Artículo 123, primero por los curiosos y los penitentes y ahora por la presencia cada vez mayor de vendedores de helados, pop corn, hot dogs y gaseosas en competencia con los carritos de aguas frescas de tamarindo, papaya y piña, los raspados de coco y frambuesa, las masas de rehiletes tricolores que comenzaron a aparecer, las sudaderas con esténciles del Niño Jesús y la Santísima Virgen en posturas diversas: el niño en las rodillas de la madre, abrazados los dos, él chupando el pezón materno, los puestecillos humeantes y chirriantes de garnachas fritas, carnitas y chicharrones, sus olores ansiosos de unirse a los de veladoras chisporroteantes e incienso turbio, que eran el prólogo a los cajoncillos de pie sobre tijeras de madera ofreciendo estampas sagradas, sagrados corazones de plata, novenarios, alabadas, magníficas y otros rezos impresos con caracteres antiguos, rústicos, casi desaparecidos, sobre frágiles papeles de estraza, cajones con estatuillas del buen pastor, la madre dolorosa, la inmaculada concepción, el sagrado redentor, el niño sabio, reflejándose infinitamente en los espejos de los propios cajones que los contenían y en los metales de las carrocerías, las ventanillas de los automóviles, las vitrinas de los comercios...

Soltaron una mañana mil globos de colores con la imagen de la Virgen y el Niño y un anuncio fosforescente de la fábrica de condones Oasis, proclamando: Sea Hombre Precavido, sólo la Virgen Concibió Sin Pecado; pero ni este exceso me distrajo la atención, fija en la entrada y salida de la caseta y por encima de las cabezas de los fieles, agradeciéndoles a los penitentes su postura arrodillada, para proteger de lejos la pureza del vestido de novia arrojado sobre el catre, la labor minuciosa y prolongada de restaurarlo abandonada por la mujer de la hora, doña Heredad madre del vigilante Jerónimo Mateos, la humilde pareja de madre e hijo distinguida por las bendiciones de la Virgen María y el Niño Jesús que los visitaban y permitían al pueblo gozar, disfrutar, pues, compartir, el sagrado suceso y sólo cuando se aparecieron los policías primero para asegurar el mantenimiento del orden, y más tarde los camiones con granaderos para imponerlo, si hiciera falta, cuando la manifestación con pancartas alegando violaciones a la constitución y reclamando una sociedad laica, progresista y libre de supercherías, estuvo a punto de enfrentarse a otra manifestación de católicos gritando viva cristo rey cristianismo sí comunismo no y los discursos dialécticos fueron vencidos por las avemarías en las que la esperanza se templaba con el perdón y éste con la sospecha del inevitable pecado, torre ebúrnea, torre de marfil, torre de David, llena eres de gracia, el Señor es contigo, bendita eres entre todas las mujeres y bendito es el fruto de tu vientre, Jesús.

Pero lo que más me llamó la atención fue ver en la fila formada para entrar a ver el milagro a ese par de descreídos, el ingeniero Pérez y el capataz Rudecindo Alvarado. Aunque, claro, el lema del ingeniero pudiera ser el del escéptico Santo Tomás, hasta no ver, no creer; y a Rudecindo su agnosticismo le había costado una mano herida tratando de capturar la visión del niño brillante. El ingeniero Pérez y el capataz Alvarado entraron muy seriecitos, circunspecto el ingeniero y cabizbajo el tal Rudecindo, a la caseta de doña Heredad Mateos.

—Y el día de la Santa Cruz dije mil veces Jesús Jesús Jesús, se golpeó el pecho Jerónimo Mateos hincado al lado de su madre que al ver que se acercaban las cámaras de televisión le dijo a su hijo que le cuidara el puesto y no dejara entrar a nadie, tenía que cambiarse de prisa para verse muy chula en las películas y José María temió que la señora reapareciese usando, profanándolo, el traje de novia para verse muy chula, pero no, doña Heredad Mateos reapareció sin sus ropajes negros, sino con chamarra y pantalones color de rosa para correr, una gran estampa de la marca Adidas en el pecho y zapatos de tenis blancos recién estrenados de la misma marca y yo, aprovechado de la confusión y del aguacero que rompió el orden y confundió a la pareja que ya estaba dentro de la caseta y las que entraron a guarecerse, me colé sintiéndome menos que un hombre y más que un dios, yo José María tu hermano, apenas y nada menos que una gota fugaz, saltarina, inalcanzable, de mercurio; ladrón alado, entré escurrido a la caseta mientras afuera doña Heredad mentaba madres porque los cielos la traicionaban con la lluvia en el momento en que llegaban las cámaras de televisión y yo, tu hermano, tocaba con las yemas incrédulas el traje de novia, luego lo tomaba con pasión, abrazándome de él, cerrando los ojos como los cerraba Catarina al coger, besando repetidas veces la bastilla, acariciando la pedrería del vestido, dando gracias por el milagro de haber rescatado este objeto perdido de mi deseo, de mi memoria erótica. ¿Quién me lo iba a reclamar? ¿Tú? ¿No tienes tú también, hermano, derecho a tu propia visión y a tu propio derecho? ¿No lo tienen el maestro Ferguson, la propia Catarina, hasta doña Heredad y la madre desaparecida de nuestra novia imposible? Ten tu visión y tu deseo, hermano; no se los arrebates a nadie. Sepárate de mí, hermano.

12

Exhausto, despiertas cubierto por una piel húmeda; es lo primero que sientes y tu primera pregunta es si la piel es tuya o la de algún animal mojado que te protege de los insultos del otro animal. Eso te dice la sensación del tacto. Tu olfato recoge aromas pesados de flores muertas, flores resecas a las que les faltó agua.

Tu piel empapada; el olor seco. El temblor de una jauría que pasó, pisoteándote.

El sabor es de hiel; lo escupes y cae la cuchara que la monja desdentada introduce con dificultad entre tus dientes apretados. Hueles también las ropas orinadas, remendadas, sudadas, de la parvada monjil que te rodea y te atiende, las ves tan cercanas y unidas como las abejas en el panal y a la mujer con los lunares en las sienes la buscas inútilmente —éste es el objeto de tu mirada— y en cambio oyes —ahora oyes— el paso lento que se acerca a ti mientras las monjas, al escuchar ese mismo paso, y como si quisieran impedir la voz que se aproxima, empiezan a parlotear animadamente, sin secuencia, pero con un tema común, salí de mi casa vestida de hombre para evitar que mi padre me siguiera violando, le supliqué a mi hermano que me matara para evitar el matrimonio con un viejo asqueroso, me arrojé sobre la espada del soldado y le dije esto es lo único tuyo que podrá penetrarme, me arrancaron las muelas, me sacaron los ojos, me cortaron las tetas, con tal de no fornicar, con tal de merecer el cielo, con tal de resucitar en la santidad, ciegas, molachas, mutiladas, pero castas, esposas de Nuestro Señor Jesucristo y nanas del Niño Jesús y criadas de la Virgen Santísima...

Rió la voz detrás del círculo de mujeres. Rió al mostrarse, exclamando: —¡Déjenme solo con mi padre! Tú ves a la figura reconocible que se acerca a ti, con tres dedos en alto, bendiciendo, pero con una mueca de posesión y en la otra mano la maldición de un látigo que levanta (mientras con la primera mano bendice) para azotar a las monjas que gimen y se dispersan como murciélagos asustados.

Cuando él se hinca frente a ti, reconoces al niño que ayer, hace unas horas, o acaso sólo unos minutos, saltaba brillando entre las excavaciones de la obra, caminaba en círculo tomado de la mano de la mujer alrededor del patio del convento, merendaba en el refectorio, se pinchaba un dedo con una espina...

Reconoces la túnica manchada de sangre, pero le queda corta; reconoces la cabellera artificialmente ondulada, pero menos rubia, más opaca; reconoces los ojos azules, pero más pequeños, agrandados sólo por las aplicaciones de lápiz negro y sombras; reconoces los dulces labios, pero rodeados apenas de un bozo pueril, y cuando el muchacho levanta el brazo para acariciarte la frente, te expulsa el olor concentrado de la axila y el vello húmedo que es como un nido en espera de las aves que allí se refugien; una madriguera, la adivinas cuando él te abraza y te besa los labios y a tu recuerdo salvajemente asediado regresan otros tactos lejanos y cercanos a la vez, porque esto mismo sentiste ayer, anoche, hace una hora o un segundo, cuando la mujer de los lunares en las sienes y el rostro perpetuo de atardecer también te besó y te dio las gracias y te dijo...

—Gracias —te dice el muchacho envejecido.

Dice cercano, tibio, rubio, maloliente a cabra y a mierda, a sudor y a frituras, un muchacho del pueblo, un campesino o un artesano —que él y su madre te dan las gracias por lo que has hecho y lo hecho hecho está—, pero ahora te ofrece las manos para que te levantes, te sacudas la modorra y te apresures, pues no queda mucho tiempo, dice el joven extrañamente viejo, más viejo cada minuto, siempre nos falta tiempo, estamos en agosto y en diciembre va a nacer el niño tu hijo —gracias— y en enero lo van a circuncidar, ¿sabes?, y en abril lo van a matar y en mayo lo van a celebrar, recordando su muerte, poniendo cruces de madera encima de todas las obras en construcción, y tú debes prever todo esto, José María, y ponerte a trabajar ya, ven conmigo al corral y al cobertizo…

Lo sigues, tomado de su mano de uñas negras por el refectorio solitario y un patio asoleado ahora, rápidamente, por la sala de baño seca, limpia, sus emplomados sin vapor, sus ranas de porcelana áridas y rugosas... Sales con el niño viejo al corredor de la casa —¿el convento, el reclusorio, la maternidad?

El emplomado de motivos florales entrelazados, los aparadores incrustados en la pared, los adornos de bronce y las gotas de cristal, los espejos, se suceden velozmente, el muchacho abre una puerta, les ciega la luz, atraviesan otro patio y llegan tú y él a un cobertizo lleno de martillos, planchas de madera, clavos, lijadores, serruchos y un intenso olor de viruta.

Adentro, sentada en su silla de paja, rodeada de canastas de huevo y de pañuelos, de elotes y tijeras, la mujer con cara de atardecer, su aspecto acentuado por el velo azul que la cubre y disfraza los lunares en las sienes, como si fueran parte del velo y no de la carne, te mira y te sonríe pero no cesa de coser una túnica de bastillas doradas.

—Gracias —repite ella, y con un gesto de la mano, soltando la costura, te invita hacia el interior del taller, indicándote las planchas, los clavos, y al muchacho también, con un gesto más brusco, les indica que se pongan a trabajar.

Él sabe lo que debe hacer; se sienta en la tierra al lado de la mujer, toma las espinas y empieza a tejerlas en corona.

En cambio, tú no sabes; ella te mira con impaciencia; se retiene, vuelve a sonreír con dulzura.

—Es necesario un trabajo. Debes acostumbrarte —te dice con su voz más amable—, eso mata el tiempo...

—Si es que te gusta el tiempo muerto —se ríe, irreprimible, el muchacho sentado al lado de la costurera.

Ella le da un manazo suave; él se pincha un dedo con las espinas, grita, se lleva el dedo sangrante a la boca y se queja, pero esta vez ella no muestra cara de dolor, ha huido de ella la desesperación que le conociste…

—No importa —dice la mujer—, ya no importa. Ahora él está con nosotros para siempre, y cada año, cuando mueras, mijito, él volverá a hacerme un niño para que tome tu lugar, él te tendrá listo tu pesebre en diciembre, mijito, y tu cruz en abril, y en mayo…

Levanta la mirada, entre suplicante y agradecida, para mirarte bien:

—¿Verdad que sí, José María?

—No, José María no, yo soy Carlos María. José María es mi hermano, se quedó arriba, no quiso acompañarme…

Antes, un zarzal pasa volando y sus alas suenan a metal en un cielo hueco. Luego, la mujer con el rostro del crepúsculo abre la boca, en seguida la dulzura desaparece de sus labios y al cabo de sus ojos, mira al muchacho que se chupa la sangre del dedo herido por las espinas y ella, otra vez, se lleva las manos a la cabeza, regresa la mirada de su angustia, murmura la vieja nos engañó, nos mandó al que no era, y el muchacho dice no importa madre, tomando el brazo de la mujer con su mano manchada de sangre, el o quien sea, ya hizo lo que tú querías, el nuevo niño vendrá en diciembre, no te preocupes, el niño morirá, madre, y yo podré seguir viviendo, yo me haré viejo por fin, madre, no es eso lo que querías, mira, estoy creciendo y no me matarán en abril, me haré viejo, madre, me haré viejo contigo, el niño ocupará mi lugar. *¡Madre, da igual quién te culee con tal de que yo nazca otra vez!*

La abraza y ella te mira sin comprender nada, como si su vida entera dependiese de unas cuantas ceremonias que a fuerza de repetirse se vuelven por partidas iguales sabiduría y tontería, y tú intentas decir algo que explique lo inexplicable, logras murmurar que no, tu hermano José María —yo— no fue engañado, se quedó porque estaba enamorado de una mujer llamada Catarina y como nunca pudo tenerla, quiso tener en cambio su vestido de novia, su...

Pero ellos no entienden nada.

—Madre, el nombre no importa, importa lo que ocurrió...

—¿Cómo se llamarán los dioses entre sí? ¿Quién lo sabe?

—Sigues concibiendo, madre —dijo el muchacho, abrazando ahora, casi llorando, a la mujer sentada en la silla de paja—, ya no tendrás que hacerte esas preguntas horribles —dijo el muchacho llorando, apasionado con su madre, rendido ante ella, dándole la piedad de sus lágrimas, tenso como un arco para dispararle la flecha de la misericordia, pero rendido también, afanosamente demostrándole que el vencido es él, que la angustia está en el pecho del hijo, no en el de la madre, que él se echa encima todo el dolor y la decepción de ella, que el desengaño y la melancolía de ella se los puede cargar en las espaldas a él, que no importa, llora, ni siquiera importa si para que ella viva feliz él vuelve a morir y ahora es ella la que solloza, no, si se trata de que tú no tengas que morir cada vez que el perro se aparece...

La mujer se serenó, recogió su costura, la puso sobre su regazo y te miró, preguntándose, preguntándote, señor, ¿no se pueden repetir los milagros?, ¿parir sin mácula es un milagro la primera vez y un crimen la segunda vez?, ¿no pueden nacer dos dioses, señor, uno bueno y otro malo?, dígame, señor, ¿entonces quién va a proteger a los imperfectos y a los malos, a los que más necesitan a Dios?

El muchacho, cada vez que su madre hace una de estas preguntas, puntea la interrogación arrojando un huevo contra la pared del cobertizo. En su rostro ves la rabia de tu país, que es la rabia del ofendido, del humillado, del impotente, del rencoroso; la reconoces porque la has visto dondequiera que voltees, toda la vida, en la escuela, en las obras, entre los ingenieros y entre los albañiles, y su contrapartida eres tú, la seguridad abusiva, la arrogancia afirmándose en la facilidad de no encontrar obstáculos, y el precio de estos poderes que es la insensibilidad y al cabo la indiferencia gemela de la muerte... Te preguntas allí mismo si sólo el arquitecto Santiago Ferguson y su hija Catarina se salvan de estos extremos destructivos, si a ellos los une algo y si ellos se unen a algo que está más allá de la humillación de unos y la arrogancia de otros, y cómo se llamará ese algo distinto, esa filiación salvadora... Debe ser algo más de lo que tú y tu hermano dicen ser: gente de razón. Tú y yo, hermano.

Otro huevo se estrella, lleno de rabia, contra la pared y tú piensas en los muros del arquitecto Ferguson que estructuran, comunican y unen, pero nada de esto quiere la costurera de sienes sombrías, sino un nombre, más que un hombre, un nombre, ya tuviste al hombre le dice su hijo, quiero el nombre dice ella porque el nombre es el hombre, el nombre es lo que dice que es, el nombre es igualito a lo que nombra, ésa es mi fe, eso creo yo, eso creo yo, eso creo yo...

Pero en seguida se recompone, toma dos palos, los junta en cruz, los clavetea y me entrega el objeto. Tú no puedes rechazar su regalo, porque ahora ellos te dan, lo sabes, lo que ellos esperaban de ti.

13

Entre los fieles y los incrédulos, entre los granaderos y los equipos de televisión, el ingeniero Pérez se abrió paso hasta la caseta donde doña Heredad Mateos era filmada para los noticieros vestida por Adidas y desde allí le gritó al capataz Rudecindo Alvarado que apagara el dichoso semáforo y a los creyentes que estaban dentro del cobertizo que si ahora veían algo y ellos que sí, que sí, porque están viendo lo que quieren ver, gritó el ingeniero, a ver si hay alguien sin legañas en los ojos y sin sapos en la garganta que vea y diga claramente, tú y tú, a ver, pasen, y ustedes dos, no se hagan los remolones; ¿qué ven, francamente?, nada, un puro vidrio nuevecito ¿eh?, recién colocado y ahora, Rudecindo, enciende el semáforo que se refleja directamente en la ventana de la caseta y ahora sí les doy la razón, ahora sí vuelven a ver la figura, ¿no es cierto?, que es una pura ilusión óptica, un reflejo de las estampas colocadas por la vieja en la pared cuando se instaló aquí a hacer sus costuras y también puso veladoras debajo y enfrente de las estampas y entonces la luz constante del semáforo, pero cambiando del rojo al amarillo y al verde, creó este reflejo de la madre y el niño en brazos, ¿satisfechos?, ahora regresen a sus casas, dispérsense ya, aquí no ha pasado nada y usted, respetable señora, guárdese las limosnas fruto de su iniciativa, ni quien se las vaya a quitar, pierda usted cuidado y cobre a gusto lo que le dieron por anunciar esa ropa deportiva y santas pascuas, señora, le digo que aquí no ha pasado nada y tú, Jerónimo, puedes seguir trabajando, no se trata de acusar a nadie sino de acabar con esta superchería y volver al trabajo que se nos retrasa.

—¿Y mi vestido? —dijo doña Heredad, impasible a pesar de todo.

—¿Qué quiere usted, señora? Vístase como se le dé la gana, de pantalones color de rosa o de faldas negras, me importa un rábano.

—Mi vestido de novia, digo.

—Uuuy... Usted ya no está para esos trotes, rucasiana veleidosa.

—El que estaba cosiendo, ¿dónde está?, ¿quién es el caco? —preguntó doña Heredad.

Iba a gritar al ladrón, pesquen al ratero y el ingeniero Pérez temió que la capacidad de la vieja señora Mateos para iniciar mitotes no tuviera límite, cuando, recortado bajo este mediodía alcalino y sofocante que clamaba por la prontitud del aguacero de la tarde, desde el fondo de la obra caminó hacia ellos el arquitecto ese, uno de los Vélez, quién sabe cuál, imposible distinguir entre gemelos, lo sigue un perro y él lleva una cruz en la mano, dos palos claveteados y llega hasta la caseta y se encarama en unas piedras y coloca la cruz firmemente en el techo.

14

Cuando la monja Apolonia sin dientes te guió fuera de la casa art-nouveau que por fuera parecía un edificio neoclásico, seguida de la monja mutilada Ágata y de la monja ciega Lucía, vestidas todas de seda anaranjada y Ágata con las trenzas entrelazadas de flores, Apolonia con un sombrero de paja y Lucía con un báculo de pastor, tú quisiste pensar que tu maestro don Santiago te guió hasta aquí pidiéndote fijar la atención en la banalidad cotidiana hasta que la forzaras a entregar su secreto, que para un arquitecto es la composición de una estructura dispersa u oculta que sólo el artista sabe ver y reunir. Tú te preguntaste si tu hermano —yo, nombrado José María— no pudo o no quiso ver lo mismo que tú, o si, viéndolo, prefirió fingir que no, que su imán no estaba allí, sino en la caseta donde yacía, inerte, el vestido de novia de Catarina Ferguson.

No tuviste tiempo de contestarte a ti mismo; la luz de un mediodía feraz te cegó al abrirse el zaguán de la casa y las monjas te despidieron con estas palabras. Hermano.

—No regreses. No te preocupes por nosotras.

—Una monja es sólo una novia olvidada.

—Y no nos traigas nunca flores.

—¿Sabes qué sienten los muertos con las flores que les ponen en sus tumbas? Pues son clavos. Los vivos no lo saben. Sólo los muertos. Cada flor es un clavo más.

—No regreses nunca, por favor.

—Déjanos en paz, por favor.

—Son clavos. Son venenos perfumados.

—Tu trabajo aquí está cumplido —dijo la ciega Lucía.

—Las cosas son como son —dijo la mutilada Ágata.

—Las fechas pueden cambiar —dijo la desdentada Apolonia.

—Pero nada puede cambiar la fatalidad del tiempo —dijo la ciega Lucía y abrió el zaguán hacia la luz del mediodía mexicano.

Es cierto, hubieras querido decirles a las monjas, pero yo lo olvidaré todo apenas salga de aquí, menos estas cuatro cosas: que las monjas son sólo mujeres que rara vez se dejan ver; que bebiendo sombras, están siempre frescas; que las flores son como clavos en sus ataúdes; y que en diciembre, posiblemente, nazca aquí un hijo tuyo. Pero sólo de esto último dudarás, como parecen dudar la madre y el muchacho entre dos posibilidades. ¿Va a nacer en diciembre un niño nuevo para impedir que en abril muera el niño que tú has conocido, y que envejece, o se desgasta, a ojos vistas? Pero si el niño que tú conoces va a envejecer y morir mucho más tarde y el nuevo niño va a morir en su lugar apenas llegue la primavera, se necesitará que cada año sea creado un nuevo infante sacrificial para aplazar así, indefinidamente, la muerte del niño brillante. ¿Quién será el padre anual del niño sacrificado? Este año fuiste tú, esperaban a tu hermano el carpintero José María, es indiferente quién sea con tal de que fertilice a la madre, ¿cuántos garañones se han sucedido y se sucederán en el vientre bendito y fértil de la mujer oscura? O, quizás, el niño que tú conoces morirá abandonado en abril y cada año lo sustituirá un nuevo niño que nacerá en diciembre y, creciendo velozmente, morirá en abril. En ambos casos, la madre deberá ser preñada cada año. Éste fue tu año. No se repetirá. Estremecido, vuelves a dudar de todo. Del perro no. Él te guió hasta aquí y ahora te enseña el camino de regreso. Te das cuenta de que sólo le has mirado el culo herido, pero no el cuerpo amarillo, pinto, podrido, ni los ojos melancólicos que quizás le den valor al oro.

15

Hice una visita de joven a Escocia, la patria de mis abuelos, le contó Santiago Ferguson a su hija Catarina. Esta visita fue para mí un estímulo pero también un reproche. En Glasgow, tuve un encuentro con el pasado.

—¿Es allí donde quieres morir?

—No.

—¿Tú sabes dónde quieres morir, entonces?

—Sí, en la catedral de Wells, le dijo, nos dijo, lejos de lo que me recuerde todo lo que no quiero recordar, en el lugar que menos se parece a todos los que aquí hemos evocado. En una iglesia sin vírgenes.

Ella nos lo contó después del entierro: El día que visitó la casa de los Mackintosh en Glasgow, Santiago Ferguson se separó de sus acompañantes, perdiéndose en el laberinto de las tres construcciones superimpuestas como las cajas de una muñeca rusa: el moderno edificio municipal de cemento, la prisión posando como galería de arte y, en el corazón de la arquitectura, la reconstrucción (*arrepentida, oculta, vergonzante, Catarina*) de las habitaciones de la familia Mackintosh.

Pero a medida que se internaba en el asombro (laberinto: *maze, amazement,* se repetía Ferguson, asombrado) dos cosas le ocurrieron al mismo tiempo.

Se sintió, en primer lugar, desplazado a otras arquitecturas, tan interminables como admirables. Teatros paladianos, cárceles de Piranesi, miradores jeffersonianos sobre las nubes de Virginia, palacios art-nouveau en el desierto de Chihuahua, diciéndose (contándole a Catarina, educándola perpetuamente) que la palabra "laberinto" también es indicativa de un poema que se puede leer al revés y al derecho sin perder nunca, a pesar de la confusión, su sentido.

Sintió, simultáneamente, que iba perdiendo el dominio de sus movimientos.

La primera sensación lo llenó de un éxtasis particular, asociado a una de sus ideas más entrañables, que era la de la comunicación ideal entre todas las construcciones humanas. Para la mente aventurera, arriesgada, de Santiago Ferguson (el maestro, nuestro padre, su esposo, tu amante) la arquitectura era la simple y la compleja aproximación al modelo imaginado, imposible de obtener. Ferguson coqueteaba, a través de estas ideas, con la visión, tentadora y abominable a la vez, de una perfecta simetría que sería tanto el origen como el destino del universo.

En clase, recordamos entonces, tratando de entender la misteriosa trama que el maestro había tejido, sin que nos diésemos cuenta, alrededor de nuestras vidas, Santiago Ferguson rechazaba enérgicamente la idea de la unidad. La llamaba "nostalgia romántica trasnochada". Pero detestaba igualmente la idea de la dispersión, que era, decía, el verdadero encargo del demonio.

—La feliz identidad romántica del sujeto y el objeto no sólo me repugna (es como si estuviéramos otra vez en clase, escuchándole apasionadamente); me llena de terror. Hacía un garabato redondo en el aire. Su pizarrón permanecía inmaculado. —Es una idea totalitaria, imposible físicamente, pero mental, políticamente, esclavizante, porque autoriza los excesos de quienes quieren imponerla primero y mantenerla después como el valor supremo, intocable: La Unidad.

Entonces nos despertaba con dos puñetazos, diciendo primero, para ver si estábamos dormidos, que la unidad es a güevo no era un valor y, rayando en seguida la pizarra con el gis, como para electrizar nuestros nervios, para que lo escuchásemos decir:

—Temo la felicidad a cualquier precio. Temo la unidad impuesta, pero tampoco deseo la dispersión. Por eso soy arquitecto. *Ab ovum.*

Volteaba a mirarnos con atención, casi con ternura.

—Un edificio me permite, simplemente, recuperar la diferencia entre las cosas, apuntando hacia la simetría como la idea que contiene tanto similitud como diferencia.

Estos argumentos, que el maestro nos había comunicado con su habitual fervor, eran la esencia de su pensamiento, la ideología detrás de su obra siempre imperfecta y parcial. Los explicaba, decimos, con fervor y fluidez de la palabra y del gesto, aunque más de una vez fue sorprendido orinando en el baño de la facultad, rociando la blanca porcelana alegremente mientras repetía, "quiero la simetría, quiero la simetría". Esto en nada rebajaba ni su elegancia ni su energía.

Pero en casa de los Mackintosh, a la vez que refrendaba esta fe en el significado de su profesión, sintió que iba perdiendo, en el laberinto, el dominio de sus movimientos. Le contó a Catarina que no lo asediaron ni una parálisis, ni una torpeza siquiera. Al contrario, sus movimientos, como siempre, eran precisos, fluidos, ligeros. Pero no eran suyos.

Entonces Santiago se detuvo —continuó Catarina— y se dio cuenta de que junto a él alguien hacía la mimesis de cada uno de sus gestos. Quiso detenerse, aterrado, pero no pudo porque el ser que lo imitaba era invisible, y sin embargo Santiago lo podía distinguir claramente, era un hombre con bigotes espesos, un corbatón de seda negra, atuendo fúnebre y leontina solemne. Él no lo podía ver, se dijo Ferguson (le dijo a Catarina), porque al imitarlo tan exactamente, este ser extraño, ajeno, era él, estaba dentro de él y por eso él, viéndolo imaginariamente fuera de él y a su lado, no lo podía, realmente, ver.

Lo sintió dentro de él y al mismo tiempo a su lado, precediéndolo y siguiéndolo, todo al mismo tiempo, hasta el grado de que no era posible saber si la similitud perfecta de gestos y movimientos era una imitación de Santiago Ferguson por este individuo enlutado y repulsivo (comenzó a oler la podredumbre de agua, piel húmeda y flores viejas que lo rodeaba) o si era él, Santiago Ferguson, quien imitaba a su acompañante invisible.

Le dijo a Catarina que "no era dueño de mis movimientos. De manera que cuando me detuve abruptamente en un rincón de la casa tres veces amurallada, desplazada, disfrazada, de Mackintosh, y un caudal de luz helada me cegó repentinamente, tampoco pude saber si era yo quien se detenía, o si me detenía el que tan perfectamente me imitaba. Entonces una voz totalmente ajena pero que salía de mis propios labios me dijo: *Hazte cargo de nosotros, dedícate totalmente a nosotros de ahora en adelante.*

"No entendí por qué, con qué derecho, o con cuánto capricho, se atrevía a solicitarme esta responsabilidad. Yo estaba cegado por el brillo pero al acostumbrarme a él, empecé a distinguir, en un rincón de la casa, una puerta entreabierta. La figura que me acompañaba se desprendió entonces de mí y entró a lo que la puerta, al abrirse, reveló.

"Dibujadas por una línea de grafito sobre la blancura infinita del fondo, dos figuras me ofrecían sus manos alargadas, sus brazos abiertos. El hombre que era y no era yo fue a sumarse a ellas, y al hacerlo vi que, como las otras dos figuras, una obviamente femenina, la otra infantil, la del hombre desprendido de mí se fundía en la blancura de una sala de baño de azulejos blancos, con ranas de porcelana incrustadas en una bañera blanca y motivos florales apenas visibles entre el espeso vapor de ese vientre arquitectónico.

"El hombre se unió a las otras dos figuras y entonces vi cómo la mujer y el niño, ella vestida de negro con su alto y oscuro peinado, el niño rubio, vestido con un traje antiguo de listas de caramelo, se iban recubriendo de tela, se iban volviendo toalla, o sábana, no sé, pero sólo tela blanquísima, mojada, sofocante, y el hombre que me pidió hacerme cargo de los tres se unía a su familia, se iba convirtiendo como ella en sábana mojada pegada a cuerpos que imaginé podridos, desvanecidos, amortajados salvajemente...

"Me ofrecían sus manos alargadas, sus brazos abiertos.

"De los puñitos del niño cayeron dulces envueltos en suntuoso papel pesado.

"Los brazos me convocaban, los dulces caían al piso, yo me sentí rodeado de un intenso, perfumado e indeseado amor y estuve a punto de sucumbir porque nadie, nunca, me había pedido y ofrecido amor con tanta intensidad como este grupo, esta familia probable, seductora y repugnante a la vez, blanca como la pureza pero repulsiva como esa segunda piel mojada y pegajosa de ropa blanca que los recubría.

"Reaccioné instintivamente contra la seducción, decidí que eran los Mackintosh y que estaban muertos, ustedes son una familia de muertos, les dije, y bastó esto para que detrás de ellos y su reducto blanco y pegajoso, el horizonte se abriera, se prolongaran las casas de Glasgow, comunicándose con otras construcciones que yo desconocía o apenas adivinaba, casas que aún no había visto o que, quizás, aún no se construían, por cuyos patios y arcadas se movían otras mujeres con suntuosas y pálidas capas de seda, pálido limón, oliva desvanecido, portando objetos irreconocibles. Esas mujeres se erguían tristemente, en un mundo horizontal y de una lejanía tan precisa, que su contrasentido —todo estaba tan lejos pero yo lo miraba tan nítidamente— me causaba algo intermedio entre la náusea y el vértigo.

"En el centro de esa lejanía del horizonte se encontraban otras dos figuras, una mujer agachada sobre el cuerpo de otro niño de dedos heridos. El primer grupo sólo ocultaba al segundo, pero ambos estaban relacionados, lejanos en el espacio, pero cercanos en el tiempo. Simétricos.

"Temí que ellos también me convocaran y me pidieran: *Hazte cargo de nosotros. Dedícate totalmente a nosotros de ahora en adelante…*

"Otras casas, espacios distintos, pero siempre, ¿la misma trinidad, la misma responsabilidad? Todo se telescopió de regreso a lo inmediato, velando la lejanía o el futuro, lo que fuese (o quizás era sólo *lo lejano y yo* temí que fuese *lo mío*, ni *tiempo* ni *espacio* al cabo *comprensibles*, sino apenas *posesiones irracionales*) y las figuras que tenía frente a mí regresaron al primer plano, escuché el crujir apetecible de las envolturas guindas, doradas y azules de los dulces y miré las cabezas empañadas de las figuras que me sonreían.

"Detrás de las telas mojadas, la sangre escurría por sus encías, dibujándoles las sonrisas.

"Miré a las figuras, que ya eran tres, y preferí su horror funerario y blanco al de las figuras incompletas de la segunda visión, detrás de ellas. Allí faltaba el hombre. Yo no quería ser ése. Allí estaban solas las figuras de la mujer y el niño, convocándome.

"Me bastó pensar esto para verlos a ellos, los tres seres del grupo cercano, arrinconados en la sala de baño por el brillo blanco, perder sus vestiduras mojadas y aparecer desnudos, rejuveneciendo rápidamente ante mis ojos; los cerré con rapidez, enloquecido ya por el caos de mis sensaciones, convencido de que su juventud y su desnudez acabarían por rendirme pero que, si cerraba los ojos, ello me bastaría para negarles tanto la juventud como la seducción; si no los miro, ellos se harán viejos con la misma rapidez con que antes recobraron la juventud…"

Santiago nunca me explicó, continuaba la narración de Catarina, en qué consistía "recuperar la juventud" para el niño vestido con listas de caramelo. ¿Regresar al útero, desaparecer? Pero Santiago sí me dijo que cuando los guardias del pequeño museo de Glasgow lo encontraron postrado en un rincón, le preguntaron qué le había pasado y qué cosa le hacía falta, pero él no podía pedirles que le dijeran si había una familia amurallada para siempre en el rincón donde lo encontraron, frente a la puerta condenada de un baño, blanco sí, lleno de vapor, cegante, húmedo…

Sólo miró largamente las envolturas abandonadas de los caramelos.

16

—Catarina, no sé lo que he dicho hoy en clase, ni por qué lo he dicho. No sé si otros me habitan, hablan por mí, me hacen decir y hacer cosas que no quiero, hija.

—Yo no soy tu hija, Santiago.

—Me hacen sentir que mis actos más secretos son conocidos.

—Estás muy cansado. Recuéstate aquí.

—Un abandono, por ejemplo: una omisión que fue una crueldad.

—¿Te sirvo un té?

—¿Cómo sabré jamás si ellos me siguieron, tentándome para siempre, imitando mis movimientos como una forma de seducción a fin de que yo imitara los suyos? No lo sabré nunca más, hija.

—Yo no soy tu hija, Santiago.

—¿Habitan ellos las casas reales que tú y yo vivimos, Catarina, o sólo viven en casas imaginarias, réplicas invisibles de las nuestras?

—Cuántas preguntas angustiadas te haces, Santiago. Mira, mejor ven a sentarte junto a mí. ¿Qué cosas dijiste en clase hoy?

—Me dirigí a los muchachos.

—¿Y a las muchachas no? Tienes bastantes alumnas mujeres y muy guapas, por cierto.

—No, tú sabes, a ellos, los gemelos, los Vélez.

—¿Qué les dijiste, pues?

—Di una clase sobre arquitectura y el mito, pero no sé por qué dije lo que dije...

—Bueno, Santiago, si no sabes, mejor quédate aquí conmigo frente al fuego y repasemos, como siempre, los libros con…

—Que son los mitos los que viajan, no los fantasmas, y que éstos son sólo el espectro de un inesperado cruce de mitos. Un mito celta, por ejemplo, puede cruzarse con un mito azteca. Pero lo que más me llama la atención es la capacidad sincrética del mito cristiano para abrazarlos a todos y hacerlos aceptables, al mismo tiempo, a la razón, e irracionalmente sagrados. Ésta fue mi clase. No sé por qué dije todo esto, sin embargo.

—Acabas de explicármelo, Santiago. Fue para dirigirte a ellos dos, a Carlos María y a José María.

—Claro que sí. Creemos que un acto, un abandono, por ejemplo, es sólo nuestro, y de pronto, Catarina, otro hecho se aparece, completándolo, negando, burlando lo que creíamos sólo nuestro, y convirtiéndolo en parte de un esquema más vasto y que nunca comprenderemos. Por eso, al cabo, quizá, lo que llamamos mitos son sólo situaciones que se corresponden a pesar de la distancia en el tiempo y el espacio.

—Bebe un poco. Repasemos los libros. Son las reproducciones que tú más amas, Piranesi, mira, Palladio…

—Éste es el secreto de las casas que construimos y habitamos. Diles a los muchachos esto. Diles esto a los hermanos, Catarina.

—Ellos son mis hermanos, Santiago.

—*Hazte cargo de mí y de los míos. Dedícate totalmente a nosotros de ahora en adelante. Por misericordia. No nos abandones. Por piedad.* Éste es el mensaje de la inmortalidad.

—¿Qué quieres que haga por ti?

—Entiérrame lejos de aquí y en sagrado, pero en un lugar donde no haya vírgenes en los altares. Los que me persiguen me dejarán en paz si los engaño, haciéndoles creer que ausentándome de los lugares que yo habité y de las gentes que frecuenté, me he integrado para siempre a ellos, a su voz de agua, a su piel mojada y a sus flores corruptas, cuando regresé un día de Escocia, la patria de mis abuelos...

—En todas partes has reconstruido esa sala de baños, Santiago, con el decorado de azulejos, los motivos vegetales y las ranas de porcelana incrustadas en la bañera blanca... En todas partes.

—Que se conserve en ellas este secreto.

—Cuál, le dije angustiada, cuál, pero él no me contestó directamente:

—Los escojo a ellos entre todos mis discípulos.

—No debes quererlos mucho.

—Tú pregúntales si ellos también sienten que otros...

—Siempre repites eso. ¿Quiénes?

—Si los otros se quedaron allá o si son ellos los que se cuelan entre las piedras y los ladrillos de todas las construcciones que edifiqué a partir de entonces...

—O lo que sería más grave, Santiago, entre las que simplemente imaginaste.

—¿Ya ves como tú sí me entiendes?

—Qué bueno que pronto ya no, Santiago, sino que le pasaré a los cuates tu encargo y que ellos se hagan cruces de ahora en adelante.

—Alguien tiene que heredar el misterio de los muertos, dijo entonces Santiago Ferguson, antes de morir.

Catarina nos miró con los ojos velados y nos dijo:

—Creo que ésta es la herencia de Santiago Ferguson, cuates. Ahora la saben y acaso entiendan, como yo, que nunca más podrán librarse del maestro, como lo llaman…

Nosotros, José María y Carlos María, íbamos a decirle a Catarina Ferguson, nuestro amor inalcanzable, que no sabíamos si lo que nos había contado era una pesadilla, pero que la agradecíamos si nos permitía, finalmente, acercarnos a ella y quererla mucho.

—Amarte mucho, Catarina.

—¿Los dos? —rió ella.

No sabíamos aún hasta qué grado la proximidad de nuestro amor entrañaba la responsabilidad de hacernos cargo, como discípulos de su padre, de los fantasmas y de la hija de su padre.

Los fantasmas no nos preocupaban. Habíamos entendido la lección del maestro. Un artista siempre crea un sistema asistemático, que se desconoce a sí mismo. Éste es su poder; por eso la obra de arte siempre dice muchísimo más que la intención explícita de su autor. La obra —casa, libro, estatua— es un fantasma.

El amor, en cambio, nos cegaba una vez más, aunque nuestra esperanza era que nos iluminara finalmente.

Pero antes intervinieron, de nuevo, la muerte y el viaje.

III. Amores
1

Cuando ese otoño murió el maestro Santiago Ferguson, Catarina su hija nos llamó para decirnos que su padre, en cumplimiento de una voluntad expresa, sería enterrado en la catedral de Wells, en Inglaterra. También dejó dicho que ojalá que sus discípulos, los antiguos y jóvenes comensales del restorán Lincoln, lo acompañasen a su última morada. A nadie le imponía este deber. Era apenas una súplica amistosa, un deseo conmovedor y final. Nosotros no calculamos cuántos acudirían a la cita. No llamamos a nadie para averiguar: Oye, ¿tú vas a ir al entierro del maestro? Además, éstos eran tiempos en que nadie viajaba a menos que fuese en comisión oficial, con todo pagado, o porque sacó a tiempo sus dólares de México. Nuestro caso era diferente; socios de despachos arquitectónicos en Europa y los Estados Unidos, colaboradores de *Architectural Digest*, constructores de algunas llamativas residencias en Los Ángeles y Dallas, del museo Adami en Arona, a orillas del Lago Mayor, y de varios hoteles en Polonia y Hungría, pertenecíamos a esa clase de profesionistas mexicanos que han debido crearse una infraestructura fuera del país y pueden, sin mala fe, darse el gusto de comprar sus propios boletos de avión. Y de primera clase, porque como acostumbraba decir el maestro Ferguson:

—Yo sólo viajo en primera. Si no, prefiero quedarme cómodamente en mi casa.

Bueno, pues ahora él viajó con Catarina, pero dentro de un féretro, en el cargo de un Boeing 747 de British Airways, mientras nosotros viajábamos vía Air France a París primero, donde el gobierno Mitterrand nos había encomendado la creación de un centro de conferencias internacionales en la vecindad del castillo de Anet que pertenecía, por cierto, a una vieja familia mexicana: la secuela de un México peregrino, desterrado a veces, a veces en situación de exilio voluntario, a veces simplemente una consecución de tareas profesionales y artísticas que ya no pueden limitarse al puro territorio patrio, era por lo visto la nuestra, y en el vuelo sobre el Atlántico, repasando un libro sobre las catedrales inglesas y el mundo itinerante del Medioevo y el Renacimiento, en el que el afán religioso e intelectual de la gente la llevaba, comparativamente, a viajar más, con mayor esfuerzo y dificultades mucho más grandes que las nuestras, recordamos unas sentencias del monje y educador viajero del siglo XII, Hugo de Saint-Victor, para quien el hombre satisfecho con permanecer en su patria y sintiéndose a gusto en ella, es aún un tierno principiante; el hombre que se siente cómodo en muchos países, alcanza un grado superior; pero la perfección sólo le corresponde a quien se siente exiliado en cualquier parte del mundo. Si era así, entonces nuestro amado maestro don Santiago Ferguson pertenecía apenas a los dos primeros grados de la imperfección, y nosotros, sus discípulos, los hermanos Carlos María y José María Vélez, quizás compartíamos con él esa vulnerabilidad, aunque bien sabíamos los dos que no era cierto, que ambos habíamos viajado por exilios incómodos, uno de nosotros a la cima de un calvario tragicómico armado por la señora Heredad

Mateos, el otro a un lugar donde nadie, ni sus habitantes, podían jamás sentirse satisfechos. José María viajó a una tierra ritual; Carlos María, a la insatisfacción subterránea que la sostiene. Pero nunca nos contamos nuestras respectivas experiencias. El verdadero exilio, para cada cual, había sido separarnos del otro, convirtiéndonos, José María, en un yo lejano, y Carlos María, en un tú remoto de tan directo. Si algo alcanzábamos a entender de esta historia, era que en todas partes —Glasgow, México, Virginia, Vicenza— no bastaba construir una casa para cumplir, humana, profesional o estéticamente, con las obligaciones de la arquitectura. Alguien iba a habitarla. Y los habitantes iban a pedirles a los creadores lo que los Mackintosh le pidieron a Ferguson, lo que los familiares del convento subterráneo le pidieron a Carlos María, lo que doña Heredad Mateos le pidió a la Virgen y el Niño. Hazte cargo de nosotros. Dedícate totalmente a nosotros de ahora en delante. Por piedad. No nos abandones. ¿Cuáles eran los límites de la creación? No hay artista que, en su ánimo más íntimo, no se haya hecho esta pregunta, temeroso de que el acto creativo no sea gratuito, no sea suficiente, sino que se prolongue en las exigencias de quienes habitan una casa, leen un libro, contemplan una pintura o asisten a una representación teatral. ¿Hasta dónde llega el privilegio individual de crear; dónde empieza la obligación compartida con los demás? La única obra consumida en el puro yo, despojada de su potencial nosotros, sería la obra sólo concebida, nunca realizada. La casa está allí. Incluso el libro inédito, guardado en una gaveta, está allí. Imaginamos los Vélez un mundo de puros proyectos, intenciones puras, cuya única existencia sería mental. Pero en este universo apriorístico, reinaba la muerte. Esto es, un poco, lo que nos sucedió al separarnos.

Perdimos el *nosotros*, y ahora, viajando sobre el Atlántico, queríamos recuperarlo evitando toda mención de lo ocurrido. Carlos María nunca habló de lo que le sucedió al traspasar el portón neoclásico, siguiendo al perro; José María jamás mencionó lo ocurrido en la caseta de doña Heredad Mateos. Sólo quedaron dos objetos mudos como testigos de las experiencias separadas: la cruz de palo en el techo de la caseta del vigilante Jerónimo Mateos, que Carlos María colocó allí cuando abandonó el convento, y un vestido de novia arrojado, como una tentación, como una remembranza, acaso como un desengaño, en la cama gemela de José María en nuestra casa familiar de la avenida Nuevo León, frente al Parque España, construida por nuestro padre, limpia y esbelta, o como entonces se decía, *streamlined* (otro decir: aerodinámica): un homenaje mexicano a Frank Lloyd Wright, circa 1938.

En cambio, perdimos el objeto que pudo unir nuestras experiencias respectivas: la ranita de porcelana y acaso ahora, viajábamos, secretamente, en busca de ese objeto asociado tanto a nuestro amor por Catarina, descubierta una tarde en el baño de su padre, como al convento secreto de la calle Marroquí. ¿Algo podía unir los dos lugares y, en consecuencia, las dos experiencias? La casa de los Mackintosh en Glasgow no tenía significado para nosotros.

Quizá repasando las fotografías de las catedrales inglesas, en realidad repasamos mentalmente,

mientras nos sirven sendos bloody marys y los sabo-
reamos, olvidando todas las sabias prescripciones
contra el jet-lag que aconsejan evitar alcohol a cuarenta mil pies de altura, nuestro verdadero hogar en
la colonia Hipódromo, como para compensar la
transitoriedad de este refugio por trece horas que
nos lleva de México a París. Hay, sin embargo, algo
más fatal en el vientre materno de aluminio y hulespuma que nos conduce, que en el hogar terrestre,
inmóvil, donde nosotros crecimos.

Una conocida nuestra, subsecretaria de Estado
en México, se pasea nerviosa pero displicente, por
el pasillo de primera clase con un martini en la mano, envuelto en una servilleta de papel empapada,
quejándose:

—Tengo la impresión de que nací en este aparato y de que aquí mismo voy a morirme. ¡Esquina,
bajan! —suspiró, consumiendo de un golpe el coctel y luego diciendo con voz carrasposa—: Esto es
lo único que baja aquí, mis cuates.

Se rió al decir esto, mirándonos sentados allí,
igualitos, con nuestras bebidas y nuestro libro de arte, qué puntadón me apunté, se carcajeó, dándonos
la espalda: iba vestida, especialmente para el largo
vuelo, con un atuendo deportivo, marca Adidas, de
chamarra y pantalones color de rosa y zapatos tenis.
Nosotros miramos la fotografía de las arcadas en tijeras que son el aspecto más espectacular, aunque
quizá no el más sutil, de la catedral de Wells; el doble ojal de piedra al fondo de la nave abre perspec-
tivas comparables a las del interior de un avión
pero, también, recuerda la cueva primigenia: dos
ingresos al refugio —los motores del 747 no se de-

jan escuchar, más ruido hace un gato regalón— que nos protege; pero que, quizá, también, nos aprisiona. El hogar es el refugio que no es cárcel, y en el nuestro, nuestro padre nos enseñó y nos dejó el gusto por lo que somos: la arquitectura, el mundo, y sus dos geografías: la natural y la humana. Con él, muerto prematuramente, aprendimos la lección que Santiago Ferguson iba a reafirmar para nosotros; no podemos regresar a la naturaleza pura, porque ella no nos quiere y nosotros la explotamos para sobrevivir; estamos condenados al artificio, a remedar una naturaleza que no sufra por nosotros y que nos proteja sin devorarnos; ésta es la misión de la arquitectura. O de las arquitecturas, en plural, comentamos hojeando rápidamente las gloriosas imágenes de York y Winchester, de Ely y de Salisbury, de Durham y de Lincoln, nombres de la gloria posibles en los reinos de este mundo. Catedrales de largas naves, por donde pueden pasar todas las procesiones del exilio y de la fe; púlpitos inmensos e intensos, desde donde puede hacer gimnasia la retórica más flexible e inventiva del mundo, que es la de la lengua inglesa; y sin embargo, al lado de este esplendor, se despliega la altura modesta, modelable, infinitamente variada, del perfil externo de las torres, los brazos anchos de los monasterios acogidos a la hospitalidad majestuosa de Canterbury y Chichester. Transatlánticos de lujo, cargados de almas, escribió el poeta Auden: proas de piedra.

Esto había escogido Santiago Ferguson para morir, pues si no estaba en su poder determinar la hora de su muerte física, sí era suya la facultad de fijar el sitio y el lugar de la muerte de su espíritu y ésta, nos dijo siempre, no es sino el origen mismo de la vida. No hay una sola vida que no provenga de la muerte, que no sea el fruto o la compensación de los muertos que precedieron nuestras vidas. El artista o el amante saben esto; los demás lo ignoran. Un arquitecto o un enamorado sí saben que le deben la vida a los muertos, y por eso aman y crean con tanto fervor. Su muerte será, a su vez, el origen de las vidas que recuerden o sientan lo que nosotros hicimos en nombre de quienes nos precedieron o nos sucederán. Éste era el réquiem secreto de nosotros, los Vélez, para nuestro amado maestro Santiago Ferguson y si a nosotros, vivos, nos quedaba simplemente la añoranza (aunque la habitásemos: era parte de nuestra memoria también) de nuestra catedral privada, ésta no era ni cueva, ni avión, sino una casa, un hogar donde se acumulaban los objetos de la infancia, los juguetes, los libros de aventuras, la ropa que nos quedó chica, el oso de peluche, la pelota de futbol desinflada, las fotografías. Dijimos que a nuestro padre el arquitecto Luis Vélez, le pusieron de mote La Negativa porque su piel era oscura y su cabellera blanca, de manera que mirarle en una foto provocaba la tentación de revertir la imagen y darle rostro blanco y pelo oscuro. Nuestra madre, en cambio, era rubia, blanca, su negativa hubiese sido toda oscura, sin más concesión, quizás, que las cejas, sin embargo, finamente dibujadas; o el carmín de los labios. Ella murió después del difícil parto de los gemelos. Nosotros. Hijos de María de la Mora de Vélez, y por eso bautizados ambos con el nombre de la madre desaparecida.

La subsecretaria interrumpió de nuevo lo que hacíamos, lo que pensábamos; a la voz de újule, dijo pintorescamente, arriba mis cuates, levanten las cortinas que ya vamos llegando a Pénjamo, ya brillan allá sus cúpulas y ella misma nos cegó con la luz del amanecer y la vista, a nuestros pies, de la abadía del Mont St. Michel.

Entrábamos a Francia por Bretaña, pasaríamos dos días en París y el sábado era la cita en Wells. Nos miramos los hermanos, pensando los dos en Catarina, que nos esperaba allí con el cadáver de su padre.

—Catarina nos espera con el cadáver de su padre —dijo José María, mientras la absurda subsecretaria, embriagada hasta las orejas, cantaba *Et maintenant*, sin duda para celebrar su arribo a París con un himno de su época juvenil.

—¿Y el marido? —preguntó Carlos María—, ¿Joaquín Mercado?

—No cuenta. Cuentan Catarina y su padre.

—*Et maintenant, que dois-je faire?*

—Callarse, señora, por favor.

—¿Qué dijo? ¡Grosero, lo voy a reportar!

—Hágalo nomás. Yo no dependo para nada de su pinche burocracia.

—Está bien. No cuenta. Contaba el padre.

—Está muerto.

—Pero tú y yo no. ¿A cuál de los dos va a escoger?

—El padre era nuestro rival, ¿lo sabes?

—Sí. Sí, siempre supe que Catarina estaba cogiendo con él aquella tarde.

—Tú y yo no debemos ser rivales ahora, ¿me lo prometes?

No sabemos cuál de los dos pidió esta promesa; el aparato inició el descenso a Charles de Gaulle.

2

Tácitamente, entendemos que cada cual guardará sus secretos, pero que hay uno, al menos, que debemos admitir. Catarina se nos volvió totalmente irresistible desde el momento en que la vimos hacer el amor con su padre. No hubo en seguida ni rivalidad entre nosotros ni celos del padre; el maestro, una vez más, se nos adelantaba; hacía lo que nosotros deseábamos hacer; él lo hacía primero, nos daba la pauta, igual que en clase. Pero ahora, al entrar a la larga nave gótica de Wells y avanzar entre las luces amarillas y verdes, blancas y rojas y oliva, excluyentes del azul, de esa gran respuesta de vidrio al cielo, el maestro Santiago Ferguson ya no hacía ni decía nada; nunca más.

Ella estaba detenida junto al féretro. No se movió al vernos. Sabía lo mismo que nosotros: sólo seríamos tres dolientes; nadie más acudiría a la cita.

Estaba severamente vestida de negro, un traje de seda de dos piezas, medias oscuras y zapatos de tacón bajo que no menguaban demasiado su gran estatura. Nos dio las manos, nos besó las mejillas, libró una mano y tocó la tapa del cajón barnizado. Nosotros hicimos lo mismo. Nos hincamos. Escuchamos un sermón grabado en cinta y transmitido por altoparlantes seguido de un brevísimo réquiem. La brevedad de la ceremonia convenía a la realidad del hecho: el maestro ya no estaba para ceremonias, estaba en Wells, donde quería estar, y lo importante era apresurar su ingreso solitario, no a esta maravillosa catedral inglesa, sino a la arquitectura que era su verdadera patria y, quizá, la nación en la que nunca podría sentirse en paz, tanto la deseaba, tanto la imaginaba. Ferguson debía convertirse él mismo en arquitectura. Aquí, con él, sentimos que así sucedía y que todos los espacios que juntos pudimos evocar en nuestro largo trato con él —la casa de Mackintosh en Glasgow, que era una frágil ilusión de su espíritu y que nosotros sólo conocimos, más que por las fotografías, en la evocación del maestro; o las obras de José María Marroquí, que conocimos demasiado; o nuestra casa de la avenida Nuevo León, donde murieron nuestra madre rubia como nadie y nuestro padre moreno como nosotros; o las oficinas de la colonia Roma, donde sorprendimos cogiendo al blanquísimo arquitecto Ferguson y a su hija morena como nosotros; o la casa de los Ferguson en el Pedregal donde no había una sola foto de la madre de Catarina, que no se parecía a su padre, ¿cómo había sido su madre, muerta, desaparecida, muda, inmencionada? Nadie se atrevía a mencionarla, ni nosotros, ni ellos, el padre y la hija, salvo una excusa coja que oímos de Catarina un día: —Cuando nos mudamos aquí al Pedregal, nos deshicimos de veinte mil tiliches antiguos, fotos, muñecas, vestidos, discos, todo eso, ya saben.

Aquí, la sabiduría del maestro era evidente, aquí él estaba equidistante de todos los espacios, los de la arquitectura y los de la pasión. Éste era —qué bien lo entendió él— el punto de equilibrio de toda su vida, y sólo en la muerte podía ocuparlo, Catarina entendió esto tan bien como nosotros: se trataba de salir, de dejar el féretro a los trabajos del despojo y de reunirnos los tres afuera.

Una pareja de monjes altos, canosamente rubios, con perfiles de Hamlets eclesiásticos, pasó conversando animadamente por los claustros, acentuando nuestro sentimiento de melancolía y nuestra certeza de que una piedra es siempre una memoria olvidada.

Sin decir palabra, los tres salimos de los claustros para admirar la fachada incomparable de Wells que es la cortina de egreso de la Edad Media, así como Santiago de Compostela es su puerta de ingreso. Pero si la gracia invita a entrar a la gloria en Galicia, con su arco de profetas conversando animadamente, como si la vida eterna fuese un solo y perfecto cocktail-party sagrado, y Daniel nos sonríe con el enigma de una Mona Lisa del siglo en Wells la inclusividad de la gran portada desmiente la dieta del gótico, el gótico de Wells es un barroco inminente, un hambre de figuración que se proyecta en un lienzo de trescientas cuarenta figuras desplazadas a lo largo de la fachada y de la torre de la catedral en vastos conjuntos horizontales que proclaman el triunfo de la iglesia: una fila de profetas y apóstoles; otra de ángeles; la faja intermedia de vírgenes y mártires, al lado de los confesores, en seguida la resurrección de los muertos y, hasta arriba, la deteriorada majestad de Cristo.

Tú dices esto, Carlos María, separándote por un momento de nosotros, y él, José María, no está de acuerdo, esto no es el barroco familiar de México, Perú y España, sigue siendo un gótico disfrazado de abundancia para sorprendernos mejor, alega, cuando al cabo se revela como un puro vacío. Toda la vasta fachada de la catedral de Wells, entonando un himno al triunfo de la Iglesia, ofrece signos infalibles, verdades absolutas que no tardan en demostrar su falibilidad y su mentira. Él dice que el gótico le entusiasma por esto, porque no lo quiere, sino que quiere lo que no está allí, lo que es sólo inminente, lo que...

—¿No es cierto, maestro? —Entonces los tres nos miramos entre nosotros, con algo de dolor y mucho de asombro. Por un momento, estábamos de regreso en nuestras comidas mensuales en el restorán Lincoln.

Catarina dice que sólo quedan menos de la mitad de las estatuas originales; muchas han sido mutiladas; varias —sonríe detrás de un velo que no está allí, porque su piel oscura ya es un velo, acentuado por las ojeras de su belleza india y española— han perdido la cabeza; pero a todas, sin falta, se las ha ido comiendo la brisa salada del mar de Irlanda, tan cercano. Las trescientas cincuenta y cuatro estatuas nacieron juntas, continúa Catarina después de una pausa, pero han ido muriéndose cada una por separado. Nos preguntó si las estatuas que se iban quedando sentían pena y deseos de reunirse con las que se fueron.

Nos llamó gemelos, *cuates*.

No contestamos a su pregunta porque, o bien no la entendimos, o bien no le dimos importancia: rescatamos la manera como ella se dirigió a nosotros, los hermanos Vélez, Carlos María y José María, nacidos al mismo tiempo pero condenados, casi seguramente, a morir por separado, a sobrevivirnos el uno al otro —¿tú?, ¿yo?— como ahora, los tres reunidos aquí bajo el cielo escultor de Wells, frente a la porta-

da y la torre borradas poco a poco por la brisa, sobre-
vivíamos a nuestro profesor, el padre de Catarina Ferguson. También la absurda subsecretaria en el avión
nos llamo "cuates" y se rió, pero qué diferencia con la
manera como lo dijo, ahora, Catarina:

—¿Creen ustedes, cuates, que las estatuas que
van quedando sienten tristeza y ganas de reunirse
con las que se fueron?

Rió y dio dos pasos largos con sus piernas esbeltas, para enfrentarse a nosotros. Es cuando nos
contó cómo ella y Santiago Ferguson pasaban horas
revisando otras moradas, no sólo las que nosotros
vivimos —juntos o separados: la casa de los Ferguson en el Pedregal; la nuestra en la avenida Nuevo
León; la oficina de la colonia Roma donde vimos al
padre cogiéndose a la hija— sino las que ellos, Catarina y Santiago, revisaron y recrearon lentamente,
ella recostada en el regazo de él, él acariciándole la
larga cabellera negra, suelta, liberada de su atadura
monjil, a ella, recordando, reconstruyendo, acari-
ciándolas, como se acariciaban ellos, las otras casas,
la de Mackintosh en Glasgow, la de Jefferson en
Virginia, la de Palladio en Vicenza, para recordar
que las casas las hacemos nosotros pero nos sobreviven, que en ellas queda una parte de nosotros que
no sólo nos sobrevive, sino que nos exige mantener
vivos a nuestros propios fantasmas, que son la llama
de nuestro recuerdo, dependiendo de nosotros,
aunque estemos muertos, como nosotros dependemos de ellos, porque siguen vivos: Catarina y Santiago, con sendas copas de oporto en las manos,
acariciándose, bebiendo, hojeando los libros de arquitectura, convencidos de que el refugio que cons-

truimos sólo nos recibirá si aceptamos cuanto en él ha ocurrido, crímenes y castigos, muertes y nacimientos, penas y alegrías, sacrificios: Catarina y Santiago abrazados frente a la hoguera doméstica, rehusándose a olvidar nada, a quemar nada, llenos de una humildad apasionada a veces, de una compasión humillada otras, antes las cosas, inventando a veces a un matrimonio en Escocia, otra a un padre y una hija en Virginia, otra a la pareja de un teatro y sus espectadores en Italia, explorando hasta sus últimas consecuencias la bondad del refugio, o su maldad agorera, la capacidad de una casa para dar cabida al amor, a la vida, a la muerte, a la imaginación, al milagro, a un baño de ranas de porcelana, a un paragüero de plomo, a un patio lluvioso recorrido por monjas mutiladas en defensa de su virginidad, a una caseta de vigilancia donde se reflejaba un semáforo, a un vestido de novia rica pasado de mano en mano a las desposadas pobres, a un violento deseo de sobrevivirse, a un inminente, indeseado nacimiento, a una concepción inmaculada la primera vez, corrupta y pecaminosa la segunda vez, a...

—...tantos tiliches, juguetes de la infancia, ropa que nos quedó chica, programas antiguos de cine, recibos que quién sabe por qué conservamos, fotos antiguas, tantísimas chivas, hermanos —dijo entonces la mujer que los dos deseamos tanto, todas nuestras vidas. Catarina sacó algo de la bolsa de su chaqueta y nos lo entregó.

Era una fotografía, como aquellas que nosotros guardamos en nuestra casa de la avenida Nuevo León y ella, quizás, en la gaveta de una sala de ba-

ño secreta decorada con motivos florales ranas incrustadas a la bañera, exponiéndolas a la humedad,
esperanzada quizá de que el vaho las borrase como
la brisa marina a las estatuas de Wells.

—...Mackintosh; el teatro Olímpico, Monticello, la casa abandonada por la familia Gameros en
Chihuahua al aproximarse la revolución: todo lo
evocamos Santiago y yo, de nuestro amor hicimos
una única, indomable voluntad de encontrar una
arquitectura que las contuviese a todas, explorando
tres o cuatro espacios construidos con la voluntad
también de negarles la muerte, de mantenerlos vivos a toda costa, de conducir de nuevo la vida hacia
ellos, fecundarlos de vuelta, cuates, como si esas casas fueran cuerpos vivos, con su piel, sus vísceras,
sus memorias...

Era la fotografía del joven arquitecto Santiago
Ferguson, inmediatamente reconocible, tomado de
la mano regordeta de una niña de fleco negro y mirada ojerosa, pero indiferente aún a la pasión o al
remordimiento, que es lo que nosotros, levantando
la mirada, vimos ahora en los ojos negros de nuestra enamorada imposible.

El padre estaba de pie, tomando la mano de la
niña, y la niña estaba sentada en el regazo de una
mujer morena, vestida con un traje oscuro de los
años cuarenta, pechera abierta de piqué y hombre-
ras anchas, actualizado por la moda de hoy, que miraba con intensidad a la niña. La mujer tenía un
notable bozo en el labio superior, y un lunar en cada sien. Tenía también el rostro del crepúsculo.

—¿Ha muerto? —preguntaste después de un
largo rato, Carlos María.

—No —dijo Catarina—, está guardada. Es para su bien. Se los digo porque es nuestro deber que esté segura y aislada. Nadie tiene por qué ir a verla.

—Ah. ¿Nunca la volveremos a ver? ¿Es una prohibición absoluta?

—No todos tienen ese privilegio —sonrió Catarina—. En los altares, quizás, allí sí.

—En la memoria también.

—Cuando la memoria encarna totalmente, puede ser una aberración, o un crimen. En los altares —repitió Catarina—, allí, quizás, sí, podemos ver a nuestra madre.

—No aquí. No hay vírgenes en los altares protestantes. ¿Por qué escogió Santiago este lugar para morir?

—Puede que tengas razón. Quizá sintió que algo faltaba aquí. Quizá sintió que para él había lugar en esta catedral. Quizá, éste es el lugar que contiene a todos los demás, o quizá sea el lugar que los excluye a todos. En uno u otro caso, quizás aquí él imaginó la arquitectura ideal que siempre buscó. Una arquitectura sin la carga de la imagen materna. En esto sí fue explícito Santiago Ferguson. Pero si quería un reposo sin vírgenes, no podía desear el lugar donde los cuerpos separados por la muerte se reuniesen. Aceptemos su voluntad. Quería, realmente, descansar en paz.

—Lo amaste mucho —se atrevió a decir José María.

—Yo amé a Santiago Ferguson, pero no a nuestro padre —contestó Catarina.

—No. Nuestro padre murió muy joven, cuando tú eras niña.

Los hermanos, hijos de padres amorosos y oscuros, vástagos del amor moreno, del amor entre
amigos, nos tomamos entonces de las manos y nos
fuimos caminando, jurando nunca decirnos lo que
ahora sabíamos, lo que nos negaba el contacto con
el cuerpo de Catarina a los dos hermanos hombres,
lo que le daba ese derecho al maestro Santiago Ferguson, lo que le negaba la muerte en el parto a la
rubia señora María del Moral, o lo que abría la pá-
gina en blanco acerca del misterio de su muerte, lo
que apartaba para siempre del mundo a nuestra madre común, amante de nuestro padre común el arquitecto llamado afectuosamente La Negativa,
nuestra madre guardada para que no interrumpiese
la amistad de las familias, la memoria del padre o
los amores de Santiago y Catarina. Juramos en silencio nunca decirnos todas estas cosas. Lo que le
permitía a nuestro maestro hacer lo que nosotros no
podíamos hacer nunca, condenados a la separación
de ser tres y no uno solo, nunca más, ya no repetir
jamás lo que cada uno de nosotros vio y vivió por
separado, sino a entregarnos los tres, tomados de las
manos, a una humildad apasionada ante los misterios de la vida.

Nos alejamos de la catedral de Wells, sabiendo
cada uno que sólo podíamos regresar cuando tuvié-
ramos, otra vez, sed de milagros, y que nuestra fraternidad recién descubierta dependería de que, de
ahora en adelante, cada uno creyese en el milagro
del otro. En todo lo demás, seguiríamos con la apariencia de ser "gente de razón".

Perdimos en ese instante la posibilidad de la
pareja, pero ganamos, dejando atrás a la multitud

de los fantasmas, a la trinidad fraterna. Carlos María, José María, Catarina. ¿Era ésta, al cabo, la voluntad secreta de Santiago Ferguson?

3

Anoche volvió a brillar.

Doña Heredad Mateos se llegó hasta el convento escondido de la calle de José María Marroquí y en el baño caliente y blanco donde el vapor perlaba las espaldas rugosas y áridas de las ranas, le entregó a la mujer recién parida un vestido de novia viejo, remendado, pero que parecía nuevo por el arte de la vieja costurera: perlas, organdí y olor a naftalina. Las monjas celebraron el obsequio y lo colocaron, como probándoselo, sobre el torso yacente de la recién parida, quien no alcanzó a sonreír. Su máscara inmóvil, apenas amenizada por el bozo del labio superior y los lunares de las sienes, se quebró para inquirir nuevamente por qué el parto, la primera vez, era un milagro, y ésta, la segunda vez, era un pecado. La costurera dijo que ella no sabía nada de estas cosas, no entendía nada, ella sólo tenía fe. Y con mucho gusto, como siempre, cuidaría al niño. Sí, era mejor, como siempre, que el padre no supiera nada del niño. Ella se haría cargo de él.

—Qué buena idea fue construir este temazcal —dijo doña Heredad, mirando alrededor suyo en el baño de vapor blanco—. Aquí se está bien —le dijo cariñosamente a la madre recién parida.

Luego la vieja costurera, vestida de negro, con su falda larga, su rebozo, sus medias de algodón y sus zapatos de tacón bajo, tomó al niño y lo guardó en su bolsa de mercado, áspera y multicolor, detuvo un camión en Artículo 123 y después de un largo recorrido por la ciudad doliente, se bajó en la ancha avenida de la Explanada, en Las Lomas de Chapultepec.

Allí, con la canasta del mercado en la mano, fue de puerta en puerta frente a las mansiones lujosas, esperando pacientemente, pregonando, "un milagrito para esta pobre madre, lo que sea su voluntad para el niño dios", recibiendo a veces una botella de limonada, otras las sobras de un banquete, revoltijos de cerdo y langosta, tortillas secas o manojos de ensaladas desmayadas. Todo lo iba acomodando la hacendosa mujer en su canastilla, indiferente a los ruidos de automóviles y camiones y helicópteros y motocicletas; insensible a las nubes negras de monóxido de carbono, pues sabía que nada de esto afectaba al niño; este niño nació sin plomo en los pulmones; cada año, al nacer, este niño se salvaba de la contaminación, la enfermedad y la muerte. Mostrándolo en las puertas de Las Lomas, doña Heredad no escuchaba los rumores de la polución. Recibía las caridades, pero su memoria se alejaba del limitado lugar de sus afanes y en su cabeza sólo escuchaba los rumores antiguos de organilleros, vendedores ambulantes, ropavejeros y afiladores de cuchillos, abarcando el paisaje cada vez más inmenso y alejado de la ciudad más vieja del Nuevo Mundo, otra ciudad, murmuraba para sí doña Heredad Mateos, una ciudad limpia, en cuyas casas pueden reunirse los vivos con los muertos, una ciudad pequeña donde la gente puede contarse

sus historias, una ciudad con fe donde podían ocurrir milagros, aunque la gente de razón nunca los
entendiera, decía doña Heredad, implorando caridad para el niño dios, caridad para el recién nacido,
mostrando el muñeco de hulespuma con sus rizos
dorados y sus ojos azules y su ropón blanco con fi-
lete dorado y sus dedos sangrantes, caridad, caridad
para el niño.

Varaville, Normandía, Pascua de 1987
Tepoztlán, Morelos, Pascua de 1988

Constancias y otras novelas para vírgenes terminó de imprimirse en octubre de 2001, en Litográfica Ingramex, S.A. de C.V. Centeno 162, Col. Granjas Esmeralda, C.P. 09810, México, D.F. Composición tipográfica: Patricia Pérez. Cuidado de la edición: Ramón Córdoba. Corrección: Clara González, Rafael Serrano y Valdemar Ramírez.